Heike Rommel
Nacht aus Eis

Heike Rommel, geboren 1962 in Olpe, hat Psychologie und Visuelle Kommunikation studiert und lebt heute in Bielefeld. Sie arbeitet seit über zwanzig Jahren in verschiedenen Einrichtungen für Menschen mit Behinderungen. Ihre ersten Schreiberfahrungen machte sie beim Verfassen von Fantasy-Texten, bevor sie zum Krimi-Genre wechselte, das ihr als leidenschaftlicher Krimileserin und Tochter eines Kriminalbeamten und einer Polizeiangestellten naheliegt. »Nacht aus Eis« ist ihr Romandebüt; der nächste Fall für das Bielefelder Ermittlerteam ist bereits in Arbeit.

Heike Rommel

Nacht aus Eis

KBV

Originalausgabe

www.kbv-verlag.de
E-Mail: info@kbv-verlag.de
Telefon: 0 65 93 - 998 96-0
Fax: 0 65 93 - 998 96-20
Umschlaggestaltung: Ralf Kramp
unter Verwendung von:
© Artem Furman und © elen_studio – www.fotolia.de
Redaktion: Volker Maria Neumann, Köln
Druck: CPI books, Ebner & Spiegel GmbH, Ulm
Printed in Germany
ISBN 978-3-95441-194-8

Für Willy
Und für meinen Vater

1. Kapitel

Samstag, 15. Dezember

Bis zu diesem Moment hatte Robin Domeyer sich für den glücklichsten Menschen in dieser Spießerstadt gehalten. Er hatte nicht mehr davon geträumt, nach seinem 18. Geburtstag aus Bielefeld wegzugehen nach Hamburg oder Berlin, oder wenigstens von zu Hause auszuziehen. Hatte die Fifty-something-Nachbarin mit der Helmfrisur und der Steppbett-Jacke gegrüßt und der irritierten Dame das Gartentor aufgehalten, damit sie ihr Nikolaus-auf-dem-Schlitten-Lichtschlauch-Gedöns in den Garten schleppen konnte. Hatte in seinem Zimmer freiwillig Staub gesaugt, weil Anna ihn heute das erste Mal zu Hause besuchte. Bisher hatten sie sich immer nur bei Freunden mit einer eigenen Wohnung getroffen.

Würde sich Anna bedrängt fühlen, wenn er sie jetzt schon seinen Eltern vorstellte? Übrigens, das ist Anna, meine *Freundin.* Konnte er das machen? Zwischen ihnen war es ja noch gar nicht ausgesprochen, obwohl es sich so anfühlte.

Beim Schrillen der Klingel um zwanzig nach drei sprang er die Treppenstufen hinunter, damit niemand aus seiner Familie ihm zuvorkam. Er riss die Tür auf und lotste sie nach oben in sein Zimmer. Problem umgangen.

Anna strahlte ihn an, umarmte ihn lange. Alles fühlte sich warm und leicht an – bis zu dem Moment, in dem sie ihm eröffnete, dass sie diesen alten Knacker wiedertreffen werde. Ein letztes Mal. Natürlich wäre es vorbei mit dem. Der wolle nur eine Aussprache. *Angeblich.*

Jetzt lagen sie eng nebeneinander auf seinem Bett, Robin auf dem Bauch, Anna auf dem Rücken. Sie hatte die Arme hinter dem Kopf verschränkt und lächelte ihn an. Der alte Scheißkerl!

»Guck nicht so finster!«, sagte Anna und strich sanft über seine Wange.

Robin wollte ihr nicht zeigen, wie viel Angst er hatte, sie zu verlieren. »Sei nett zu Frau Horstkötter«, sagte er.

»Was?« Anna lachte. »Hör auf zu kitzeln, Robin!« Sie presste die Arme eng an die Rippen, wand sich, rutschte ein Stück von ihm weg. Annas Kopf hing jetzt über der Bettkante, sie legte ihn in den Nacken, ihre langen, goldbraunen Haare fielen auf den Teppich.

»Unsere krasse Nachbarin«, erklärte Robin. »Das sagt meine Mutter immer: Sei nett zu Frau Horstkötter. Die Horstkötter auf ihrem Beobachtungsposten. Die könnte direkt beim BND anfangen. Wenn ihre Beschwerdeliste voll ist, dann muss mein Vater wieder rüber zu der, um sich für seine missratenen Kinder zu entschuldigen.«

»Missraten! Das passt!« Anna lachte.

Sie wehrte seine Hände ab, bis er eine Hand unter ihren Strickpullover schob, seine Finger strichen über die Grube zwischen ihren zarten Hüftknochen und dem flachen Bauch.

»Ist sie das?« Anna starrte das Bild an der Wand an. »Deine Familie?«

»Hm.« Ihr Bauch war warm und weich.

Sie wälzte sich herum. Eine Strähne fiel ihr übers Gesicht. Sie blies sie fort. »Tolles Foto. Wie aus dem TUI-Werbeprospekt.«

»Das war vor einem Jahr an der Ostsee. Betty, meine Mutter, hat die Fotos in unsere Zimmer gehängt. Ich konnte sie nicht davon abhalten.«

Der kitschige Rahmen, auf dem Muscheln und kleine Seesterne auf hellblauem Grund prangten, war ihm peinlich.

»Und das ist dein Vater auf dem Foto?«

»Hm.«

»Sieht gut aus.«

»Stehst du auf alte Knaben, oder was?« Er biss sich auf die Lippen.

»Blödmann!« Sie streckte ihm die Zunge raus, auf der eine kleine Stahlkugel glänzte. Sie sah genauso aus wie Annas Nasenstecker.

»Sorry. Hey, komm doch mal her.« Robin griff in ihr Haar, zog ihren Kopf leicht zu sich heran.

»Ich bin doch da.« Sie schaute ihn mit ihren offenen, blauen Augen an, wobei sie abwechselnd das eine und das andere Auge fixierte.

»Wirklich?« Er spürte sein Herz schlagen. Irgendwo auf dem Weg zum Hals.

Sie lächelte nur. Robin küsste sie ganz zart, dann heftiger. Es fühlte sich beängstigend gut an mit Anna. Er umarmte sie fest, würde sie einfach nicht mehr loslassen. Was wollte dieser Typ denn noch von ihr? Der war doch sowieso viel zu alt für sie!

Nach einer Weile schob sie ihn von sich. »Ich muss los. Wir wollen doch heute den Flyer für die Demo fertigmachen.«

»Jetzt schon?« Seine Stimme klang heiser. Er räusperte sich, tastete nach seiner Brille, fand sie unter einem Kissen und setzte sie auf. »Wenn du es genau wissen willst, mein Vater ist ein Bulle.«

Annas Nase krauste sich. »Wie jetzt? Etwa so einer, der die Castor-Transporte schützt?« Sie nahm das Bild noch einmal in die Hand.

»Nee, der ist bei der Kripo. Comissario Dominik Domeyer. Und er findet unseren Überwachungsstaat ganz toll.«

»Krass! Obwohl – aus deren Sicht vielleicht verständlich. Kannst du mal lüften? Die Luft ist schlecht.«

Robin stand auf und öffnete das Fenster. Er spürte die feuchte Kühle des Dezembertages auf seinem Gesicht und zitterte kurz. In den kahlen Ästen des Pflaumenbaums vor der Dachterrasse schaukelten Bettys Meisenknödel im Wind. Eine Elster setzte sich auf einen Ast und die beiden Kohlmeisen flatterten auf. Ein Stück hinter dem Garten rumpelte eine Straßenbahn vorbei. Das *Senne* war im Nebel mehr zu erahnen, als zu lesen.

»Und das da ist Lissa?«

Er wandte sich um. Anna hatte sich aufgesetzt, band nachlässig ihr dickes Haar am Hinterkopf zusammen.

Robin setzte sich neben sie. »Lissa, meine Goth-Schwester.«

»Sieht gar nicht so aus.«

»Ist ziemlich neu, ihre schwarze Phase.« Robin grinste. »Bevor meine Eltern das schnallen, ist es wieder vorbei.«

»Betty, Dominik, Lissa und Robin am Meer, wie süß. Und alle in weißen Klamotten wie Mitglieder einer Sekte. Eine Sekte des Frohsinns …«

Anna kreischte, als er sich auf sie warf.

Er wusste nicht, wie lange sein Bruder Nils schon in der Tür gestanden hatte, als er die erhitzte, immer noch lachende Anna losließ. »Kannst du nicht anklopfen?«, blaffte Robin seinen Bruder an.

»Ich *habe* geklopft.« Nils warf einen Blick auf Anna. »Kühl hier.«

Sie blies sich das Haar aus der Stirn und starrte mit hochgezogenen Augenbrauen zurück.

»Nils – Anna.« Robin verschränkte die Arme. »Was gibt's?«

Nils lächelte. »Schön, dich kennenzulernen, Anna.«

Robin verdrehte die Augen. Sie lächelte unverbindlich zurück.

Nils stieg übertrieben vorsichtig über die Dinge, die auf dem Teppich lagen: Annas Rucksack, ihre Jacke, Robins Palästinensertuch, zwei Aktenordner und ein Schälchen mit Vanillepudding, auf dem sich eine grünlich-weiße Schicht gebildet hatte.

Behutsam schloss Nils das Fenster. »Nicht, dass sich noch einer den Tod holt.«

»Was willst du?«

»Weißt du, wo mein roter Pullover ist?«

»Welcher rote Pullover?«

»Der von *Boss*.«

»Keine Ahnung. Ist das wichtig, dass da *Boss* draufsteht?«

Anna kicherte.

»Du Armer«, machte Robin weiter. »Hast du nur einen Pullover? Nimm dir einen von mir. Du, ich hab mehr als einen. Nimm einfach mit, was du haben willst.«

Anna hielt sich die Hand vor den Mund. Ihr Gesicht rötete sich.

Nils verzog keine Miene. »Du hast ihn dir nicht zufällig ausgeliehen?«

»So ein Pullover ist natürlich *total* wichtig, aber ich hab ihn nicht, okay?«

»Schon gut, schon gut. Es hätte ja sein können, dass der sich hier irgendwo …« Nils ließ seinen Blick über Robins Bücher-, Papier- und Klamottenstapel gleiten.

»Nee, hier ist er nicht«, sagte Robin. »Und tschüss.«

Nils holte einmal tief Luft und atmete schwer wieder aus. »Sag mir bitte Bescheid, falls doch. Wiedersehen, Anna.«

»Tschau, Nils.«

Leise schloss sich die Tür hinter ihm. Die beiden blickten sich an. Anna prustete los.

»Der von *Boss*«, äffte Anna Nils mit gezierter Stimme nach.

»Das war Superbruder.« Robin grinste. »Traum aller Schwiegermamas.«

»Hat Superbruder das Super-Foto geschossen?«

»Nee, er war zu der Zeit mit seinen Tennis-Freunden und seiner Verlobten auf den Malediven.«

»Mit seiner *Verlobten*? Ist das dein Ernst?«

»Sofie ist ihm versprochen«, sagte Robin theatralisch. »Seit ungefähr hundert Jahren.«

Während er Anna ansah, wie sie vor dem Bett kniete und das Gummiband suchte, das ihr bei der Rangelei aus dem Haar gefallen war, stellte er sich vor, sie wäre ihm versprochen. Mit allem Drum und Dran, mit hoffenden Schwiegereltern, Ring, Wohnung. Klar, kitschig, aber … eigentlich auch schön.

»Schlimme Familie, was?«, sagte er.

»Meine ist auch nicht besser, nur viel kleiner. Ich habe nicht mal eine Goth-Schwester.«

»Vielleicht hast du bald eine.« Hatte er das wirklich gesagt?

»Ich muss los.« Anna nestelte an ihrem Hinterkopf, schnürte ihre Haare zu einem Gebilde zwischen Knoten und Pferdeschwanz. »Was ist denn das für ein fettes Teil?«

Auf der Schale mit dem alten Pudding saß eine grünlich schimmernde Fliege.

»Die ist wohl eben durchs Fenster gekommen«, sagte Robin.

»Bei der Jahreszeit? Sicher nicht. Die muss drinnen geschlüpft sein.«

Robin hob die beiden Aktenordner vom Boden auf und reichte sie ihr. »Für den Flyer.«

Anna stopfte die beiden Ordner hastig in ihren alten, übervollen Rucksack. Die Ecke eines der Ordner ragte aus einem Loch im Camouflage-Muster. Sie versuchte, das Ding zu verschieben, aber Robin packte sie am Handgelenk.

»Du hast gesagt, es sei aus mit dem. Ich begreife einfach nicht, wieso …«

»Robin!« Sie entzog sich ihm. »Ich hab schon Fransen am Mund vom Erklären. Ach Scheiße, ich komme viel zu spät.« Sie schnappte sich ihre Jacke und gab ihm einen Kuss.

»Bis bald?«, fragte er.

»Bis Montag. Ganz bald.«

»Das ist doch noch ewig hin!«

Sie lächelte.

Er ging ihr bis zur Treppe nach. Sie sprang die Stufen hinunter, immer zwei auf einmal, und winkte ihm, bevor sie aus seinem Blickfeld verschwand. Vom Flur drangen Stimmen zu ihm hoch, Nils und Sofie. Nils jammerte seine Herzensdame vermutlich voll, dass sein Bruder ihm den tollen Pullover geklaut habe. Robin lauschte, konnte aber nicht verstehen, was sie redeten. Kurz darauf fiel die Haustür mit einem dumpfen Knall zu. Anna war fort.

Robin ging zurück in sein Zimmer und beobachtete die Fliege, die immer noch auf dem Schalenrand saß und sich die Vorderbeine rieb. Er warf eine Zeitschrift nach der Fliege und traf den Vanillepudding, der sich in kleinen Bröckchen über den Teppich verteilte. Dann legte er sich aufs Bett, vergrub das Gesicht im Kissen und versuchte, einen Hauch von Annas Geruch zu erhaschen. Das leise Summen im Raum hörte auf, als sich die Fliege wieder auf den Puddingresten niederließ.

2. Kapitel

Sonntag, 16. Dezember

Aus den Wolken am Nachthimmel fielen große Flocken, schmolzen auf ihrem Gesicht. Sie schloss das Bügelschloss an ihrem Rad auf. Die Angelegenheit wurde allmählich eklig. Dabei hatte sie nur nett sein wollen. Es schien nicht angekommen zu sein, im Gegenteil. Sie wischte die Schneehaube von Sattel – eine Menge Neuschnee für die eine Stunde, in der sie drinnen gesessen und geredet hatten. Geredet und sich im Kreis gedreht. Schließlich war es richtig blöd geworden, bis sie das Gespräch abgebrochen hatte. Sorry, aber das ging nicht anders.

Sie stieg aufs Rad und musste sofort mit dem Lenker austarieren, um nicht über einen Schneehaufen zu stürzen. Vorsichtig fuhr sie über die feste Schneedecke einer Nebenstraße. Als sie an einer Kreuzung vorbeikam, hörte sie das Brummen der Räummaschine, sah das flackernde, orangefarbene Licht. Der Schnee war schön. Trotzdem war es wohl besser, auf den Hauptstraßen zu fahren.

Sie bog auf die August-Bebel-Straße ein, achtete darauf, mit den Reifen nicht in die Schienen der Stadtbahn zu geraten, und überlegte, ob sie noch zu ihrer Freundin radeln sollte, bevor es nach Hause ging. Wieso musste Daniela fast am Ende der ewig langen Bleichstraße wohnen? Es war ein großer Umweg, aber sie würde heute Nacht bestimmt nicht so früh einschlafen können. Und sie brauchte jetzt jemanden zum Reden. Obwohl sie fand, dass sie das Richtige tat, wollte sie es sich von Daniela bestätigen lassen.

Sie fuhr bereits auf der Bleichstraße, als ihr das Auto auffiel, das langsam hinter ihr herrollte. Im grellen Licht der Scheinwerfer konnte sie niemanden erkennen, aber die Bullen waren es nicht. Warum auch? Das kaputte Rücklicht war wieder in Ordnung. Bestimmt irgendwelche Arschlöcher, die sich einen Spaß machen wollten, um ihr Angst einzujagen! Sie war versucht, ihnen den Stinkefinger zu zeigen, stöhnte aber nur genervt auf und trat fester in die Pedale. Sooft sie den Kopf wandte, sah sie, dass das blöde Auto weiter an ihr dranhing. Sie stieg vom Sattel auf, trampelte im Stehen, um schneller zu werden – mit dem Erfolg, dass sie ins Rutschen geriet. Auf diese Weise würde sie nicht entkommen. Der Wagen setzte an zum Überholen, lag jetzt gleichauf mit ihr, und sie erkannte, wer drin saß.

Plötzlich begriff sie.

Sie bremste abrupt, stürzte mit dem Rad Richtung Bürgersteig, hörte das Quietschen von Bremsen. Das Motorgeräusch erstarb und eine Autotür klappte. Ihr Knie tat höllisch weh, aber sie ignorierte es, rappelte sich auf, ließ das Rad liegen, und lief humpelnd los. Die Fenster in den Häuserfronten der Mehrfamilienhäuser waren dunkel und abweisend, die Bürgersteige leer, hier in dieser Gegend, im Winter, bei Nacht. Sollte sie um Hilfe schreien? Irgendwo klingeln? Sie blickte zurück, sah niemanden auf dem Bürgersteig, obwohl jemand ausgestiegen sein musste, denn der Kofferraumdeckel des Wagens war hochgeklappt. Ein guter Moment, um zu verschwinden, entschied sie, schlug einen Haken wie ein flüchtender Hase, vom Bürgersteig auf einen Weg, der zwischen zwei Häusern hindurchführte in einen Hinterhof. Nein, es war wohl ein Garten, unter all dem Schnee war wenig zu erkennen, abgesehen von ein paar Sträuchern und einem kleinen Schuppen. Sie humpelte darauf zu. Natürlich war die

Scheiß-Tür verschlossen! Sie warf sich mit aller Macht dagegen, die Tür gab plötzlich nach, schrappte quietschend über den Boden. Sie stöhnte leise auf, aber im Garten war niemand zu sehen. Sie schlüpfte hinein, drückte die Tür vorsichtig hinter sich zu, so leise wie möglich.

Durch ein kleines Fenster drang Mondlicht. In den Geruch nach Staub und altem Holz mischte sich ein Hauch von Verwesung, als ob hier mal ein kleines Tier verendet wäre. Sie erkannte Umrisse von gestapelten Gartenstühlen, tastete sich an der Wand entlang, trat auf etwas, das leise schepperte, stieß mit der Schulter gegen ein Regal, tastete sich um das Regal herum und drückte sich in die Ecke dahinter. Sie lauschte ihrem Schnaufen, bemühte sich, leise zu sein, bis ihr Atem sich etwas beruhigte. Einfach warten.

Niemand war ihr gefolgt, oder doch? Sie durfte sich nur nicht zu früh wegbewegen. Sollte sie sich hier etwas suchen, mit dem sie sich verteidigen konnte? Das Ding, auf das sie eben getreten war? Hier gab es doch sicher Gartengeräte, vielleicht eine Hacke, irgendetwas …

Was war das? Ein Knirschen im Schnee. Der *Schnee*, so ein Mist, ihre Fußspuren! Ihr Herz begann zu hämmern. Wieder knirschten Schritte, kamen langsam näher. Sie war erstarrt, hielt den Atem an, spürte, wie Schweiß ihren Nacken hinabrann. Es knirschte im Schnee, dann herrschte Stille.

Als ob ein Raubtier schnüffelte, Witterung aufnahm.

Dann ein Quietschen, Poltern, ein Lichtstrahl irrte durch den Schuppen. Eine Taschenlampe und in der anderen Hand blitzte etwas auf … Ein großer Hammer! Sie schluckte. Das Licht fuhr über Plastikstühle, einen Gartenschlauch, eine Schaufel, verdammt, die hätte sie nehmen können, glitt langsam weiter zu dem Regal mit Blumentöpfen. Leises Scharren auf dem Boden, Schritte. Sie presste ihren Rücken gegen die

Wand. Ihr Herz wummerte, als wollte es aus der Brust heraus. Sie blinzelte, als das Licht ihr ins Gesicht schien. Das konnte nicht sein, das war nicht fair! *Nicht! Fair!* Wie idiotisch, für das hier … Vielleicht konnten sie noch einmal reden, das musste doch möglich sein, sie würde alles … Ein kaltes Lachen gellte in ihren Ohren. Ihre Knie drohten, nachzugeben.

Ich will nicht sterben. Nicht …

3. Kapitel

Montag, 17. Dezember

Durch das halb von Schnee bedeckte Dachfenster schien blasses Licht auf Dominiks Schreibtisch. Er öffnete es, die Schneeladung geriet ins Rutschen und pladderte in den Vorgarten. Er hatte morgens Schnee geschippt, doch die Bürgersteige waren schon wieder weiß überpudert. Autos rollten leise vorbei, und selbst die Stimmen der Kinder, die mit ihren Schlitten unterwegs waren, drangen nur gedämpft zu ihm hoch. Die Welt zog sich zurück.

Die Stille wurde durchbrochen von lautem Rumoren in der Abstellkammer. Etwas war zu Boden gepoltert, dann klirrte es, Pappe kratzte auf Pappe.

»Betty?« Er musste husten, von tief unten. Ein komisches, hohles Bellen. Es tat immer noch weh.

Die Tür zur Kammer schwang auf. Seine Frau kam zum Vorschein mit Spinnweben im dicken, roten Kraushaar. »Willst du wirklich morgen wieder zur Arbeit?«, fragte sie.

»Was tust du da?«

»Ich entrümpele. Wird auch Zeit.« Sie wischte sich mit dem Handrücken über die Stirn und hinterließ einen Schmutzstreifen. »Übrigens, nach dem Antibiotikum solltest du eine Symbiose-Lenkung machen. Ich könnte dir …«

»Darf ich mal sehen, *was* du da ausmistest?« Er schob sich an ihr vorbei.

Auf dem Boden der Kammer und auf der Tischtennisplatte standen offene Kartons herum. Zwischen alten Lateinschulbüchern entdeckte er Nils' zerfleddertes Lieblingsbuch über den Wettlauf zwischen Amundsen und Scott zum Südpol.

Lissas einäugiger Teddy purzelte ihm von einem Berg aus rotem Seidenpapier in einer Holzkiste entgegen. Er grub in dem Papier und wickelte zwei Holzschwerter aus, die er zusammen mit Robin geschnitzt hatte, damals, als die anderen das Wochenende in Münster bei einer Familienfeier verbrachten und Robin wegen seiner Windpocken nicht mit durfte. Es gab auch Umhänge, für die Bettys Stoffvorräte geplündert worden waren. Und das Edelstahl–Knabberschalen-Set diente als Helm-Ersatz. Sie waren durchs ganze Haus getobt, als Ritter Ivanhoe und seine Gesellen.

»Die Holzschwerter verfeuern wir im Kamin«, sagte Betty, die ihm über die Schulter blickte.

»Bist du verrückt?«

»Ach, Dominik, wir können doch nicht alles behalten«, seufzte Betty. »Wir haben einfach keinen Platz mehr.«

»Nicht alles, aber diese Schwerter …« Er ließ seinen Blick über die Kartons und Schachteln auf der Tischtennisplatte schweifen.

Betty stemmte die Fäuste in die Hüften, legte den Kopf schräg und lächelte. »Ich sehe schon, du willst das noch mal durchgehen. Ich muss sowieso nach unten, kochen.«

»Bis nachher.« Er griff nach einem alten Zeichenblock von Lissa. Statt des i-Tüpfelchens hatte sie eine Blume auf ihren Namen gemalt. Er schlug das Deckblatt um. Ein Männlein mit einem überdimensionierten Hut schwebte in einem Bild voller bunter Tulpen. Unter dem Bild stand *Papa* in Lissas kindlicher Schrift.

»Dominik …«

Sie stand immer noch da. »Lass dich doch weiter krankschreiben. Ich habe zurzeit nicht so viele Kunden. Wir könnten es uns hier gemütlich machen, Feuer im Kamin anzünden, ein Glas Wein trinken. Ein paar Tage nur für uns. Wann haben wir das das letzte Mal gehabt?«

»Was soll denn der neue MK-Leiter von mir denken?«

Betty grinste. »Dass du Bronchitis hast, mein Schatz, und gute Pflege brauchst.«

»Lieber nicht. Ich habe lang genug gefehlt.«

»Ich bin ja direkt froh, wenn ich mich noch an dein Gesicht erinnere. Ach ja, da war ja noch was, ein Ehemann …«

»Betty …«

»… der nach Hause kommt, wenn ich schon schlafe, und aus dem Haus geht, wenn ich aufstehe. Kein Wunder, dass du krank bist!«

»Wolltest du nicht kochen?«

Betty starrte ihn einen Moment lang an. »Wenn du die Bronchitis verschleppst, kannst du übrigens auch dein Training vergessen!« Sie drehte sich auf dem Absatz um und stapfte zur Treppe. »Und den Weihnachtslauf!«, fügte sie hinzu.

Als Dominik eine Stunde später das Wohnzimmer betrat, war Nils gerade dabei, den Tisch in der Ess-Ecke zu decken. »Was macht der Husten?«, fragte Nils.

Dominik ließ sich am Tisch nieder und hielt den ausgestreckten Daumen nach oben, als seine Tochter ins Wohnzimmer kam. Wie zur Strafe für diese allzu optimistische Einschätzung musste er husten.

Lissas Miene drückte Besorgnis aus. »Mensch, Papa. Du klingst ja wie Kathrins Köter, wenn er den Socken wieder auskotzt.«

Er musste lachen, was die Sache nicht besser machte. Sie drückte ihm einen Kuss auf die Wange. Seit wann lackierte sich Lissa die Fingernägel? Und dann auch noch schwarz!

»Tendenz aufwärts«, krächzte Dominik.

Nils stellte ihm ein Sektglas hin.

»Gibt es was zu feiern?«, fragte Dominik und schmunzelte. Er ahnte schon, dass es um Nils' Studienplatz ging. Nils lächelte geheimnisvoll, und machte Betty Platz, die den dampfenden Auflauf hereintrug, Robin im Schlepptau.

Alle außer Lissa setzten sich an den Tisch. Sie stand da, wie sie immer dastand, wenn ihr was nicht passte: Arme eng am Körper, das Kinn auf die Hand, der Ellenbogen auf die andere Hand gestützt, Standbein, Spielbein, mit dem Absatz ihres Stiefels kippelnd. Betty ignorierte sie und verteilte das Essen auf die Teller.

»Da ist wieder Tierleiche drin«, bemerkte Lissa.

»Das ist Kartoffel–Porree-Auflauf mit Hackfleisch«, sagte Betty und goss sich Wasser ein.

Lissa biss sich auf ihre violett geschminkten Lippen. »Toll.«

Normalerweise war das Robins Einsatz: Ein Vortrag über die schädlichen Auswirkungen des Fleischkonsums auf Ernährungslage und Klima. Doch sein Sohn stocherte stumm im Essen herum. Er sah aus, als hätte er die Nacht durchgemacht. »Hör mal, Lissa«, begann Dominik. »Da ist noch ein Rest Gemüse-Lasagne im Kühlschrank, mach dir den doch in der Mikrowelle warm.«

»War ja klar«, sagte Betty, ohne von ihrem Teller aufzusehen.

Lissa knabberte an ihren Fingernägeln, warf ihrer Mutter einen bösen Blick zu und verschwand in Richtung Küche.

»Wenn sie es doch nicht mag«, beschwichtigte Dominik.

Eine Zeit lang hörte man nur das Klicken des Bestecks auf den Tellern. Lissa kehrte mit ihrer Lasagne zurück und setzte sich, ohne jemanden anzusehen, neben ihn. Nils klopfte mit dem Messer gegen sein Glas.

»Jetzt, da wir alle am Tisch sind, kann ich es ja sagen …« Nils machte eine Kunstpause.

Betty schlug die Hände vor den Mund.

»Ich habe den Studienplatz für Wirtschaftsingenieurswesen gekriegt!«

Sie strahlte. »Das gibt's doch nicht! Nils! Das ist ja toll!«

»Und darauf möchte ich mit euch anstoßen«, sagte Nils feierlich.

Dominik lächelte. »Glückwunsch! Das heißt, du fängst dann gleichzeitig in der Firma von Sofies Vater an?«

»Genau! Das nennt sich praxisintegriert. Zwei Fliegen mit einer Klappe.«

»Her mit dem Champagner!«, rief Lissa.

»Ist im Kühlschrank.« Nils sprang auf.

Robin starrte auf seinen Teller. Er hatte die gefüllte Gabel zum Mund gehoben, aß aber nicht. Er schien gar nicht mitzubekommen, was um ihn herum vor sich ging.

Nils füllte Champagner in ihre Gläser, während er erzählte, wie er die Nachricht bekommen hatte.

»Alles in Ordnung, Rob?«, fragte Dominik.

Robin starrte mit glasigen Augen auf das gefüllte Sektglas, als könnte er sich nicht erklären, wie es dahingekommen war. Nahm der Junge Drogen?

»Robin? Alles in Ordnung?«

»Hm?«

»Wir wollen anstoßen«, sagte Dominik.

»Ich muss mal kurz verschwinden.« Robin stand auf.

Betty, die neben ihm saß, nahm seine Hand. »Erst anstoßen!«

Robin sah sie mit merkwürdigem Blick an.

»Dein Bruder hat seinen Studienplatz«, erklärte Dominik freundlich.

»Erde an Robin …«, begann Lissa.

»Lissa!«, mahnte Dominik.

»Anstoßen, klar.« Robin griff nach seinem Glas. Sein Lächeln wirkte gequält.

»Auf Nils«, rief Betty. »Auf seine berufliche *und* private Zukunft!«

Fünf Sektflöten klirrten aneinander.

»Auf ganz viel Kohle!« Lissa spitzte ihren Mund und lächelte süffisant. »Darum geht es doch, oder?«

»Willst du deinem Bruder die Freude verderben?«, raunzte Betty.

Lissa riss die Augen auf. »Ich mein ja nur. Vielleicht lädt er uns ja später mal ein auf seine Yacht.«

»Aber Vorsicht, da könntest du Farbe kriegen«, gab Nils zurück.

Sie krauste die Nase. »Stimmt auch wieder.«

Lissa sah tatsächlich etwas blass aus, fast weiß. Dominik fragte sich, ob es an dem Druck in der Schule lag. Abi nach zwölf Jahren – das war kein Vergleich zu früher. Auch wenn sie noch zwei Jahre vor sich hatte. »Ein bisschen Sonne würde dir gut tun«, sagte er, nahm einen langen Schluck, streckte sich und verschränkte die Arme hinter dem Kopf.

Die anderen zogen Nils damit auf, was für ein Snob er werden würde. Nils wusste eben, was er wollte. Dominik selbst war in dem Alter viel unsicherer gewesen. Er trank sein Glas aus und goss sich noch eins ein. Der Champagner war ausgezeichnet. Betty hatte sich zu Nils vorgebeugt, der am Ende des Tisches saß. Ihre Köpfe berührten sich fast, und sie lachten gerade über etwas, das Lissa gesagt hatte. Sein Ältester war nie so schüchtern gewesen wie Robin. Vielleicht brachte Nils' athletische Statur allein schon mehr Selbstbewusstsein mit sich. Und doch gab es nur Sofie für Nils. Sie war sehr attraktiv, keine Frage. Beine bis zum Hals, wie man so schön sagte. Ihre Züge hatten trotz der blonden Haare etwas Südländisches. Gelegentlich ertappte er sich dabei, wie er seinen Blick auf ihrem ebenmäßigen, immer leicht gebräunten Gesicht ruhen ließ, den braunen, mandelförmigen Augen, der schmalen, ganz leicht gebogenen Nase, dem sinnlichen Mund. Nils hatte eine Engelsgeduld mit der kapriziösen Dame. Dominik trank den letzten Schluck Champagner. »Wo ist eigentlich Robin?«

Lissa rieb an dem Lippenstift-Abdruck auf ihrem Glas. »Ins Klo gefallen? Das Noro-Virus? Flitzekacke?«

Dominik stand auf. »Ich sehe mal nach.« Er ging hinaus auf den Flur, der schwach beleuchtet war vom Licht, das durch die halb geöffnete Küchentür fiel. Er sah Robin in der Küche stehen, den Blick auf sein Handy gerichtet. Sein Sohn schrie plötzlich laut auf und schmetterte das Handy zu Boden.

Mit zwei Schritten war er in der Küche. Robin blickte ihn mit großen Augen an. Auf den Bodenfliesen drehte sich das Ding, ein Teil des Gehäuses war abgebrochen.

»Was soll das?«, fragte Dominik.

Robin hob sein Handy auf, drückte ein paar Tasten, und fluchte.

»Ich hab dich was gefragt!«

»Das Scheißding ist kaputt.«

»Das sehe ich auch! Rob, was soll dieses Theater?«

Robin wollte sich an ihm vorbeidrücken. Als Dominik seinen Arm packte, riss er sich mit einer heftigen Bewegung los.

»Hör mal, so kannst du nicht … Robin!«

Sein Sohn stürmte die Treppe hoch. Dominik überlegte kurz, ob er ihm nachgehen sollte. Besser, Robin beruhigte sich erst mal. Er würde ihn am nächsten Tag darauf ansprechen.

Auf dem Weg zum Wohnzimmer fiel sein Blick auf das aufgeschlagene Telefonbuch auf dem Telefontisch. Er stellte das Telefon auf die Ladestation zurück. Er wollte das Buch gerade zuklappen, als er den unterstrichenen Namen sah. *Marga Borgstedt.*

Eine von Bettys vielen Freundinnen? Ja, auch Betty würde das Telefon neben der Ladestation liegen lassen. Aber sie trug die Daten ihrer Bekannten alle in ein Adressbuch ein. Er holte das Buch aus der Schublade und suchte unter M und B, ohne einen entsprechenden Eintrag zu finden. Also war es wohl Robin gewesen, der es erst über das Festnetz und dann über sein Handy versucht hatte. Er gestand sich ein, dass es nicht mehr viel war, was er über seinen jüngsten Sohn wusste. Und nun spionierte er ihm nach. Berufskrankheit des Ermittlers? Er schüttelte den Kopf über sich selbst.

Betty kam aus dem Wohnzimmer und schnappte sich das Telefon, um »den Richter« anzurufen, wie Dominik seinen Schwiegervater insgeheim nannte, obwohl der längst pensioniert war. Er machte Feuer im Kamin, während sie dem Richter die gute Nachricht überbrachte und Nils ihm die Einzelheiten erläutern musste. Anders als ihre Schwester und deren Ehegatte hatte Betty das Jurastudium abgebrochen, nachdem sie beim 1. Staatsexamen durchgerasselt war. Betty als Heilpraktikerin und er als Polizist konnten gegen das »perfekte Paar« natürlich nicht anstinken. Und Bettys Neffe, einziger Sprössling des perfekten Paars, hatte im letzten Jahr zu allem Überfluss den ersehnten Jura-Studienplatz ergattert. Ihm war das alles schnuppe, aber an Betty schien es zu nagen.

Inzwischen hatte sie offenbar ihre Mutter an der Strippe und gab das Telefon an Nils weiter, der etwas über technisch-wirtschaftliche Querschnittsfunktionen erzählte, Begriffe wie Projektmanagement, Controlling und Consulting abspulte.

Dominik konnte nur hoffen, dass seine Schwiegermutter im Englischen firm war. Er brachte das Geschirr in die Küche und stellte fest, dass der Mülleimer bereits überquoll. Er nahm die Tüte aus dem Eimer, um sie nach draußen zur Tonne zu bringen, und ging hinaus in die Kälte. Der Tonnendeckel war festgefroren. Während er daran zerrte, ertönte ein lautes Hupen vor dem Haus.

Ein weißer Alfa Romeo parkte am Straßenrand, und sein Besitzer hupte so hemmungslos, dass Dominik kurz überlegte, das jungfräuliche Weiß mit Küchenabfall zu verzieren. Dann erkannte er Nils' Freund hinter dem Steuer.

»Hey Max, mach nicht so'n Aufstand!«, hörte er seinen Sohn rufen.

Dominik trat ein paar Schritte von der Hauswand zurück, sodass er Nils sehen konnte, der gerade auf die Kühlerhaube des Wagens schlug.

Max stieg aus, und grinste.

»Neidisch?«

»Ist doch sowieso nicht deiner!«, gab Nils zurück und zog den Reißverschluss seiner Daunenjacke hoch.

»Woher willst du das wissen?«

Dominik wurde es kalt in seiner Strickjacke. Wieder ins Haus? Seine Neugierde siegte.

»Noch zwei Monate, oder?«, fragte Nils.

»Ja, scheiße auch. Mein Alter lässt sich nicht erweichen.«

»Du tust mir echt leid. Aber denk dran: In zwei Monaten musst du nicht mehr zusammen mit dem Prekariat am Bahnsteig stehen«, spottete Nils.

»Ich fahre nicht mehr nach Düsseldorf. Habe mich von der Dame verabschiedet. Sie fing an, mir auf den Sack zu gehen mit ihren Ansprüchen. Sie ist nicht wie Sofie.«

Nils lachte auf. »Da kennst du Sofie aber schlecht.«

Max legte die Arme verschränkt aufs Wagendach, bettete das Kinn darauf und fixierte Nils. »Hör zu, das mit Samstagnacht, das ging von Sofie aus.«

Nils schwieg, stieß Atemwolken in die kalte Luft aus.

Wieder fiel Dominik auf, wie ähnlich sich die beiden sahen: Beide waren blond, sportlich, Typ kalifornischer Surfer. Max surfte nicht, sondern betrieb »Basejumping«. Jedenfalls hatte er damit angegeben, dass er von Felswänden im Schweizer Lauterbrunnental und von Wolkenkratzern in Shanghai gesprungen sei. Dass seine Eltern das hinnahmen! Er wusste wenig über Max, der erst im letzten Jahr mit seinen Eltern von Düsseldorf nach Bielefeld gezogen und in Nils' Jahrgangsstufe gelandet war. Die beiden hatten sich im Sport-Leistungskurs kennengelernt und spielten Tennis im selben Club. Er hoffte nur, dass Max seinen Sohn nicht auf dumme Gedanken brachte.

Nils blies in seine Hände. »Es wird frisch …«

»Komm, steig ein und fahr 'ne Runde. Glaub mir, der fährt sich besser als eure Familienkutsche.«

»Ich muss wieder rein.« Nils steckte die Hände in die Taschen und trat von einem Bein aufs andere.

»Sofie und ich haben auf der Party zu viel von diesem Wodka-Zeug erwischt. Du hast auch nicht gerade ins Glas gespuckt.«

»Na und?«, gab Nils zurück.

»Es bedeutet nichts. Gar nichts, okay? Komm schon, lass uns fahren. Nur eine Runde.«

»Ich feiere etwas mit meiner Familie.«

Max grinste. »Der Studienplatz, um den du seit Monaten zitterst?«

»Genau der.«

Dominik ärgerte sich. Merkte Nils nicht, wie herablassend Max klang?

»Braver Junge! Dann feiern wir mal das große Ereignis! Fang!« Er warf Nils die Autoschlüssel zu.

Nils legte die Schlüssel aufs Dach. »Mann, vergiss es!«

Sein Sohn wandte sich zum Haus und verschwand aus Dominiks Blickfeld.

Max stöhnte. »Jetzt machst *du* aber den Aufstand. Ist dir das klar, Nils?« Er starrte ihm hinterher. »Ich kapier das nicht: Nur wegen der Torte?«

Niemand antwortete. Nils war wohl schon im Haus. Max verdrehte die Augen, holte sich die Schlüssel vom Wagendach, stieg ein und startete den Motor.

Dominik rieb sich die kalten Hände, legte die steifen Finger um den Tonnengriff und zog heftig. Der Deckel löste sich mit einem Knall.

4. Kapitel

Dienstag, 18. Dezember

Als Dominik den Eingangsbereich des Präsidiums durchquerte, entdeckte er einen Mann, der so riesig war, dass er sich zu dem Kaffeeautomaten hinunterbücken musste. Jemand von außerhalb, eindeutig. Er drückte an den Knöpfen herum und kratzte sich seine aschblonde Bürste.

»Sind Sie sicher, dass Sie den Kaffee aus *diesem* Automaten wollen?«, fragte Dominik.

Der Mann richtete sich auf und starrte ihn an. Sein Gesicht war von Zickzacknarben gezeichnet. Er ähnelte jemandem, den Dominik vor Kurzem auf einem Foto gesehen hatte, aber er wusste nicht mehr wo. Doch ja, der Bürgermeister von Rejkjavik. Der Artikel unter dem Foto hatte davon gehandelt, dass der in seinem früheren Leben Komiker gewesen war.

»Sie möchten wirklich *diesen* Kaffee?«, wiederholte Dominik. »Aus *diesem* Automaten?«

Der Kerl starrte ihn weiter an. Vielleicht verstand er nur isländisch.

»Ich habe Geld reingeworfen …«, begann der schließlich und hob kurz seine langen Arme an.

»Und es ist nichts passiert, ich weiß«, sagte Dominik freundlich. »Wenn Sie ihn wirklich wollen, lässt sich da was machen. Aber ich warne Sie: Es ist nicht der beste Kaffee im Haus.« Er unterdrückte ein Grinsen. Das Gesöff, das dieser Automat ausspuckte, war einmalig schlecht.

Dominik blickte sich um. Die Luft war rein. Er ging drei Schritte zurück, nahm Anlauf und trat auf eine Stelle rechts oberhalb der Aussparung. Der Becher schnellte hervor. Ein scharfer, schwarzer Strahl traf hinein und füllte ihn bis zum Rand und großzügig darüber hinaus.

»Das passiert übrigens auch, wenn Sie kein Geld reinschmeißen. Falls Sie mal guten Kaffee wollen, fragen Sie nach Domeyer, Kommissariat für Tötungsdelikte.« Die Ähnlichkeit mit dem Komiker aus Island war rein äußerlich. Der Mann stierte ihn an, als wäre er geisteskrank.

»Na dann«, sagte Dominik, der sein Angebot schon bereute.

Als Dominik sich auf der Treppe umdrehte, starrte der Riese ihm immer noch nach, schaute dann schnell weg, wie ertappt, und streckte zögernd die Hand nach dem Becher aus.

Bis auf Kux und Weber, die in der Teeküche mit Geschirr klapperten, schien noch niemand auf seiner Etage zu sein. Wie üblich holte Dominik zuerst seine Dienstwaffe aus dem Tresorschrank, der in dem kleinen Raum am Anfang des Flures untergebracht war. Er war der Erste im Büro, das nach kaltem Rauch roch. Der Herr Kollege hatte seinen Becher auf Dominiks Schreibunterlage stehen lassen. In dem Rest Kaffee schwamm eine Kippe. Mit spitzen Fingern trug er den Becher zum Waschbecken. Dann lüftete er. Als er gerade dabei war, der vor sich hinkümmernden Beamtenlilie Wasser zu geben, gab sich Frank T. Herbst die Ehre.

»Dodo! Ich dachte, du bist krank!« Frank entfernte eine zerknüllte Papiertüte von Dominiks Schreibtisch und fegte ein paar Krümel auf den Boden. »Wenn ich gewusst hätte, dass du kommst, hätte ich natürlich aufgeräumt.«

Frank warf seine Jacke an den Garderobenständer, wo sie wider Erwarten hängen blieb, und ließ sich auf seinen Stuhl fallen. Über seinem runden Bauch spannten sich gelbe Kakadus auf schwarzem Grund. Seine langen Koteletten verschwanden im Dreitagebart.

»Keine Zeit mehr zum Rasieren, Frank? Vor lauter Dates?«

Frank fischte die zerknüllte Tüte wieder aus dem Papierkorb und warf sie nach Dominik, der sich duckte, aber nicht verhindern konnte, dass ein Schauer von Krümeln auf seinem Pullover landete

»Wie hieß sie noch?«, machte Dominik weiter.

Frank wedelte mit der Hand. »Schnee von gestern.«

»Ich zitiere: Bis zum Vierzigsten muss aber eine kommen. Der Countdown läuft.«

»Du hast gut reden.«

»Wegen Betty?«

»Wegen wem sonst? Du hast 'ne tolle Frau, vergiss das nicht. Sonst nehme ich sie.«

»Nur zu.«

»Dodo, Dodo.« Frank schnalzte mit der Zunge und schüttelte den Kopf. »Was macht der …?« Er griff sich an den Hals und röchelte.

»Bronchien. Mit viel frischer Luft wird's gehen. Weiß unser neuer Mordkommissions-Leiter eigentlich, dass du im Büro rauchst?«

»Ach der.« Franks Augenbrauen ruckten kurz nach oben.

»Und wie ist der so, dieser Bernd Andersen?«

»Nicht Bernd, Bent! Und genauso sieht der auch aus.« Frank schaltete seinen Rechner ein.

Dominik hatte keine Ahnung, wie jemand aussah, der Bent hieß. »Nämlich?«

»So 'ne Mischung aus Erik, dem Roten, und Puff-Türsteher.«

Ihm schwante Böses. »Hat der Narben im Gesicht?«

»Jede Menge.«

»Woher kam der noch?«

»Flensburg. Er hat sich letzten Donnerstag vorgestellt und eine kleine Rede gehalten. Dann hat er dem Team ganz förmlich das Du angeboten und aus der Wäsche geguckt, als wäre er am liebsten woanders. Ach, so einen wie Karl kriegen wir nicht mehr!«

Dominik verspürte einen leisen Stich. Er hatte den wegen seiner Herzkrankheit vorzeitig pensionierten Karl längst besuchen wollen.

»Sag mal, wird das wohl noch mal hell heute?« Frank gähnte, kratzte sich am Bauch und legte unentschlossen eine Hand auf seinen Aktenstapel.

Dominik grinste. »Mir ist, als wäre ich nie weg gewesen.«

Das Telefon klingelte. Frank warf ihm einen leidgeprüften Blick zu und nahm ab.

Dominik goss den Rest der Pflanzen, die Franks »Pflege« überlebt hatten. Der Blick aus dem Fenster endete beim Teutoburger Wald, der sich wie ein dunkles Band gegen den grauen Himmel abhob. Es begann wieder zu schneien. Er sollte sich besser Spikes für seine Laufschuhe besorgen, wenn er wieder einsteigen wollte. Im letzten Winter war sein Lauffreund Volker beim Joggen gestürzt und hatte sich das Steißbein angebrochen.

»Verstehe«, hörte er Frank sagen. »Wo war das jetzt genau? Obersee? Nördlich davon … in der Pampa, meinst … Aha? Die Kollegin zeigt uns … alles klar.« Frank legte auf. »Das fängt ja gut an! So kurz vor Weihnachten! Schon heute Morgen, als ich aufstand …«

»Frank!«

»Eine weibliche Leiche ist in der Nähe des Obersees aufgefunden worden. Wir machen einen Winterspaziergang.« Frank schnappte sich seine Jacke. »Praktisch bei euch um die Ecke.«

»Stimmt. Manchmal jogge ich da.«

Auf dem Parkplatz vor einem Geschäft in der Nähe des Obersees kreiselten blaue Lichter. Eine kleine Menschenansammlung hatte sich um den Rettungswagen und zwei Polizeistreifen gebildet.

Während der Fahrt hatte Frank ihm das Wenige mitgeteilt, das er schon wusste. »Schwere Kopfverletzungen. Auf jeden Fall Fremdeinwirkung, meinte der Doc. Eine unbekleidete, junge Frau.« Sie hatten sich einen bedeutungsschweren Blick zugeworfen und den Rest der Fahrt schweigend hinter sich gebracht.

Susanne Meybrink von der Schupo kam ihnen entgegen. Sie blickte auf Franks spitze Schlangenlederstiefel. »Tja, Frank, das tut mir jetzt leid.«

Hüpfend versuchte Frank, den matschigsten Stellen auszuweichen, während sie ihr folgten. Nach einer Weile schien er es aufgegeben zu haben. Der Schnee war ziemlich nass. Der Weg war von wässrigen Fußspuren übersät.

»Ist wohl ein beliebter Wanderweg in dieser Gegend, selbst im Winter«, erklärte Susanne.

»Allerdings«, bestätigte Dominik.

»Ist ein Naturmensch, unser Dodo. Echter Outdoor-Freak.« Frank zog fröstelnd die Schultern in seinem dünnen Wolljackett zusammen.

Susanne lachte. »Im Vergleich zu dir ist das wohl jeder. Zwei Spaziergänger haben sie in einem verfallenen Bauernhaus gefunden, ein älteres Paar. Deren Hund war reingelaufen und kam gar nicht mehr heraus.«

Ein kalter Tropfen ließ Dominik zusammenzucken, rann in den Kragen seiner Daunenjacke. Unter den Bäumen hatten zahllose Tropfen ein Muster im Schnee gebildet. Quer über das von kahlen Sträuchern gesäumte Feld liefen Hasenspuren. Die nächsten Häuser waren ein ganzes Stück entfernt.

Ein düsteres Wäldchen trennte den Weg von der Straße. Schon von Weitem konnte man die Lücken im Dachstuhl des Hauses erkennen. Es hatte die Form eines westfälischen Bauernhauses, das Holz des Fachwerks war ausgeblichen. Die orangefarbenen Absperrbänder waren das einzig Farbige in der schwarz-weißen Winterödnis. Wüstes Gestrüpp umgab das Gebäude. Ein einzelner, langer Baumstamm mit nur wenigen Seitentrieben ragte hoch in den Himmel. An seinem Ende gabelte er sich wie eine Kralle. Erfrorene Brennnesseln stachen aus dem Schnee, duckten sich zum Haus hin.

Ein dünner Metallzaun schützte das Grundstück, er war an einer Stelle niedergetreten. Es gab keine Fensterscheiben mehr, nicht einmal Überreste davon. Da, wo sich früher die große Deelentür befunden haben musste, klaffte eine dunkle Öffnung mit einem Gitter, das schräg davorgelehnt war. Dahinter waren undeutlich Graffitis zu erkennen.

Susanne bog ein paar Zweige zur Seite, die von einem gelblich-grünen Gewächs überwuchert waren. Sie stiegen ihr durch die Lücke im Zaun nach. Alle drei zogen sich Latexhandschuhe, Overalls und Überschuhe an.

»Sind wir jetzt hübsch genug für Bella?«, fragte Frank.

»Schätze schon.« Susanne stellte das Gitter vor der Deelen-Öffnung beiseite. »Denn mal rinn in die Gute Stube.«

Die »Gute Stube« war mit Scheinwerfern ausgeleuchtet. Die Spurensicherer in ihren unförmigen, weißen Overalls stiefelten in der Deele herum, nahmen Proben und fotografierten. Dominik erkannte Theo Hagedorn an der dicken Brille, die unter seiner Kapuze hervorstand. Er kramte in seinem Köfferchen. Bella Schnathorsts imposante Gestalt verdunkelte für einen Moment das grelle Licht, als sie vor einen der Scheinwerfer trat. Um ihre riesigen Pumps spannten sich Überschuhe, die das Klackern dämpften. Sie hatte Dominik noch nicht gesehen, und er folgte eilig Susanne in den hinteren Teil des Raumes. Sollte Frank mit den Leuten vom Erkennungsdienst reden. Er hatte jetzt keine Lust auf Bella. Sie hatte eine Schwäche für ihn und war am Ende der feucht-fröhlichen Weihnachtsfeier auf seinem Schoß gelandet. Die Hämatome auf seinen Oberschenkeln hatten inzwischen eine gelbliche Färbung angenommen.

Vorsichtig stieg er über Glasscherben. In einer Ecke lagen Bierdosen, eine ausgeblichene Chipstüte bewegte sich im Wind, der durch das teilweise abgedeckte Dach blies und Schnee hereingeweht hatte. Nahe der Wand war ein Haufen Holzbalken aufgeschichtet, etliche Balken lagen verstreut auf dem Boden.

»Sie war vermutlich mit Mülltüten bedeckt und unter dem Holzstapel versteckt. Der Hund hat so lange gewühlt, bis der Stapel auseinanderfiel, und hat dann einen Teil der Tüten weggezerrt«, sagte Susanne. »Tja.« Sie trat beiseite und gab so den Blick frei auf die Gestalt auf dem Boden.

Lissas Alter, durchzuckte es Dominik. Das grelle Licht verlieh ihr etwas Durchscheinendes. Sie war zierlich, mager. Sie lag auf dem Rücken, hatte einen Arm angewinkelt, die Hand ruhte neben dem Kopf, ein Arm lag ausgestreckt neben dem Körper. Ihre Augen waren halb geöffnet. Getrocknetes Blut klebte auf ihrer Stirn und in den langen Haaren, es hatte eine Abrinnspur quer über ihr Gesicht gezogen. Am Haaransatz war die Kopfschwarte aufgerissen, man konnte ein Stück Knochen sehen. Unter ihrem Kopf schien es keine Lache zu geben, auch ansonsten konnte Dominik kein Blut entdecken, abgesehen von ihrem blutverschmierten, rechten Ringfinger, der in einem unnatürlichen Winkel vom Handteller abstand. Möglicherweise hatte sie versucht, den Angreifer abzuwehren.

Dominik hob eine der grauen Tüten an, die neben der Leiche lagen. »Gibt's in jedem Baumarkt.« Er wandte sich um, doch Susanne war schon gegangen.

Dafür näherte sich Frank. »Ist nicht der Tatort, meint Bella.«

Dominik nickte ihm zu und ging an den Leuten vorbei, die die Spuren sicherten, und weiter nach draußen. Das halb eingesunkene Dach war zum Teil von unten mit Balken abgestützt. Überall lag noch Schnee. Einige Kollegen durchstreiften die Umgebung. Schließlich kam Frank aus der Bauernhaus-Ruine, und sie wanderten zurück.

Als sie wieder auf dem Parkplatz standen, hatte auch Dominik nasse Füße. Er schob sich ein Salbeibonbon in den Mund und stapfte zum Bereitschaftsarzt, der mit einer dampfenden Tasse Tee am Rettungswagen lehnte. Der Mann sah traurig aus. Sein Blick erinnerte Dominik an den Basset-Hund von Frau Horstkötter, der immer schaute, als wäre ihm schweres Unrecht widerfahren. Zu allem Überfluss setzte Schneeregen ein.

»Und?«, fragte Dominik.

»Sind Sie der, dem ich alles noch mal erzählen darf? Wär schön, wenn ich heute noch nach Hause komme. Soll ich Ihnen verraten, wie lange ich schon auf den Beinen bin?«

»Reicht schon, wenn Sie mir den ungefähren Todeszeitpunkt verraten.«

»Höchstens 48 Stunden.«

Diesen Ärzten musste man die Würmer aus der Nase ziehen. Der Orthopäde, der ihn wegen seiner Kniebeschwerden behandelt hatte, war genauso. »Weil die Totenstarre angefangen hat, sich zu lösen, oder weil Sie die Temperatur gemessen haben?«

»Temperaturmessung? Rektal etwa? Damit ich Ärger mit dem Rechtsmediziner kriege? Wegen zerstörter Spuren? Habe ich alles schon erlebt!«

»Schlafen Sie sich mal richtig aus.« Dominik ließ ihn stehen.

Die Kollegin Nina Tschöke eilte in wehendem Mantel auf ihn zu. Ihre modische Brille war von Tropfen bedeckt, die gelverstärkte Kurzhaarfrisur trotzte stachelig dem Regen.

»Hallo, Dodo. Wieder auf dem Damm?« Sie nahm ihre Brille ab und fing an, sie zu putzen. »Ganz schön widerlich, was? Eine nackte, junge Frau, ist doch klar, was …«

»Klar ist noch nichts. Ihre Oberschenkelinnenseiten sind weiß wie Schnee. Er könnte sie auch ausgezogen haben, weil er möglichst wenig Spuren hinterlassen wollte.«

»So weit denken die meisten Täter doch gar nicht.«

»Zum Glück.« Dominik lachte und bekam einen Hustenanfall. Er stopfte sich schnell ein neues Salbeibonbon in den Mund.

»Bent Andersen will dich sehen.« Mit einer Bewegung ihres Kopfes wies Nina auf die andere Seite des Parkplatzes, wo der neue Mordkommissions-Leiter auf und ab wanderte und in sein Handy sprach. Sie zwinkerte ihm zu und imitierte eine tiefe Tonlage. »Sie können Bent zu mir sagen.«

Frank näherte sich mit Kux und Weber im Schlepptau.

Nina seufzte. »Wir dürfen jetzt die umliegenden Häuser abklappern.« Sie hob zum Abschied die Hand und ging ihnen entgegen.

Bent Andersen telefonierte immer noch. Er hatte sich vor einem Geschäft am Rande des Parkplatzes postiert, das Schutz vor dem kalten Wind bot. Vermutlich hatte er die Staatsanwältin an der Strippe. Dominik hielt Abstand. Der neue Chef war halbseitig beleuchtet vom Licht eines Schaufensters, was seine Narben deutlich hervortreten ließ. Während er in sein Handy sprach, betrachtete er abwesend die Auslagen des Bioladens. Der Mann war ein Koloss. Mit dem Bürstenhaarschnitt sah er aus, als fehlten nur noch Kampfanzug und Springerstiefel.

Dominik bewegte die kalten Zehen und wünschte sich vor seinen Kamin.

»Frau Staatsan... ja ... gut, dann bis gleich!« Andersen nickte ins Handy und beendete das Gespräch. Einen Moment lang hing sein Blick noch am Sonderangebot für Biowein, dann fixierte er Dominik.

Dominik ging auf ihn zu. »Sie wollten mich sprechen?«

»Herr Domeyer?«

Wieso fragte der eigentlich? »Ja, Dominik Domeyer.« Dominik ging zu ihm hin und streckte die Hand aus.

»Bent Andersen. Wir ... sind uns ja schon begegnet.«

Andersen quetschte kurz seine Hand und ließ dann los, als hätte er sich verbrannt. »In Flensburg haben wir uns im Ermittlerteam immer geduzt, und ich würde das gerne beibehalten. Ich hoffe ...«

»Sicher, natürlich«, sagte Dominik rasch, obwohl er jetzt schon wusste, wie unpassend sich das anfühlen würde.

»So wie es aussieht, ist die Tote noch nicht identifiziert. Ich möchte, dass ... du die Vermissten-Meldungen durchgehst. Falls etwas ist, ich bin noch länger im Büro. Auf jeden Fall treffen wir uns morgen um acht im Besprechungsraum.«

»Alles klar.« Dominik lächelte. Er sehnte sich nach Wärme. Ein überheiztes Büro und ein ordentlicher Kaffee waren genau das Richtige.

Bent Andersen starrte wieder. Starrte der jeden so an? Oder nur Leute, die Kaffeeautomaten malträtierten?

»Ja ... das ... wäre dann alles«, sagte Andersen endlich.

Eine dreiviertel Stunde später scrollte sich Dominik durch die aktuellen Vermissten-Meldungen und verglich die Beschreibungen und Fotos mit den Fotos von der Leiche. Er wurde bald fündig – doch erst auf den zweiten Blick. Wie so oft war der Unterschied erschreckend. Auf dem Portraitfoto war sie auffallend hübsch, strahlte in die Kamera. Das Foto war vor einem herbstlichem Wald aufgenommen, ihren grob gestrickten Schal hatte sie nachlässig über den langen, goldig schimmernden Haaren verknotet. Eine Hand war mit im Bild, als würde sie jemandem zuwinken. Sie steckte in einem Handschuh mit abgeschnittenen Fingern – die Sorte, deren Sinn er noch nie begriffen hatte. Er konnte sich vorstellen, wie sie ihre Haare zurückwarf, die Schar ihrer Verehrer … Sie trug ein Piercing im rechten Nasenflügel. Das fand sich auch auf den Fotos der Polizei, auf denen die Züge der Toten wie eine Wachsnachbildung der Lebenden wirkten, nur dass Madame Toussaud vergessen hatte, sie anzumalen. Anna Borgstedt, vermisst seit dem 17. Dezember. Vermisst gemeldet von ihrer Mutter, Marga Borgstedt.

Dominik, der gerade seinen Kaffeebecher zum Mund geführt hatte, hielt inne. *Marga Borgstedt*. Ein unterstrichener Name in einem Telefonbuch. Zufall? Er stellte den Becher ab und rief Betty an.

»Findest du das gut, in deinem Zustand Überstun…«

»Kennst du eine Marga Borgstedt?«

Einen Moment lang herrschte Stille.

»Nein. Wieso?«

»Ist Robin zu Hause?«

»Der ist doch heute bei dem Treffen dieser Gruppe … wie heißt die noch mal? Globalisierungsgegner oder so. Bist du wenigstens zum Essen da?«

»Mal sehen. Betty, wir haben hier eine Mordermittlung.«

Betty seufzte. Und legte auf.

Dominik druckte die Vermissten-Meldung aus, machte sich auf zu Karls altem Büro und klopfte leise.

»Ja?«

Bent Andersen besah sich eines der Fundort-Fotos, die Lesebrille hing schief auf der Nase. »Der Rechtsmediziner kommt erst morgen früh aus Münster, um die Obduktion vorzunehmen«, sagte er, nahm seine Brille ab und massierte sich den Nasenrücken. Im Licht der Leselampe wirkte er weicher, müde. Die Narben waren zu einem Gewirr feiner Linien geworden.

»Ich glaube, ich habe die entsprechende Vermissten-Meldung gefunden. Anna Borgstedt.«

»Du *glaubst*?« Er schaute ihn über den Rand seiner Brille hinweg an.

»Ich bin ziemlich sicher.« Er legte sie Andersen auf den Tisch.

Dieser setzte seine Brille wieder auf und studierte sie. »Na schön.« Bent Andersens Augen verengten sich und wanderten über Dominik, vom Gesicht bis zur Gürtelschnalle und wieder zurück.

Er will *mich* hinschicken, dachte Dominik mit einem Anflug von Panik.

»Dann werden die Kollegin Tschöke und ich wohl Frau Borgstedt aufsuchen müssen«, sagte Andersen.

»Falls sonst nichts mehr …«

»Sie können gehen.«

Sollte er jetzt die Hacken zusammenschlagen, salutieren und abtreten? Waren sie nicht schon beim Du gewesen?

Andersens Blick richtete sich wieder auf die Fundortfotos.

»Ja dann … bis morgen.« Dominik machte, dass er wegkam, bevor der neue Chef es sich anders überlegte.

Aus der Küche roch es verheißungsvoll nach Kürbis, nach Ingwer, Curry und einem Gewürz, das Dominik nicht zuordnen konnte. Am Esstisch traf er alle außer Robin an. Der sei mit einem Freund zu einem Kinoabend im *Lichtwerk* verabredet, wusste Lissa zu berichten.

Betty trug die Hokkaido-Kürbissuppe auf, alle begannen zu essen. Schweigend. Was nur bedeuten konnte, dass zur Abwechslung mal niemand was am Essen auszusetzen hatte.

»Sagt mal, hat Robin eigentlich eine Freundin?«, fragte Dominik nach einer Weile.

Die anderen sahen von ihrer Suppe auf.

»Du glaubst doch wohl nicht, dass er mir so was auf die Nase bindet«, sagte Betty.

»Weil du immer alles ganz genau wissen willst! Von wegen *Privatleben*!«, giftete Lissa.

»Ihr wisst es also nicht«, sagte Dominik schnell.

Nils grinste. »Er hatte am Samstagnachmittag Damenbesuch.«

»Nein, so was«, sagte Lissa in geziertem Tonfall. »*Damenbesuch*.« Sie schwenkte ihren Löffel und hinterließ kleine, orangefarbene Flecken auf dem Tischtuch.

»Glaubst du, ich wasche und bügele die Tischdecke zum Spaß?«, fragte Betty.

Lissa verdrehte die Augen.

»Ich weiß natürlich nicht, ob die zusammen sind.« Nils wischte seinen Teller mit einem Stück Weißbrot aus.

Betty stand auf. »Du kannst mir abräumen helfen, Lissa.«

»Und wieso ich? Wieso nicht Nils?«

»Weil ich mich um den Kamin kümmere«, sagte Nils.

Betty drückte Lissa einen Stapel Teller in die Hand. Sie hörten die beiden noch im Flur streiten.

»Wie war dein erster Tag denn so?«, fragte Nils und kniete sich vor den Kamin.

Dominik schlenderte mit seinem Glas Apfelschorle zum Sofa. »Anstrengend.« Er ließ sich hineinfallen. »Der neue Chef ist …« Er verzog das Gesicht und senkte den Daumen.

»Anstrengend?« Nils lächelte und schichtete Holz im Kamin auf.

»Milde ausgedrückt: Reserviert.«

Nils zerpflückte Zeitungspapier und formte kleine Bälle daraus. »Du, Papa, was ich dich schon immer mal ...«

»Ja?«

»Wie hast du das damals eigentlich mit dem Antrag bei Mama gemacht?«

»Antrag? Warum ...? Willst du Sofie etwa einen Heiratsantrag machen?«

Nils verteilte die Papierbälle auf dem Holz. »Ist das so abwegig?«

»Ihr seid doch noch so jung!«

»Das ward ihr doch auch! Wie lange soll ich denn warten? Ich liebe Sofie!« Nils holte das Feuerzeug und zündete das Papier an.

»Verstehe.« Dominik behagte der Gedanke an eine Heirat der beiden nicht, ohne dass er genau hätte sagen können, warum. Eine prächtige Hochzeit würde es werden, dafür würden Sofie Mertens Eltern schon sorgen. Sofies Mutter hatte einmal durchblicken lassen, wie froh sie über Nils als Schwiegersohn wären, und etwas von kirchlicher Trauung und einer Eigentumswohnung erzählt, die sie den beiden kaufen würden. Sollte er sich nicht für seinen Sohn freuen? Früher oder später würde er sein Elternhaus sowieso verlassen. Er ließ den Saft im Glas kreisen.

»Und wie hast du es nun gemacht mit dem Antrag?«

»Ich?« Dominik grinste. »Wieso ich?«

»Du musst ihr doch irgendwann einen Antrag ...« Nils brach ab. Auf seinem Gesicht stritten Neid und Entsetzen. »Hat *sie* etwa ...?«

»Sie hat.«

»Ah ja. Hm.« Nils kratzte sich am Kopf.

Dominik lächelte. Was würde sein Sohn denken, wenn er erfuhr, dass Bettys Antrag bei der Zigarette danach erfolgt war, und er sich eine Bedenkzeit erbeten hatte? »Vergiss das mit dem Kniefall und der Rose, Nils. Es muss sich aus der Situation ergeben.« Er legte seine Füße auf das Fußbänkchen. »Und du bist sicher, dass sie die Richtige ist?«

»Das ist sie!«, sagte Nils. Er stocherte im Holzhaufen. »Wieso brennt das blöde Holz noch immer nicht?«

»Du musst es schön locker schichten.«

Nils stöhnte und baute seinen Stapel um. Er zündete einen weiteren Papierball an, der aufloderte und rasch zu Asche verbrannte, ohne dass das Holz Feuer fing. Nils warf das Feuerzeug auf den Tisch. »Ich geb's auf!«

»Du gibst doch sonst nicht so schnell auf.«

Nils stützte sich mit einer Hand am Sims ab, starrte in den Kamin und schüttelte den Kopf.

»Was ist denn, Nils?«

Nils holte tief Luft.

»Nils?«

»Manchmal denke ich … Sofie findet Max gut.«

»*Den*?«

»Er sieht gut aus, er macht coole Sachen, er macht sich nicht wegen jedem Mist ins Hemd …«

»Du schon, oder wie?«

»Nein, aber … mit Frauen ist Max eben cooler.« Nils hockte sich vor den Kamin und zog ein Stück Holz aus dem Haufen, der daraufhin auseinanderfiel. »Du hast recht, Papa: Es muss sich ergeben. Ich muss einen günstigen Moment abpassen. Aber ich darf auch nicht zu lange warten, sonst ...« Er brach ab, schlug sich mit dem Holzstück in die Hand.

»Mehr als nein sagen kann sie doch nicht«, sagte Dominik.

Nils blickte auf. Als er den Ausdruck seines Sohnes sah, wünschte er, er hätte den Mund gehalten.

Er räusperte sich. »Mal was anderes: Du hast Robins Besuch also gesehen?«

»Ganz kurz in seinem Zimmer, und dann haben Sofie und ich sie noch mal unten im Flur getroffen. »So eine Gepiercte mit Schlabberpulli und zerrissenen Levis. Anna heißt die.«

* * *

Der Schneematsch auf den Straßen in der Innenstadt war dunkelbraun vom Schmutz, an den Rändern türmten sich rußige Schneewälle. Eine Menschenmasse wälzte sich durch die Fußgängerzone, bildete Trauben um die Weihnachtsmarktbuden. Fußgängerzonen sahen überall gleich aus – und Weihnachtsmärkte offenbar auch, registrierte Bent Andersen. Es roch nach Currywurst und Reibeplätzchen. Von einer Bude, in der Crêpes gebacken wurden, stieg Dampf auf. Aus einer offenen Ladentür ertönte *Jingle Bells*. Er versuchte, sich am Rand durchzudrängeln, aber viel schneller als in der Mitte kam er da auch nicht vorwärts.

Endlich hatte Bent seinen alten Volvo in einer Seitenstraße erreicht, klaubte den Strafzettel unter dem Scheibenwischer hervor, warf die Tüte mit der Tiefkühlpizza, der Milch und dem Brot auf den Beifahrersitz und startete den Wagen. Während er in einer Autoschlange aus der Innenstadt zuckelte, nahm er sich fest vor, am kommenden Samstag herauszufinden, wo er in seiner Gegend einkaufen konnte. Seine Gegend, was war das eigentlich, abgesehen von der viel befahrenen Straße, an der er wohnte?

Als er die Tür zu seiner Wohnung im ersten Stock des Vier-Familienhauses aufschloss, konnte er sie nur halb aufdrücken. Dahinter stapelten sich Umzugskartons wie in den anderen Zimmern auch. Im Flur gab es noch kein Licht, und Bent tastete sich bis zur Küche, wo er gegen einen Karton mit Geschirr stieß, dass es nur so schepperte. Über dem Küchentisch baumelte eine nackte Glühbirne. Wenigstens hatte er die Küche übernehmen können, und sie schien halbwegs zu funktionieren. Er schob die Pizza in den Ofen. Es war eiskalt in der Küche, obwohl das Thermostat der Heizung voll aufgedreht war. War das die Nachtabsenkung? Bent tappte im Halbdunkel zu der Therme, drückte an Knöpfen herum, bis er hörte, wie sie ansprang. Dann tappte er wieder zurück und ließ sich auf den einzigen freien Küchenstuhl fallen. Wo war er bloß gelandet?

Bielefeld. Diese Stadt war gesichtslos. Vielleicht lag es auch daran, dass er sie fast nur im Dunkeln sah. Oder daran, dass die Luft einfach raus war. Der letzte Rest von Energie war für den Umzug draufgegangen. Wenn er wenigstens ausreichend hätte schlafen können. Er wachte jeden Morgen zwei Stunden früher auf, als sein Wecker klingelte. Der Berufsverkehr schien direkt durch sein Bett zu rollen. So ging das nicht weiter. Er musste irgendwie auf andere Gedanken kommen. Vielleicht mal bei seinem alten Freund Henning anrufen. Immerhin hatte er das Adressbuch wiedergefunden. Andererseits war es schon halb elf. Bent stöhnte über seine Unentschlossenheit. Henning war eine Nachteule, und es gab eigentlich keine Ausrede mehr, ihn nicht anzurufen. Er holte das Telefon. Allmählich wurde es warm in der Küche. Er warf einen Blick ins Innere des Backofens und tippte Hennings Nummer ein.

»Hallo, Bent! Wie schön«, hörte er Hennings muntere Stimme. Im Hintergrund erklang Gelächter.

»Störe ich?«

»Unsinn! Seit wann bist du denn jetzt in Bielefeld?«
»Seit zweieinhalb Wochen.«
»Und da rufst du erst jetzt an?«
»Ja … ich musste erst mal, mich erst mal …«
»Wann machen wir die Stadt unsicher?«
»Kann man das denn?«
»Na ja.« Henning lachte. »Seitdem das *Magnus* geschlossen wurde, haben wir hier nicht mal mehr 'ne vernünftige Szenekneipe. Und mit Partys sieht es auch eher mau aus. Bent, was soll ich sagen, du bist in der Provinz gelandet. Obwohl Flensburg ja auch nicht gerade der Nabel der Welt ist. Wo wohnst du denn jetzt?«
»An einer Ausfallstraße.« Bent unterdrückte ein Gähnen und zog sich seine Jacke aus.
»Herforder? Detmolder?«
»Beckhausstraße.«
»Das ist doch keine Ausfallstraße!« Henning lachte. »In Schildske ist er gelandet, schau an. Nicht schlecht, Bent. Auf welcher Höhe der Beckhaus denn? Am alten Schildescher Ortskern?«
»Ähm …«
»Fachwerkhäuser, Kirche?«
»Ich habe mich ja noch gar nicht …«
»Solltest du aber …« Während Henning redete und redete und das in der ihm eigenen hohen Geschwindigkeit, stellte Bent fest, dass der Käse auf der Pizza schon braun wurde. Er reduzierte die Temperatur auf 50 Grad.
»Bent, du verkriechst dich doch nicht?«
»Ich verkrie…«
»Du denkst doch nicht immer noch an Andy? Ich meine, nachdem du es endlich geschafft hast, dich zu trennen?«
Warum hatte er Henning bloß angerufen? »Nein … ich …«

»Aaaah, ich wusste es«, stöhnte Henning. »Vergiss diesen Mann. Den hättest du schon vor Jahren vergessen sollen.«

»Ist mir klar, ich …«

»Du musst dringend unter Leute. Und glaub mir, wenn man nicht gerade auf Szene aus ist, dann lebt es sich sehr gut in Bielefeld. Es ist zum Beispiel ziemlich grün hier, der Teuto, es gibt jede Menge Parks. Okay, jetzt im Winter …«

Bent machte den Backofen aus.

»Warst du schon auf der Sparrenburg? Auch kulturmäßig gibt es so einiges, unsere Kunsthalle ist klein, aber …«

»Henning, meine Pizza …«

»Genau, du kochst was Schönes, und ich mache dafür eine Stadtführung. Am kommenden Sonntag?«

Mit einem Mal herrschte Stille.

»Mein … meine Wohnung …«

»Ach was, ich werde großzügig darüber hinwegsehen. Wie ich dich kenne, ist doch schon längst alles perfekt.«

Nicht ganz, dachte Bent. »Du, ich habe hier gerade meinen ersten Mordfall. Erfahrungsgemäß …«

»Absagen kannst du immer noch.«

Bent wand sich noch ein wenig, dann sagte er zu. Das war immerhin ein Anreiz, sich um die Kisten in der Küche zu kümmern. Er holte die Thunfisch-Pizza aus dem Ofen, verbrannte sich am Ofenrost und hätte sie beinahe fallen lassen. Er fischte einen Teller aus einem der Kartons, wickelte ihn aus dem Zeitungspapier und bugsierte die Pizza darauf. Vermutlich hätte er den Teller erst spülen müssen. Esskultur – das war ihm mal wichtig gewesen. Aufwendige, mehrgängige Menüs hatte er für seine Freunde in Flensburg gekocht. Eine festlich gedeckte Tafel, guter Wein, das hatte ihm Spaß gemacht. Er schob sich ein Stück Pizza in den Mund und kaute, ohne viel zu schmecken. Die Verabredung mit Henning bereute er schon fast wieder. Henning, der ihm Dinge erzählte, die er nur zu gut wusste.

Wie zum Teufel sollte er diese Katastrophenbeziehung hinter sich lassen, wenn er hier Tag für Tag Andys Doppelgänger vor Augen hatte?

5. Kapitel

Mittwoch, 19. Dezember

Dominik wurde vom Kratzen des Schneeschiebers geweckt. 7.55 Uhr zeigte der Digitalwecker. Verpennt! Fluchend sprang er aus dem Bett, stieß sich den großen Zeh am Nachttisch und massierte sich stöhnend den Fuß. Nils war unten mit dem Schieber zugange. Ob Robin noch da war? Noch im Schlafanzug rannte er nach unten, gerade rechtzeitig, um seinen Sohn durch die Haustür verschwinden zu sehen.

»Robin, warte! Kennst du eine Marga Borgstedt?«

Robin kniff misstrauisch die Augen zusammen. »Warum?«

»Oder eine Anna Borgstedt?«

»Hat Anna für mich angerufen?« Robins Brauen verschwanden fast unter dem Rand der Wollmütze.

»Mach mal die Tür zu.«

Sein Sohn schloss die Tür.

»Bist du näher mit ihr bekannt?«, machte er weiter.

»Papa! Sag schon!«

»Ich will nur wissen, ob du näher mit ihr zu tun hast.«

»Bitte, Papa! Sie … sie ist doch nicht verhaftet worden?«

»Wie kommst du darauf?«

»Was denn dann?«, schrie Robin auf.

»Rob, hör mal, es ist so … wir wissen noch nichts Genaues.«

»Los, sag schon, was ist mit Anna?«

»Wir wissen noch gar nicht …« Er brach ab.

»Nun sag schon! Sag es! Bitte, ich muss es wissen!«

»Eine junge Frau ist in einer Bauernhausruine aufgefunden worden. Sie muss noch von ihrer Mutter identifiziert …«

»Anna ist tot?« Der Rucksack, den er sich über den Arm gehängt hatte, glitt zu Boden. Robin presste sich beide Hände vor den Mund, als wollte er sich daran hindern zu schreien.

»Wie gesagt, wir wissen noch nicht mit Sicherheit …«

»Frank ist am Telefon, wo du denn bleibst«, unterbrach ihn Betty, die in den Flur gekommen war. Sie hielt ihm das Telefon unter die Nase.

»Augenblick mal, ich …«

»Ein Bernd Andersen schäumt angeblich vor Wut.« Betty zuckte mit den Achseln.

Dominik wandte sich an seinen Sohn: »Warte … wir reden gleich weiter, ja, Robin?«

Robin hatte sich nicht gerührt, mit vor den Mund gepressten Händen sah er durch ihn hindurch.

Dominik nahm das Telefon und ging damit in die Küche.

»Gut geschlafen, Dodo?«, fragte Frank.

»Bent Andersen schäumt vor Wut?«

»Hast du die Besprechung vergessen?«

»Ich hab verschlafen. Sag Andersen, ich bin in einer halben Stunde da. Ich beeil mich, ja? Und dass es mir leid täte …«

»Das kann ich ihm nicht sagen.«

»Und wieso nicht?«

Frank kicherte. »Weil er bei der Obduktion ist.«

»Und die Besprechung?«

»Heute Mittag.«

»Du mich auch!« Dominik drückte die Aus-Taste.

Der Flur war leer.

»Wo ist Robin?«, fragte er Betty, die gerade mit einem vollen Wäschekorb die Treppe herunterkam.

»Zur Schule, wohin sonst?«

Dominik fluchte vor sich hin. »Ich bin so ein Vollidiot!«

»Mein Gott, das Präsidium wird ja wohl *einmal* auf dich warten können!«, sagte Betty, schob sich mit dem Korb an ihm vorbei, und verschwand in Richtung Waschkeller.

Er versuchte, Robin per Handy zu erreichen, doch es war nur die Mobilbox dran. Er sprach ein paar Sätze darauf, betonte noch einmal, dass nichts Genaues bekannt sei und Robin sich dringend zurückmelden solle.

»Robin scheint eine Freundin namens Anna gehabt zu haben«, sagte er, als er kurz darauf mit Betty in der Küche am Frühstückstisch saß. Er entschied sich, ihr erst mal nichts über den Fund von Annas Leiche zu erzählen. Es würde Betty sehr aufregen, und noch war ihm nicht ganz klar, in welchem Verhältnis Robin zu Anna gestanden hatte.

»Davon habe ich gar nichts mitbekommen. Aber in dem Alter hält so was oft nicht lange.« Sie reichte ihm die Butter.

»Sie bedeutet ihm etwas. So viel steht fest.« Er belegte sein Brötchen mit Bettys fettreduzierter Salami, weil keine andere mehr da war.

Die Küchenuhr tickte leise.

»Ich mag nicht, wenn es so still ist«, bemerkte er.

»Ich schon. Das ist die Zeit, die ich so liebe: Endlich ist Ruhe, alle sind aus dem Haus und ich kann noch was erledigen, bevor es in die Praxis geht.«

»Willst du mich loswerden?« Er griff über den Tisch nach ihrer Hand und lächelte.

Sie lächelte gezwungen und entzog sie ihm.

»Betty, ich war in letzter Zeit nicht ... ich denke, ich kann manchmal ... na, jedenfalls entschuldige ich mich, wenn ich muffelig war oder ... ach, du weißt schon. Tut mir leid.«

»Ja, ich weiß schon. Und du meinst, es ist alles wieder in Ordnung, wenn du sagst, Entschuldigung, tut mir leid. Willst du das alle paar Wochen machen?«

Er stieß einen Schwall Luft aus. »Was erwartest du denn von mir?«

»Nicht mehr viel.« Sie legte ihre Brötchenhälfte auf den Teller zurück, leckte sich Aprikosenmarmelade vom Finger. Ihre Augen wurden feucht.

Wenn es etwas gab, auf das er überhaupt keine Lust hatte, dann war es eines dieser Beziehungsgespräche. Du kommst doch sowieso nur noch zum Schlafen nach Hause. Das war ihre Standarderöffnung.

Mit einem hässlichen Geräusch schrammte der Stuhl über die Fliesen, als er aufstand. »Sag bitte Robin Bescheid, dass er mich anrufen soll, wenn er wiederkommt.«

Im Besprechungsraum baute sich Bent Andersen am Flipchart auf, eine Hand hing über dem Chart, die andere stemmte er in die Hüfte. *Anna Borgstedt* stand umkringelt in der Mitte.

Das Kantinenessen lag Dominik schwer im Magen. Frank blinzelte, als könnte er die Augen nur mit Mühe offenhalten. Nina dehnte die flexible Rückenlehne ihres Stuhls bis zum Anschlag und streckte die Beine unter dem Tisch aus. Kux und Weber kauten Kaugummi. Ein süßlicher Pfefferminzduft wehte von ihnen herüber.

»Nina und ich haben Frau Borgstedt aufgesucht, die ihre Tochter am letzten Montag als vermisst gemeldet hat, weil sie in der Nacht von Sonntag auf Montag nicht nach Hause kam«, begann Andersen. »Marga Borgstedt hat ihre Tochter nach der Obduktion identifiziert.« Er legte seine Stirn in Falten. »Wie ihr euch denken könnt, ging es ihr entsprechend be… ja, nicht so gut eben.«

Das konnte sich Dominik allerdings denken. Nur vorstellen wollte er sich das lieber nicht. Gab es etwas Schlimmeres, als ein Kind zu verlieren?

»Sie hat uns trotzdem einige Angaben machen können«, fuhr Andersen fort. »Dazu kommen wir noch. Der Rechtsmediziner hat den Todeszeitpunkt eingegrenzt: Anna Borgstedt ist in der Nacht vom 16. auf den 17. Dezember gestorben und zwar zwischen 22 Uhr abends und vier Uhr morgens. Sie weist mehrere Verletzungen am Kopf auf. An einer Stelle wurde die Schädeldecke zertrümmert. Der rechte Mittelfinger wurde gebrochen, wohl bei einem Abwehrversuch. Todesursache ist eine Hirnblutung infolge des schweren Schädel-Hirn-Traumas. Bei der Tatwaffe muss es sich um einen stumpfen Gegenstand handeln, etwa ein Brecheisen oder etwas Ähnliches. Es wurden keine Hinweise auf ein Sexualverbrechen gefunden, weder Sperma noch charakteristische Hämatome oder Ähnliches. Bella Schnathorst hat mir mitgeteilt, dass die Leiche der Spurenlage zufolge an den Fundort verbracht worden sei. Wenn ich das richtig sehe, habt ihr nichts Verwertbares aus der Nachbarschaft in Erfahrung bringen können?«

Kux und Weber schüttelten die Köpfe. Frank nickte.

Andersen schaute irritiert.

»Keine Hinweise«, stellte Nina klar. »Vermutlich, weil die nächsten Häuser zu weit entfernt stehen.«

»Der Erkennungsdienst hat unter anderem ein Haar mitsamt Haarwurzel gesichert auf einem der Müllsäcke, mit denen die Leiche bedeckt war. Das Problem mit diesem Fundort ist, dass es dort von möglichen Spuren nur so wimmelt. Das verlassene Bauernhaus scheint gelegentlich zum Feiern genutzt worden zu sein. Das LKA wird uns die Ergebnisse der DNA-Analysen voraussichtlich im Laufe des Freitags übermitteln.« Andersen nahm die Kappe von seinem dicken Filzstift und trat einen Schritt vom Flipchart zurück. »Also gut, kommen wir zum Umfeld. Annas Vater, Michael Borgstedt, lebt mit seiner neuen Partnerin in Kassel, er ist bereits informiert. Er hatte sporadisch Kontakt zu seiner Tochter. Telefonate am Wochenende, Besuche in den Ferien. In den Sommerferien ist Anna mit ihm und seiner Frau nach Juist gefahren. Seitdem haben sie sich laut Marga Borgstedt nicht mehr gesehen. Annas Mutter kann sich nicht erklären, wer das getan haben könnte und warum. Anna war ihr zufolge gesellig und beliebt, sie war in verschiedenen Gruppen engagiert.«

Der Stift quietschte über den Flipchart. Aus dem Kringel in der Mitte wuchsen Pfeile in verschiedene Richtungen, die neue Kringel zeitigten: *Politische Gruppe, Theatergruppe, Vater: Michael Borgstedt.*

»Wir durften uns Annas Zimmer anschauen. Sie besitzt keinen Kalender, kein Tagebuch oder etwas in der Art. Angeblich hat sie ihr Handy wie einen Kalender benutzt. Ich habe kein Handy in ihren Sachen entdecken können. Frau Borgstedt sagte mir, dass Anna wie mit anderen Dingen manchmal nachlässig mit ihrem Handy war.«

»So ein Zufall, kein Handy mehr zu finden«, bemerkte Dominik.

»Annas Zimmer war unaufgeräumt«, warf Nina ein. »Ihre Mutter sagte, es sei nicht ungewöhnlich, dass sie Dinge verlegte oder vergaß. Frau Borgstedt ist einverstanden, dass wir das Haus und ihr Auto danach durchsuchen.«

»Da die Leiche unbekleidet war, ist allerdings zu befürchten, dass der Täter Kleidung und Handy vernichtet hat.« Andersen nahm die Kappe des Filzstifts wieder ab. »Laut Frau Borgstedt war Annas beste Freundin Daniela Oberschelp. Auch Mitglied dieser politischen Gruppe.« Ein weiterer Kringel wurde hinzugefügt. »Möglicherweise hatte Anna auch einen Freund. Am Montagabend, nicht lange, nachdem ihre Mutter sie vermisst gemeldet hat, rief jemand bei Frau Borgstedt an und fragte nach Anna – ein Mann oder Junge namens Robin. Den Nachnamen hat sie nicht richtig verstanden.«

Bevor Dominik etwas sagen konnte, war noch ein Kringel entstanden.

Er räusperte sich. »Ich glaube, ich kenne seinen Nachnamen.«

Frank rutschte das aufgestützte Kinn aus der Hand. Walter Kux ordnete seine knochigen Extremitäten neu. Ottfried Weber hörte auf, sein Kaugummi zu bearbeiten und beugte sich vor, soweit das sein runder Bauch zuließ.

»Doch nicht dein Sohn?«, sagte Nina.

»Leider doch.«

Andersens Pranke schwebte unschlüssig über dem Papier. Dann schrieb er Domeyer in den Kringel. »Dein Sohn war ihr Freund?«

»Zumindest kennt er sie gut. Vielleicht auch mehr.« Dominik legte die Handflächen gegeneinander und tippte sich mit den Zeigefingern gegen die Lippe.

»Wieso erfahren wir das erst jetzt?«

»Ich habe Robin erst heute Morgen fragen können.«

»Dann wirst du die Mordkommission verlassen müssen«, sagte Andersen.

»So?«, sagte Dominik. »Wir wissen doch noch gar nicht, was die beiden miteinander zu tun hatten.«

Frank schüttelte warnend den Kopf.

Andersen verschränkte die Arme vor der Brust und starrte ihn an. Er schien auf etwas zu warten.

Frank und Nina tauschten einen Blick. Dann zog Nina die Augenbrauen hoch und sah Dominik an. Sie machte eine leichte Bewegung mit ihrem Kopf. Zur Tür.

Dominik atmete einmal tief ein und aus.

Andersens Augen wurden schmal. »Habe ich mich nicht deutlich ausgedrückt?«

»Ich …«, begann Dominik und fing einen erschrockenen Blick von Kux auf.

Was war das hier eigentlich? Ein Gruppe Erstklässler vor ihrem gestrengen Herrn Lehrer? »Ich habe noch keine echte Antwort bekommen.« Er spürte sein Herz klopfen und räusperte sich. »Auf meinen Einwand.«

Andersen löste die Arme und stemmte die Fäuste in die Hüften. Er blickte aus dem Fenster, wo es nichts als einen grauen Himmel zu sehen gab, und schüttelte den Kopf. »Ich gehe mal davon aus, dass du wie alle hier die Polizeischule besucht hast. Also tu uns den Gefallen und halte uns nicht länger auf mit *Einwänden.*«

Niemand sagte ein Wort, als er aufstand und zur Tür ging. Bevor er die Tür hinter sich schloss, hörte er Andersen sagen: »Marga Borgstedt hat ihre Tochter das letzte Mal am Sonntagabend gesehen, als Anna gegen 20.30 Uhr das Haus verließ.«

* * *

Frank traf Dominik eine Stunde später im Büro an. Er stand vor dem Fenster, die Hände auf dem Kopf verschränkt, und sah dem Tanz der Schneeflocken zu.

Frank überlegte, wie er seinen Freund aufmuntern könnte. »Komm schon, Dodo, wer reißt sich denn kurz vor Weihnachten um so was.«

»Ich soll jetzt stattdessen einen Vermisstenfall untersuchen«, erwiderte Dominik, ohne sich umzudrehen. »Jemand, der erst am Sonntag von seiner Tochter vermisst gemeldet wurde und dafür bekannt ist, quartalsmäßig geistige Getränke zu sich zu nehmen.«

»Sei froh. Übermorgen findest du ihn bei seinen Saufbrüdern und schwupps … sind die Feiertage da! Ich dagegen …«

Dominik wirbelte herum, nahm eine dünne Akte vom Schreibtisch und klatschte sie ihm hin. »Na, dann lass uns doch tauschen!«

Bent hatte korrekt gehandelt, fand Frank. Er hätte es natürlich netter rüberbringen können. Und Robin hatte natürlich nichts mit dem Tod des Mädels zu tun. Aber so waren nun mal die Vorschriften. »Das mit Robin wird sich klären, und dann bist du wieder drin.«

»Bei dem doch nicht! Der ist päpstlicher als der Papst. Der hat mich auf dem Kieker, Frank. Keinen Schimmer, was ich verbrochen habe, aber der kann mich nicht leiden. Starrt der dich auch immer so an?«

»Wen kann der schon leiden? Vermutlich nicht mal sich selbst.« Prüfend schüttelte Frank die H-Milch-Tüte neben ihrer Espressomaschine. »Ich mach uns mal was Gutes.« Er schaufelte Kaffeepulver in den Einsatz. »Weber hat übrigens die Verbindungsdaten von Borgstedts Mobilfunk-Provider gecheckt. Da ist ein kurzer Anruf von Annas Handy aus für Sonntag, den 16. Dezember von 13.57 bis 13.59 Uhr dokumentiert, und zwar auf euren Festnetzanschluss. Du hast nicht zufällig mit ihr gesprochen?«

»Nein. Sie hat wohl mit Robin telefoniert.« Dominik fuhr sich durch die kurzen, dunklen Locken, dann stützte er die Fäuste auf den Schreibtisch. »Ich kann den Jungen einfach nicht erreichen!«

»Ist Robin nicht auch in so einer Krawallo-Gruppe? Gib mir mal seine Handynummer.«

Dominik zögerte, dann schrieb er sie auf einen Zettel.

Frank wählte die Nummer sofort und hörte die Ansage: *Pech für dich, nur Robins Mobilbox, sprich drauf oder schweig für immer.* »Frank Herbst, melde dich doch mal im Präsidium, im Büro von deinem Vater, ja?«

»Was, wenn sie wirklich seine Freundin war?«, fragte Dominik. »Und ich Hornochse platze auch noch zwischen Tür und Angel damit raus!«

»Das hättest du schon gemerkt, Dodo. Bestimmt ist sie nur eine Bekannte.«

»Ich rufe jetzt in der Gesamtschule an!«

Frank kümmerte sich um das Aufschäumen der Milch und stellte die beiden Becher auf ihre Schreibtische, als Dominik gerade das Telefonat mit der Schule beendete. Er starrte vor sich hin. »Robin war heute nicht in der Schule.«

»Blau gemacht? Wir waren früher auch nicht besser, oder?« Frank griff nach seinem Becher. »Warte erst mal ab. Ich halte dich auf dem Laufenden, okay? Ich muss jetzt zu diesem Theaterpädagogen, der die Theatergruppe leitet, in der Anna Borgstedt war. Markus Sandler – sagt dir der Name was?«

»Nein.« Dominik rührte abwesend in seinem Kaffee. »Ich frage mich bloß, wo Robin ist.«

Eine frühe Dämmerung brach herein, als Frank endlich vor der Haustür der Sandlers stand. Er war im Stadtteil Hoberge herumgeirrt, hatte irgendwann das Auto stehen lassen, um über unbekannte Wege zu stapfen. Er überquerte ein murmelndes Bächlein auf einer Holzbrücke und stieß auf Straßen im Teutoburger Wald wie den *Poetenweg*, von denen er nicht geahnt hatte, dass es solche im prosaischen Bielefeld gab. Als er die Hausnummer schließlich entdeckte, traute er seinen Augen kaum. Es handelte sich um einen weißen, futuristisch verschachtelten Bungalow, davor standen zwei dieser modisch hohen Kübel mit rund geschnittenen Buchsbäumen. Vor der Garage war ein Jaguar geparkt. Er warf die halb gerauchte Zigarette direkt vor den Eingang und drückte sie mit der Schuhspitze aus. Wie war es möglich, dass ein Theaterpädagoge sich so eine Hütte leisten konnte? Geschweige das edle Gefährt!

Über der Klingel war ein Schild aus Edelstahl angebracht: *Dr. K. Sandler / M. Sandler*. Daher wehte also der Wind. Das Dr. stand sicher nicht für Altphilologie. Die Gattin war vermutlich Zahnärztin für Privatpatienten und hatte das Häuschen aus der Portokasse bezahlt. Er drückte auf die Klingel, ein Gong ertönte, der Big Ben nachempfunden war. Drinnen bellte ein Köter.

Eine tief gebräunte Frau um die Fünfzig öffnete ihm und war sogleich damit beschäftigt, den Golden Retriever ins Haus zurückzudrängen. Ihre hellen Haare waren straff zurückgebunden, was ihr Gesicht auch nicht faltenfreier machte. Sie musste einmal ziemlich gut ausgesehen haben, bevor sich dieser harte Zug um den Mund eingegraben hatte. Für seinen Geschmack war sie zu mager.

»Ja bitte?«

»Frau Dr. Sandler? Frank Herbst, Kripo Bielefeld.« Er zeigte seinen Dienstausweis. »Ist Ihr Mann zu Hause?«

»Das wurde aber auch Zeit! Haben Sie den Steinewerfer endlich gefasst?«

»Steinewerfer?«

»Na, der, der uns Sonntagnacht die Scheibe zertrümmert hat!«

»Dafür sind die Kollegen zuständig. Ich ermittele bei einem Tötungsdelikt«, sagte er freundlich. »Ihr Mann kannte das Opfer. Nur ein paar Routinefragen.«

»Tötungs…?« Ihre Hand wanderte zu ihrer Halsgrube, die sich dunkel gegen den cremefarbenen Angorapullover abhob. An ihren Fingern blitzten Platinringe.

»Übersetzt heißt das Mordfall. Obwohl es sich genau genommen auch um Totschlag handeln könnte«, fügte er munter hinzu.

Frau Dr. Sandler machte einen Schritt zur Seite. »Bitte, kommen Sie herein.«

Sie führte ihn in ein Wohnzimmer, das in indirektes Licht getaucht war. Die Wände waren größtenteils von Büchervitrinen aus dunklem Holz bedeckt. An den freien Stellen hing sogenannte moderne Kunst, etwa eine weiße Leinwand mit Schnitten und eine mit Nägeln, die wie Haarwirbel in unterschiedlichen Winkeln eingeschlagen waren, und sich zu bewegen schienen, als er den Standort wechselte. Diese Hobbyheimwerker-Machwerke waren auch noch durch Glaskästen geschützt. Durch bodenlange Fenster blickte er auf einen mit Lichterketten geschmückten Garten.

»Herr … ähm, wollen Sie nicht Platz nehmen? Ich hole dann mal meinen Mann.« Frau Sandler bleckte die Zähne. Es sollte wohl ein Lächeln sein.

Frank setzte sich auf den Rand eines der hellbraunen Wildleder-Sitzelemente, die im Raum verteilt waren. Auf dem Glastisch lagen Hochglanz-Magazine mit Hungerhaken-Models auf den Titelseiten. Daran waren diese schwulen Modeheinis schuld. Echte Männer wussten, dass Frauen Kurven brauchten. So wie Dodos Frau welche hatte, obwohl sie dauernd versuchte abzunehmen. Und es zum Glück nie schaffte. Eine Tür klappte. Er legte das Magazin wieder auf den Tisch.

»Sie wollten mich sprechen?«, ertönte eine tiefe Stimme.

Markus Sandlers markantes Gesicht drückte milde Überraschung aus. Es war der Ausdruck eines Mannes, der sich seiner Wirkung bewusst ist. Und er setzte sich wohl nur deshalb nicht, um seine Größe zu betonen. Sein halblanges, volles Haar war zu einem albernen Schwänzchen gebunden. Frank machte einen Ansatz, aufzustehen.

»Nein, bleiben Sie doch sitzen, Herr …«

»Kriminalkommissar Herbst.«

Sandler setzte sich. Er sah jetzt amüsiert aus. »Womit kann ich Ihnen behilflich sein?«

»Ich ermittele im Fall Anna Borgstedt.«

»Fall? Anna? Was …?« Er schüttelte den Kopf.

»Sie kennen Anna Borgstedt nicht?«

»Doch, ich kenne Anna. Natürlich kenne ich Anna. Aber wieso Fall?«

»Anna Borgstedts Leiche ist vor Kurzem aufgefunden worden.«

Zwischen Sandlers Brauen bildete sich eine steile Falte. »Anna ist *ermordet* worden?«

Frank lächelte dünn. »Ob es Mord oder Totschlag war, wissen wir noch nicht. Vielleicht können Sie uns da ja weiterhelfen.« Er betrachtete einen Moment lang die kleinen Pfützen geschmolzenen Schnees, die seine Lederstiefel auf dem Parkett hinterlassen hatten. »Sie kannten sie gut?«

Sandler nickte langsam, während er stirnrunzelnd Franks vom Zigarettenpäckchen gewölbte Hemdtasche fixierte.

»Herr Sandler?«

Er schaute auf. »Ich kann das einfach nicht glauben.«

»Das ist leider die Wahrheit. Frau Borgstedt hat also einen Kurs in Ihrem Theater besucht?«

Er strich sich über den Dreitagebart. »*Deshalb* ist sie also nicht gekommen.«

»Wie bitte? In Ihre Theaterwerkstatt?«

»Genau.«

»Wann haben Sie sie das letzte Mal gesehen?«

»Letzte Woche Dienstag bei der Probe. Und diesen Dienstag war sie nicht da.« Sandler straffte sich. »Wie ist denn das passiert? Ist sie überfallen worden?«

»Die Fragen stelle ich, Herr Sandler. Wie wär's, wenn Sie sich auf meine konzentrieren würden?«

»Sie werden verstehen, dass ... diese Nachricht ist ein Schock!«

Frank beugte sich nach vorn. »Wie gut kannten Sie sie?«

»Anna war Mitglied in meiner festen Theatergruppe. Nettes Mädel, sehr begabt. Ich habe ihr geraten, sich später an einer Schauspielschule zu bewerben.«

»Hatten Sie über das Theaterspielen hinaus mit ihr zu tun?«

Sandler sah ihn starr an. »Nein. Nein ... wir ... nichts, was über die Theaterarbeit hinausging.«

»Haben Sie eine Idee, wer Anna übelwollte? Gab es Streitigkeiten in der Theatergruppe?«

»Die Basis meiner Arbeit ist die Entwicklung von Achtsamkeit sich selbst und anderen gegenüber. Ich ermuntere die Mitglieder, Störungen sofort zu thematisieren, die Einheit notfalls zu unterbrechen. In den Befindlichkeitsrunden reflektieren wir ...«

»Okay, also Störungen. War Anna in letzter Zeit anders als sonst? Lag sie mit irgendwem im Clinch?«

Sandler drehte an seinem Ehering. »Ich hatte manchmal den Eindruck, dass Anna ein bisschen beneidet wurde. Vor allem mit Sandra hatte sie so ein Konkurrenzding laufen. Sandra kommt eigentlich vom Tanz, wissen Sie. Aber wir haben das spielerisch ausgetragen, miteinbezogen in die Ausdrucksarbeit. Ich glaube nicht, dass das tiefer ging.«

»Sandra wer?« Frank zückte sein Notizheft.

»Sandra Hildebrandt.«

»Ist Ihnen sonst noch etwas aufgefallen? Auch Kleinigkeiten können wichtig sein.«

»Nichts. Ich kann mir bei bestem Willen nicht vorstellen, wer das getan haben könnte.« Sandler knetete seine schlanken Finger.

Frau Sandler kam herein. »Wie unhöflich von mir, ich habe gar nicht gefragt, ob ich Ihnen etwas anbieten darf. Vielleicht einen Kaffee, Herr Kriminalkommissar Herbst?«

Die Anrede hatte einen ironischen Unterton. Frank hatte den Verdacht, dass sie vom Nebenzimmer aus gelauscht hatte.

»Danke, nein. Kennen Sie eigentlich Anna Borgstedt?«

»Ach Gottchen.« Sie stieß ein hohes, trockenes Lachen aus. »Wenn ich mir all die Mädchen merken sollte, die in Markus' Theaterprojekten sind, dann hätte ich viel zu tun.« Die Falten um ihre Mundwinkel verstärkten sich.

»Eine Frage noch, Herr Sandler. Wo waren Sie in der Nacht vom 16. auf den 17. Dezember?«

Sandler lächelte. »Ich bin doch nicht etwa verdächtig?«

»Reine Routinefrage. Das war die Nacht vom Sonntag auf den Montag«, fügte Frank hinzu.

Sandler drehte sich um zu seiner Frau, die hinter ihm stand, die Hand auf die Lehne seines kubischen Sitzelementes gestützt. »Da waren wir … waren wir da nicht den ganzen Abend zu Hause, Schatz?«

Frau Sandler blickte Frank an. »Wir haben uns die Reportage auf *arte* angesehen, weißt du nicht mehr, Markus? Über die Europäischen Filmpreise. Und danach noch diesen Beitrag über Paul Hindemith. Mögen Sie Neue Musik, Herr Herbst?«

Arrogante Schnepfe! »Das wäre alles, fürs Erste. Falls Ihnen noch etwas einfällt, rufen Sie mich an.« Er überreichte Markus Sandler seine Karte.

* * *

Herbert Kowalskis Tochter wohnte in einer Genossenschaftswohnung im Westen der Stadt. Dominik war die Gegend vertraut. Als Betty und er nach Bielefeld gezogen waren, hatten sie zuerst eine Wohnung an der Schlosshofstraße gemietet, bevor sie sich das Reihenhaus in Schildesche leisten konnten. Schon im Hausflur des Mehrfamilienhauses hörte er Kindergeschrei, und als die Tür im ersten Stock geöffnet wurde, gellte ein so spitzer, hoher Schrei durch den Flur, dass er zusammenzuckte. Eine blasse, junge Frau mit Ringen unter den Augen und einem Baby auf dem Arm sah ihn nur fragend an, als wäre sie zu müde, um Worte zu verschwenden. An ihrem Bein hing ein auf krummen Beinchen schwankendes Kleinkind. Durch den Flur hinter ihr sausten zwei Jungs, die johlend Fangen spielten.

Er hielt ihr seinen Dienstausweis hin. »Sind Sie Sabine Kowalski-Schmidt?«

Sie nickte. »Haben Sie ihn gefunden?«

»Das nicht, aber ich hätte da noch Fragen.«

»Kommen Sie rein.«

Sie löste die Finger des Babys, die sich in ihr Nasenloch verkrallt hatten. Als sie sich umdrehte, plumpste das Kleinkind auf den windeldicken Hintern und fing an zu weinen. Frau Kowalski seufzte. »Könnten Sie vielleicht mal?« Sie drückte ihm das Baby in den Arm und richtete das Kind wieder auf, sodass es an ihrer Hand den Flur entlang wackeln konnte.

Das Baby sah ihn groß an, verzog das Gesicht bedenklich, machte Bäuerchen und entließ einen Schwall Milchbrei auf seine Daunenjacke, bevor es auch zu heulen begann. Er folgte ihr durch den mit Spielzeug übersäten Flur in die mit

Spielzeug übersäte Küche, wo sie das kleine Kind in den Laufstall setzte und ihm das Baby abnahm. Sie setzten sich an den Küchentisch.

»Ihr Vater …«, begann er.

»Mein Vater«, sagte sie, schuckelte das Baby und seufzte. Dann reichte sie ihm eine Küchenrolle.

»Ihr Vater ist öfter mal für ein paar Tage verschwunden. Das hatten Sie zumindest bei der Vermissten-Meldung angegeben.«

»Ja, aber dann war er mit Manfred unterwegs oder mit Ernst oder mit …«, sie schürzte die Lippen, »… *diesen* Leuten eben. Das habe ich dem Beamten auch gesagt.«

Dominik rieb an seiner Daunenjacke herum.

»Soll ich Ihnen lieber einen nassen Lappen geben?«, fragte sie.

»Und er war also nicht mit diesen Leuten unterwegs?«

»Ich habe die ja gefragt. Keiner konnte mir sagen, wo er ist. Und wenn er weiß, dass ich komme, dann ist er auch da. Es ist noch nie vorgekommen, dass er dann weg war. Der freut sich jedes Mal kaputt, weil … so viel Besuch kriegt er nun auch wieder nicht.«

Mit dem Lappen klappte es besser, aber er würde die Jacke in die Reinigung geben müssen. »Sie waren also in seiner Wohnung …«

»Ich habe einen Schlüssel, für alle Fälle …«

»Und da gab es keinerlei Hinweis darauf, wo er vielleicht sein könnte?«

»Es sah aus wie immer.« Sie zuckte mit den Achseln. »Junggesellenbude, Sie wissen schon. Er braucht eigentlich jemanden, der sich um ihn kümmert. Aber wie soll ich das schaffen? Sie sehen ja selbst, was hier los ist.«

»Zu wem hat Ihr Vater noch Kontakt? Was ist mit Ihrer Mutter? Und da stand noch etwas von einem Sohn …«

»Meine Mutter und mein Bruder wollen nichts mit ihm zu tun haben. Er kriegt die Trinkerei einfach nicht unter Kontrolle. Seit meine Mutter sich von ihm getrennt hat erst recht nicht mehr. Nur ich schaue ab und an vorbei, bringe ihm Essen, mache auch mal sauber.«

»Wo finde ich denn seine Freunde, also *diese* Leute? Können Sie mir die vollen Namen geben?«

»Nee.« Sabine Kowalski lächelte matt. »Sie finden die an einer bestimmten Parkbank in der Nähe von diesem Kiosk, meistens so am frühen Nachmittag. Wenn es dunkel wird, verziehen die sich wieder in ihre Löcher. Entschuldigung, dass ich so rede, aber ...« Sie schüttelte den Kopf und wich dem Händchen aus, das in ihr Gesicht patschte.

Er ließ sich die Beschreibung der Lage von Kiosk und Parkbank geben. »Noch eine letzte Frage: Ihr Vater besitzt nicht zufällig ein Handy?«

Plötzlich gab es ein Getöse aus einem der Zimmer, als wäre irgendein schwerer Gegenstand umgekippt. Auf dem Fuße folgte Geschrei.

»Oh nein! Nicht schon wieder die Palme!« Sie verdrehte die Augen. »Haben Sie auch Kinder?«

Er nickte lächelnd.

»Auch Jungs?«

»Meine sind fast erwachsen.«

»Wird's dann einfacher?«

Er lachte. »Wie man's nimmt.«

Die Tür wurde aufgerissen, ein Junge von etwa neun Jahren kam heulend in die Küche. Sein Kinn bebte, er versuchte, etwas zu sagen, aber es kamen nur zerhackte Silben heraus.

Sie stand auf. »Mein Vater hat nie ein Handy besessen.«

Hinter dem heulenden Jungen erschien ein zweiter Junge mit dicker Brille, Zahnlücke und zerknirschter Miene. In seinen Händen hielt er einen Palmwedel, von dem Blumenerde auf den Boden rieselte.

»Danke, Frau Kowalski. Wir werden Ihren Vater finden.«

Der Neunjährige hatte aufgehört zu heulen und starrte ihn an. Rotz lief aus seiner Nase.

»Deinen Opa«, fügte er hinzu und reichte dem Kleinen ein Papiertaschentuch.

Da es bereits dunkel war, verzichtete er auf einen Besuch der Parkbank und fuhr ins Präsidium zurück, wo er begann, die Krankenhäuser abzutelefonieren. Schon beim vierten Anruf hatte er Glück. Herbert Kowalski war in der Nacht von Samstag auf Sonntag in Gilead 1 eingeliefert worden und lag mittlerweile auf der Orthopädie des Städtischen. Dominik rief Sabine Kowalski-Schmidt an, die die Nachricht mit einem weiteren Seufzer quittierte, ob aus Erleichterung oder weil in Sachen Papa nichts anderes als Ungemach zu erwarten war, konnte er nicht ausmachen.

Es sah ganz danach aus, als hätte Frank recht behalten. Kein komplizierter Fall. Der Mann war vermutlich im Suff gestürzt. Bevor er sich auf den Weg ins Krankenhaus machte, versuchte er ein weiteres Mal vergeblich, Robin per Handy zu erwischen.

Niemand reagierte auf Dominiks Klopfen. Er wusste nur so viel, dass Kowalski ansprechbar war. Hinter ihm hetzte eine Schwester über den Flur der Orthopädie, wo ihn kurz zuvor einer der Fahrstühle des Betonturms ausgespuckt hatte. In der Drehtür des Krankenhaushaupteingangs hatte sich ein Weihnachtsbaum mitgedreht, der den Eindruck nüchterner Effizienz nicht abmildern konnte.

Als sich auf sein zweites Klopfen hin immer noch nichts tat, öffnete Dominik die Zimmertür und betrat den Raum. Herbert Kowalski lag wie aufgebahrt im Pflegebett, er trug eine Art Korsett und starrte unter buschigen Brauen ins Leere. Der Mann sah deutlich älter aus als seine 52 Jahre. Die blaurote Knollennase sprach Bände.

Dominik stellte sich vor. Kowalski fixierte einen Punkt an der Decke.

Dominik räusperte sich. »Herr Kowalski, Sie sind Sonntagmorgen verletzt ins Krankenhaus eingeliefert worden. Können Sie mir berichten, was passiert ist?«

Mit keiner Bewegung ließ Kowalski erkennen, dass er ihn überhaupt gehört hatte. Er blinzelte nicht einmal.

»Herr Kowalski? Hallo?«

Draußen hatte Schneetreiben eingesetzt.

»Ihre Tochter hat Sie als vermisst gemeldet. Ich habe ihr mitgeteilt, dass Sie hier sind.«

Bei dem Wort Tochter atmete Kowalski einmal tief und pfeifend. »Ich schäm mich«, sprach er zur Zimmerdecke. »Ich mach Sabine nur Probleme, verstehste. Ich mach allen nur Probleme.« Eine Träne rollte über seine Wange. »Ich hab was gebechert am Samstag und denne … weiß ich nix mehr.« Seine wässrigen Augen wanderten kurz zu Dominik und wieder himmelwärts. »Ich werd für immer gelähmt bleiben, hat der Doktor gesacht.«

Dominik setzte sich auf einen Besucherstuhl. Ihm fiel partout nichts Tröstliches ein, was er angesichts der Lage passend gefunden hätte. »Haben Sie Ihre Tochter deshalb nicht benachrichtigen lassen?«

»Bin selbst schuld, verstehste.«

»Das ist die Frage. Ob Sie einfach nur gestürzt sind, oder ob jemand anders beteiligt war.«

»Vom Hals abwärts, verstehste. Ich kann mir nich mal mehr den Arsch alleine abwischen. Scheiß Krüppel bin ich. Pflegefall bis ich abtrete.«

Kowalskis Nachttisch gab nicht mehr her als eine Mineralwasserflasche und einen trüben Plastik-Schnabelbecher, nichts Persönliches, nicht einmal eine Zeitschrift oder Süßigkeiten. Unter seiner Bettdecke lugte ein halb gefüllter Urin-Beutel hervor.

»Sie haben also Alkohol getrunken …«

Kowalski schnaubte verächtlich. »Knülle war ich. Kann's nich lassen. Sabine …« Er biss sich auf die Lippen und schluckte. »Ich mach nix als Ärger. Schon im Heim war das so und getz …«

»Herr Kowalski, Sie müssen …«, sagte Dominik lauter als nötig. Kowalski war im Heim aufgewachsen wie er selbst. Der Raum war völlig überheizt. Er lockerte seine Krawatte. Dann fügte er leise hinzu: »Waren Sie lange im Heim?«

»Jau, so bis fünfzehn. Bis ich zu dem Bauern kam. Und der wollte mich bloß zum Arbeiten, verstehste, obwohl ich nur so 'n schmächtiges Bürschchen war.«

»Herr Kowalski, wenn ich Ihnen helfen soll … Sie haben getrunken und dann? Also: Wo waren Sie, als Sie getrunken haben? Waren Sie in Gesellschaft?«

»Ja, wir war 'n da erst am Kiosk und später noch bei Ernst. Und denne bin ich allein nach Hause gegangen. Wenigstens losgezuckelt, verstehste, aber eben nich angekommen, sonst wär ich ja nich hier.«

»Um wie viel Uhr sind Sie von Ihrem Freund Ernst weggegangen?«

»Spät, irgendwann nach zwei war das.«

»Was ist das Letzte, an das Sie sich erinnern können?«

»Ich bin ein Stück durch den Park da beim Finanzamt die Ecke und denne ein Stück Straße gelaufen. Ich wollte über die Straße, das weiß ich noch und dann nix mehr. Aus, die Lampe.«

»Haben Sie eine Ahnung, welche Straße Sie überqueren wollten?«

Kowalski schloss die Augen. »Nee, Zappenduster.«

»Falls Sie sich später noch an irgendetwas erinnern sollten, dann teilen Sie uns das bitte mit. Eine Schwester kann uns benachrichtigen. Also, was ich …« Dominik rieb sich das Kinn. »Das tut mir leid für Sie. Ich wünsche … ich kann Ihnen nur wünschen, gute Bess… ja …« Seine Worte verloren ihren Schwung wie ein stotternder Motor, der zum Erliegen kommt.

Was sollte man in einem solchen Fall auch wünschen? Sein Blick fiel auf einen Kunstdruck an der Wand, der einzige Schmuck in dem funktionalen Raum.

»Sach mal, du bist zwar 'n Bulle, aber … kannste eventuell mal meine Kumpels hier vorbeischicken? Die trau'n sich sonst nich rein in das Krankenhaus. Und sach denen, die soll'n was mitbringen. Um die Kehle zu befeuchten, verstehste? Is nich zum Aushalten hier.«

Draußen roch die Luft frisch. Der Schauer war vorüber. Dass es überhaupt noch leicht schneite, nahm er nur wahr, weil die Flocken von den Scheinwerfern der Feierabendschlange auf der Teutoburger Straße beleuchtet wurden. Er setzte sich in sein Auto, lehnte den Kopf gegen die Nackenstütze. Er hätte Kowalski beinahe gefragt, in welchem Heim er aufgewachsen war. War vielleicht besser, dass er das nicht getan hatte. Er stellte die Scheibenwischer an und wieder aus und sah zu, wie die Scheibe langsam wieder zugeschneit wurde.

Einer wurde Alki und zerstörte sich und seine Familie, und ein anderer schaffte es, jedenfalls nach den üblichen Maßstäben. Und es war nur eine dünne Membran, die sie trennte, irgendein Zufall in der Vergangenheit, der die Weiche in die eine oder andere Richtung gestellt hatte. Oder eine Reihe von

Zufällen, wer konnte das schon so genau wissen. Es hätte genauso gut anders kommen können.

Ein Hupkonzert ging in der Nähe los. Auf den beiden großen Straßen, die den Parkplatz begrenzten, staute sich der Verkehr. Von wegen besinnliche Weihnachtszeit. Die Leute waren noch mehr in Eile als sonst. Nur Kowalski hatte viel Zeit, an die Decke zu starren, und über sein verpfuschtes Leben nachzudenken. Dominik schüttelte sich. Er fror, und obwohl er schon lange nicht mehr rauchte, hatte er plötzlich das Bedürfnis nach einer Zigarette.

Er reihte sich in die Autoschlange ein. Auf der Detmolder stadteinwärts war der Verkehr weniger dicht. Er fuhr weiter auf der Arthur-Ladebeck Richtung Süden zur zentralen Notrufleitstelle. Der Anruf war um 2.23 Uhr bei den Johannitern eingegangen. Der Dienststellenleiter ließ ihn das Band abhören. Eine aufgeregte Frauenstimme nannte knapp die wesentlichen Punkte: Ein verletzter Mann ohne Bewusstsein, Mühlenstraße, Ecke Webereistraße. Auf dem Band war noch das Luftholen des Disponenten zu hören, doch bevor der etwas fragen konnte, hatte die Dame bereits aufgelegt. Er wählte die Nummer des Anschlusses, von dem der Anruf getätigt worden war, und landete auf dem AB einer Bielefelder Kneipe. Er bat um einen Rückruf.

Als er wieder im Auto saß, schien ihn ein unsichtbares Gewicht in den Sitz zu drücken. Was hatte Frank gesagt? Mal eine ruhigere Kugel schieben. Er schloss die Augen.

Ohne dass er es verhindern konnte, kam die Erinnerung an den Streit in seiner zweiten Pflegefamilie hoch, den er durch die halb geschlossene Tür mitgehört hatte. Da habe ihnen jemand ein *faules Ei* ins Nest gelegt, brüllte sein Pflegevater. Seine Pflegemutter hielt dagegen. Sie gehörte zu den von ihren Ehemännern abgesicherten Frauen, die sich mit Ehrenämtern beschäftigten. Und er, Dominik, war ihr Projekt gewesen. Am Ende des Streits räumte sie ein, dass es wohl doch besser gewesen wäre, sie hätten ein Baby adoptiert, vielleicht aus dem Ausland. Anstatt einen pubertierenden Jungen aus dem Heim zu holen, der sich die Arme blutig ritzte.

Er presste die Stirn an die kalte Scheibe. Nach einer Weile klopfte jemand dagegen und er ließ sie herunter.

»Alles in Ordnung?«, fragte der alte Herr.

»Alles bestens. Danke.«

Der Mann nickte ihm zu und tastete sich mit Hilfe eines Gehstocks über den frisch zugeschneiten Bürgersteig.

Dominik strich über die Narben auf seinem Unterarm. Es war nicht nur ein böser Traum. Aber lange her. Heute war er selbst Vater, hatte eine richtige Familie. Er startete den Wagen. Vielleicht würde er es am Wochenende mal mit einem Stündchen Laufen probieren. Mehr war in seinem Zustand nicht zu schaffen, aber das würde ihm gut tun. Auf nach Hause! Vielleicht war ja Robin bereits dort und hatte einfach nur vergessen, sein Handy einzuschalten.

Als Dominik endlich in seine kleine Seitenstraße abbog, schaukelte der Polo wie ein Kahn durch den zerwühlten Schnee, schlingerte von einer Seite zur anderen. Hier fand anscheinend nie ein Räumdienst hin. Er rutschte in eine Lücke zwischen den Schneebergen, die sich am Straßenrand türmten.

Auch zwei Stunden später war Robin noch nicht wiedergekommen. Dominik hatte Schulfreunde von ihm angerufen, doch niemand wusste, wo er war. Schließlich gab er Robins Beschreibung an die Streifen weiter. Er beendete das Gespräch, als Betty das Wohnzimmer betrat, lächelte ihr zu und lehnte sich im Sessel zurück. Sie wusste noch nicht, dass ihr Jüngster die Schule geschwänzt hatte, und Dominik wollte sie nicht beunruhigen. Wenn Robin nicht bald nach Hause kam, würde er selbst die Gegend abfahren. Ob das etwas brachte, war zweifelhaft, doch er hatte keine Ruhe.

Während Betty Holz im Kamin nachlegte, kamen Nils und Sofie herein. Sie brachten einen kalten Hauch und Schneegeruch mit. Auf Sofies dickem, blondem Zopf lagen Flocken, die rasch schmolzen. Sie wischte sich die Feuchtigkeit von den roten Wangen.

»Hallo, ihr beiden!« Betty umarmte Sofie.

»Hast du eine Ahnung, wo Robin ist?«, fragte Dominik.

Nils schüttelte den Kopf. »Ich habe ihn seit heute Morgen nicht mehr gesehen. Da ist er wie ein Verrückter an mir vorbeigerast. Was war denn?«

»Eine Freundin von ihm ist gestorben.«

»Aber nicht diese Anna, oder?«, fragte Betty.

»Leider doch. Noch dazu ein Fall für die Kripo.«

»Wie schrecklich!« Sofies braune Mandelaugen wurden groß. »Ist sie von der Polizei gefunden worden?« Ihre Stimme klang piepsig.

»Ja, aber aus ermittlungstechnischen Gründen …«, begann Dominik.

»Darf er nicht darüber reden«, ergänzte Betty. »Das sagt er immer. Selbst, wenn es um unseren Sohn geht.«

»Also bitte! Ich bin nicht mal mehr mit diesem Fall befasst. Und ob die beiden wirklich ein Paar waren …«

»Hoffentlich nicht!« Betty fuhr sich über den Hals. »Kein schönes Thema. Setzt euch doch. Was wollt ihr trinken?«

Die beiden nahmen auf dem Sofa Platz. Nils nahm ein Glas Rotwein, Sofie wollte nur Tee. Während Sofie ihren Teebeutel ins heiße Wasser tunkte, legte Nils seinen Arm um ihre Schultern.

»Wir möchten euch etwas mitteilen«, sagte er.

Betty hob ihr Glas. »Trinken wir wieder auf etwas?«

»Gleich kommt Nachschub«, sagte Dominik, der sich gerade mit dem Korken einer neuen Flasche Rioja abmühte.

»Na ja, eigentlich nicht. Wir können Weihnachten nicht mit euch feiern«, sagte Nils.

»Wir fahren nach Sylt, in unser Ferienhaus«, erklärte Sofie und pustete auf den Tee.

»Wir möchten mal ein bisschen raus«, erklärte Nils. »Nur wir beide, stimmt's Sofie?« Er drückte ihre Schultern und lächelte entschuldigend.

»Schade«, sagte Betty und lächelte verkniffen. »Nachdem ihr schon im letzten Jahr mit Sofies Familie sowohl Weihnachten als auch Silvester im Skiurlaub verbracht …«

»Das war Nils' Idee«, sagte Sofie und schlürfte ihren Tee.

Nils nahm seinen Arm von ihrer Schulter und schaute sie an. »Ja, aber du … du hast neulich noch gesagt, dass du das auch gut findest, dass wir mal nur zu zweit sind!«

»Schon …« Sofie machte einen Schmollmund. »Aber Weihnachten ist eben auch ein Familienfest, man sieht Freunde und …«

Nils holte tief Luft. »Wir haben uns kaum gesehen in den letzten drei Wochen! Und wenn, dann war immer was los, Party, Weihnachtsmarkt, was weiß ich. Ich habe gedacht …«

»Ist ja gut, Nils!« Sofie stellte ihr Teeglas ab, der Löffel fiel scheppernd zu Boden. »Ich wollte nur sagen, ist doch klar, dass die Familie enttäuscht ist.«

Dominik fragte sich, ob Nils auf Sylt vielleicht den günstigen Moment für seinen Antrag herbeiführen wollte. »Ihr müsst euch nicht nach uns richten«, sagte er und stellte das Weinglas, das er sich vom Tablett auf dem Couchtisch genommen hatte, wieder zurück. Besser, er trank nichts, falls er noch ins Auto steigen würde, um nach Robin zu suchen.

Betty warf ihm einen finsteren Blick zu. »Fahren deine Eltern auch in den Urlaub?«, wandte sie sich an Sofie.

»Auf keinen Fall!« Sie lachte. »Mein Bruder will nicht mehr mitfahren. Meine Eltern haben Angst, dass er eine Facebook-Party veranstaltet und die Bude auf den Kopf stellt, während sie weg sind.«

Mit »Bude« meinte sie wohl die elterliche Villa, dachte Dominik. »Wirklich keinen Wein, Sofie?«

»Ich habe in letzter Zeit so viel Glühwein getrunken, ich mache mal Pause.« Sofie schenkte ihm ein reizendes Lächeln.

Im Kamin knackte es. Ein Holzscheit fiel Funken sprühend um. Ein Tuten ertönte und Sofie zog ihr Smartphone aus der Tasche. Das Lächeln kehrte zurück, als sie das Display betrachtete. Nils schaute ihr über die Schulter.

Dominik starrte auf die Weinflasche in seiner Hand, das Etikett wurde unscharf. Was, wenn Robins Verschwinden nichts damit zu tun hatte, dass er verstört war, sondern … damit, dass Annas Mörder auch Robin bedrohte?

»Ich hätte gerne eins«, sagte Betty.

»Wie?«

»Ein Glas Wein«, sagte sie und deutete auf die Flasche in Dominiks Hand.

»Entschuldige.« Er goss ihr ein.

Vom Sofa kam ein Kichern. »Max«, erklärte Sofie. »Er schickt Fotos von sich auf dem Weihnachtsmarkt. Der gibt sich die Kante.« Ihr Lächeln wurde breiter. »Schau dir *das* an!« Sie hielt Nils das Handy hin. »Er will, dass wir auch zum Weihnachtsmarkt kommen.«

»Schon wieder Weihnachtsmarkt?«, sagte Nils.

»Eine der letzten Gelegenheiten«, gab Sofie zurück. »Vor Sylt.«

»Was machen Max' Eltern noch mal?«, fragte Betty.

»Immobilienmakler«, sagten Nils und Sofie gleichzeitig.

»Beide«, fügte Nils hinzu.

»Und da sind sie von Düsseldorf ausgerechnet nach Bielefeld gezogen?« Betty nippte an ihrem Wein.

»Max hat mal erwähnt, dass das Maklerbüro hier auch eine Niederlassung hat«, sagte Sofie. »Aber Düsseldorf ist sicher lukrativer im Immobiliengeschäft.«

»Vermutlich hatten sie die Nase voll vom rheinischen Frohsinn, und haben sich nach ostwestfälischer Sturheit gesehnt«, spottete Betty.

Dominik stand auf und öffnete die Tür zur Terrasse. Die eisige Luft drang rasch durch die Schichten seiner Kleidung. Mit Nils war alles einfach, anders als mit Robin. Als er dessen langjährigen Schulfreund Jonas heute Abend angerufen hatte, erfuhr er, dass Robin fast nur noch »mit Studis rumhängt aus dieser WG.« Eine Nummer konnte Jonas ihm auch nicht geben. Er wusste nicht einmal, wer Anna war.

Dominik löschte die Kerze, die in einer Laterne auf der Terrasse brannte, und schloss die Tür. Betty hatte sich zu Nils und Sofie aufs Sofa gesetzt. Sie blätterten in einem Wintersport-Katalog und unterhielten sich über Skijacken.

»Ich muss noch mal los, Betty«, sagte Dominik.

Sie sah kurz auf, seufzte nur und nickte.

»Präsidium«, log er. »Wird nicht lang dauern.«

* * *

Nils duckte sich vor dem eisigen Wind in den Kragen seines Wollmantels, während er mit Sofie im trüben Schein der Schaukastenbeleuchtung auf die Straßenbahn wartete. Sie setzte sich auf die kleine Metallbank unter dem Unterstand, der auch nicht viel windgeschützter war, holte einen Spiegel aus ihrer Tasche und zog sich die Lippen nach.

»Sofie, angeblich wolltest du doch keinen Glühwein mehr trinken.«

Sofie klappte den Taschenspiegel zu. »Wenn du nur rumätzen willst, wieso kommst du dann überhaupt mit?«

»Der Weihnachtsmarkt macht doch sowieso bald zu«, sagte er.

Sofies Erwiderung verstand er nicht, denn die Straßenbahn fuhr gerade ein. Nachdem sie eingestiegen waren, mussten sie an drei etwa fünfzehnjährigen Jungs vorbei, um an ihre Plätze zu kommen. Die drei glotzten Sofie an wie ein Weltwunder. Sie nahm keine Notiz von ihnen, holte stattdessen wieder den Spiegel heraus, um einen letzten prüfenden Blick auf ihr Gesicht zu werfen. Nicht, dass sie es nötig gehabt hätte. Auf der Bank gegenüber saß ein schmächtiger, junger Mann mit seiner Freundin, einem Pummel mit Pickeln und schwarz gefärbten Haaren mit blondem Ansatz. Der Mann musterte Sofie verstohlen. Keine Chance, dachte Nils und unterdrückte ein Lächeln. »Sofie.« Er nahm ihre Hand. »Ich will mich nicht mit dir streiten.«

Sie sah ihn mit ihren dunklen, mandelförmigen Augen an, ihre langen Wimpern senkten und hoben sich. Es war ein Blick, den er nicht deuten konnte, aber sie erwiderte den Druck seiner Hand. »Dann lass es«, sagte sie.

Nils legte den Arm um ihre Schultern, barg das Gesicht in ihren weichen Haaren, roch ihren Duft. Er wanderte mit seiner Nase zu ihrem Ohr, wollte gerade ihren Nacken küssen, als sie ein Stückchen abrückte und ihm mit einem Heben ihrer Brauen bedeutete, aufzuhören. Die halbe Straßenbahn starrte sie an. Nils straffte sich. Ja, verdammt, wieso war er mitgekommen? Er wäre viel lieber mit ihr allein gewesen, statt mit Max und seinen Kumpels an irgendeiner blöden Bude zu stehen und dummes Zeug zu quatschen. Aber er hatte eingelenkt, um Sofie nicht zu verärgern.

Doch manchmal verärgerte er sie gerade dadurch. Man müsse die Mädels nur schlecht genug behandeln, dann würden sie einen vergöttern, hatte Max mal vom Stapel gelassen, als Nils über Sofies Gereiztheit geklagt hatte. Einer dieser typischen Max-Sprüche. Der hatte offenbar nie Probleme mit Frauen. Die schienen in jedem Fall weitaus mehr Gefühle für Max zu haben als umgekehrt. Damit war Max immer in der stärkeren Position. Beneidenswert! Von Anfang an hatte Nils das an seinem Freund fasziniert. Und manchmal hasste er ihn dafür. Oder sich selbst, weil er genau das nicht war: Cool. Er ging auch deshalb mit zum Weihnachtsmarkt, um zu überwachen, was zwischen Sofie und Max passierte. Nils begegnete seinem Spiegelbild in der Scheibe der Stadtbahn.

Wie erbärmlich du bist, Nils Domeyer!

Sie stiegen am Jahnplatz aus, fuhren die Rolltreppen hoch, mischten sich in die Menge, die zu den Weihnachtsmarktbuden drängte. Sie hatten sich mit Max am Alten Markt verabredet, und fanden ihn nach einer Weile zusammen mit zwei Freunden an einem Glühweinstand. Großes Hallo und das übliche Gelaber. Nils hielt sich an alkoholfreien Punsch, er wollte nicht wieder so abstürzen wie auf der Tennisclub-Party am letzten Samstag. Zu seiner Überraschung trank Max das Gleiche. Gerne hätte er Sofie unter die Nase gerieben, dass Max auch auf Alkohol verzichtete, da sie sich öfter über Nils' Vernünftigkeit lustig machte, aber er ließ es, weil es ihm kleinlich vorkam. Und weil sich gerade alle vor Lachen über Max ausschütteten, der den pfälzischen Dialekt von zwei aufgedonnerten Mädels auf der anderen Seite des Standes perfekt parodierte. Eine von ihnen, eine füllige, junge Frau, die besser keinen Daunenmantel tragen sollte, wie Sofie spöttisch vermerkte, warf bereits einen säuerlichen Blick in ihre Richtung. Zum Glück schloss der Stand bald und sie zogen Richtung Klosterplatz.

Sofie war angesäuselt, sie lachte übertrieben laut über jede Bemerkung von Max, hängte sich zwischendurch bei Max ein, ließ seinen Arm wieder los, als sie Nils' Blick bemerkte und nahm Nils' Hand. Max alberte mit seinen Freunden rum. Alle schienen unglaublich gut drauf zu sein. Die Menschenmassen gingen Nils auf die Nerven, Sofies Hand lag in seiner wie ein toter Vogel. Natürlich wollten die anderen noch einen Absacker nehmen, der Abend sei noch jung und so weiter. Sofie zerrte ihn hinter sich her, bis sie beim Mexikaner waren. Einer von Max' Freunden warf die erste Runde Tequila. Max wollte nur Fassbrause. Nils wurde nicht gefragt und bekam ein Glas Tequila in die Hand gedrückt, überlegte kurz, wie es wäre, es gegen die Wand zu schmettern, oder noch besser, ins Regal hinter den Tresen, direkt in die Batterie von Flaschen, ein Regen von Splittern, ein Aufschrei vielleicht, und er würde einfach rausstiefeln wie Clint Eastwood. Während er noch dabei war, sich das vorzustellen, lag plötzlich Max' Arm um seinen Hals.

»Nils, komm mal mit«, hauchte Max ihm ins Ohr. »Du musst entschuldigen, Sofie, wir müssen mal für kleine Jungs. Du weißt ja, wie das ist: Wir Jungs gehen immer nur zu zweit.«

Sofie, die ihren Tequila schon halb geleert hatte, kicherte schrill. Max zog ihn durch den vollen Laden an der Hand hinter sich her, wie vorher Sofie ihn gezogen hatte. Nils blickte in die Gesichter all der fremden Leute, sie blickten ins seines oder durch ihn hindurch, alles fühlte sich völlig sinnlos an, unwirklich, absurd. Das Ziel war tatsächlich die Toilette. Max schloss in dem kleinen Vorraum mit dem Waschbecken hinter sich ab. Sie standen einander gegenüber auf jeder Seite des Waschbeckens und starrten sich an. Mit einem Mal brach Max in Gelächter aus. Dies war der Augenblick, in dem er Max gegen die Kacheln schubsen und ihn mit seinen Fäusten bearbeiten würde ...

»Mann, du solltest mal dein Gesicht sehen!« Max hielt sich am Waschbecken fest, gekrümmt vor Lachen. »Nils, Nils, Nils ... Was mache ich bloß mit dir?«

Nils fühlte sich wie versteinert. Ein Fluch hatte ihn gebannt, und wenn er sich je wieder bewegte, würde etwas Schreckliches geschehen.

»Hey«, sagte Max und wurde ernst. »Es ist doch nicht immer noch wegen Sofie? Da ist nichts, Mann! Sie sieht super aus, aber da ist sie nicht die Einzige. Nils, du glaubst doch nicht wirklich, ich würde mich ausgerechnet an deine Liebste heranmachen?«

Nils schwieg.

»Du gehst das komplett falsch an, und das weißt du auch, oder?«, machte Max weiter. »Unter uns: Sie ist leicht zu durchschauen wie alle Frauen. Sie steht auf selbstbewusste Kerle. Einen Kerl, der ihr zeigt, wer die Hosen anhat.«

»Wie dich, nicht wahr, Max?«, hörte er sich mit einer fremden Stimme sagen.

»Es ist so einfach, aber du kapierst es nicht!«

»Was?«

»Du nimmst sie viel zu wichtig! In dem Moment, in dem du aufhörst damit, liegt sie dir zu Füßen! Verstanden?«

Nils atmete einmal tief ein und aus.

»Entspann dich«, fuhr Max fort. »Ich hab was Besseres für uns als Tequila!« Max zwinkerte ihm zu, und zog ein Tütchen mit weißem Pulver aus seiner Hosentasche. »Vergiss mal kurz den Polizistensohn.« Er nahm den Spiegel über dem Waschbecken ab.

Ein kaltes Klostein-Grün kam dahinter zum Vorschein. Kaum zu glauben, aber die Maler hatten mit der Goldgelb-

Farbe, in der der Raum gehalten war, einfach um den Spiegel herumgestrichen. Max legte den Spiegel aufs Becken, schüttete das Pulver drauf und schob es mit Hilfe einer Kreditkarte zu zwei Linien zusammen. Er sah Nils von der Seite an. »Das Zeug ist geil. Es macht keinen Schädel und dein Kopf bleibt klar. Du kannst die ganze Nacht so weitermachen, kein Problem.«

»Was hast du denn noch vor?«

»Ich will nur ein bisschen Spaß heute Nacht. Und ich will, dass du mitkommst, und wieder locker wirst!«

»Und wohin?«

»In den Puff.«

»In den … du willst … im Ernst?«

»Wir schicken Sofie nach Hause und machen einen Männerabend.«

Nils seufzte.

»Du musst dich entscheiden, Nils«, sagte Max. »Hier, jetzt, in diesem Augenblick! Willst du immer Mamas netter Junge bleiben, der Loser, das Opfer, das anderen hinterherrennt? Oder holst du dir, was du willst? Schau dich doch an, wie du an ihrem Rockzipfel hängst.« Max trat einen Schritt auf ihn zu und packte seine Schultern. »Vergiss Sofie, und komm mit heute Nacht!«

»Ich bin total müde«, sagte Nils. Er hörte selbst, wie lahm das klang. Doch so schnell fiel ihm keine bessere Ausrede ein.

»Dann nimm eine Nase!« Max drückte auffordernd seine Schultern und deutete mit einer Kopfbewegung auf den Spiegel mit den Kokslinien. »Schlafen kannst du noch genug, wenn du tot bist!«

6. Kapitel

Donnerstag, 20. Dezember

Frank nahm den Milchtopf, spreizte den kleinen Finger ab und schraubte seine Tonlage eine Oktave höher: »Ja, und dann haben wir diesen Beitrag auf *arte* gesehen. Mögen Sie Neue Musik?«

Nina hielt sich die Seiten.

Es ging in derselben Tonlage weiter. »Aber, aber, Frau Sandler, meinen Sie etwa dieses kakophonische Geklimper, das von Kulturschnepfen Ihres Schlages gehört wird?«

Ninas Gelächter brandete wieder auf. »Banause«, japste sie und wischte sich eine Träne aus dem Auge. »Wenn das keine Befangenheit ist!«

»Befangen? La Niña, meine Schöne, das bin ich doch nur bei dir!« Er fluchte, als die Heißluft-Düse der Espressomaschine die Milch auf sein Hemd spritzen ließ.

»Trotzdem musst du nicht jedes Mal den Bauch einziehen, wenn ich den Raum betrete. Mit der Andro-Pause verändert sich der Stoffwechsel.«

»Was soll das sein? Keine Chance, Baby, bei mir gibt es keine Pause.« Er machte es sich mit seinem Milchkaffee auf dem Drehstuhl bequem.

Sie prustete in ihre Tasse.

»Sau nicht rum auf Dodos Schreibtisch«, machte Frank weiter. »Der hat sowieso schon schlechte Laune.«

»Ich schlage vor, du sprichst mit dieser besten Freundin Daniela Oberschelp, und ich widme mich Sandra Hildebrandt aus der Theatertruppe und kümmere mich um

Sandler. Dann ist die Theaterclique gewissermaßen in einer Hand.«

Frank richtete sich auf. »Einer direkten Anweisung vom Chef kann ich mich nicht widersetzen: Ich bin für die Sandlers zuständig.«

»Für den Frauenflüsterer und die Kulturschnepfe?«

Frank seufzte.

Gelegentlich tat es gut, aus der Klinkerburg rauszukommen, wie Frank den Neubau des Präsidiums nannte. Daniela Oberschelp hatte eine dieser Lifestyle-Kneipen des Bielefelder Westens vorgeschlagen. Sie wolle danach nämlich noch in die Bürgerwache. In dem Bürgerhaus am Siegfriedplatz traf sich offenbar diese politische Gruppe, die auch Anna besucht hatte, überlegte Frank, während er nach einem Parkplatz Ausschau hielt. Am besten, man kreiste so lange in diesem Viertel, bis endlich einer wegfuhr. Schließlich quetschte er sich mit viel Kurbelei in eine Lücke.

Er kannte das Café, das sie ihm genannt hatte, er war im Sommer mal mit einem Date dort im Biergarten gewesen, der mit einer niedrigen Mauer vom Bürgersteig getrennt war. Der Biergarten war inzwischen unter einer Schneedecke begraben. Aus ein paar Blumenkübeln ragte ein Gestrüpp, von dem er kaum glauben konnte, dass es im Frühjahr wieder zum Leben erwachen würde.

Als er das Café betrat, leuchteten ihm Danielas bonbonrot gefärbte Haare entgegen. Sie hatte ihre kurze Lederjacke noch gar nicht ausgezogen. Über einer dicken Strumpfhose trug sie einen Minirock, dessen Stoff ihn an die Spitzengardine seiner Großmutter erinnerte. Daniela inspizierte ihre abgekauten Fingernägel. Frank trat an ihren Tisch und sagte sein Sprüchlein auf.

»Sie sehen gar nicht aus wie 'n Bulle. Moment mal … Pfingsten auf dem Orange–Blossom-Festival?« Sie stach mit ihrem Zeigefinger in seine Richtung.

»Äh ja. Das kommt hin.« Er kam sich plötzlich alt vor. Andro-Pause. Wo hatte Nina das nun wieder her?

»Krass«, sagte Daniela. »Ein Bulle, der auf Indie–Rock steht.«

Eine junge Frau, ganz in Schwarz, brachte eine heiße Schokolade, die Daniela sogleich mit beiden Händen umklammerte.

Frank bestellte eine Cola. Er zog seine Zigaretten aus der Tasche, überlegte kurz und steckte sie wieder ein. Das Leben war beschwerlich geworden.

»Du … Sie waren also Annas Freundin. Eine enge Freundin, richtig?«

»Hm.«

»Wann haben Sie sie das letzte Mal getroffen?«

»Letzten Sonntagmittag. Ich hab ihr kurz das Handy vorbeigebracht, so gegen halb eins. Das hatte sie am Samstagabend bei mir vergessen, als wir einen Flyer gestaltet haben. Am Samstag waren wir länger zusammen, haben gequatscht, bisschen getrunken, Spaß gehabt eben.«

»Hatten Sie auch am Sonntagabend eine Verabredung mit ihr?«

»Nö, nur Samstagabend. Ihre Mutter rief mich Sonntagnacht an, ob ich wüsste, wo Anna sei. Und gestern hat sie mich noch mal angerufen und mir gesagt, dass Anna tot ist!« Daniela senkte den Blick. »Wie in einem Scheiß-Film. Nur dass es keiner ist.«

»Und wo waren Sie am Sonntagabend?«

»Im Loch.«

»Das … wie?«

»So nennen wir den Probekeller. Ein klammes Loch eben. Da setzt man Moos an, während man spielt. Im Sommer ist es etwas besser. Ich bin nämlich Keyborderin.«

»Von wann bis wann waren Sie dort?«

»So ab halb neun. Und nachher waren wir noch bei meinem Freund, was trinken. Der spielt Schlagzeug. Die anderen waren so bis drei da, ich habe bei ihm übernachtet. Unsere Band heißt CASQ. Das ist eine Abkürzung und bedeutet …«

Frank hob die Hand. »Ich brauche nur die Namen der Leute, mit denen Sie Sonntagnacht zusammen waren.«

Sie nannte vier Namen, die er sich pflichtbewusst notierte, obwohl er sich nicht viel davon versprach. »Ist Ihnen in letzter Zeit etwas Ungewöhnliches an Ihrer Freundin aufgefallen? War sie vielleicht aufgeregt oder bedrückt?«

»Sie war gut drauf. Anna war fast immer gut drauf.« Daniela hob die Haut, die sich auf ihrem Kakao gebildet hatte, vorsichtig mit einem Löffel an.

Frank wandte den Blick ab. »Wer könnte einen Grund gehabt haben, so etwas zu tun?«

»Niemand! Sie hat … sie hat einen eher aufgerichtet, wenn es einem selbst nicht gut ging. Anna war …« Danielas Blick glitt suchend über den Tisch. »Sie war schnell im Mittelpunkt, sie war …«, sie machte kreisende Bewegungen mit den Händen, »… gut drauf eben, irgendwie lebendig.«

»Hatte sie einen Freund?«

Daniela steckte sich das Plätzchen in den Mund, das mit dem Kakao gekommen war, und bugsierte die Milchhaut auf ihre Untertasse. »Schätze, Robin war das.«

Frank fiel Dominiks Anruf ein, der ihn morgens aus dem Schlaf gerissen hatte, kurz bevor sein Wecker klingelte: Robin war in dieser Nacht nicht nach Hause gekommen. Er nickte der Kellnerin zu, die ihm die Cola brachte. »Sie kennen Robin Domeyer?«

»Der ist in unserer Gruppe. Nicht in der Band, sondern …«

»Wissen Sie, wo Robin sich zurzeit aufhält?«

Sie zuckte mit den Achseln. »Keine Ahnung. In der Schule oder so?«

»Gibt es Freunde, bei denen er sich gerne aufhält?«

»Kann sein, ja, er hat mal von einer WG gesprochen, aber ich kenne die nicht.«

»Robin war also Annas Freund, *schätzen* Sie.«

»Na, ich glaube, die waren schon zusammen, aber erst kurz. Der hat ja auch krass lange an ihr rumgebaggert.«

»Hat er?« Frank nahm einen Schluck Cola. Sie war lauwarm.

»Allerdings. Robin war die ganze Zeit verknallt, und sie hat ihn erst mal auflaufen lassen. Aber eigentlich fand sie ihn ganz süß. Und dann war es endlich so weit.« Sie verdrehte die Augen. »Wir waren alle froh, als das Drama ein Ende hatte. Ich meine, das stört nämlich ein bisschen, wenn man politische Arbeit machen will.«

»Und wieso hat sie ihn erst mal auflaufen lassen, wenn sie ihn doch …«, Frank räusperte sich, »… ganz süß fand?«

»Da lief vorher irgendwas mit einem anderen Typen, aber das war ziemlich geheim. Vielleicht hatte der noch 'ne andere Freundin. Sie hat mir nichts weiter erzählen wollen.«

»Kennen Sie seinen Namen?«

»Nö.«

»Was haben Sie vorhin mit Drama gemeint?«

»Robin war eifersüchtig. Er hat immer beobachtet, wie lange sich Anna mit wem unterhielt, wem sie wie viel Aufmerksamkeit schenkte. Und jetzt ist sie tot.« Daniela wischte sich über die Augen. Ihre Wimperntusche löste sich auf in zwei schwärzliche Streifen, die ihre Wangen herunterliefen. »Wir treffen uns gleich, um darüber zu reden. Das wird komisch sein, dass sie nicht mehr da ist, nie wieder kommen wird.«

Frank grub in seiner Jackentasche nach Taschentüchern und fand eine Packung. Er reichte ihr eins. Nachdem sie sich über die Augen gewischt und in das Taschentuch geschnäuzt hatte, war die schwarze Schminke gleichmäßig über beide Wangen verteilt.

»Falls Ihnen noch etwas einfällt …«

»Ja da …« Sie zögerte.

Er setzte das Cola-Glas ab. »Ja?«

Daniela zog die ausgeleierten Ärmel-Enden ihres Sweatshirts unter der Lederjacke hervor, und halb über die Hände, als fröre sie. »Kinderkacke eigentlich, aber … Anna war nicht gerade glücklich drüber.«

»Worüber?«

»Eine Zeit lang passierten ihr immer so komische Sachen. Mal war ein T-Shirt zerschnitten, mal Farbe auf ihrem guten Pullover, einmal fand sie eine tote Maus in ihren Klamotten. Lauter so 'n Zeug. Alberner Scheiß, aber auf die Dauer törnt es ab.«

»In der Bürgerwache?«

»Natürlich nicht! In dieser Theaterwerkstatt. Sie hat mir mal dieses T-Shirt gezeigt. Sie hatte sich vor einer Probe umgezogen und als sie es wieder anziehen wollte, war ein langer Schnitt drin. Einfach so.«

* * *

Nina ging durch das Innenstadt-Viertel, in dem sie fünfzehn Jahre lang gewohnt hatte. Es war wie früher. Unter jedem zweiten Scheibenwischer der parkenden Autos steckte ein

Knöllchen. Sie erinnerte sich gut an die Zeit, als hier viele Altbauten restauriert worden waren. In ihrer Straße hatten Ateliers und ein türkisches Restaurant teuren Eigentumswohnungen Platz gemacht. In die Industriegebäude des Viertels aus dem 19. Jahrhundert waren Büros und Agenturen gezogen. Manche waren auch zu schicken Lofts umgebaut geworden. Jahrelang ertrugen ihr Bruder Kai und sie den Lärm, während »Stadtvillen« restauriert und die letzten Baulücken geschlossen wurden. Die Gläser in ihrem Schrank vibrierten, als der große Bohrhammer beim Abriss einer Garage eingesetzt wurde. Kai, der unter dem Down-Syndrom litt, hatte sich jedes Mal in eine Ecke gekauert, sich die Ohren zugehalten und gezittert. Schließlich zogen sie woanders hin, näher an die Behindertenwerkstatt, in der ihr Bruder arbeitete.

Nina stellte ihren Kragen auf. Um die Ecken des Hauses, in dem die Ateliergemeinschaft *Artists Unlimited* beheimatet war, pfiff ein kalter Wind. Hier hingen immer noch Lichtwerk-Plakate, obwohl das Programmkino längst in ein größeres Gebäude umgezogen war. Sie ließ den alten Dürkopp-Adler-Gebäudekomplex *Tor 6* mit dem *Theaterlabor* hinter sich und bog ab in eine der Seitenstraßen.

Markus Sandlers Theaterräume lagen in einem Altbau. Nina war gespannt darauf, sich einen Eindruck vor Ort zu verschaffen. Atmosphärische Schwingungen hatte sie das einmal genannt, und Franks Bauch hatte vor Lachen gebebt. Dodo und Karl, ja sogar Weber hatten damals verstanden, was sie damit meinte. Am Telefon hatte Sandra Hildebrandt sofort eingewilligt, als Nina ankündigte, sie im Theater befragen zu wollen. Sie sei sowieso da und ja, sie habe durch Markus bereits von Annas Tod erfahren. Sie klang nüchtern, doch sie hatte vorher schon Zeit gehabt, die Nachricht zu verarbeiten.

Sandra öffnete ihr nach dem zweiten Klingeln. Die grazile, junge Frau in langem Pulli, Leggins, Stulpen und Gymnastikschläppchen führte sie durch einen langen Flur, von dem eine Küche und andere Räume abgingen. Durch eine halb offene Tür erhaschte sie einen Blick auf eine Kleiderkammer, aus der es leicht muffig roch. Am Ende des Flures lag ein weitgehend leerer, großer Raum mit dem Charme des Abgenutzten: Werkatmosphäre. Durch die hohen Fenster schien die Wintersonne auf das Linoleum, auf Formen aus Sperrholz und Pappe, Teller mit Abtönfarbe. Auch Sandras Ärmelsäume waren mit Farbe verschmiert.

Sie strich sich eine Strähne ihres glatten Haars zurück, die sich aus dem Knoten am Hinterkopf gelöst hatte. »Ich muss noch etwas fürs Bühnenbild vorbereiten. Morgen ist Infonachmittag, und da führen wir eine Szene aus dem neuen Stück vor. Bitte.« Sie deutete auf den einzigen Hocker.

»Das macht doch nichts. Ein Infonachmittag?«

Nina nahm Platz, während die junge Frau sich in den Schneidersitz auf den Boden begab.

»Wir haben eine feste Gruppe, bieten aber auch Kurse, Projekte und Einzelarbeit an. Der Infonachmittag ist für Interessierte.« Sandra warf einen Blick zu einem kleinen Regal. »Ich fürchte, wir haben alle Einladungen verteilt. In den Flyern ist übrigens auch unser Kursprogramm. Die liegen z. B. in Bio-Läden aus, bei der Stadtbibliothek und so weiter. Wir schicken die auch gerne zu.« Sie lächelte. Es klang, als wollte sie Nina für einen Kurs gewinnen.

»Gibt es öfter solche Infonachmittage?«

»Zweimal im Jahr, meist Anfang Juli vor den Sommerferien und vor Weihnachten. Anfang September und Anfang Februar beginnen dann die neuen Kurse. Die Infonachmittage kündigen wir auch auf der Homepage und unserem AB an. Die Termine für die Nachmittage stehen erst drei Wochen vorher fest.«

»Das hört sich so an, als würden Sie hier arbeiten.«

»Ich bin in der festen Gruppe. Wir Festen helfen schon mit, natürlich.«

»Sie sind schon länger dabei?«

Sandra starrte an Nina vorbei, ihre Lippen bewegten sich, als würde sie zählen. »Zwei Jahre etwa. Das war, nachdem ich mit dem Ballett aufgehört hatte. Ja, ich gehöre schon zu den Älteren.«

Sie sah noch sehr jung aus, jünger als sie vermutlich war. Nina schätzte sie auf 17 oder 18 Jahre. »Und Anna Borgstedt, wie lange war die in der Gruppe?«

»Anna ...« Sandra verzog den Mund. Dann zuckte sie mit den Achseln. »Nicht lang. Höchstens ein Jahr.«

»Und – war sie gut?«

Sandra lachte auf und hielt sich dann die Hand vor den Mund, als hätte sie etwas Verbotenes getan. Sie nahm einen farbverklebten Pinsel von einem Pappteller und stellte ihn in ein Einmachglas mit Wasser. »Fragt sich nur, worin.« Sie zerknickte den Teller und warf ihn in den Müllsack, der neben einer stilisierten, türkisfarbenen Welle aus Pappe stand.

»Und worin, Frau Hildebrandt?«, fragte Nina leise.

Im Sonnenlicht flimmerten Staubteilchen.

Mit einer geschmeidigen Bewegung entfaltete Sandra ihre überkreuzten Beine und erhob sich. Sie begann, Zeichnungen vom Boden aufzuheben. Sie zerknüllte eine nach der anderen und warf sie in den Müllsack.

»Das ist alles noch nicht so, wie ich das haben will.«

»Entwürfe?«

»Ja ... dieses Bühnenbild ... es soll etwas abstrakter werden, nicht so naturalistisch, habe ich mir gedacht.«

»Man braucht bestimmt viel Erfahrung, bis man …«

»Sicher. Ist nicht so einfach.«

»Konnte Anna gut Bühnenbilder malen?«

»Ach die! Die hat doch nie …« Sandra ging zu einem der Fenster und lehnte sich gegen das Fensterbrett. Dann massierte sie sich ihren schmalen Nacken.

»Was hat sie nie?«

Sandra warf den Kopf zurück. »Sie hat nie etwas gemacht! Sie hat nur getan, wozu sie gerade Lust hatte und uns die Arbeit überlassen. Das hatte sie nicht nötig, denn – wow! War die spontan! So locker, ganz toll. Dieses Getue um ihre Spontaneität und Ausdrucksstärke – ich konnte es irgendwann nicht mehr hören. Und als sie dann noch die Hauptrolle in dem neuen Stück bekam …« Sie verschränkte die Arme.

»Was war da?«

»Sie können auch die anderen fragen. Ich bin nicht die Einzige, die so denkt!« Sie klaubte eine weitere Zeichnung vom Boden und zerriss sie in kleine Teile.

»Was passierte da?«

»Nichts! Was soll schon passiert sein, war ja schließlich Markus' Entscheidung!«

Nina lächelte. »Für mich ist es wichtig, mir ein Bild von Annas Persönlichkeit zu machen. Daher muss ich wissen, was Sie und die anderen wirklich von ihr dachten. Das verstehen Sie doch, oder?«

Sandra nickte und ließ die Papierfetzen in den Müllsack rieseln. »Wissen Sie, Anna machte viel Wind um sich. Das muss man wohl, wenn man …« Sie presste die Lippen zusammen. Streifte ein Stückchen Papier von ihrem Pullover. »Natürlich blieb sie immer als Letzte, um sich in Ruhe bei Markus einzuschleimen.« Sie verknotete den Sack und zog ihn fest zu. »Ich wollte die traute Zweisamkeit ja nicht stören, aber als ich einmal meine Tasche vergessen hatte, da musste ich ja wohl noch mal zurück.«

Nina beugte sich vor, stützte die Unterarme auf die Knie. »Und dann?«

»Da habe ich sie gesehen: Die lagen knutschend auf dem Sofa! Da war klar, wie Anna die Hauptrolle bekommen hat!«

Sie kickte den Müllsack in eine Ecke. Er kippte um. Ein spitzes Stück Sperrholz hatte die Plastikfolie durchstoßen, und ragte ein Stück heraus.

* * *

Gähnend goss sich Dominik die vierte Tasse Kaffee in der Teeküche der Büroetage ein. Er hatte die Nacht damit verbracht, mit dem Auto herumzufahren und nach Robin zu suchen. Nachdem er Betty gegen zwei Uhr nachts reinen Wein eingeschenkt hatte, war es auch mit ihrem Schlaf vorbei gewesen. Weder Lissa noch Nils hatten eine Ahnung, wo ihr Bruder sein könnte.

Am Morgen hatte Dominik Robins Schule aufgesucht und den Geschichtslehrer befragt, den Robin gern mochte, außerdem einige Mitschüler, mit denen Robin laut seinem Lehrer mehr zu tun hätte. Niemand wusste etwas. Als er ins Präsidium fuhr, gestand er sich ein, dass ihm langsam die Ideen ausgingen.

Er trug den Kaffee zurück zu seinem Büro, setzte sich an den Schreibtisch, und starrte müde auf das Blatt Papier, auf dem er *Daniela Oberschelp* und *Marga Borgstedt* notiert hatte, mehrfach umkringelt. Daneben lag sein Handy, auf dem gerade eine neue Nachricht einging. Frank schickte eine SMS: *Oberschelp weiß nichts.* Während er seinen Kaffee trank, betrachtete er geistesabwesend den künstlichen Tannenbaum mit Lichtern in allen Neonfarben, den Frank neben der Espressomaschine platziert hatte. Er beschloss, kurz zu frühstücken und dann Annas Mutter aufzusuchen. Er wollte gerade aufstehen, als das Telefon klingelte. War Robin nach Hause gekommen? Rasch hob er ab.

Leider handelte es sich nur um einen Herrn Gabler von der Kneipe, von der aus der Notruf für den verletzten Kowalski abgesetzt worden war. Er nahm sich zusammen. Immerhin war Gabler so nett, ihn zurückzurufen. Er berichtete, dass Samstagnacht eine Frau reingekommen sei und von einem Mann erzählt habe, der verletzt auf der Straße liege. »Jessi« habe der Frau das Telefon gegeben, damit sie den Krankenwagen rufen konnte, und »der Mario« sei zusammen mit der Frau auf die Straße gerannt, um Erste Hilfe zu leisten.

»Jetzt mal langsam. Wer ist Jessi und wer Mario?«

»Jessi ist eine von unseren Kellnerinnen. Ich habe an dem Abend gezapft, und Jessi hat mit der Frau gesprochen. Mario ist Stammgast bei uns, jedenfalls samstagabends.«

»Und wo finde ich diese Jessi … äh …«

»Jessica Turk und Mario Nierhaus. Ich habe auch nur Jessis Festnetznummer. Aber die ist morgen Abend bei uns wieder mit Bedienen dran.«

»Haben Sie mitbekommen, was die Frau Ihrer Bedienung mitgeteilt hat?«

»Ich war gut beschäftigt mit der Zapfanlage. Habe nur mitgekriegt, dass die junge Dame ziemlich aufgeregt war und Jessi ihr unser Telefon zur Verfügung gestellt hat. Ich habe erst später von Jessi gehört, dass es um einen Verletzten auf der Straße ging. Mehr nicht.«

»Und über die Ursache der Verletzung hat Jessica Turk nichts berichtet?«

»Die wusste auch nicht mehr, glaube ich.«

»Und wann kam die Frau in Ihre Kneipe, um das zu melden?«

»Das muss so gegen kurz vor halb drei gewesen sein.«

»War sie danach noch einmal in der Kneipe?«

»Tja ... nachdem der Rettungswagen da war, ist Mario wieder rein zu seinem Bier und hat uns berichtet: Während er stabile Seitenlage versucht hat, löste sich Madame in Luft auf. Er war traurig, unser Mario. Hat sich ganz umsonst abgerackert und den Helden gegeben.« Gabler lachte.

»Aber ihren Namen hat sie ihm nicht genannt?«

»Eben nicht. Sie war wohl sein Typ oder was.«

»Können Sie sie beschreiben?«

»Wissen Sie, was samstagnachts bei uns los ist?«

Dominik bedankte sich und holte sich Nierhaus' Nummer aus dem Telefonbuch.

»Hallo, hier ist der Mario«, tönte es aus dem Hörer, und er stellte sich vor, bis er begriff, dass die unbeeindruckt weiterleiernde Stimme dem AB gehörte. Er unterdrückte ein Gähnen und sprach aufs Band, dass Nierhaus sich dringend bei der Polizei melden solle. Dann hinterließ er seine Handynummer und dachte, dass das »dringend« wohl wenig überzeugend rübergekommen war. Bei Jessica Turk war nicht mal ein AB dran.

Während des Telefonats war der Rest Kaffee in seiner Tasse kalt geworden. Er mochte ohnehin keinen mehr trinken, goss den Kaffee ins Waschbecken und befüllte den Wasserkocher für Tee. Daran, dass Kowalski sich doch noch an etwas erinnern würde, glaubte er nicht. Amnesie war in solchen Fällen die Regel. Vermutlich konnte er nicht viel für ihn tun, außer die Parkbank-Kumpels zu benachrichtigen, dass der Herbert ihren Besuch ersehnte. Der Mann war offenbar einer von denen, die in ihrem Leben vom Pech verfolgt wurden.

Er ließ sich wieder am Schreibtisch nieder und stellte einen Aufruf auf die Website der Polizei, dass die mögliche Zeugin sich dringend melden sollte. Denselben Text gab er an die beiden Bielefelder Tageszeitungen weiter. Zumindest Kowalskis Krankenversicherung würde das Ganze interessiert verfolgen.

Sein Frühstück bestand aus einem belegten Brötchen, das er beim Bäcker gekauft hatte. In dem Moment, in dem er hineinbiss, klopfte es. Er hustete Krümel über seinen Schreibtisch. »Ja?«

Sein Junge stand in der Tür. Dominik stieß einen Laut aus, etwas wie »Gnfff«, wie Luft aus einem gerade geplatzten Fahrradreifen. »Robin! Gott sei Dank!«

Robins halblange, dunkle Locken glänzten fettig, und er stank nach Rauch. Hinter ihm tauchte Betty auf, sie schob den Widerstrebenden ins Büro, wo er vor dem schrillen Tannenbäumchen stehen blieb, mit hängenden Armen und trübem Blick, als wäre ihm alles egal. Der Wasserkocher wurde lauter, schaltete sich ab. Er hätte Robin am liebsten eine gepfeffert.

»Tee?«, fragte er stattdessen und holte Tassen vom Bord über der Kaffeemaschine.

Betty machte es sich auf Franks Stuhl bequem. Robin setzte sich zögernd auf den Rand des Besucherstuhls. Dominik goss Beutel-Tee auf und verteilte dampfende Tassen.

»Sie wollen ihn sicher befragen«, sagte Betty. »Deshalb habe ich ihn hergebracht. Er hat die Nacht bei Freunden verbracht, sagt er.« Ihre Stimme klang heiser.

Vielleicht war sie ausgerastet, hatte rumgebrüllt. Dominik setzte sich hinter seinen Schreibtisch, blies in seine Tasse, trank einen Schluck und aß weiter. »Das Problem mit diesen gekauften Brötchen ist die Remoulade. Sie tun immer zu viel drauf, egal, was man ihnen sagt.«

»Glaubst du, er braucht einen Anwalt?«, fragte sie nach einer Weile.

»Kommt drauf an. Sobald er verdächtigt wird, belehrt man ihn über seine Rechte. Dann sollte ein Anwalt hinzugezogen werden.« Er klappte sein Brötchen auf. Rohe Tomate, Igitt. Er warf die Scheibe in den Papierkorb.

Robin zupfte an einem Pflaster auf seinem Finger, warf ihm einen kurzen Blick zu, hielt sich dann an der Teetasse fest.

»Ich glaub das einfach nicht, Robin«, sagte Dominik. »Du haust einfach ab, hältst es nicht für nötig, mal kurz durchzurufen, wo du bist. Noch haben wir die Verantwortung für dich, ist dir das eigentlich klar?«

Robin schluckte. Er sah starr in seine Tasse.

»Es ist nicht zu fassen. Nicht mal jetzt kriegt er die Zähne auseinander!«, machte Dominik weiter.

»Du bist bei der Vernehmung nicht dabei, oder?«, fragte Betty.

Er schüttelte den Kopf. »Das wird der neue MK-Leiter machen, nehme ich an.«

»Und Frank? Könnte Frank nicht dabei sein?«, fragte sie.

»Das weiß ich nicht. Frank ist unterwegs, er befragt eine Freundin von Anna.«

In Robins Augen flackerte etwas auf.

»Ich nehme an, Bent Andersen wird etwas aus dir rauskriegen, anders als deine Eltern.« Dominik erhob sich. »Ich sage ihm Bescheid.«

»Papa, warte mal«, sagte Robin leise. »Ich … ich wollte nicht …«

»Was?«

»Ich möchte mich entschuldigen.« Robin kaute auf seinen gesprungenen Lippen, hob zögernd den Blick.

»Etwa dafür, dass du uns nichts mehr erzählst? Dass es dich einen Dreck interessiert, ob wir uns Sorgen machen? Dass ich nicht mehr weiß, wer du eigentlich bist?« Dominik wandte sich zum Fenster, holte ein paar Mal tief Luft.

»Papa!« Robin riss die Augen auf. »Du denkst doch nicht, dass *ich* Anna etwas getan habe?«

Dominik fuhr sich mit beiden Händen über das Gesicht. Nein, das dachte er nicht. »Trink aus und komm jetzt.«

* * *

Bent Andersen ordnete seine Papiere auf einem der hufeisenförmig angeordneten Tische des Besprechungszimmers. Eine der Neonröhren begann zu flackern. Er schaltete sie aus, sodass die Seite mit Pat und Patachon in Halbdunkel getaucht war. Woher hatte er das nur mit Pat und Patachon? Ach ja, von Bella Schnathorst. Aber es passte auch zu gut auf Kux und Weber. Sein Blick fiel auf die einsame Kerze mit Kügelchen und Tannengrün. »Geht das so mit dem Licht?«

Nina Tschöke und Frank Herbst nickten. Kux und Weber, spärlich beleuchtet, sahen sich an, sagten aber nichts. Nina zückte plötzlich ein Feuerzeug und zündete die Kerze an.

Bent setzte sich und wartete, bis Nina wieder an ihrem Platz war. »Schön«, begann er, »dann will ich mal zusammenfassen, was die Vernehmung von Robin Domeyer ergeben hat. Seinen Angaben zufolge war er mit Anna Borgstedt zusammen, liiert, ihr wisst, was ich meine … Jedenfalls habe er sie am Samstagnachmittag das letzte Mal gesehen. Den Sonntagabend ab halb neun und die Sonntagnacht bis morgens um halb acht habe er bei seiner Pokerrunde in einer Studenten-WG verbracht.«

Ottfried Weber stieß einen leisen Pfiff aus. »Ausdauernd.«

Bent warf einen Blick auf seine Notizen. »Am Montagnachmittag sei Robin mit Anna zum Schlittschuhlaufen verabredet gewesen, aber sie kam nicht. Montagabend hat er ihre Mutter angerufen, da er seine Freundin per Handy nicht erreichen konnte. Die erzählte ihm dann von der Vermissten-Meldung. Er weiß angeblich nichts von dem kurzen Anruf, den Anna Borgstedt von ihrem Handy aus am frühen Sonntagnachmittag bei den Domeyers getätigt hat. Möglicherweise hat eines der anderen Familienmitglieder den Anruf entgegengenommen. Dennoch ist davon auszugehen, dass sie ihn erreichen wollte, denn Anna hatte laut Robin keinen Kontakt zu seinen Eltern oder Geschwistern, da sie noch nicht lange ein Paar waren.«

»Stimmt«, warf Frank ein. »Dominik wusste nichts von ihr.«

Bent wandte sich an Weber. »Habt ihr Annas Handy inzwischen entdeckt?«

Kux und Weber schüttelten die Köpfe.

»Robin hat mehrmals bekräftigt, dass er Markus Sandler für den Täter hält«, sagte Bent. »Sandler habe ein Verhältnis mit dem Opfer gehabt. Als Anna die Sache beendete, habe Sandler sie unbedingt noch ein letztes Mal treffen wollen. Die Wut des Verlassenen als Motiv?«

»Kommt öfter vor, habe ich mir sagen lassen«, sagte Frank. »Und diese Sandra Hildebrandt hat Markus Sandler und Anna Borgstedt in einer verfänglichen Situation miteinander gesehen, wenn ich das richtig verstanden habe.«

»Das hat sie ausgesagt«, bestätigte Nina.

»Schau an! Robin hatte kein Motiv, er war verliebt«, sagte Frank. »Der ist total fertig. Das war nicht zu übersehen.«

»Ich bin nicht sicher, was Robins Motiv anbetrifft«, sagte Bent. »Er fand es nicht gut, dass Anna vorhatte, diesen Sandler noch mal zu treffen. Vielleicht war die Kränkung zu groß für Robin. Vielleicht war sie drauf und dran, zu Sandler zurückzukehren. Das ist zumindest denkbar.«

Ottfried Webers Halbglatze erstrahlte mit einem Mal im Glanz der Deckenleuchte. Kux war zum Lichtschalter geschlichen, ohne dass jemand darauf geachtet hatte.

»Entschuldigung«, sagte Kux. »Aber ich kann meine Aufzeichnungen nicht mehr lesen.«

Vor Kux lagen keine Aufzeichnungen.

»Schon gut.« Bent nickte ihm zu. Er fand, dass Kux auf seine Art ebenso schräg war wie Weber.

»Genau genommen …« Nina verstummte. Sie zupfte an einem Faden, der sich von ihrem Halstuch gelöst hatte.

»Was ist los mit euch?« Bent lehnte sich auf seinem Stuhl zurück. »Ist es, weil es um den Sohn eures Kollegen geht?«

»Wir alle kennen Robin! Er würde nie …« Frank seufzte.

»Ihr kennt ihn also«, bemerkte Bent. »Ihr habt alle privat miteinander zu tun, ist doch so, oder?«

Die Mitglieder der Mordkommission tauschten Blicke.

»Gibt es hier irgendwen, der nicht mit Dominik Domeyer und seiner Familie befreundet ist?«, fuhr Bent fort.

»Ähm …«, machte Kux.

»Definiere.« Weber wickelte ein Bonbon aus, steckte es sich in den Mund, und lutschte schmatzend.

»Er meint, definiere befreundet«, übersetzte Frank. »Na ja, wir kennen uns natürlich schon lange.«

»Man macht schon mal was zusammen«, sagte Nina.

»Bleibt nicht aus«, bemerkte Weber.

»Wisst ihr noch, wie wir mit Karl auf dem Oktoberfest …« Kux verstummte, als er Bents Blick begegnete.

Was für eine Gurkentruppe. In Flensburg war professionelle Distanz an der Tagesordnung gewesen. Natürlich hatten die Kollegen gewusst, dass er schwul war, aber Privatleben war kein Thema gewesen in ihrem erfolgreichen, auf die Arbeit fokussierten Team. Ob er Andy diesen Umzug nach Bielefeld jemals verzeihen würde?

»Robin ist immerhin bereit, den Speicheltest machen zu lassen«, sagte Frank und hob die Hände, als wollte er sagen: Was wollt ihr mehr?

»Sandra Hildebrandt war eifersüchtig«, sagte Nina unvermittelt. »Auf Annas Erfolg und vielleicht auch auf Sandler.«

Frank lachte kurz auf. »Und dann schlägt die Dame ihrer Nebenbuhlerin den Schädel ein? Nee, glaub mir, der Sandler ist unser heißester Kandidat.«

»Vielleicht wusste Sandra Hildebrandt nicht, dass die Affäre zwischen den beiden schon vorbei war.«

»Trotzdem. Es war kein Giftmord, La Niña!«

»Du mit deinen Klischees!«

»Statistisch gesehen ist es unwahrscheinlich, dass es eine Täter*in* war. Aber nicht unmöglich. Wir müssen uns ohnehin mit dem Theaterumfeld befassen«, sagte Bent.

»Angeblich …« Frank schürzte die Lippen. »Angeblich gab es da eine Zeit lang gewisse Vorfälle in diesem Theater, erzählte diese Daniela Oberschelp. Tote Maus in Annas Sachen, zerschnittenes T-Shirt, auf dieser Ebene. Anna habe sich bei ihr darüber beklagt, dass sie gemobbt würde, ohne zu wissen, wer dahintersteckte. Es hörte sich mehr so nach Zickenkrieg an. Nichts Wichtiges, meiner Meinung nach.«

»Mobbing ist unwichtig?«, fuhr Nina ihn an.

»Herrgott, ich habe das doch nur so ausgedrückt. Ob es jetzt direkt Mobbing war …«

»Schön«, unterbrach Bent, um längeren Diskussionen vorzubeugen. »Ich werde Annas Mutter dazu befragen und Nina, du kümmerst dich um die Theaterleute.«

»Frau Hildebrandt hat mir eine Liste von den Mitgliedern der festen Theatergruppe und den Kursteilnehmern des letzten Halbjahres zusammengestellt. Anna war Mitglied der festen Gruppe«, sagte Nina.

»Dann fang mit dieser festen Gruppe an. Ich denke, Ku... ähm ...« Jedes Mal, wenn Bent versuchte, auf Kux' Vornamen zu kommen, schob sich *Pat* davor. »Also, du solltest ...«, er sah Kux auffordernd an, »Nina dabei unterstützen.«

Kux runzelte die Stirn. Ninas Brauen rutschten bis in ihre Ponyfransen. Es war schwer auszumachen, wen diese Aussicht mehr begeisterte. Frank grinste breit, als hätte er einen Witz gerissen. Alle blickten Kux an. Die Neonröhre begann wieder zu flackern und verlieh dem verschreckten Kollegen ein gespenstisches Aussehen.

Bent hatte eine Idee. »Und Web... Ottfried!«, fügte er hinzu.

Kux nickte eifrig.

»Danke«, sagte Nina.

»Und diese Daniela Oberschelp?«, fragte Bent. »Wann hat sie ihre Freundin das letzte Mal gesehen?«

»Am Samstagabend vor ihrem Tod. Ich habe noch Oberschelps Freund befragt. Er bestätigte, dass er den Sonntagabend und die Nacht mit Daniela Oberschelp verbracht hat«, sagte Frank.

»Ebenso Trompete, Bass und Posaune.« Weber faltete seine Wurstfinger vor sich auf dem Tisch. Er grinste und bekam Grübchen in den Wangen. »Zu fünft: Nicht die ganze Nacht natürlich. Ziemlich funky das Ganze.«

»Ah so?«, fragte Bent ratlos.

»Ottfried spricht wieder in Zungen«, erklärte Frank. »Er meint: Er hat die übrigen Mitglieder der Band befragt, mit denen die Oberschelp geprobt und später gefeiert hat. Es handelt sich um einen Trompeter, einen Bassisten und einen Posaunisten, die ihr Alibi bestätigten und anschließend noch eine Kostprobe ihres Könnens ablieferten. Stimmt's, Ottfried?«

Weber brummte etwas Beleidigtes.

»Und das war also funky«, murmelte Bent, der Ottfried Weber und »funky« nicht recht zusammenbrachte. Er schob seine Papiere zusammen. »Und Oberschelps Freund …«

»Schlagzeug«, sprachen Frank und Weber wie aus einem Munde.

»Und mit ihm hat sie dann die ganze Nacht verbracht?«

»Aber ja.« Weber schob sich ein Bonbon in den Mund.

»Ach ja, und die Oberschelp hat Annas Handy Sonntagmittag bei ihr vorbeigebracht, weil die es am Samstag bei ihr liegen gelassen hatte«, sagte Frank.

»Ich bin fast sicher, dass Annas Handy inzwischen auf dem Grunde des Obersees oder an einem ähnlichen Ort liegt. Ich fürchte, unser Mörder ist nicht dumm«, sagte Bent.

Weber nickte düster. Das Heulen des Windes war durch die geschlossenen Fenster zu hören. Vielleicht war eines der Fenster auch nicht richtig geschlossen, denn die Kerzenflamme flackerte. Der Wetterbericht hatte orkanartige Böen angesagt. »Was seltsam ist …«, fuhr Bent fort, »Anna hat ihrer Mutter am Abend vor ihrem Tod nur einen Zettel hingelegt, dass sie kurz weg müsse. Frau Borgstedt versicherte mir, dass Anna ihr sonst immer erzählt habe, was sie vorhatte.«

Nina runzelte die Stirn. »Erzählen Teenager ihren Eltern normalerweise alles?«

»Die beiden hätten ein enges und vertrauensvolles Verhältnis gehabt«, wandte Bent ein.

Frank grinste. »Wusste ihre Mutter auch, dass Anna mit einem alten Kna… von der Affäre mit Sandler?«

»Gute Frage. Wir werden Sandler unter die Lupe nehmen. Ebenso Robin Domeyer.« Bent rieb sich die müden Augen und blinzelte. Waren das wirklich tanzende Äffchen auf Frank Herbsts Hemd? »An die Arbeit, Leute.« Er stand auf.

Eine Stunde später blickte Bent an der schwärzlichen Fassade eines großen Altbaus hoch. Endlich summte der Türöffner. Das Treppenhaus benötigte dringend einen neuen Anstrich: Die trüb-gelbe Farbe war fleckig, an einer Stelle war neu verputzt und nicht gestrichen worden. Die hübschen, dunkelblauen Kacheln mit dem Jugendstilmuster verstärkten diesen Eindruck nur noch. Er stapfte die geschwungene Treppe drei Stockwerke hoch, bis er eine Tür mit einer Namensliste entdeckte. Der Zettel war einfach mit Tesafilm an der Zarge befestigt worden. Anstelle einer Gardine klebte ein Che-Guevara-Poster hinter der Scheibe. Er drehte die altmodische Türschelle. Ein Streifen Licht schimmerte unter der Tür durch. Gerade, als er noch mal klingeln wollte, öffnete ein schmächtiger, junger Mann mit Dreadlocks und Kinnbärtchen und sah ihn aus roten Augen fragend an. Ein mit Kaffeeduft vermischter würziger Geruch drang aus dem Flur der Wohnung.

»Andersen, Kripo Bielefeld.« Bent zückte seinen Dienstausweis.

Überraschung wurde sichtlich zu Bestürzung.

»Konnie, kommst du mal? Hier ist einer von der Polizei«, brüllte der junge Mann in den Wohnungsflur hinein.

»Das wird er gehört haben. Kann ich reinkommen?«

Der Rastafari trat von einem Bein aufs andere. »Was wollen Sie denn von uns?«

»Es geht um die Ermittlung bei einem Tötungsdelikt, Herr …«

»Mord?« Der Rasta-Man riss die blutunterlaufenen Augen auf. »Mit so was wollen wir nichts zu tun haben!«

»Wie war noch mal der Name?«

»Kortenbreede, Tobias«, sagte er brav, als wäre er auf dem Amt.

»Ich nehme an, Konnie hat die Joints jetzt weggeräumt. Darf ich reinkommen, oder möchten Sie mich lieber gleich aufs Präsidium begleiten?«

Als sie die Wohnküche betraten, saß Konnie mit Unschuldsmiene am Küchentisch, auf dem eine angebrochene Tafel Schokolade lag. Durch das offene Fenster wehte Schnee herein.

Bent stellte sich fröstelnd vor. Konnie grinste, zog sich die Kapuze seines Sweatshirts wieder vom Kopf und machte das Fenster zu. »Musste mal gelüftet werden.«

Er umklammerte einen historischen Kaffeebecher. *A coffee a day keeps Reagan away*. Ein Erbstück aus einer der Vorgänger-WGs? Kortenbreede, Tobias räumte einen Stapel *taz*-Zeitungen von einem abgewetzten Oma-Sofa. »Bitte.«

Bent sackte auf dem Sofa so weit nach unten, dass der Küchentisch sich auf der Höhe seiner Brust befand.

»Kissen gefällig?«, fragte Konnie zuvorkommend.

»Und Sie sind also Konstantin Bräuer?«

Bräuer warf seinem WG-Genossen einen Blick zu und nickte. »Worum …?«

»Ich denke, das wissen Sie bereits.«

»Nicht wirklich«, gab Bräuer zurück.

»Es geht um den Tod von Anna Borgstedt. Kannten Sie sie?«

Die beiden sahen sich an.

Kortenbreede lehnte an einem schönen, alten Küchenschrank, zupfte an seinem Bärtchen. »Nie gehört, Anna Borgstedt. Du?«

Bräuer schüttelte den Kopf und starrte vor sich hin.

Bent war nicht ganz klar, worauf sich dieses Kopfschütteln eigentlich bezog. »Kannten Sie sie, Herr Bräuer?«

Er sah auf. »Nein. Ich … nein, ich kenne die nicht, ähm … kannte sie nicht.«

»Sie war erst sechzehn Jahre alt, als sie starb. Eine junge Frau, die ihr Leben noch vor sich hatte. Sie war politisch engagiert in einer dieser Attac-Gruppen. Linksalternative Szene. Und sie war mit Robin Domeyer zusammen. Sind Sie ganz sicher, dass Sie Anna noch nie getroffen haben?« Bent legte ein Foto von ihr auf den Tisch.

Zögernd warfen die beiden einen kurzen Blick darauf. Bräuer schüttelte noch einmal den Kopf.

»Nö«, sagte Kortenbreede.

»Mit Mord wollen Sie nichts zu tun haben, stimmt doch, Herr Kortenbreede?«

Kortenbreede sah ihn an, als würde er gleich die Handschellen aus der Tasche ziehen. »Ich verstehe nicht …«

»Sie pokern regelmäßig mit Robin Domeyer?«

»Immer wieder gerne«, sagte Bräuer.

»Wann haben Sie das letzte Mal mit ihm gepokert?«

»Ist das verboten?« Kortenbreede ließ seine halb gedrehte Zigarette sinken. Tabak rieselte auf den Boden, der ohnehin nicht sehr sauber war.

»Am Sonntag«, sagte Bräuer und riss das Silberpapier der Schokolade in kleine Streifen.

Kortenbreede flutschte der Filter aus der Hand und gesellte sich zum Tabak auf dem Boden. »Genau. Ähm … Sonntag.«

Bent stemmte sich aus der Tiefe des Sofas, bückte sich nach dem Filter und reichte ihn Kortenbreede. Blieb vor ihm stehen, sodass der junge Mann zu ihm aufsehen musste. »Und zu welcher Zeit genau, Herr Kortenbreede?«

»Wie immer abends und dann bis zum Morgen«, antwortete Bräuer. »Also die ganze Nacht lang.«

Bent lächelte. »Gar nicht so einfach, sich eine mit Filter zu drehen.«

Kortenbreede stierte ihn an und dann die Sachen in seiner Hand, die sich nicht zusammenfügen wollten: das Blättchen, den Filter, den Tabak. Er legte alles mit zitternden Händen auf die Anrichte.

»Wir kennen die Dame doch gar nicht«, bemerkte Bräuer und bügelte die Silberstreifen mit seinem Daumennagel.

»Sie wissen, wieso ich hier bin.« Bent ließ Kortenbreede nicht aus den Augen.

»Warum verraten Sie es uns nicht einfach?«, sagte Bräuer.

»Ich möchte es jetzt von Ihnen erfahren, Herr Kortenbreede«, begann Bent. »War Robin Domeyer am Sonntagabend zum Pokern bei Ihnen?« Er hob die Hand in Richtung Bräuer, damit der den Mund hielt.

Auf Kortenbreedes Stirn hatten sich kleine Schweißperlen gebildet. »Robin pokert mit uns, einmal in der Woche.«

»Hat Robin Domeyer in der Nacht vom 16. auf den 17. Dezember, also vom letzten Sonntag auf den Montag mit Ihnen gepokert, Herr Kortenbreede?«

Kortenbreede schaute Hilfe suchend zu Bräuer. Der nickte kaum merklich.

»Robin hat mit uns gepokert«, hauchte Kortenbreede und hielt sich an der Anrichte fest.

»Von wann bis wann genau?«

Kortenbreede schaute ihn bestürzt an.

»Wann ist er gekommen, wann ist er gegangen? Der ungefähre Zeitpunkt oder der genaue«, erklärte Bent geduldig.

Bräuer räusperte sich. »Das kann ich Ihnen sagen …«

Bent bedeutete ihm mit einer Geste, zu schweigen.

»Ich erinnere mich nicht.« Der Adamsapfel an Kortenbreedes magerem Hals hüpfte auf und ab. »Ich habe gerade einen … einen Block.«

»Er ist um halb neun gekommen und um halb acht morgens gegangen!«, sagte Bräuer.

»Und wann ist er zu Ihnen gekommen, um sein Alibi mit Ihnen durchzusprechen, Herr Bräuer?«

»Hat Robin … Robin hat doch nichts …« Kortenbreede schlang die Arme um die magere Brust.

»Ich muss Sie beide bitten, zur Vernehmung mit aufs Präsidium zu kommen.«

* * *

Dominik machte es sich mit einem Bier auf dem Sofa bequem. Es war still im Haus. Betty hatte noch einen späten Termin in ihrer Heilpraktiker-Praxis. Gähnend griff er nach der Fernbedienung. Die schlaflose Nacht machte sich bemerkbar. Er wollte die Astronomie-Sendung gerade einschalten, als unvermittelt Rock-Musik durchs Haus dröhnte. Er riss das Kopfhörer-Kabel aus dem Fernseher, stapfte die Treppe hoch und hämmerte an Robins Tür. Als keine Antwort kam, drückte er die Tür auf. Der Lärm war unbeschreiblich. Robin lag auf seinem Bett, die Arme unter dem Kopf verschränkt. Seine Augenlider waren geschwollen, als hätte er geweint. Das Zimmer stank nach kaltem Rauch, obwohl das Fenster gekippt war. Dominik warf den Kopfhörer aufs Bett und ging wieder nach unten. Er ließ sich aufs Sofa fallen und lauschte. Es war ein alter Titel von Aerosmith. Bekannt, aber er kam nicht drauf. Wie hieß der noch mal? Klang gar nicht schlecht, nur viel zu laut. *Eat the Rich.* Genau, das war der Titel. So plötzlich, wie sie gekommen war, brach die Musik ab.

Er schaltete den Fernseher ein, suchte auf der Festplatte nach dem fünfzehnminütigen Beitrag über Schwarze Löcher. Nach kurzer Zeit stellte er den Ton ab, weil er sich nicht konzentrieren konnte. Der Professor mit der Stirnglatze mühte sich lautlos und gestenreich zu erklären, was nicht zu fassen war. *Mein kleiner Indianer.* So hatte er Robin früher oft genannt, weil er mit sieben eine Zeit lang darauf bestanden hatte, nur noch sein Indianerkostüm zu tragen. Nicht einmal nachts wollte er es ausziehen. Robin war immer der Schüchterne, Sensible von den dreien gewesen, hatte viel Aufmerksamkeit gebraucht und sich schnell zurückgesetzt gefühlt, vor allem Nils gegenüber. Doch seit einiger Zeit zog er sich zurück, ließ niemanden mehr an sich ran. So mit vierzehn, fünfzehn hatte es schleichend angefangen. Dominik war anfangs erleichtert gewesen, dass Robin mehr Zeit außer Haus verbrachte. Er hatte das normal gefunden und nicht mehr das Gefühl gehabt, Robin immer wieder aufbauen zu müssen. Und jetzt diese Sprachlosigkeit.

Die Kluft.

Er wusste nicht, wie er sie überwinden sollte. Wie er *sich* überwinden sollte. Natürlich konnte er hochgehen und Robin erklären, wieso er sauer war, aber eigentlich wusste sein Sohn das. Vielleicht war der Junge ihm ähnlich. Betty warf ihm häufig vor, dass er zu distanziert sei, Abstand hielt, wo es darum ging, Gefühle zu zeigen.

Sein Bierglas war leer, ohne dass er sich entsinnen konnte, es ausgetrunken zu haben. Sein Kopf summte. Eine neue Folge des Herrn Professor lief bereits an. Dieses Mal ging es um die Frage, wie groß das Universum ist. Er hatte vor Kurzem gelesen, dass die Voyager-Sonde I, die 1977 aufgebrochen war, erst den äußeren Bereich des heimischen Sonnensystems erreicht hatte. Sie hatte über 17 Milliarden Kilometer zurückgelegt! Er gab sich einen Ruck, hievte sich aus dem Sofa, legte die Entfernung zwischen Wohnzimmer und Robins Territorium in weitaus kürzerer Zeit zurück, klopfte leise und trat ein.

Robin hockte mit gesenktem Kopf auf dem Bett und rauchte. Das rhythmische Zucken seiner Fußspitze ließ darauf schließen, dass noch immer Rock aus dem Kopfhörer drang. Dominik schnippte mit den Fingern vor Robins Gesicht, und der nahm den Kopfhörer ab. Dominik setzte sich in den Rattan-Schaukelstuhl und begann zu schaukeln.

Wie sollte er anfangen? Wir beide sind nur Staubkörnchen in einem unvorstellbar riesigen Universum? Ich habe das Gefühl, du entfernst dich immer mehr von uns. Raucher verlieren im Durchschnitt zehn gute Jahre? »Sag mal, Rob, hast du in meiner alten Plattensammlung gestöbert? Woher kennst du denn Aerosmith?«

Robin seufzte leise, hackte seine Kippe auf einem Unterteller aus, entließ Rauch durch Nasenlöcher und Mund. »Was liegt an?«

»Also … ich weiß nicht, was zwischen dir und dieser Anna gewesen ist, aber ich kann mir vorstellen, dass es dir nicht gerade gut geht. Ich dachte nur … warum erzählst du mir nicht einfach, was los ist. Manchmal hilft es, wenn …«

Robins Augen wurden schmal. »Ich will nicht darüber reden.«

Na super! Dominik stützte die Hände auf die Lehnen, um sich aus dem Stuhl zu erheben. Er hielt inne. »Auch nicht mit *mir*?«

Robin hob die Brauen und schob sich die Brille hoch, die ein Stück auf seiner Nase gerutscht war, als wollte er genauer überprüfen, was bloß in seinen Vater gefahren war.

Das Abendessen verlief fast schweigend. Auch die anderen schienen müde oder mit sich beschäftigt zu sein. Selbst Nils antwortete ungewohnt mürrisch und einsilbig, als Betty ihn darauf ansprach, dass er sehr früh vom Weihnachtsmarkt wiedergekommen sei.

Nach dem Essen klickte sich Dominik im Wohnzimmer mit seinem Laptop durch die Internet-Angebote von Teleskopen, als das Telefon im Flur klingelte. Kurz darauf kam Betty mit dem Telefon und ihrem Rohkostteller für ihren Desperate-Housewifes-Abend ins Wohnzimmer. Sie grinste in den Hörer und lachte hell auf. Vermutlich eine ihrer hundert Freundinnen. »Klar werfe ich mich in Schale. Egal, ob du in einem Zelt … Das habe ich nicht nötig? Also Frank, ich …« Sie kicherte.

Widerwillig löste Dominik seinen Blick vom Bildschirm.

»Ich gebe ihn dir. Du bist wirklich unmöglich!«

»Hallo Dodo«, schallte es ihm entgegen. »Ich habe Betty zu meinem Vierzigsten eingeladen. Ich will jetzt doch feiern. Ich weiß nur noch nicht, wo. Du bist auch eingeladen.«

»Danke Frank, ich hatte gehofft, dass du das sagen würdest.« Er schielte zum Visiomar-Teleskop auf seinem Bildschirm. »Falls du die Einzelheiten noch mit Betty …«

»Deswegen rufe ich nicht an. Ich habe gesagt, dass ich dich auf dem Laufenden halten werde. Du weißt schon.«

Er beobachtete seine Frau, die nach dem Kopfhörer suchte. »Warte, ich nehme dich mit in die Küche.«

In der Küche hielt sich niemand auf, obwohl das Licht noch brannte. Er setzte sich an den Tisch. »Schieß los, Frank.«

»Ich fürchte, dein Junge muss morgen noch einmal zur Vernehmung kommen. Er hatte ausgesagt, dass er die Nacht, in der Anna Borgstedt starb, beim Pokern mit Freunden verbracht hat. Und eben diese Freunde haben wir vernommen.«

Dominik hörte Frank in den Hörer atmen.

»Sag schon.«

»Einer von beiden, so ein verhuschtes Jüngelchen mit Filz-Placken auf dem Kopf, hat zugegeben, dass Robin ihn um ein Alibi gebeten hat. Ich zitiere: ›Ich wusste doch nicht, dass es um Mord geht.‹«

Das Blumen-Muster der Tischdecke verschwamm vor seinen Augen.

»Das muss nichts heißen«, machte Frank weiter. »Der hat eben Schiss, dass er da in was reingezogen wird. Jedenfalls, Andersen will Bella auf dein Auto ansetzen. Weil die Leiche transportiert wurde. Sorry, aber ich musste ihm sagen, dass du es an deine Söhne ausleihst.«

»Jetzt mal langsam: Andersen will meinen Polo auf Spuren untersuchen lassen? Robin ist ja nicht mal alt genug, um ohne Begleitung zu fahren!« Er hörte ein Räuspern hinter sich und legte eine Hand über den Hörer.

Nils stand mit einem Teller Obstsalat in der Küche. »Entschuldigung, Papa, ich wollte nicht ... ich will nur ...« Er blickte suchend über die Anrichte und griff nach einer Dose Sprühsahne. »Ich nehme die einfach mal mit. Bin schon weg.« Er lächelte und verließ die Küche.

»Bist du noch dran? Dominik?«, hörte er Franks Stimme.

»Jetzt wieder. Kurze Unterbrechung.«

»Dodo, das ist Routine. Du weißt, wie das läuft. Oder warst du mit dem Wagen in der Tatnacht bis zum frühen Morgen unterwegs?«

»Sonntagnacht ... nein«, gab Dominik zu. »Betty und ich waren im Theater, allerdings mit ihrem Auto.«

»Sind die Autoschlüssel frei zugänglich?«

»Meine ja. Sie hängen im Flur am Schlüsselbrett.«

»Weißt du, ob dein Wagen in der Nacht benutzt worden ist?«

»Du fragst, als ob … ach verdammt, ich muss nicht mal darauf antworten!«

»Sei nicht gleich beleidigt! Wenn ich Bent …«

»Frank, er wird ihn sowieso untersuchen lassen, egal, was ich sage! Aber warte mal …« Er rief sich das Schlüsselbrett vor sein inneres Auge. Die Situation am Sonntagabend. »Wir mussten uns beeilen, um rechtzeitig zum Theater zu kommen. Und als wir wiederkamen, wollte ich nur noch ins Bett. Ich hatte den Polo am frühen Abend am Ende der Straße geparkt und ... nein, tut mir leid, ich weiß es einfach nicht.«

»Die Leiche kann theoretisch auch später zum Fundort transportiert worden sein«, sagte Frank.

»Von Robin? Bist du von allen guten Geistern verlassen?«

»Sorry, Dodo … Ist mehr wie ein Reflex, verstehst du?«

»Von mir aus untersucht den Polo, wenn es euch glücklich macht. Ihr werdet sowieso nichts finden. Wann will der Erkennungsdienst da ran?«

»Bald, nehme ich an.«

»Ich werde morgen damit zum Präsidium fahren. Bella soll sich bei mir melden, dann bringe ich ihr die Schlüssel. Sag mal … habt ihr euch jetzt auf Robin eingeschossen oder gibt es noch einen anderen Verdächtigen?«

»Allerdings! Dieser Theaterheini, mit dem das Opfer eine Affäre hatte. Verheiratet und, lass mich nicht lügen, mindestens Ende vierzig. Macht sich an eine Sechzehnjährige ran, die seine Tochter sein könnte. So ein aalglatter …«

»Hat der Theaterheini ein Alibi?«

Ein verächtliches Schnauben ertönte. »Seine Frau, so eine Schnepfe von Ärztin, hat ihm eins gegeben.«

»Die liebende Gattin, verstehe. Sein Name?« Er riss einen Zettel vom Zettelblock.

»Markus Sandler.«

Dominik notierte den Namen. »Hast du auch die Adresse?«

»Du machst aber keinen Unsinn, Dodo?«

»Du kennst mich doch.«

»Eben.« Frank seufzte und gab ihm eine Adresse in Hoberge und die Adresse einer Theaterwerkstatt in Altstadtnähe durch.

»Danke, Frank. Wir sehen uns morgen.« Er starrte eine Weile auf den kleinen, roten Zettel. Das Aufstehen fühlte sich an, als hätte er gerade einen Halbmarathon hinter sich gebracht. Für den Zettel fand er eine freie Stelle auf der Magnettafel neben dem Kühlschrank, zwischen dem Abfallkalender und der Einladung zum Big-Band-Konzert. Lissa lachte vom Foto, umarmte ihr Altsaxophon in der ersten Reihe der Menge junger Leute, die mit ihren Instrumenten vor der Kamera posierten. Frisch sah sie aus in ihrem maigrünen Kleid. In letzter Zeit trug sie nur noch Schwarz. Sein Blick wanderte zurück zu dem Zettel, und sein Lächeln erstarb. Den »kleinen Indianer« gab es nicht mehr. Er würde nie wiederkommen, begriff er plötzlich. Wie durch einen bösen Zauber hatte er sich in einen schlecht gelaunten Teenager verwandelt. Den er zur Rede stellen musste.

Robin lümmelte auf dem Bett und rauchte. Der Kopfhörer lag um seinen Hals. Eine Lavalampe warf ihr Licht an die Wand, durchpflügte die Schwaden, verlieh ihnen ein höllisches Rot.

Dominik schaltete die Deckenbeleuchtung an. »Du hast jemanden zu einer Falschaussage angestiftet.«

Robin hob die Brauen, stemmte sich auf den Ellenbogen hoch und setzte sich auf. Ohne Brille wirkte sein Gesicht nackt, verletzlich.

Dominik öffnete die Tür zur Dachterrasse, atmete gierig die frische Luft. »Das ist kein Spaß, Robin. Wieso hast du das getan?«

Robin blinzelte ihn aus seinen kurzsichtigen Augen an.

»Du bist verdächtig, begreifst du das überhaupt?« Er schwitzte trotz der eisigen Luft, die ins Zimmer strömte.

Robin tastete auf dem Nachttisch nach seiner Brille und setzte sie auf. Asche fiel von der Zigarette auf die Jeans.

»Warum hast du gelogen? Und wenn ich die ganze Nacht hier bleibe, ich werde nicht eher …«

»Schon gut!« Robin fegte die Asche mit einer heftigen Bewegung von der Jeans und drückte die Zigarette im Aschenbecher aus. »Ich hab gelogen, weil … na ja, ich … hab Mist gebaut.«

»Mist?« Dominik lehnte sich an den Türrahmen. »Was bitte meinst du mit Mist?«

Robin schob seine Unterlippe vor. Er sah fast aus wie früher, wenn er schmollte. »Ich hab dem Wichser einen Stein reingeschmissen.«

»Ach …« Dominik stieß einen Schwall Luft aus, machte die Terrassentür zu und ließ sich in den Schaukelstuhl fallen. »Welchem … wem hast du einen Stein reingeschmissen?«

»Sandler. Der Arsch wollte sie treffen, obwohl längst Schluss war. Wahrscheinlich hat er gemerkt, dass sie einen anderen hat, und da wurde sie wieder interessant.«

»Und das war in dieser Nacht? *Dafür* das Alibi?«

»Ja. So 'ne riesige Wohnzimmerscheibe ist, glaub ich, teuer. Und Konnie …« Er brach ab.

»Du hast eine Fensterscheibe zerdeppert? Mehr nicht?«

Robin nagte an seiner Oberlippe. »Ziemlich große Scheibe …«

»Hast du jemanden mit dem Stein getroffen?«

»Nee, das Zimmer war dunkel, da war niemand.«

»Was hast du getrieben in dieser Nacht?«, fragte Dominik leise.

»Na ja, ich hab … ich war … ich bin zu Konnie gefahren. Konstantin. Das ist ein Freund mit einer eigenen Wohnung. Sein Mitbewohner war nicht da, und wir haben zusammen

Wein getrunken. Ich habe auch eine Flasche von hier mitgenommen. Ich ersetze sie dir, ich habe sie …«

Dominik wedelte mit der Hand. »Weiter!«

»Na ja, wir haben ordentlich getankt. Ich war gefrustet. Ich dachte, der kriegt sie wieder rum. Ich wollte einfach nicht, dass sie ihn wieder trifft. Ich meine: Was bezweckte der damit?« Robin nahm seine Brille ab, wischte sich über die Augen, schniefte. »Ich habe Konnie damit zugetextet und irgendwie haben wir uns dann hochgeschaukelt, haben Sandlers Adresse nachgeschlagen und sind nach Hoberge geradelt. Es war total glatt und so, aber irgendwie haben wir's bis dahin geschafft. Ich hatte einen ziemlichen Hass auf den, und als ich dann noch diese feudale Hütte gesehen habe, war's ganz aus. Ich dachte, klar, mit so was beeindruckt er sie, obwohl er … Ach, Scheiße. Wir waren ziemlich dicht, und Konnie meinte, Scheiß-Bonzen und so, und dann hat er die Reifen von diesem Schlitten zerstochen, der an der Straße parkte. Ich weiß nicht mal, ob der dem Sandler gehörte, aber das war mir egal. Mir war alles egal. Bis auf Anna …« Er schluckte mehrmals und zog die Nase hoch. »Dann habe ich dem die Scheibe eingeschmissen. Die Alarmanlage ging los und wir standen voll im Licht von dem Bewegungsmelder. Wir sind dann nichts wie weg. Ich weiß, das war blöd, hätte sowieso nichts geändert, aber ich war so …« Wieder nahm er die Brille ab, bohrte sich die Fingerknöchel in die Augen.

Dominik nickte langsam. Spätestens jetzt war ein Vortrag fällig über Sachbeschädigung und die Grundregeln eines gedeihlichen Miteinanders. Darüber, wie peinlich es war, dass ausgerechnet der Sohn eines Kriminalkommissars mit Steinen um sich warf. Darüber, wie kindisch es war, sich ein falsches Alibi zu besorgen und dass man zu seinen Dummheiten stehen musste. »Und dann?«

»Dann sind wir wieder zu Konnie nach Hause. Da war es praktisch schon Morgen, so gegen fünf. Wir wollten uns noch eine DVD ansehen und haben auch damit angefangen, und dann bin ich dabei auf dem Sofa eingepennt. Konnie ist auch eingepennt. Der hat im Sessel geschlafen. Tobias hat mich geweckt, als er aufstand. Hat Kaffee gekocht und mir Aspirin gegeben. Konnie hat einfach weitergeschlafen, aber ich musste ja zur Schule. Ich schätze, ich habe etwa eine Stunde Schlaf gekriegt. Mann, war ich fertig!«

»Das wirst du gleich morgen früh alles haarklein Bent Andersen erzählen. Das ist wichtig!«

»Auch das mit der Scheibe?«

Dominik stöhnte. »Alles! Auch dass du mit diesem Konstantin zusammen warst, er ist hier ein Zeuge, ebenso wie dieser Tobias! Du wirst die Scheibe natürlich ersetzen. Ich leihe dir das Geld, das kriegen wir schon hin. Und du entschuldigst dich bei den Sandlers, hörst du?«

Robin zog noch mal die Nase hoch.

»Oder bei *Frau* Sandler«, fügte Dominik hinzu.

»Ja klar, mach ich alles.« Er setzte sich auf. Auf seinen Wangen waren feuchte Spuren zu sehen. »Ich fahre dann mal.«

»Wohin denn?«

»Ich muss mit Konnie reden. Der hat natürlich Schiss, dass er Ärger kriegt wegen der zerstochenen Reifen.«

»Ruf ihn doch an.«

Robin fuhr sich unwirsch über die Augen. »Ich muss einfach mal hier raus!«

Dominik stemmte sich aus dem Schaukelstuhl hoch. An der Tür wandte er sich noch einmal um. »Ach ja, was ich noch ... auch wenn du dir das im Augenblick nicht vorstellen kannst: Das wird irgendwann leichter, Robin.«

7. Kapitel

Freitag, 21. Dezember

Noch bevor Dominik die Küche betrat, roch er Kaffee. Nils saß allein beim Frühstück und las in der *Capital*. Er war bereits wie aus dem Ei gepellt in seinem Kaschmir-Pullover und den frisch geputzten Schuhen. Ein Hauch Eau de Toilette mischte sich mit dem Kaffeeduft.

»Morgen, Nils. Hast du heute nicht frei?«

»Morgen.« Nils ließ die Zeitschrift sinken. »Ich habe einen Termin bei Sofies Vater. Ich unterschreibe heute den Vertrag.« Er lächelte. »Und meinen Job im Callcenter muss ich demnächst kündigen. Es sind ja nur noch gut drei Monate, bevor es in der Firma losgeht.«

Dominik goss sich Kaffee ein. Drei Monate Freiheit, die umso süßer waren, weil Nils eine Perspektive hatte. Er setzte sich an den Tisch. »Und? Hast du was Bestimmtes vor in der Zeit? Willst du reisen?«

Nils runzelte die Stirn. »Habe ich dir nicht von dem Skiurlaub erzählt? Im Februar zehn Tage Schweiz.«

»Na, ich meinte eine längere Reise. Jetzt hast du doch die Gelegenheit.«

»Ich will noch ein bisschen jobben. Die neue Skiausrüstung ist teuer und der Urlaub auch. Ich will mich nicht immer von Sofies Eltern einladen lassen. Und wenn Sofie und ich heiraten sollten, muss ich …«

»Sofie hat Ansprüche, was? Hast du sie inzwischen gefragt?«

»Kommt noch.« Nils beschäftigte sich mit einem nicht vorhandenen Fussel auf seinem Pullover.

Dominik spülte seinen Toast mit einem Schluck Orangensaft hinunter. »Du bist immer noch fest entschlossen? Ich meine, du hast erst in diesem Jahr dein Abi gemacht und …«

»Ich weiß, was ich will. Wir sind nur momentan … in einer schwierigen Phase. Das wird sich auch wieder ändern. Ist bei Mama und dir ja auch nicht anders.«

»Aber ihr steht im Gegensatz zu deiner Mutter und mir noch ganz am Anfang.«

»Wir sind seit zwei Jahren zusammen!«

»Es ist nicht so, dass man eine Beziehung durch eine Heirat kitten kann, falls es das ist, was du …«

»Worum geht es hier eigentlich? Magst du Sofie nicht?«, gab Nils zurück.

Dominik bestrich eine weitere Scheibe Toast mit Butter. Sein Messer kratzte über den noch warmen Toast, die Butter schmolz. »Ist noch Erdbeermarmelade da?«

Nils reichte sie ihm. Sie war noch ungeöffnet, der Deckel löste sich mit einem klackenden Geräusch.

»Tut sie dir gut? Bist du glücklich mit ihr?« Die Marmelade war nicht zu bändigen, sie lief an Dominiks Fingern herunter, während er den Toast aß.

»Ich … wie gesagt … momentan … ich schätze, Sofie und ich müssen mal zur Ruhe kommen. Deswegen fahren wir nach Sylt.«

Dominik leckte sich die Marmelade von den Fingern. »War Max gestern Abend noch da?« Er hatte einen weißen Alfa Romeo vor dem Haus parken sehen, kurz nachdem Robin zu seinem Freund Konnie aufgebrochen war.

»Ja. Und?«

»Verstehst du dich gut mit ihm? Ich meine, er spannt dir Sofie aus und du …«

»Max und ich haben uns gestern Abend ausgesprochen. Es gibt genug hübsche Mädels, die auf ihn stehen. Der hat das nicht nötig, mir Sofie auszuspannen.« Nils schüttelte lächelnd den Kopf. »Ich habe noch nie jemanden wie Max getroffen.«

»Und du bewunderst ihn?«

Nils holte tief Luft. »Manchmal schon. Er zieht eben sein Ding durch. Ich glaube, der hat vor gar nichts Angst.«

»Wenn jeder immer sein Ding durchziehen würde ...«

»Er braucht gelegentlich Gegenwind.«

»Na, da bin ich ja beruhigt.«

»Ach, Papa, denkst du, ich dackele wie ein Hündchen hinter ihm her oder was?«

»Es ist ganz normal, auch mal Angst vor etwas zu haben. Und Freizeitbeschäftigungen wie Basejumping ...«

»Keine Sorge.« Nils grinste. »Basejumping interessiert mich nicht.« Er steckte die *Capital* in den Zeitschriftenständer. »Sag mal ... Wird unser Polo untersucht? Ich meine, wegen Robin?«

»Robin macht heute eine Aussage, und ich hoffe, damit ist das Ganze vom Tisch. Trotzdem kann es sein, dass sich der Erkennungsdienst noch bei mir meldet.«

»Also kann ich das Auto heute nicht haben?«

»Besser nicht.«

Nils reckte sich und stand auf. »Dann muss ich jetzt zur großen Reise mit Bus und Bahn aufbrechen. Ich will nicht gleich am ersten Tag unpünktlich sein. Schönen Tag noch.«

»Steinhagen ist ja nicht aus der Welt. Dir auch einen schönen Tag. Und lass dich nicht ärgern. Von niemandem.« Er zwinkerte Nils zu.

Anders als Frank gemutmaßt hatte, war Frau Sandler Orthopädin und nicht Zahnärztin. Ihre Praxis war im zweiten Stock eines Neubaus untergebracht, einem Ärztehaus in der

Altstadt. Sie war in Blau, Grau und Weiß gehalten, an den Wänden hingen Piet-Mondrian-Drucke. Vor dem Empfang stand schon eine Schlange Patienten, weiß gewandete Helferinnen wuselten umher, Telefone klingelten. Durch die Glastür zum Wartezimmer konnte Dominik erkennen, dass es rappelvoll war. Bei dem Wetter gab es sicher viele Stürze.

Und es würde noch kälter werden. Als er in das Parkhaus in der Nähe des Alten Marktes gefahren war, hatte er die Wettervorhersage im Autoradio gehört: Auch tagsüber Temperaturen bis zu minus zehn Grad.

Er wartete, bis eine der Vielbeschäftigten ihm ihre Aufmerksamkeit zuteilwerden ließ, und zückte seinen Dienstausweis. Sie war beeindruckt, und er wurde gleich in Sprechzimmer Eins durchgewunken. Er hatte sich gerade in ein Merkheft über Arthrosebehandlung vertieft, als Kordula Sandler hereinrauschte. Sie wirkte erschöpft.

Dominik lächelte höflich. »Dominik Domeyer. Ich bin ...«

»Bettys Mann, nicht wahr?« Frau Sandler kräuselte die Lippen. »Na, kommen Sie, wir unterhalten uns woanders.«

Bettys Mann? Er folgte ihr durch eine Tür mit der Aufschrift *Privat* in ein großräumiges Büro mit einer Sitzecke.

»Setzen Sie sich!«, befahl sie.

Er sank gehorsam in eines der grauen Velourleder-Sofas. Sie nahm gegenüber Platz und zündete sich eine Zigarette an.

Er konnte es sich nicht verkneifen. »Kennen Sie meine Frau über ihre Heilpraktiker-Praxis?«

Nach einem langen Zug stieß sie genüsslich den Rauch aus. »Betty und ich sind uns einig, dass man besser nicht mit einem Mann zusammen sein sollte, der zu attraktiv ist. Wie ich sehe, ist sie ihrem Grundsatz nicht gefolgt. Aber Sie stehen nicht auf Girlies, oder?«

Dominik hob eine Braue.

»Wir treffen uns jeden Mittwoch mit einer Gruppe von Frauen«, erklärte sie. »Meistens gehen wir dann essen oder ins Theater, in eine Lesung oder … was eben gerade interessant ist. Daher kenne ich Betty.« Sie hüllte sich in Rauch. »Es geht um meinen Mann, nicht wahr? Ihr Kollege, dieser … wie hieß er noch? Egal, der hat ihm jedenfalls Fragen zu dem Mordfall gestellt.«

Sein Blick wanderte über den Glastisch mit dem Aschenbecher, in dem bereits drei Kippen mit Lippenstiftrand lagen. »Wir haben Grund zu der Annahme, dass Ihr Mann ein Verhältnis mit dem Opfer Anna Borgstedt hatte. Wissen Sie etwas darüber?«

Die hellen Augen in dem braun gebrannten Gesicht verengten sich. »Grund zur Annahme?«

»Tut mir leid, dass Sie es so erfahren müssen. Die beiden sind gesehen worden in einer …«

»Verfänglichen Situation?«

»So könnte man das ausdrücken, ja.«

»Warum wundert mich das nicht?« Sie stieß ein unfrohes Lachen aus. Dann starrte sie aus dem Fenster und rauchte. Sie schien ihr übervolles Wartezimmer vergessen zu haben.

Auf dem Fensterbrett standen zwei kakteenartige Pflanzen, deren Triebe wie Spieße senkrecht nach oben ragten. Vielleicht wurden sie reizvoller, wenn sie eine Blüte bekamen, aber die sahen nicht aus, als ob sie jemals eine ausbilden könnten: Zwei spitz zulaufende Bauwerke aus organischem Material.

Nach einer Weile begann er vorsichtig. »Hören Sie …«

»Er hat mir hoch und heilig versprochen, dass es vorbei wäre mit diesen Geschichten, die ihm angeblich nichts bedeuten. Ich liebe doch nur dich, Kordula!« Sie schnaubte. »Was für ein pathetisches Schmierentheater! Die Letzte war diese

Ballettschülerin, Sandra Sowieso. Aber Anna Borgstedt ...« Sie zuckte mit den Schultern. »Es waren so viele, ich bin gar nicht mehr hinterhergekommen, verstehen Sie? Diese jungen Dinger bewundern ihn. Sie sind fast noch Kinder, und vor ihnen kann er den großen Meister geben. Er weiß genau, wie er wirken kann. Er ist nicht mal besonders wählerisch. Nur jung müssen sie sein.« Sie fischte eine weitere Zigarette aus der Packung und zündete sie an der alten an. »Ich hätte es wissen müssen. Er hat sich in letzter Zeit so ins Zeug gelegt, eine Reise nach Italien, nur wir beide und das Meer und so weiter.« Sie zog heftig an ihrer Zigarette. »War ich wirklich so naiv zu glauben, er lässt es sein? Um nicht zu sagen ... dämlich?«

»Frau Sandler ...«

»Ich habe ihm gesagt, noch so eine Affäre und es ist aus. Er wusste, dass das schöne Leben dann vorbei ist. Ich dachte, also gut, das wird er nicht aufs Spiel setzen. Tja, denn sehen Sie ...« Ihr Blick kehrte zu ihm zurück. »Ich habe damals auf einem Ehevertrag bestanden.« Sie lachte trocken. »Vorausschauend, nicht wahr? Er wird sich an einen anderen Lebensstil gewöhnen müssen.« Sie drückte die Zigarette in den Aschenbecher. »Ich sollte mich wohl bei Ihnen bedanken. Und jetzt müssen Sie mich entschuldigen, denn ...«

»Moment noch.« Er hob die Hand und sprach schneller. »Sie haben ausgesagt, dass Ihr Mann den Abend und die Nacht von Sonntag auf Montag mit Ihnen zu Hause verbracht hat. Ist das richtig?«

»Sie sind ja ein ganz Durchtriebener.« Sie grinste spöttisch. »Hat Betty gar nicht erwähnt. Wo sie mir doch sonst alles erzählt.«

Alles erzählt? Er räusperte sich. »Frau Sandler, hier geht es um ein Tötungsdelikt. Eine junge Frau ...«

»Mein Mann ist kein Mörder. Oder sollte ich sagen, mein zukünftiger Ex-Mann? Markus hat schlicht nicht das Zeug dazu. Und jetzt will ich nichts mehr über junge Frauen hören, können Sie das begreifen?«

»Durchaus. Ich möchte nur wissen, ob er wirklich den ganzen Abend und die ganze Nacht bei Ihnen war, ob Sie das zweifelsfrei bestätigen können.«

»Was lässt sich schon zweifelsfrei bestätigen?«

Er wartete. Sie hatte sich vorgebeugt, ihre Finger mit den rot lackierten Nägeln trommelten auf dem Glastisch.

Sie verzog die Lippen zu einem schmalen Lächeln. »Also gut, soll er doch schwitzen. Er kam spät in dieser Nacht, so gegen halb zwei. Ich erinnere mich, weil ich gegen eins davon aufgewacht bin, dass bei uns die Scheibe eingeworfen wurde, und ich mich erst mal unten um die Bescherung kümmern musste, als der Herr dann endlich nach Hause kam. Angeblich war er noch im Theater gewesen, um einen Kurs vorzubereiten.«

»Würden Sie diese Aussage im Präsidium machen?«

»Sicher. Und nun wartet die Arbeit.« Sie erhob sich.

»Nur noch eine Kleinigkeit. Der Stein ... der Stein, der in Ihr Fenster geworfen wurde, wir ...«

»Ja?«

»Das ist mir äußerst unangenehm, aber das ... war mein Sohn Robin. Er wird sich persönlich bei Ihnen entschuldigen. Und ich werde den Schaden selbstverständlich begleichen. Schicken Sie uns die Rechnung des Fensterbauers zu.«

Ihre Augen wurden groß. »Robin, der kleine Rebell gegen die bürgerliche Ordnung? Und wieso? Wieso hat er das getan?«

»Er war wohl eifersüchtig. Er war in Anna verliebt.«

»Wie alt ist Robin?«

»Siebzehn. Er ist ... Er ist etwas emotional, und ich wäre Ihnen dankbar, wenn Sie die Anzeige zurückziehen könnten.«

»Markus konkurriert mit einem Siebzehnjährigen um eine Sechzehnjährige!« Sie presste die Lippen zusammen. »Geschmacklos, finden Sie nicht auch?«

»Ähm ...«

»Wie lange kann ein Mann in seinem Alter denn da mithalten? Oder sind diese Mädels eine Art Jungbrunnen, was meinen Sie? Vielleicht sollte ich mir auch mal ein jungen Lover anschaffen, schließlich bin ich eine gute Partie.« Sie warf die zerdrückte Packung Zigaretten auf den Tisch. Dann grinste sie ihn an. »Das war ein Scherz. Ich meine nur, womöglich ist es an der Zeit, mal etwas weniger brav zu sein. Wissen Sie, ich habe durchaus etwas übrig für reifere Herren, sofern sie ...«, sie musterte ihn und hob anerkennend die Brauen, »... sich gut gehalten haben. Das mit der Anzeige geht klar. Machen Sie sich keine Sorgen, das wächst sich aus.«

Er schaute sie fragend an.

»Spätestens mit dreißig gibt Robin Kommunikationskurse für Manager und zahlt sein Niedrigenergiehaus ab. Wetten? Hat mich gefreut, Herr Domeyer. Ach – und grüßen Sie Betty ganz herzlich von mir, ja? Richten Sie ihr aus, sie soll gut auf Sie aufpassen.« Sie zwinkerte ihm zu und rauschte ab.

Nachdem Dominik die Praxis verlassen hatte, rief er sofort Frank an.

»Kordula Sandler hat gerade das Alibi ihres untreuen Gatten platzen lassen. Er war erst gegen halb zwei nachts zu Hause. Sie ist bereit, das zu bezeugen.«

»Respekt, Dodo! Wie hast du das bloß geschafft mit dieser ... mit der Sandler? Ich wusste doch, dass da was faul ist. Aber, wenn ich mal fragen darf, was hattest du eigentlich bei der zu suchen?«

»Es ging um Robin. Er hat mir gestern Abend gebeichtet, was er tatsächlich in jener Nacht verzapft hat.«

»So? Er sitzt gerade in unserem Büro und möchte eine Aussage machen. Willst du ihn sprechen?«

»Schon gut, sag ihm, Frau Sandler wird die Anzeige zurückziehen. Dann weiß er Bescheid. Bis dann, Frank.«

Dominik entschied sich, das Auto stehen zu lassen. Der Weg zum Krankenhaus war auch zu Fuß gut zu bewältigen. In einem Blumenladen am Rand der Altstadt kaufte er ein Adventsgesteck. Auf der Rathaustreppe musste mal wieder ein Junggeselle über dreißig fegen, um dem Brauch Genüge zu tun. Seine Freunde prosteten sich mit Sekt zu, während der arme Kerl versuchte, den Berg Konfetti auf der Treppe zu beseitigen. Das würde Nils wohl erspart bleiben.

Auch Robin war dabei, ihm zu entgleiten, und womöglich auch bald Lissa. Und was kam dann? Leere, Stille, das Nichts, das sich immer mehr ausbreitet, wie in der Geschichte aus dem Kinderbuch, das er Lissa früher vorgelesen hatte. Vielleicht sah das Nichts für jeden anders aus. Vielleicht gab es Menschen, die es nie spürten. Und vielleicht lag es am grauen Himmel über Bielefeld, an den leeren Plastiktüten und Pappbechern, die der Wind über einen Parkplatz trieb, an dem zerknickten Regenschirm, dessen dürre Stahlstreben aus einem Mülleimer ragten wie die Gliedmaßen einer Riesenspinne, dass es ihm gerade jetzt in den Sinn kam.

Herbert Kowalski schlief, als er das Gesteck auf den Nachttisch stellte. Dominik stahl sich wieder aus dem Zimmer. Auf dem Flur traf er eine Schwester.

»Kowalski. Er schläft.« Er zeigte auf die Tür. »Ich wollte ihn nicht wecken.«

»Hätten Sie ruhig tun können, schlafen kann der immer noch. Bisher war nur seine Tochter hier. Dafür erzählt er *uns* dann seine Geschichte. Angefangen bei Adam und Eva. Was er als Kind alles im Heim erlebt hat und so weiter.« Sie seufzte. »Wir haben nun mal keine Zeit für so was.«

»Grüßen Sie ihn bitte von mir.« Er wandte sich ab und zwang sich, nicht zu rennen.

Sie rief etwas hinter ihm her, das er nicht verstand, doch er blieb nicht stehen, bis er das Gebäude verlassen hatte.

Der Weg bis zur Mühlenstraße war nicht allzu weit, und er beschloss, zu Fuß zu gehen. Er war schon über drei Wochen lang nicht mehr gejoggt und die Bewegung fehlte ihm. Schön fand er die Strecke nicht, auch wenn der Großmarkt, an dem er vorbeikam, in einem historischen Industriegebäude untergebracht war. Mit seinen Türmchen und Zinnen erinnerte das Gebäude mehr an eine Burg, statt von feindlichen Truppen belagert von einem Parkplatz mit Tankstelle, Würstchenbude und Werbewänden. Er bog in eine Seitenstraße ab. Eine Plastikflasche rollte über den Bürgersteig, am Rand lag ein umgestürzter Einkaufswagen. Graffitis zierten die Häuser auf der rechten Seite, links versperrte ein Gitter den Weg zu einem Schulhof mit angrenzendem Sportplatz und Spielplatz. Dahinter war die alte Ravensberger Spinnerei zu sehen.

Im Sommer war er das letzte Mal dort gewesen, zu einem »Weltnacht-Konzert«, zu dem er Betty zuliebe mitgegangen war. Sie war ein Fass ohne Boden. Welche Anstrengungen er auch unternahm, sie bei Laune zu halten, es war nie genug. Jetzt saß sie wieder im Schmollwinkel, und er musste sie mit etwas überraschen. Ein gemeinsames »Wellness-Wochenende« im Hotel wäre genau nach ihrem Geschmack. Schon bei dem Gedanken wurde er müde.

Er marschierte an einer Änderungsschneiderei und den leeren Schaufenstern eines verlassenen Ladenlokals vorbei, bis er an der Kreuzung stand, an der die Eckkneipe lag. Das Schulgebäude zog sich noch ein Stück die Straße hinunter, infrage kamen also nur die Mietshäuser auf der anderen Seite. Genau gegenüber lag ein weiteres leeres Ladenlokal. Vor dem Haus stand eine Bank unter einem kahlen Baum. Das wäre ein guter Platz gewesen, die Geschehnisse zu beobachten, doch wer würde sich auf diese Bank mit Ausblick auf die Kreuzung setzen, zumal nachts im Winter? Er stemmte die Hände in die Hüften und blickte an der Häuserreihe entlang. Wahrscheinlich war Kowalski so betrunken gewesen, dass er einfach gestolpert und gestürzt war. Er ging auf eine der Haustüren zu.

Nach fruchtlosen zwei Stunden lehnte er im Erdgeschoss-Hausflur eines Eckhauses und betrachtete die tote Motte in der Lampenschale der Flurbeleuchtung. Natürlich hatte niemand irgendetwas gesehen oder gehört. Er sollte besser auf die Aussagen von Jessi Turk und Mario Nierhaus warten. Das Flurlicht ging aus. Er schaltete es wieder ein und studierte die Klingelschilder. Berkemeyer und Irmer. Zwei Namen noch und er war durch. Er wollte gerade bei einer der beiden Türen klingeln, als sie schon geöffnet wurde. Eine winzige, alte Dame lächelte ihn an.

»Kann ich Ihnen helfen? Suchen Sie wen?«

Ihre Wohnungstür besaß ein Glasfenster mit Gardinen. Dominik erwiderte das Lächeln. Wenn jemand etwas wusste, dann sie. »Sie sind Frau Berkemeyer?«

»Sicher bin ich das.«

Er zeigte seinen Dienstausweis. »Domeyer, Kripo Bielefeld. Hier in der Nähe ist ein Mann verletzt worden und …«

»Kommen Sie rein, junger Mann.« Sie winkte. »Ja ja, schlimm, was heute alles so passiert«, murmelte sie, während sie ihm voranging.

In ihrem Wohnzimmer herrschten tropische Temperaturen.

»Kommen Sie, setzen Sie sich.« Sie wies auf ein Sofa mit symmetrisch eingedellten Brokatsamtkissen. In einem der Sessel saß eine Käthe-Kruse-Puppe, die Augen starr auf ein Bild an der Wand gerichtet, das gerahmte Foto eines Mannes in Wehrmachtsuniform.

Sie war seinem Blick gefolgt. »Mein Mann. Er ist vor zehn Jahren gestorben. Vor drei Jahren hätten wir goldene Hochzeit gehabt.«

»Frau Berkemeyer, ich wollte nur fragen, ob Ihnen in der Nacht vom letzten Samstag auf Sonntag irgendetwas aufgefallen ist, was …«

»Um halb zehn gehe ich immer schlafen. Und ich höre auch schlecht, wissen Sie. Nachts tue ich das Hörgerät raus.« Sie schüttelte bedauernd den Kopf. »Waren das wieder Jugendliche? Mögen Sie vielleicht einen Kaffee?«

Schwitzend riss er sich den Schal vom Hals. »Nein danke, Frau Berkemeyer.«

Die Ausbeute einer halben Stunde bei Frau Berkemeyer lag in einer Tüte selbst gebackener Plätzchen, die sie ihm trotz seines Protestes in die Jackentasche stopfte. Außerdem wusste er jetzt, dass die Katze des Nachbarn Cleo hieß und dessen »Frau Mutter« einen Schlaganfall erlitten hatte.

Er klingelte bei Herrn Irmer. Nach einer Weile öffnete ein untersetzter Mann in den Dreißigern mit strubbeligem Haar die Tür, der aussah, als wäre er gerade aus dem Schlaf gerissen worden. Eine dickliche, schwarze Katze entwich in den Hausflur, und der Besitzer schnappte sich das beleidigt maunzende Tier von der Treppe.

»Herr Irmer?«

»Jep.« Der versuchte, die Katze zu halten, die sich unwillig in seinem Griff wand. Als sie kratzte, ließ er sie zurück in die Wohnung plumpsen. »Falls Sie ein Zeuge Jehovas …« Er verstummte und blinzelte, als Dominik ihm den Ausweis vor die Nase hielt.

»Es ist vielmehr so, dass ich einen Zeugen suche. In der Nacht vom letzten Samstag auf Sonntag hat sich ein Mann hier in der Nähe schwer verletzt oder ist verletzt worden.«

»Meinen Sie diesen Unfall?«

»Unfall?«

»Na, der Mann, der angefahren wurde Samstagnacht …«

»Haben Sie das gesehen?«

Irmer nickte. »Da waren noch mehr Zeugen. Jemand, der sich um den Mann gekümmert hat. Sonst wäre ich ja rausgegangen.« Irmer hatte offenbar Mario Nierhaus gesehen. Dominik unterdrückte ein Lächeln. Womöglich war sein Besuch doch nicht umsonst. »Der Mann hat das Ganze aber nicht beobachtet, nur die Folgen sozusagen. Haben Sie eine Minute?«

Auf dem roten Ledersofa in seinem Wohnzimmer thronte Cleo wie ein kleiner Buddha. Sie rührte sich nicht, als Dominik neben ihr Platz nahm.

Er holte seinen Block aus der Jackentasche. »Schildern Sie einfach, was Sie gesehen haben. Möglichst mit Uhrzeiten.«

»Das Telefon weckte mich, so gegen Viertel nach oder zwanzig nach zwei. Es war mein Vater. Meine Mutter ist nämlich … sie ist ins Krankenhaus gekommen. Deswegen rief er an. Ich wanderte so in der Wohnung herum mit dem Telefon. Plötzlich höre ich das Quietschen von Bremsen. Als ich zum Erkerfenster will, stolpere ich über Cleo, und als ich dann aus dem Fenster schaue, sehe ich gerade noch ein Auto anfahren und zwar mit Kavalierstart, wenn Sie wissen, was ich meine. Dann sehe ich, dass da ein Mann auf der Straße liegt. Kurz danach kniet eine Frau an seiner Seite, springt wieder auf und rennt weg. Ich denke noch, wieso haut die jetzt wieder ab? Mein Vater redet und redet, ob ich nicht kommen könnte. Ich war etwas durch den Wind wegen meiner Mutter, wollte Schluss machen mit dem Gespräch und rausgehen, bemerkte gleich darauf aber einen Mann, der zu dem Verletzten lief.«

»Haben Sie diese Frau noch einmal gesehen?«

Er überlegte und schüttelte den Kopf. »Nein, aber ich bin dann auch in die Küche gegangen, um mir Saft zu holen.«

»Wie sah sie aus?«

»Wie sah sie aus?« Irmer machte eine wegwerfende Handbewegung »Schwer zu sagen … es war dunkel.«

»Jung? Alt? Dick, dünn? Kurze Haare, lange Haare …«

»Eher dünn und wie sie lief, vermutlich jünger.«

»Wann in etwa ist der Unfall passiert?«

»Das muss so zwischen zwanzig nach zwei und halb drei gewesen sein.«

»Können Sie das Auto beschreiben, das wegfuhr?«

»Das war ein Cabrio. Schickes Teil! Was Sportliches.«

»Aha?« Dominik beugte sich vor. Cleo sprang vom Sofa und stolzierte davon. »Konnten Sie die Farbe erkennen?«

»Ein rotes Cabrio. Das Verdeck war schwarz oder dunkel zumindest. Ich habe das Auto kurz im Licht der Laterne gesehen, bevor es weiterfuhr Richtung Heeper Straße.«

»Konnten Sie sehen, wer drin saß?«

Irmer kraulte die Katze, die auf seinen Schoß gesprungen war. »Eine Frau mit Pferdeschwanz saß im Wagen.«

»Oh … okay. Hat sie das Auto gefahren?«

»Sie hat auf der Beifahrerseite gesessen. Ich habe nur sie gesehen. Sie hat die Sicht auf den Fahrer verdeckt.«

»Stimmt, wenn das Cabrio Richtung Heeper Straße weiterfuhr, muss Ihnen die Beifahrerseite zugekehrt gewesen sein.«

Irmer nickte. Cleo schnurrte asthmatisch.

»Können Sie sie beschreiben?«

»Ich habe sie nur kurz im Profil gesehen.«

»Könnte es nicht auch ein Mann gewesen sein? Auch Männer tragen die Haare manchmal zusammengebunden.«

»Sie hatte einen schlanken Hals und ihr Profil … Es war eine Frau, bestimmt. Mehr kann ich dazu nicht sagen.«

»Wäre es möglich, dass diese Frau diejenige gewesen ist, die sich kurz neben das Unfallopfer gekniet hat und dann wegrannte?«

»Hm.« Irmer schrie leise auf und löste die Krallen von Cleo vorsichtig von seiner Jeans. »Sie stellen Fragen …«

»Wie viel Zeit ist vergangen zwischen Ihrer Beobachtung, dass das Auto wegfuhr, und der Beobachtung, dass eine Frau bei dem Verletzten war. Könnte das Auto in der Zeit geparkt worden, und die Beifahrerin oder Fahrerin zurückgekommen sein?«

»Also viel Zeit …« Irmer zögerte.

Dominik betrachtete die kräftig violettfarbene Wand hinter Irmer, die an einer Stelle von Krallenspuren gezeichnet war. Für einen Mann hatte er einen ausgefallenen Geschmack.

»Viel Zeit war es nicht, paar Sekunden höchstens, würde ich schätzen.«

»Aus welcher Richtung kam die Frau? Ich meine die, die sich zu dem Verletzten gekniet hat?«

»Webereistraße vielleicht? Wissen Sie, dieses Telefonat … Ich war gedanklich woanders. Als ich sah, der Verletzte bekommt Hilfe, bin ich, wie gesagt, in die Küche gegangen. Da ist mir dann noch eine Flasche O-Saft runtergekracht. Nachdem ich die Schweinerei beseitigt habe, bin ich wieder ins Wohnzimmer und habe vom Fenster aus schon den Rettungsdienst gesehen.«

»Und der verletzte Mann lag also mitten auf der Straße?«

»Ziemlich mittig, etwas mehr zur gegenüberliegenden Seite hin, würde ich sagen.«

»Von diesem Fenster aus betrachtet?« Dominik ging zum Erkerfenster. Irmer folgte ihm, ebenso Cleo, die auf den Sessel in der Erkernische sprang, und sich dort auf einem aufgeschlagenen Buch niederließ.

»Also hat er nicht weit von der Einmündung in die Webereistraße gelegen?«

»Genau.«

»Konnten Sie das Fabrikat des Wagens erkennen?«

Irmer grinste. »Ich kenne mich nicht so aus mit Cabrios. Für so was reicht mein Gehalt nicht ganz.«

Meins auch nicht, dachte Dominik, als ihm einfiel, dass er seinen Polo noch aus dem Altstadt-Parkhaus holen und ins Präsidium bringen musste. Womöglich wartete Bella schon auf den Wagen.

***

In der Rolandstraße, wo Frau Borgstedt wohnte, war alles zugeparkt. Auf dem nahe gelegenen Platz fand ein offenbar beliebter Wochenmarkt statt. Bent musste Schritttempo fahren, da ständig Leute die Straße überqueren wollten: Mütter mit Kinderwagen, junge Leute mit Rucksäcken, Alte mit diesen Wägelchen, die sie hinter sich herzogen. Hacken-Porsche nannte seine Mutter ihr Exemplar. Schließlich fand er eine Lücke auf dem Parkplatz eines kleinen Supermarkts. Ein vor dem Geschäft angebundener Hund heulte jämmerlich. Zwei junge Frauen blieben stehen, näherten sich zögernd der zitternden Promenadenmischung. Eine von ihnen beugte sich zu dem Hund hinunter und streichelte ihm über das kurze Fell. Ein Schnüffeln, dann heulte er weiter.

Das Geheul des Tiers begleitete Bent ein Stück, während er sich einen Weg zwischen den Marktständen suchte. Warum hatte er nicht Nina mitgenommen zu diesem Gespräch? Bei der ersten Begegnung mit Marga Borgstedt hatte sie genau die richtigen Worte gefunden. Als er das Schild *Siegfriedplatz* am gläsernen Rondell des U-Bahn-Eingangs las, wurde ihm klar, was Nina mit »die wohnt am Siggi« gemeint hatte.

Bei Frau Borgstedt waren die Rollläden heruntergelassen. Er musste fünfmal klingeln, bis sie die Tür öffnete.

»Tag, Herr Andersen. Hat gedauert, bis ich aufgewacht bin.«

Ihr Gesicht wirkte aufgedunsen. Eine gestrickte Decke lag um ihre Schultern. Es roch schwach nach Pfefferminz im Flur. »Ich habe vorhin eine Kopfschmerztablette genommen. Pfefferminzöl reichte nicht mehr. Dann bin ich prompt im Sessel eingenickt. Ich schlafe nachts kaum noch. Egal, kommen Sie rein.«

Er folgte ihr in die Küche, an die sich ein Wohnzimmer mit bodenlangen Fenstern und einer Glastür anschloss. Sie zog die Rollläden hoch, und es wurde hell. Die Glastür ging auf einen kleinen Garten mit Vogelhäuschen, der durch einen Holzzaun von der Straße abgeschirmt wurde. Im Sommer war der Raum sicher von Licht durchflutet.

»Tee?«, fragte sie und hielt eine Kanne hoch, die auf einem Stövchen stand. »Ist eine ayurvedische Kräuterteemischung.«

»Gerne, vielen Dank.«

Der schmale Küchenstuhl knarzte bedenklich, als er sich niederließ. Er nahm seit einiger Zeit zu, aber die geflochtenen

Stühlchen schienen ohnehin eher für zierliche Frauen wie Marga Borgstedt geschaffen zu sein.

Zum Yogi-Tee gab es Dinkelkekse. Frau Borgstedt setzte sich an den Tisch und wickelte sich in ihre Decke, obwohl es warm war im Raum. Sie zündete eine Kerze an, schlürfte Tee und starrte in die Flamme. Sein Blick fiel auf ein gerahmtes Foto, das neben dem Gewürzregal hing. Mutter und Tochter lachend mit wehenden Haaren an einer Reling, im Hintergrund das Meer.

»Frau Borgstedt ... ich weiß, dass es schwer ist, aber ich hätte da noch ein paar Fragen.«

»Wenn's hilft«, sagte sie tonlos, ohne den Blick zu heben.

»Daniela Oberschelp hat einem Kollegen berichtet, dass Ihre Tochter Probleme in der Theaterwerkstatt hatte ...«

»Ach das«, sagte sie.

Der Stuhl knarzte, als er sich vorbeugte. »Was wissen Sie darüber? Wir müssen uns ein Bild von Annas Umgebung machen. Jede Einzelheit könnte wichtig sein.«

Frau Borgstedt nickte. Das große Küchenfenster zeigte den Ausschnitt einer Seitenstraße. Zwei johlende Mädchen mit Tornistern auf dem Rücken räumten Schnee von parkenden Autos und bewarfen sich damit.

»Ich habe überlegt, ob das wichtig sein könnte. Aber es war so ...« Sie holte Luft und stieß sie mit einem Seufzer aus.

Er probierte einen Dinkelkeks, der besser schmeckte als erwartet.

»Es war kindisch«, machte sie weiter. »Anna hat das bedrückt, so was war ihr noch nie passiert. Sie war beliebt bei anderen, hatte viele Freunde. Sie war ...« Eine Falte erschien zwischen ihren Brauen. Sie schluckte. »Sie war ein unbeschwerter Mensch. Lebensfroh, meine Tochter war lebensfroh.« Tränen rollten über ihre Wangen. »Entschuldigen Sie.« Sie zog ein Taschentuch hervor.

Der verdammte Stuhl knarrte und knarrte. »Sie brauchen sich nicht zu entschuldigen, Frau Borgstedt. Leider müssen wir all diese Dinge fragen.«

Wieder nickte sie und blickte wie hypnotisiert in die Kerzenflamme.

»Frau Oberschelp sprach von einem zerschnittenen T-Shirt ...«

»Ein T-Shirt und ein nagelneues Sweatshirt, auf dem ein großer Klecks Acrylfarbe war. Einmal lag eine tote Maus in ihrem Schuh. Gut, das kann ja vorkommen, dass eine Maus da reinklettert und verendet. Aber es häufte sich: Jemand hatte Kaffee über ihre Umhängetasche geschüttet, aus einem Buch in ihrer Tasche waren Seiten rausgerissen, beide Fahrradreifen zerstochen! Und dann hörte es mit einem Mal wieder auf. Wenn das so weitergelaufen wäre, hätte ich mich an den Sandler gewandt! Auch ohne Annas Einverständnis. Sie wollte das nämlich selbst regeln. Denken Sie denn ...«

Bents Stuhl ächzte. »Ich denke nichts, jedenfalls *noch* nicht. Hatte Anna eine bestimmte Person in Verdacht?«

Sie goss sich Tee nach. »Das nicht. An sich kam sie gut klar. Nur diese Sandra stichelte wohl ganz gern, schien der Ansicht zu sein, dass Anna ihr den Platz streitig machte.«

Bent rang mit sich, was der Stuhl mit Knarren kundgab. »Wussten Sie, dass Ihre Tochter ein Verhältnis mit Herrn Sandler hatte? Es war aber schon beendet, bevor sie ...«

Die Kanne klirrte auf das Stövchen.

»Ein Verhältnis? Mit diesem ...« Die Decke rutschte von ihren Schultern zu Boden. Sie hob sie langsam auf. »Ich kann gar nicht sagen ... mir fehlen die Worte, wirklich. Mir fehlen die Worte!« Ihr fahles Gesicht rötete sich. »Ich dachte, da ... da war doch dieser Robin, ein junger Mann aus ihrer Bürgerwachengruppe, der sie in letzter Zeit öfter nach Hause brachte. Er ist nur einmal kurz mit reingekommen. Netter Junge.

Sie war ganz verlegen, als ich sie nach ihm fragte. Das war sicher mehr als nur Freundschaft. Er rief mich an, als Anna verschwunden war. Er machte sich Sorgen. Aber der Sandler, der ist doch in meinem Alter …« Ihre Lippen wurden schmal. »Sie war doch wohl nicht … sie war nicht schwanger, oder?«

»Ganz sicher nicht, das hätte der Rechtsmediziner uns mitgeteilt. Es war scheinbar nur eine kurze Episode. Doch Anna wollte wohl nicht, dass Sie das erfahren.«

»Hat sie sich etwa am Sonntagabend mit Sandler getroffen? Sie ging ohne Erklärung aus dem Haus, vielleicht …«

»Hätte sie es Ihnen mitgeteilt, wenn sie sich mit Robin verabredet hätte?«

»Bestimmt. Das wäre nicht das erste Mal gewesen. Ich habe ihr gesagt, er kann doch abends mal zum Essen kommen. Sie hat nur gegrinst. ›Du lernt ihn schon noch kennen, Mama.‹« Ein schwaches Lächeln zog über ihr Gesicht. »Ich habe mich doch gefreut für sie.« Ihre Augen wurden feucht. Sie wischte sich eine Träne mit dem Handballen aus dem Auge.

Bent räusperte sich. »Was mich noch interessieren würde … Wann genau sind diese Vorfälle in dem Theater gewesen? Können Sie die Zeitspanne eingrenzen?«

Frau Borgstedts Blick heftete sich auf eine Yukka-Palme, die mit Weihnachtskugeln geschmückt war. »Im Sommer.« Sie nickte, als wollte sie es sich selbst bestätigen. »Wir haben eine Woche auf Langeoog verbracht, dann sind wir zurück nach Bielefeld, weil sie an einem zweiwöchigen Theaterprojekt teilnehmen wollte. Improvisationstheater oder so was. Das lag ihr.« Ihre Augen verengten sich. »Genau. Kurz, nachdem das Projekt angefangen hatte, ging das los. Zuerst dachte sie sich nicht viel dabei. Und danach ist sie mit ihrem Vater nach Juist gefahren. Im Herbst ging dieser Mist dann wieder los. Gleich Mitte Oktober, die Kurse hatten kaum begonnen.«

»Und wann hörte das auf?«

»Ich weiß noch, ich habe sie an meinem Geburtstag darauf angesprochen, am 11. November. Wir haben zusammen einen Brunch vorbereitet, und da sagte sie, es sei schon seit zehn Tagen nichts mehr vorgefallen.«

»Also hat es Anfang November aufgehört. Hatte Anna eine Ahnung, warum es dann aufgehört hat?«

»Für sie war die ganze Geschichte genauso mysteriös wie für mich. Und weil nichts mehr kam, haben wir uns keine Gedanken mehr gemacht.«

»Anna war in einer festen Gruppe, sagte meine Kollegin. Hat sie auch einen der Kurse besucht?«

»Ich meine, ja. Clownerie war das. Sie überlegte, ob sie so was später beruflich machen könnte, also freiberuflich. Für Kitas und Kinder-Krankenhäuser. Da liegt noch ein Programm in ihrem Zimmer. Ich …« Sie zog die Decke enger um ihre Schultern. »Ich habe ihre Sachen bisher kaum angerührt. Das Zimmer sieht aus, als wäre sie morgens noch da gewesen. Als würde sich gleich der Schlüssel im Schloss drehen und Anna …« Sie schloss kurz die Augen, lächelte gepresst. »Soll ich das Kursprogramm holen?«

»Das wäre gut.«

Während Frau Borgstedt das Programm holte, schnupperte Bent an seinem Tee. Der Geruch nach Anis und Kamille erinnerte ihn an den Magentee, mit dem er sich nach der Trennung von Andy zu kurieren versucht hatte. Er eilte zum Ausguss und goss den Tee weg. Der Stuhl quietschte kläglich, als er sich darauf warf, gerade bevor Annas Mutter hereinkam.

Sie legte einen Flyer mit Informationen über den Sommerworkshop *Improvisationstheater* auf den Tisch. »Sie wollten auch das Kursprogramm, ich glaube … Moment.« Sie durchwühlte einen Stapel Zeitungen auf einer Anrichte. »Hier ist es ja.« Sie überreichte ihm ein dünnes Heft, das Programm der Theaterwerkstatt für das Winterhalbjahr.

»Danke. Frau Borgstedt, Annas Handy … Sie haben das nicht zufällig inzwischen gefunden?«

»Ihre Beamten haben sogar unter den Autositzen nachgesehen. Ich frage mich, ob sie es in der Kunsthalle verloren haben könnte. Wir waren am Sonntagnachmittag dort.«

»Gut, wir überprüfen das. Und falls Sie das Handy in der Zwischenzeit finden sollten …«

»Gebe ich Ihnen Bescheid, klar.« Sie stand hinter ihrem Stuhl, die Hände auf die Rückenlehne gestützt. Mit einer müden Bewegung strich sie sich eine Strähne aus der Stirn.

»Das wäre vorerst alles. Und ähm … danke für den Tee.« Er erhob sich mit einem extra lauten Knarzen und lächelte entschuldigend. Das Stühlchen hatte es überstanden.

* * *

Als Dominik auf den Parkplatz des Präsidiums fuhr, klingelte sein Handy. Es war Betty, die ihm mitteilte, dass Robin seine Aussage über seine Aktivitäten in der Tatnacht gemacht habe und nun zu Hause sei. Nicht einmal der Rauchgestank konnte Dominiks Laune trüben, als er sein Büro betrat. Die Überreste eines Lahmacuns klebten auf seiner Schreibtischunterlage. Franks Jacke hing wie immer schief an der Garderobe. Er räumte die kümmerliche Flora vom Fensterbrett und lüftete.

Robin war vermutlich aus dem Schneider. Seine Gedanken wanderten zu Kowalski. Geistesabwesend plünderte er Frau Berkemeyers Kekstüte. Fahrerflucht? Das Quietschen von Bremsen und der dann folgende Kavalierstart deuteten darauf hin. Das Verschwinden der Zeugin war erklärungsbedürftig. Könnte die Zeugin die Beifahrerin im Cabrio oder sogar die Fahrerin des Cabrios gewesen sein? Vielleicht war sie im Zwiespalt gewesen: Sie wollte den Verletzen so nicht liegen lassen, gleichzeitig aber auch nicht als jemand identifiziert werden, der etwas mit dem Unfall zu tun hatte. Also hatte sie die Leute in der Eckkneipe alarmiert und sich bei nächster Gelegenheit verdünnisiert. Deshalb hatte sie sich auch nicht als Zeugin auf die Aufrufe in den Tageszeitungen gemeldet. Eine plausible Erklärung. Irmers Beschreibung nach müsste sich eine mögliche Beschädigung des Autos an der Fahrerseite vorne befinden, etwa am Scheinwerfer oder am Kotflügel.

Er griff nach dem Telefon, tippte die Nummer des zuständigen Verkehrskommissariats ein und drückte dann die Aus-Taste. Hatten die Kollegen vom Verkehr sich nicht schon öfter beklagt, wie überlastet sie gerade bei Winterwetter seien? Außerdem wollte Andersen ihn aus dem Weg haben. Dem war es vermutlich egal, womit er sich beschäftigte. Wieso nicht ein paar Autowerkstätten anrufen?

Er pflückte ein paar Fäden Krautsalat von der Unterlage und schnippte sie in den Papierkorb. Große Fettflecke blieben auf dem Papier zurück. Er riss das obere Blatt kurzerhand ab, sodass die Unterlage wieder in jungfräulichem Weiß erstrahlte. Kowalski vegetierte im Städtischen und wurde in einem Pflegebett umgelagert, um sich den Hintern nicht wund zu liegen. Und irgendein Arschloch mit Cabrio – er überlegte kurz, was bei diesem Ausdruck die weibliche Form sein könnte – irgendein Arschloch jedenfalls meinte, einfach so davonkommen zu können. Klar, mit einem Heimkind konnte man's ja machen. Kowalskis Leben war doch sowieso verpfuscht, er soff sich um den Verstand, wozu brauchte so einer gesunde Beine? War es nicht so?

Er blickte auf das zerknüllte Papier in seinen Händen, warf es auf Franks Schreibtisch, holte sich die Gelben Seiten auf den Bildschirm und begann zu telefonieren. Als er sich bis zum Buchstaben K vorgearbeitet hatte, stürmte Frank ins Büro. Und blieb abrupt stehen.

»Ach, hallo Dodo.« Mit verdruckstem Grinsen schloss Frank die Tür hinter sich.

»Du hättest mir mehr Lahmacun übrig lassen können. War nur noch ein kleiner Rest auf meiner Unterlage.«

»Hm? Ach so … Sorry, ich hab an deinem Platz gesessen.« Frank kratzte sich den ausufernden Backenbart.

»Ich hätte da einen Einmalrasierer übrig. Für deine Koteletten.«

»Also, das ist so …« Frank schob sich hinter seinen Schreibtisch, setzte sich und faltete die Hände. »Bent …«

Ein lautes Klopfen ließ sie zusammenzucken. Die Tür wurde aufgerissen, und Andersen füllte den Türrahmen aus, als hätte Frank ihn herbeibeschworen.

»Ich muss dich sprechen, Dominik«, sagte Andersen mit versteinerter Miene. »In meinem Büro.«

Dominik folgte ihm über den Flur. Nina, die ihnen mit einem Stapel Aktenorder entgegenkam, warf ihm einen mitleidigen Blick zu. Im Büro wies der Chef mit knapper Geste auf einen Stuhl. Andersen selbst setzte sich nicht, sondern lehnte sich mit verschränkten Armen an seinen Schreibtisch.

»Frank hat Kordula Sandler noch einmal zur Vernehmung gebeten und sie war so freundlich, uns hier aufzusuchen. O-Ton: ›Bevor ich es mir anders überlege.‹ Sie wollte unbedingt von dir vernommen werden. Hast du eine Erklärung dafür?«

»Ich …« Dominik lockerte seinen Hemdkragen. Wieso waren bloß all diese Räume so überheizt? »Ich war heute

Morgen bei ihr, weil mein Sohn diesen Stein in ihr Fenster geworfen hat. Du weißt wohl schon davon. Ich nehme an …«

»Ja?«

»Sie … sie kennt meine Frau«, stotterte er.

»Das ist ja eine richtige Familiensaga.« Andersen sah aus stahlblauen Augen auf ihn herab.

Der Bürstenhaarschnitt des Chefs lag nicht mehr korrekt, einige Strähnen lagen platter als andere wie bei einem Weizenfeld, durch das ein Traktor gewalzt ist. Andersen schien auf irgendetwas zu warten. Ein Wurmloch wäre jetzt praktisch, einfach in eine andere Raumzeit flüchten. Sie existierten kurzzeitig im *Quantenschaum*, wie Stephen Hawking behauptete. Aber wie sollte er jetzt an Quantenschaum kommen? Und wer sollte das überhaupt verstehen? Leichter war zu verstehen, was Andersen wollte. Totale Unterwerfung. Der Kerl wusste alles. Leugnen war zwecklos.

»Ich habe mich hinreißen lassen«, sagte Dominik. »Ich hätte das nicht tun dürfen, aber ich habe sie noch einmal zum Alibi ihres Mannes befragt. Weil ich überzeugt davon bin, dass mein Sohn nicht zu einer solchen Tat fähig ist. Und weil ich möchte, dass der wahre Täter gefasst wird.«

»So.« Andersen nahm die langen Arme auseinander, stieß sich vom Schreibtisch ab und wanderte zu seinem Stuhl, wo er sich umständlich niederließ. »Und du bist der Ansicht, deine Kollegen sind nicht in der Lage, den wahren Täter zu finden.« Er begutachtete seine Lesebrille.

»Doch, natürlich … ich meine, nein, ich bin nicht dieser Ansicht.«

»Und wann lässt du dich das nächste Mal hinreißen?«

Der hat keine Kinder, dachte Dominik. Aber stimmte das? Andersen trug keinen Ehering, was nichts heißen musste. Sollte er ihn fragen? Besser nicht. Er ließ seinen Blick auf einem Fleck auf dem grauen Teppichboden ruhen, bis seine Miene den nötigen Grad an Zerknirschtheit aufwies. Dann schaute er Andersen ernst in die Augen.

»Ich muss mich entschuldigen. Es war falsch, das zu tun. Es wird nicht wieder vorkommen.«

Andersen sah ihn stirnrunzelnd an, als fragte er sich, wie ihm so schnell der Wind aus den Segeln abhandengekommen war. Er fuhr sich durch seine Bürste. »Gibt es schon etwas Neues in dem Vermissten-Fall?«

Dominik schilderte ihm die Auffindung des Herrn Kowalski, erwähnte eine noch nicht abgeschlossene Zeugenbefragung zur Ursache von Kowalskis Verletzungen. Andersen schien zufrieden und, wie erwartet, kein großes Interesse an Einzelheiten zu haben. Nina steckte den Kopf durch die Tür.

»Ja?«, fragte Andersen knapp.

»Markus Sandler ist gerade gekommen.«

Andersen straffte sich. Dominik war fürs Erste entlassen.

Sein Büro war leer. Franks Jacke hing noch immer über dem Haken, so schief, dass es aussah, als würde sie im nächsten Moment zu Boden gleiten. Aber sie hielt sich erstaunlich lange – wie ihr Besitzer. Der ließ sich Sandlers Vernehmung wohl nicht entgehen. Oder war der Chef schuld an seinem neu erwachten Eifer? In Sandlers Schuhen wollte er jedenfalls nicht stecken. Andersen konnte einschüchternd wirken. Falls man sich einschüchtern ließ. Dominik lächelte in sich hinein, bis er einen Zettel auf dem Boden unter seinem Schreibtisch entdeckte.

Es war Franks Handschrift: *Bella hat angerufen, du sollst ihr deinen Wagen bringen.*

Ach ja, der Polo! Womöglich hatte Bella Schnathorst schon morgens angerufen. Er schnappte sich die Autoschlüssel und machte sich auf den Weg zum Erkennungsdienst, wo er dem

Kollegen Hagedorn die Schlüssel überreichte. Hagedorn starrte ihn aus seinen durch die Brille vergrößerten Eulenaugen an.

»Ihr braucht den Wagen immer noch?«, fragte Dominik.

»Ich weiß nichts anderes.« Hagedorn zog den Kopf zwischen die Schultern.

»Wann kann ich ihn wieder abholen? Morgen vielleicht?«

Hagedorn warf einen Hilfe suchenden Blick auf die geschlossene Bürotür seiner Chefin. »Frau Schnathorst hat bereits Feierabend gemacht. Und morgen ist Samstag.«

Dominik seufzte. »Ich rufe Bella auf ihrem Handy an.«

Was für eine Verschwendung von Zeit und Ressourcen, überlegte er, während er zurück in sein Büro ging. Dass Robin immer noch verdächtigt wurde, lag nur an Andersen. Gähnend setzte er sich wieder an seinen Schreibtisch. An sich war das Abtelefonieren von Werkstätten die ideale Aufgabe für Kux.

Es war längst dunkel, als Dominik bei Z angelangt war. Bei den letzten Werkstätten hatte er nur den AB erwischt, die Leute hatten sich bereits in die Feiertage verabschiedet. Und dann mochte es noch einige Schrauber geben, die nicht in den Gelben Seiten oder einem anderen Internet-Verzeichnis standen. Um die würde er sich nach Weihnachten kümmern.

Das Ergebnis dieses Arbeitstages passte auf einen Zettel: Name und Adresse eines Mannes aus Schloss Holte, der mit seinem roten Mazda Cabrio angeblich auf vereister Straße gegen einen Baum gerutscht war. Der Wagen war am Montag früh in die Werkstatt gebracht und der beschädigte Scheinwerfer und der eingedellte Kotflügel auf der Fahrerseite waren repariert worden. Dominik reckte sich. Also auf nach Schloss Holte.

Er zog sich gerade seine Jacke über, als die Tür aufgerissen wurde. Von einem der forschen Mitglieder der Mordkommission.

»Du bist noch da?«, wunderte sich Frank.

»Und du erst. Hast du heute Abend denn gar kein Date?«

»Du wirst es nicht glauben …«, begann Frank.

»Du auch nicht: Ich habe noch zu arbeiten.« Er wollte sich an Frank vorbeidrängeln.

Aber Frank blockierte die Tür. »Hast du deine Tage oder was?«

»Judas!«

»Nun mach mal halblang! Ich hab Bent nur gesagt, die Sandler will eine Aussage machen. Dann habe ich sie angerufen und sie wollte nach Praxisschluss zu uns. Ist sie dann auch: Stolziert hier rein wie die Queen, schaut mich von oben bis unten an und will ›nur von Herrn Domeyer‹ befragt werden. Daraufhin hat Bent mich beiseite genommen. Was sollte ich denn machen?«

»Hättest ihm ja sagen können, dass die Sandler mit meiner Frau befreundet ist und deswegen mich bevorzugt.«

Frank machte ein Gesicht, als hätte er Zahnschmerzen. »Betty und die Sandler? Wer ahnt denn so was?«

Dominiks Ärger fiel in sich zusammen. »Aber du hast sie vernommen?«

»Bent und ich gemeinsam.« Frank kicherte. »Hey, die war vielleicht sauer auf ihren Gatten. Du hast es ihr also gesteckt.«

»Ich gebe zu, das war nicht die feine Art. Andererseits …«

»Genau. Der Typ betrügt sie nach Strich und Faden. Ist das die feine Art? Jedenfalls haben wir uns den Herrn mal vorgenommen, während du hier …«, Frank machte eine ausladende Geste Richtung Schreibtisch, »gesessen hast.«

»Ich sitze gern so rum, während ihr die wichtige Arbeit erledigt. Wenn du so weitermachst, verrate ich Nina deinen zweiten Vornamen.«

»Mensch, Dodo!« Frank fasste ihn an den Schultern. »Warum gehen wir heute Abend nicht mal wieder einen heben?«

»Ich muss nach Schloss Holte.«

»Ach, komm schon, nur ein Bierchen oder zwei.«

»Und Ärger mit Betty riskieren?«

Frank schaute ihn fragend an.

»Na, das heilige Wochenende. Zumal vor Weihnachten. Ich muss noch Geschenke kaufen.« Er verdrehte die Augen.

»Weihnachten! Hör bloß auf!«

Frank pflegte den Heiligabend in einer Kneipe zu verbringen, wo sich die Weihnachtsflüchtlinge trafen, um den Abend unter ihresgleichen zu überdauern. Betty hin oder her, mit einem Mal hatte Dominik Lust. Außerdem konnte er das Angenehme mit dem Nützlichen verbinden. Er schlug die Kneipe an der Mühlenstraße vor. Frank war einverstanden. Sie fuhren mit Franks sportivem Honda. Er drehte einige Runden auf dem überfüllten Parkplatz des nahe gelegenen Großmarkts, bevor er sportiv in eine Lücke stoßen konnte.

In der Eckkneipe steuerte Frank die Theke an, schraubte sich auf den Barhocker, stützte die Hand raumgreifend auf die Hüfte, als wäre dieser Tresen sein zweites Zuhause.

»Hier ist es passiert.« Dominik setzte sich neben ihn.

»Du und Betty?«

»Der Vermisstenfall. Ich habe den Kerl im Städtischen gefunden. Er ist hier in der Nähe verletzt worden. Von hier aus wurde auch der Notruf abgesetzt.«

»Quasi aufgeklärt. Wie ich gesagt habe.«

»Eine Sekunde«, erwiderte Dominik. »Lass mich bestellen.«

Er wandte sich an den bierbäuchigen Mann, der hinter der Theke zapfte, und bestellte das Übliche. Von ihm erfuhr er, dass die Jessi sich für heute krankgemeldet hatte. Erst am Sonntag würde sie wieder bedienen. Ansonsten helfe sie manchmal im dem großen Café gegenüber vom Rathaus aus.

Frank nahm sein Hefeweizen in Empfang und prostete ihm zu.

Dominik leerte sein Glas Altbier zur Hälfte und wischte sich den Schaum vom Mund. »Wie ist das, Frank, lasst ihr Robin jetzt bald mal in Ruhe?«

Frank legte ihm die Hand auf die Schulter. »Toby Filz-Placke Kortenbreede hat ausgesagt, dass Robin abends in ihre WG gekommen und alsbald mit Konnie Bräuer in dessen Zimmer verschwunden sei. Morgens hätte er Robin den Kaffee serviert. Ende der Durchsage. Bräuer eierte rum, angeblich wäre Robin im Laufe der Nacht gegangen und morgens wieder aufgetaucht. Er selbst hätte die ganze Nacht geschlafen. Dieser Knabe hat eine Luxuskarre demoliert und will uns weismachen, er wäre nicht dabei gewesen. Dieses Bürschchen hält sich für unglaublich clever. Mal sehen, wie lange er das durchhält.«

Dominik stöhnte. »Und was ist mit dem Haar und den Hautschuppen und was sie immer so bei einer Leiche finden?«

»Wir haben noch kein Ergebnis vom LKA, zumindest nicht in Bezug auf Robin. Seit heute ist bekannt, dass keine der Spuren einem Straftäter aus der DNA-Datenbank gehört.«

»Und Sandler? Nun erzähl schon.« Dominik war etwas benommen. Er hatte das Bier auf leeren Magen getrunken.

»Sandler sei an jenem Abend in seiner Theaterwerkstatt gewesen, um etwas vorzubereiten. Das hat er zuerst behauptet und dann gemauert und seinen Anwalt verlangt. Als der kam, zogen sich die beiden eine ganze Weile zurück. Der Anwalt hat ihm wohl den Ernst der Lage klarmachen können, denn dann hat er uns gleich das nächste Alibi geliefert:

Er wäre dort mit einer Frau zusammen gewesen, einer Vera Klinge. Das hat er seiner Alten noch nicht auf die Nase gebunden. Und uns angefleht, es ihr nicht zu sagen. Obwohl sie ihn doch sowieso über die Klinge springen lässt.« Frank lachte so über den Wortwitz, dass er Bierschaum über die Theke sprühte.

»Habt ihr die Frau schon befragt?«

»Bent ist gleich hingefahren. Die ist so jung, die wohnt noch bei ihren Eltern. Es war keiner zu Hause. Wart mal.« Frank bestellte Nachschub bei dem Bierbauch. »Selbst, wenn sein Vera-Schatz für ihn aussagt«, fuhr er fort, »wie viel ist so ein Alibi wert? Dieses Mal mussten wir ihn gehen lassen. Der faselte etwas von einem Infonachmittag, so eine Art Tag der offenen Tür für seine Theaterwerkstatt, wo er hinmüsse. Vermutlich, um weitere Mädels zu rekrutieren. Mann, irgendetwas mache ich falsch!« Er strich sich über den Bauch, über dem sich ein Reigen von Elefanten spannte, die jeweils durch Rüssel und Schwanz miteinander verbunden waren. »Nun ja …« Er zerpflückte seinen Bierdeckel. »Ich bin jetzt fast vierzig. Dodo …« Er lehnte sich herüber zu Dominik und senkte die Stimme. »Hast du schon mal was von Andro-Pause gehört? Existiert das? Oder ist das wieder nur Ninas Phantasie entsprungen?«

»Frag mal den Sandler. Ist der nicht älter als du?«

»Stimmt auch wieder. Und was unterscheidet mich von Sandler? Abgesehen davon, dass er ein schleimiger Typ ist. Erstens: Sandler ist andauernd von jungen Frauen umgeben. Na, vielleicht ja bald nicht mehr …« Seine Miene hellte sich auf, um sich gleich danach wieder zu verdüstern. »Zweitens: Er ist durchtrainiert.« Frank blies ihm seinen Bieratem ins Gesicht. »Sag selbst, Dodo, ohne Sixpack hat man bei den Weibern doch heutzutage keine Schnitte mehr.«

»Ach, Frank, das ist zu einfach!«

»Ja ja, die innere Werte, dass ich nicht lache. Du gehst doch auch in die Mucki-Bude, rennst sinnlos in der Gegend rum und praktisch nur zu einem Zweck!«

»Sinnlos in der Gegend?«

»Von wegen großer Hermannsläufer und so!«

»Meinst du, ich falle da groß auf? Wenn ich auf Platz dreitausendsoundsoviel von siebentausend lande?«

»Na komm, aber du trägst doch bestimmt das Hermannsläufer-Shirt in deinem Fitnessstudio! Sei nicht so scheinheilig!«

Dominik lachte. »Scheinhei…«

»Warum soll ich denn nicht auch in so ein Studio?« Empörung schwang in Franks Stimme mit. »Diese Studios sind gar nicht mehr nur für Bodybuilder, da trainieren auch viele Frauen.«

»Ich werde mich dir nicht in den Weg werfen, wenn du versuchst, dich anzumelden, Frank.«

»Silvester ist nah, das schreit nach guten Vorsätzen. Und das Internet ist so …« Frank rollte unbehaglich die Schultern. »Du schaust dir die Fotos an, und wenn du dich mit dem Original zum Foto triffst, haut's dich aus den Puschen: Hat die ein gutes Bildbearbeitungsprogramm!«

»Auf die guten Vorsätze.«

Darauf stießen sie an. Frank bestellte noch zwei Bier. Dominik fischte sein Handy aus der Hosentasche und drückte es Frank in die Hand. »Ruf Betty an und sag, dass es später wird. Sag, dass du an allem schuld bist.«

»Sowieso«, murmelte Frank.

Dominik wollte ihm gerade sagen, wie er Bettys Nummer finden würde, als Frank schon fleißig tippte und das Handy ans Ohr hielt.

»Hallo, Betty.« Frank lächelte ins Telefon.

Dominik genoss das Gefühl von Wärme und Leichtigkeit, das sich in ihm ausbreitete. Franks Gesichtsausdruck zufolge war Betty nicht verärgert. Er hielt Ausschau nach der Speisekarte. Er musste unbedingt was essen, bevor er hier vom Stuhl kippte. Und dann mit der Straßenbahn nach Hause fahren. Oder mit dem Taxi, falls es später werden würde.

8. Kapitel

Samstag, 22. Dezember

Das Schrillen des Telefons stach in seinen Kopf wie eine Nadel. Frank wühlte sich stöhnend unter seiner Decke hervor.

»Habe ich dich geweckt?«, schallte Ninas muntere Stimme ihm aus dem Hörer entgegen.

Er hielt sich die Stirn, zog die Schublade des Nachttisches auf und tastete nach der Schachtel mit dem Aspirin. »Augenblick mal«, krächzte er, spülte zwei Tabletten mit einem Schluck aus der Wasserflasche hinunter, die auf dem Nachttisch stand, und sank ins Kissen zurück. Das Licht, das durch die Jalousien sickerte, beschien diverse Kleidungsstücke, die auf dem Teppich lagen und seinen Weg ins Bett markierten. Als hätte ihm eine feurige Geliebte die Kleider vom Leib gerissen, weil sie es kaum noch erwarten konnte. Doch er war nur zu müde gewesen, um sie auf den Stapel zu werfen, der sich auf dem Sessel türmte. »Wie spät ist es überhaupt?«

»Nicht zu spät, um sich zu ändern.«

»Ich hab Kopfschmerzen!«

»Jetzt hör zu, du weißt ja, seit der Fall in der Zeitung war, haben Kux und Weber etliche Anrufe entgegengenommen. Bisher nichts Brauchbares, aber heute Morgen ging ein anonymer Anruf ein, der von einem Insider stammen könnte. Die Person hat angeblich Anna Borgstedt in der Mordnacht in die Theaterwerkstatt gehen sehen. In der Zeitung stand nichts von Sandlers Theater. Sandler hat ausgesagt, er wäre Sonntagabend in seinem Theater gewesen. Demnach müsste er dort Anna begegnet sein. Bent hat ihn noch einmal zur Vernehmung geladen. Die Theaterräume sollen spurentechnisch untersucht werden. Sandler findet das unnötig, wie er sich ausdrückt. Also wird die Staatsanwältin einen Durchsuchungsbeschluss beantragen.«

Frank stieß einen Pfiff aus. »Nicht schlecht!«

»Es war übrigens eine Frauenstimme. Womöglich eine der jungen Frauen aus dem Theater.«

Frank nahm noch einen Schluck aus der Flasche. Das Wasser schmeckte schal, aber er fühlte sich ausgetrocknet wie die Wüste Gobi.

»Sie hat es bestimmt mit der Angst zu tun bekommen, möchte aber nicht, dass die Theaterclique es erfährt«, machte Nina weiter. »Die für Markus Sandler schwärmt, du verstehst.«

»Du hast bestimmt recht.« Frank sehnte sich nach Kaffee.

»Es wäre auch möglich, dass Sandra den Anruf getätigt hat.«

»Sandra?«

»Hast du vielleicht eins auf den Kopf bekommen?«, fragte Nina. »Von wegen der Kopfschmerzen und so?«

»Ich bin krank!«

»Sandra Hildebrandt aus dem Theater. Es könnte doch sein, dass sie ihn reinreißen will, aus enttäuschter Liebe.«

»Du guckst zu viele Telenovelas.«

»Bent will, dass du sofort ins Präsidium kommst. Die Staatsanwältin meinte, wir kriegen den Beschluss wohl schon am frühen Nachmittag. Übrigens hat sich dieser Konnie Bräuer heute Morgen gemeldet, er möchte noch eine Aussa…«

»Darf ich vorher noch duschen und einen Kaffee zu mir nehmen oder soll ich mich gleich rüberbeamen?«

»Denkst du, ich finde das toll, dass das Wochenende im Eimer ist? Aber wenn wir Glück haben, sind wir damit bis Weihnachten durch. Außer mit dem Papierkram.«

»Hast du Weihnachten schon was vor? Ich hätte da … Nina? Bist du noch dran?«

* * *

Über den Bürgersteig kroch Nebel, beschienen von einer trüben Laterne. Er lag auf der Straße, starr vor Kälte, die Wange an den vor Nässe glänzenden Asphalt gepresst. Irgendwo in der Dunkelheit flammten zwei Scheinwerfer auf, wurden allmählich größer, kamen näher, immer näher, direkt auf ihn zu. Er wollte aufspringen, sich bemerkbar machen, schreien, doch er konnte sich nicht rühren. Aus seinem Mund kam nur ein Röcheln, während das Auto unaufhaltsam auf ihn zurollte. Plötzlich heulte der Motor auf, der Wagen beschleunigte, er wollte sich herumwerfen, wegrollen von der Straße, spannte vergeblich die Muskeln an. Wenn er doch nur den Blick des Fahrers einfangen könnte, doch die Scheinwerfer leuchteten so grell, dass er nichts zu erkennen vermochte, er presste die Augenlider zusammen, in das Dröhnen des Motors mischte sich ein schriller Alarmton, der höchste Gefahr signalisierte.

Benommen schlug Dominik nach dem Wecker, die Nachttischlampe geriet dabei ins Wanken, im letzten Moment bekam er sie zu fassen. Er holte sich die Daunendecke zurück, die neben dem Bett lag, zog sie sich fröstelnd bis unters Kinn und lauschte dem Hämmern seines Herzschlags. Betty lag auf der Seite, eine Flut von rotem Kraushaar ergoss sich über ihren breiten Rücken. Ihre Schulter hob und senkte sich regelmäßig. Das war gut so, denn er hatte vergessen, die Alarmfunktion des Weckers auszuschalten. Das Pochen in seinem Kopf erinnerte ihn an die letzte Nacht. Gähnend zog er sich die Decke über den Kopf und tauchte wieder ab in die wohlige Wärme.

Zwei Stunden, eine heiße Dusche und 600 Milligramm Ibuprofen später erschien Dominik zum Frühstück am Esstisch im Wohnzimmer, wo bereits alle außer Robin saßen. Am Adventskranz flackerten vier Kerzen.

»Der vierte Advent ist doch erst morgen.« Seine Stimme klang rostig.

»Na, Papa, Party gemacht?« Lissa krauste die Nase und grinste. Sie war gekleidet, als wollte sie zu einer Beerdigung gehen. Hatte das etwas mit diesen Vampirfilmen zu tun, die neuerdings so in Mode waren? Er lächelte matt und schob den kleinen Schoko-Nikolaus von seinem Teller.

»War wohl eher ein Herrenabend«, sagte Betty, die in ihrem hellrosafarbenen Frottee-Morgenmantel am Tisch saß.

»Ich habe ein, zwei winzige Bierchen mit Frank getrunken.«

»Vielleicht auch drei?« Lissa kicherte.

»Oder vier?«, schlug Nils vor.

»Fünf winzig kleine Bierchen?« Betty schlug mit dem Löffel auf ihr Ei ein, ohne eine Miene zu verziehen.

Die Tür ging auf, und Robin warf einen säuerlichen Blick in die Runde, um gleich wieder zu verschwinden.

»Was war denn das?« Dominik goss sich Kaffee ein.

Betty und Nils sahen sich an.

»Wir haben uns gestritten«, erklärte Nils. »Ich habe heute Morgen meine Softshell-Jacke gesucht. Robin hat mir hundert Mal erzählt, er hätte sie bestimmt nicht. Noch am Donnerstagabend habe ich in seinem Schrank zwei Pullover von mir gefunden, von denen er auch behauptet hat, er hätte sie nicht. Die Softshell-Jacke muss er sich also gestern genommen haben, und natürlich fand ich sie in seinem Zimmer. Sie lag im Staub unter dem Schreibtisch. Ich hab es einfach satt, dass ständig meine Sachen bei ihm verschwinden und er mich auch noch anlügt! Er konnte das überhaupt nicht verstehen, wäre doch nur 'ne blöde Jacke. Jetzt ist er beleidigt. Aber ich bin sowieso gleich weg.«

»So?«

»Hast du etwa vergessen, dass er mit Sofie nach Sylt fährt?« Betty schüttelte den Kopf.

»Heute schon?« Dominik hatte nicht mehr daran gedacht.

»Sofie holt mich gleich ab, wir kriegen den Mercedes von ihrer Mutter.« Nils blickte zögernd zu Betty. »Ich war wohl zu heftig. Aber er ist ... man darf ihn zurzeit gar nicht ansprechen. Eine Entschuldigung wollte er nicht annehmen.«

»Er macht eine schwere Zeit durch.« Betty strich sich ihre Wolle hinters Ohr, die sofort wieder nach vorne fiel. »Wir müssen Rücksicht nehmen.«

»Er ist finster drauf. Kein Wunder.« Lissa schob sich die Reste des Honigbrötchens in den Mund. »Ich hatte seine Anna mal am Telefon. Aber dass sie Robins Liebste war, weiß ich auch erst seit ein paar Tagen. Frisch verliebt. Krass!«

»Ist Robin eigentlich ... wird er immer noch verdächtigt?«, fragte Nils.

»Sein Alibi ist noch nicht bestätigt worden. Eine Frage der Zeit, hoffe ich. Darf ich mir deinen Twingo ausleihen, Betty? Ich muss heute noch mal kurz ins Präsidium.«

»Bitte.« Betty blickte nicht auf von ihrem Ei. Wo blieb ihr Protest, dass er zu viel arbeitete? Hatte sie es aufgegeben?

Dominik erhob sich. »Ich kriege heute Morgen nicht viel runter. Gute Fahrt, Nils. Wir telefonieren noch. Schreib uns die Nummer auf.«

»Mache ich«, sagte Nils. »Ich rufe gleich durch, wenn wir angekommen sind.«

»Tu das.« Es war nicht das erste Mal, dass Dominik sich wünschte, Robin hätte mehr von Nils.

»Ach ja und …« Nils formte das Silberpapier von seinem Schoko-Nikolaus zu einer kleinen Kugel. »Es ist nicht so, dass ich Weihnachten nicht mit euch feiern will. Es ist nur so, dass Sofie und ich …« Er seufzte.

Betty legte ihren Löffel auf den Teller.

Nils lächelte schief. »Ich verspreche, nächstes Jahr Weihnachten verbringen wir Heiligabend bei euch!«

Betty erwiderte Nils' Lächeln. »Wir nehmen dich beim Wort!«

Wie sich herausstellte, gab es die Adresse in Schloss Holte nicht. Tatsächlich wohnte Herr Voss in einem Einfamilienhaus in der Lipperreihe. Voss führte ihn sogleich bereitwillig in die Garage, um seinen Sportwagen zu präsentieren. Auf die Frage, ob vielleicht Ehefrau, Tochter oder eine andere Angehörige des weiblichen Geschlechts sein Cabrio womöglich in der Nacht von Samstag auf Sonntag gefahren hätte, legte sich seine von zu viel Sonne zerfurchte Stirn in Falten.

»Meine Frau?« Der bullige Endvierziger starrte ihn an. »Meine Frau doch nicht! Wenn da was pas… Meine Frau hat ihren eigenen Wagen.« Er nickte zu einem Nissan Micra hinüber. »Für Einkäufe und so.« Dann tätschelte er die Kühlerhaube des Cabrios. »Nein, nein, den fahr nur ich, da lass ich keinen anderen ran, schon gar nicht meine …« Er brach ab. »Aber die haben den gut wieder in Schuss gebracht, was? Sieht man nix mehr.«

»Schicker Wagen«, bestätigte Dominik. »Und Sie haben ihn vor einen Baum gesetzt?«

»Schöner Mist, was? Bei Eis nützen die besten Winterreifen nix. Aber Spikes sind ja verboten.« Es klang vorwurfsvoll.

»Wäre es möglich, dass sich jemand unbemerkt Zutritt zu der Garage verschafft und den Wagen gefahren hat?«

Voss verzog den Mund und schüttelte den Kopf. »Hier ist immer abgeschlossen. Und der Schlüssel hängt bei uns am Brett. Wer soll denn das gewesen sein?«

»Haben Sie Kinder?«

»Unser Sohn ist schon aus dem Haus. Ein nichtsnutziger …« Voss brach ab, als seine Frau die Garage betrat.

Sie strich sich eine Strähne ihres kurzen Haars hinters Ohr. »Ich dachte … möchten Sie reinkommen und ein Stück Christstollen probieren? So dünn, wie Sie sind, können Sie …« »Vielen Dank, Frau Voss, aber ich …«

»Gerti!« Herr Voss blickte finster. »Bist du mit meinem Cabrio gefahren?«

»Wie kommst du bloß darauf? Ich hab doch den Micra!«

»Eine Frage noch«, sagte Dominik rasch. »Können Sie mir die Stelle zeigen, an der Sie von der Straße gerutscht sind?«

Voss' Miene hellte sich auf. »Kleine Probefahrt gefällig? Ein schöner Wagen, nicht? Steigen Sie ein!«

Es handelte sich um eine Eiche. Die wenigen braunen Blätter raschelten im eisigen Wind, der über das schneebedeckte Feld blies. Weit und breit war kein anderer Baum zu sehen. Wusste der Himmel, wie Voss das angestellt hatte, auf genau diesen Baum zuzuschlittern. Es war nicht einfach, ihn davon zu überzeugen, eine Lackprobe an einer unauffälligen Stelle abnehmen zu lassen. Dominik musste einen längeren Vortrag über Cabrios im Allgemeinen und die Vorzüge des neuen Mazda-Cabrios im Besonderen über sich ergehen lassen, bevor Voss ihn eine winzige Probe nehmen ließ.

Nachdem er sich von Voss verabschiedet hatte, versuchte er, jemanden vom Erkennungsdienst ans Telefon zu kriegen. Auch das war nicht einfach. Er erwog sogar, Hagedorn anzurufen, als sich Bella doch noch meldete und er sein Anliegen vorbringen konnte.

»Schätzeken, weißt du, was du da verlangst?«

»Bella, bitte! Es geht nur darum festzustellen, ob sich Lackspuren an diesem Baum befinden und ob sie mit dem Lack des Cabrios übereinstimmen. Für euch ist das ein Klacks.«

»Klacks hin oder her, wir haben hier eine mutmaßliche Tatwaffe. Und wir werden uns noch den ganzen Nachmittag hier tummeln müssen.«

»Ihr habt eine Tatwaffe?« Dominik wickelte sich seinen Schal fester um den Hals. »Etwa im Fall Anna Borgstedt?«

»In welchem sonst, Dodolein?«

»Wo habt ihr denn die gefunden?«

»Darf ich dir das überhaupt mitteilen? Du bist doch abgezogen.«

»Also wirklich!«

»Denkst du, ich habe nicht mitbekommen, wie du dich in dieser Bauernhausruine verdrückt hast? Sobald du meiner ansichtig wurdest!«

»Ich wollte mir einen unvoreingenommenen, ersten Eindruck vom Opfer und dem Fundort verscha…«

»Und nur, weil ich auf unserer Weihnachtsfeier ein Sektchen zu viel getrunken habe!«

»*Ein* Sektchen?«

»Ich bin eine hart arbeitende Frau! Habe ich nicht auch ein bisschen Spaß verdient?«

»Sicher, Bella. Falls ich irgendwie unaufmerksam war …«

»Sandlers Theaterwerkstatt. Wir haben das Ding in der Requisite gefunden.«

»Schau mal einer an«, sagte Dominik erfreut.

»Hammer, genauer gesagt.«

»Hammer! Das finde ich auch. Ein Theaterpädagoge! Und solchen Leuten vertraut man seine Kinder an.«

»Es ist ein Fäustel von 1500 Gramm. Sieh mal, Dodo-Schatz, ich plaudere immer gern mit dir, aber jetzt muss ich weiterarbeiten. Du kommst morgen an die Reihe. Sonntag …« Sie seufzte. »Muss das wirklich sein? Da war eigentlich mein Beauty-Nachmittag geplant.«

Er schnäuzte sich die Nase. »Einen Beauty-Nachmittag hast du doch gar nicht nötig. Bella, du hast was gut bei mir!«

Ihr tiefes Lachen dröhnte aus dem Handy. »Ich werde dich beizeiten daran erinnern.«

»Was ist eigentlich mit meinem Polo, den wolltest …«

»Das hier hat Priorität, aber warte mal …« Dominik hörte gedämpfte Stimmen, dann knackte es mehrmals in der Leitung. »Andersen!«, hörte er plötzlich Bents schroffe Stimme.

»Hier Dominik. Wegen des Polos …«

»Den kannst du abholen. Bräuer hat seine Aussage revidiert. Er habe gelogen, weil er befürchtet habe – ich zitiere: ›wegen des Bonzengefährts belangt zu werden‹. Er sei in der Tatnacht die ganze Zeit über mit Robin zusammen gewesen. Sonst noch was?« Bent klang, als wollte er ihn loswerden.

»Nein, schon gut, prima … dann …« Er brach ab, als er knackende Geräusche hörte.

»Ich sage bye-bye, Dodo-Schatz«, ertönte Bellas Stimme. »Bis morgen dann. Wir telefonieren, ja?«

»Vielen Dank, Bella!« Er schloss kurz die Augen und holte tief Luft. Robin war endlich außer Verdacht!

Auf der Windschutzscheibe des Twingos hatte sich bereits wieder eine Eisschicht gebildet. Er kratzte sie frei, schaltete Motor und Gebläse ein. Dann rief er zu Hause an und sprach die frohe Nachricht auf den AB. Mit einem Lächeln sah er zu, wie die Scheibe frei geblasen wurde, und fuhr durch die Winterlandschaft zum Präsidium.

Er schien der Einzige auf der Büroetage zu sein. Wie immer holte er die Walther aus dem Tresorraum, verstaute sie in der Schreibtischschublade. Während er den Wasserkocher befüllte, gestand er sich ein, dass er kurz davor gewesen war, sich diesen Konnie Bräuer wegen der Falschaussage vorzuknöpfen. Und sich wieder Ärger mit Andersen einzuhandeln. Das war zum Glück nicht mehr nötig. Was zum Teufel machte er also noch hier? Tat er dem gelähmten Kowalski einen Gefallen, indem er sich in diese Fahrerfluchtsache reinhängte, obwohl die ihn gar nichts mehr anging? Der Schaden war ohnehin nicht mehr rückgängig zu machen. War der Kerl nicht selbst ein hoffnungsloser Fall? *Ein faules Ei …*

Das Brodeln des Wassers im Kocher riss ihn aus seinen Gedanken. Er entschied sich für Salbeitee, mit dem er die zweite Kopfschmerztablette dieses Tages hinunterspülte.

Kowalski … ja. War der Cabrio-Fan Voss sein Mann? War er etwa mit einer jüngeren Geliebten unterwegs gewesen, die auf der Beifahrerseite gesessen hatte? Und setzte den Wagen dann gezielt vor den Baum, um einen Grund für die Beule liefern zu können, falls es Nachfragen gab? Wenn das keine Nina–Tschöke-Theorie war!

Mit einem Mal knurrte sein Magen, als hätte der Tee ihn zum Leben erweckt. Er holte sich ein Schinkenbrötchen aus der Kantine und aß es im Gehen. Als er ins Büro zurückkehrte, fuhr jemand von seinem Schreibtischstuhl auf.

»Robin? Was machst du denn hier?«

Robin setzte sich wieder und deutete auf eine Tupperdose auf dem Schreibtisch. »Mama meinte, du hast heute Morgen kaum gefrühstückt. Da ist Eintopf drin.«

»Das ist ja eine nette Überraschung.« Anders als Nils pflegte Robin sich vor solchen Aufträgen zu drücken. »Ich habe gerade etwas gegessen. Aber trotzdem: Danke!«

»Du bist doch sicher länger hier, oder?«

»Ich denke schon.«

»Dann kriegst du bestimmt wieder Hunger«, sagte Robin und verzog die Lippen zu einem schmalen Lächeln. »Ich geh dann mal wieder.« Er rutschte von der Stuhlkante.

»Du ...« Er hätte seinem Sohn gerne den Arm um die Schultern gelegt, aber Robin strahlte etwas Unnahbares aus. »Ich bin sicher, Annas Mörder wird bald gefasst.«

»Klar.« Robin sah ihn ausdruckslos an. »Tschau, Papa.«

Die Tür fiel hinter Robin ins Schloss. Es war nicht leicht für ihn. Seine Anna wurde auch dann nicht wieder lebendig, wenn man ihren Mörder fand. Dominik ließ sich auf seinen Stuhl fallen. Er stützte das Kinn in die Hand und schloss die Augen. Eine Welle von Müdigkeit erfasste ihn, er legte die Arme auf den Tisch, und bettete seinen Kopf darauf. Lag es nur an der feuchtfröhlichen Nacht, dass er sich so fertig fühlte? Nach einer Weile weckte ihn ein Prasseln. Der Himmel hatte sich verdüstert und ein Graupelschauer trommelte gegen die Fenster. Er trank eine fast volle Literflasche Wasser aus und rief im Ratscafé an.

Ein Mann bestätigte ihm, dass Jessica Turk am heutigen Nachmittag bediente. »Moment, ich schau mal, wo sie ist.«

Im Hintergrund war Stimmenlärm zu hören. Dominik kratzte an einem erstarrten Wachstropfen herum. Das Wachs der roten Kerze hatte sich einen Weg zwischen den Tannenzweigen bis auf seinen Schreibtisch gesucht. Das Weihnachtsgesteck war ein Geschenk von Nina. *Weil es bei euch immer so trostlos aussieht.* Der Graupelschauer hatte aufgehört, aber draußen war es nicht heller geworden. Er hatte die Lampe noch nicht eingeschaltet und Franks künstlicher Tannenbaum verlieh dem düsteren Büro einen Hauch von Rotlicht-Ambiente. Im Ratscafé schien, dem Geräuschpegel nach zu urteilen, die Hölle los zu sein.

»Sie ist wohl gerade in der Küche«, meldete sich der Mann zurück. »Können Sie … können Sie …«, er sprach lauter, um den Lärm zu übertönen, »später noch mal anrufen?«

»Wie lange arbeitet denn Frau Tu…?«

Die Verbindung wurde unterbrochen.

Dominik schlug mit der Hand auf den Tisch, sodass trockene Nadeln aus dem Gesteck rieselten. Er wollte gerade seine Dienstwaffe aus der Schublade holen, als er Stimmen auf dem Flur hörte. Er öffnete die Tür.

Nina redete auf Kordula Sandler ein, die mehrfach ein halblautes »Nein« dazwischenwarf. Als Frau Sandler ihn erblickte, eilte sie auf ihn zu. »Herr Domeyer! Sagen Sie es mir: Kann man fünfzehn Jahre lang mit einem Menschen zusammenleben, der zu so etwas fähig ist?«

Nina war hinterhergeeilt, legte ihr die Hand auf den Arm. »Wir verstehen, wie Ihnen zumute ist. Doch wie ich schon sagte, wir müssen Ihren Mann vorläufig hierbehalten. Sein Anwalt ist gerade eingetroffen, und das Beste ist, Sie fahren jetzt nach Hause und warten erst einmal ab, ja?«

Nina tätschelte ihre Schulter. Kordula Sandler starrte Dominik an, als sähe sie ihn das erste Mal. »Ich kenne ihn doch! Oder nicht? Wie gut kann man jemanden kennen, mit dem man Tisch und Bett teilt?«

Dominik räusperte sich. »Gute Frage, aber … meine Kollegin hat recht. Sie können hier nichts für ihn tun.«

Frau Sandler nickte abwesend und wandte sich um, stakste den Flur hinunter, mühte sich mit der schweren Glastür ab. Das Klappern ihrer Absätze entfernte sich.

»Ihr vernehmt ihn gerade?«, fragte er.

»Wir fangen gleich an«, sagte Nina. »Bella kann ausschließen, dass dieses Theater der Tatort war. Sie nehmen sich jetzt sein Auto vor. Wir wissen noch nicht, ob das Blut an dem

Hammer von Anna Borgstedt stammt. Bent will ordentlich Dampf machen, damit wir die Ergebnisse des DNA-Abgleichs möglichst bald bekommen.«

»Dampf machen ist sicher eine seiner leichtesten Übungen. Ein blutbeschmierter Hammer, wie auf dem Tablett, was? Und Fingerabdrücke?«

»Offenbar nichts oder nichts Brauchbares.«

»Handschuhe?«

Nina fuhr sich durch ihr kurzes Haar. »Bella sagt, es gab noch einen Rest von einem verwischten Abdruck.«

»Ich …«, er zögerte, »ich komme nachher noch mal vorbei. Dann wisst ihr sicher mehr. Ich will wegen dieser Fahrerfluchtgeschichte nur noch eine Zeugin befragen, die im Café gegenüber dem Rathaus kellnert.«

»Tu das.« Sie tippte ihm vor die Brust. »Das muss ja gestern Abend 'ne tolle Sause gewesen sein!«

»Hm?«

»Du siehst ja noch schlimmer aus als Frank! Du brauchst dringend Ruhe, Dodo, kann das sein?«

In dem Café schlug ihm eine Mischung aus Kaffeeduft und dem Geruch feuchter Wolle entgegen. Er musste sich an einem Grüppchen vorbeischieben, das den Eingang blockierte und darauf lauerte, dass irgendwo ein Tisch frei wurde. Zu Füßen der Erschöpften des vierten Adventsamstags stapelten sich tütenweise Weihnachtseinkäufe. Die Bedienungen wischten hin und her. Mithilfe einer kleinen Sprinteinlage stellte er einen schmächtigen Kellner asiatischer Herkunft.

»Einen Augenblick …«, begann der, bevor er im nächsten Moment auf Dominiks Dienstausweis starrte.

»Kripo Bielefeld. Jessica Turk, wo finde ich die?«

Die Mandelaugen weiteten sich. »Ich weiß nicht, sie …« Er schaute sich suchend um. »Vielleicht in der Küche?«

»Dann gehen Sie jetzt mit mir dahin und bringen mich zu Jessica Turk!«

»Ich weiß nicht, ob sie …« Er zuckte mit den schmalen Schultern und fügte sich.

Als sie die Küche betreten wollten, kam ihnen eine junge Frau so schwungvoll entgegen, dass sie fast zusammengestoßen wären und die Teller mit den Germknödeln auf ihrem Tablett gefährlich ins Rutschen gerieten.

»Jessi!«, rief der Kellner erlöst.

»Sie sind Jessica Turk? Kripo Bielefeld, ich muss Sie zu dem Notruf befragen, der von der Eckkneipe aus abgesetzt wurde.«

Sie riss die Augen auf. »Jetzt? Sie sehen doch, was hier los ist!«

»Nur ein paar Minuten.«

Sie schürzte ihren breiten, dunkelrosa geschminkten Mund. »Lassen Sie mich wenigstens noch die Bestellungen loswerden.«

Er nickte, und weg war sie. Ausgetrickst. Aber nach einer Weile tauchte sie mit Jacke und Zigaretten wieder auf.

»Gehen wir vor die Tür«, schlug sie vor.

Sie stiegen die Treppe runter und verließen das Gebäude. Er suchte in seinen Taschen und fand tatsächlich ein Feuerzeug. Es gehörte Frank, der dieser Dame sicher auch gern Feuer gegeben hätte. Sie inhalierte tief und bewegte mit schmerzverzerrter Miene die Zehen in ihren schicken, spitz zulaufenden Schuhen. Jessica Turk schien zu eitel für Gesundheitslatschen zu sein. Vis à vis schmauchte der Leineweber seine Pfeife; das Standbild im kleinen Park vor der Altstädter Nikolaikirche blickte ungerührt auf das Gewimmel, die Weihnachtsmarktbuden und das Kinderkarussell.

»Können Sie mir die Frau beschreiben, die letzte Samstagnacht in die Eckkneipe gekommen ist und Sie wegen eines Notfalls um ein Telefon gebeten hat?«

Jessica Turk wickelte ihre Jacke enger um ihren Körper. Beide drückten sich dichter an die Hauswand, um dem kalten Wind zu entkommen.

»Ein Mädel eben, jung … was weiß ich. Sie kam rein, hat uns von einem Mann erzählt, der bewusstlos und blutend auf der Straße liegt, wollte, dass wir den Notruf wählen. Sie war aufgeregt, und als ich ihr den Hörer hinhielt, hat sie nur zwei Sätze reingesprochen und ist gleich wieder raus.«

»Jung, das heißt …«

»So mein Alter würde ich sagen oder ein, zwei Jahre jünger, was weiß ich.«

»Wie trug sie ihre Haare? Kurz, lang?«

»Lang. Irgendwie hinten zusammengebunden oder aufgesteckt, so genau erinnere ich mich nicht.«

»Ein Pferdeschwanz?«

Sie stülpte ihre rosafarbenen Lippen nach außen, stieß ein Rauchwölkchen aus. »Kann sein.«

»Gibt es noch irgendein anderes Detail, Haarfarbe, Kleidung, Gesicht, irgendetwas, das Ihnen aufgefallen ist?«

Sie zog genüsslich an der Zigarette, ein dicker, grüner Klunker funkelte an ihrer Hand. »Ihre Haare waren eher … so mittel. Also eine mittlere Farbe, wie sagt man, etwas zwischen blond und braun. Sie sah irgendwie ganz nett aus.«

»Nett … woran machen Sie das fest?«

Frau Turk stöhnte. »Nettes Gesicht eben, was weiß ich …«

»Größe, dick, dünn?«

»Nicht dick oder so. Ganz normal eben.«

»Sie hat also gesagt, dass der Mann blutete und bewusstlos war. Hat sie noch etwas gesagt?«

»Was weiß ich …« Fröstelnd zog sie die Schultern hoch. »Mehr war nicht, nein. Ich muss jetzt wieder nach oben.« Sie warf die Kippe in den Schneematsch und trat sie mit ihrer langen Schuhspitze aus.

»Falls Ihnen etwas einfällt …« Er gab ihr seine Karte.

»Schon klar.«

Zum Abschied gab sie ihm überraschend ihre Hand. Etwas, das außer Mode gekommen war. Vom Karussell her drang das Gedudel der Musik gemischt mit dem Kreischen der Kinder zu ihm, der Geruch von gebratenen Mandeln stieg ihm in die Nase. Sandlers Vernehmung war sicher noch nicht beendet. Und wann, wenn nicht jetzt, war die Zeit für Weihnachtseinkäufe gekommen?

Schicksalsergeben mischte er sich unter die Massen, die sich durch die Fußgängerzone schoben, schwitzte in den Kaufhäusern und fror im beißenden Wind, der durch die Bahnhofstraße fegte. Schließlich hatte er goldene Ohrhänger mit Türkisen für Betty, einen Kaschmirschal und Handschuhe für Nils und zwei Kapuzensweatshirts für Robin erbeutet. Das neue Handy für Lissa hatte er zum Glück schon vor zwei Wochen gekauft.

Als sich die lange Schlange an der Kasse so weit vorwärtsbewegt hatte, dass er endlich bezahlen konnte, fiel ihm sein Portemonnaie vor lauter Husten auf den Boden. Er stopfte sich ein Hustenbonbon in den Mund und beschloss, direkt nach Hause zu fahren, wo er eine weitere Tablette schlucken, heißen Tee schlürfen und ins Bett fallen würde!

* * *

Hinter der Bürotür klingelte das Telefon. Nachdem er endlich den richtigen Schlüssel gefunden hatte, schloss Frank auf und rannte zum Apparat, welcher augenblicklich verstummte. Ächzend ließ er sich auf seinen Stuhl plumpsen.

Nina steckte den Kopf herein. »Du brauchst es dir gar nicht erst gemütlich zu machen, wir treffen uns zur Besprechung.«

»Gemütlich? Was …« Ein Vibrieren in seiner Hosentasche ließ ihn einen kleinen Hopser auf dem Stuhl vollführen.

»Sag deinem Date, dass es noch warten muss.«

Frank warf ihr seinen finstersten Blick zu, während er das Handy aufklappte.

»Ich bin es«, krächzte Dodo. »Mich hat es wieder erwischt. Husten und Kopfschmerzen und überhaupt, du verstehst.«

»Allerdings verstehe ich! Was soll ich sagen?« Frank seufzte. »Mir geht's auch nicht gut.«

»Und mir erst«, spottete Nina. »Wenn ich so in mich hineinhorche, geht's mir auch gar nicht gut.«

Frank versuchte, mit einem Handwedeln deutlich zu machen, dass sie verschwinden sollte.

»Schließt du meine Dienstwaffe für mich ein? Du weißt schon, sie ist in der Schublade.« Dominik hustete. »Ich wollte noch mal ins Präsidium kommen, aber ich lege mich lieber ins Bett.«

»Okay, Dodo. Ich melde mich bei dir. Und gute Besserung!« Nina stand immer noch grinsend in der Tür.

»Musst du nicht ins Besprechungszimmer, La Niña? Dodo ist übrigens wieder krank. Kein Wunder. Er war heute hier. *Freiwillig*. Sein Fall ist nicht gerade kompliziert.«

»Einsatz. Man nennt es Einsatz. Soll ich's dir buchsta…«

Er drohte, mit dem Schlüsselbund zu werfen, und sie duckte sich und flüchtete. Bevor Frank ihr folgte, zog er die oberste Schublade von Dominiks Schreibtisch auf. Keine Dienstwaffe. Auch in den anderen Schubladen fand er sie nicht. Dominik hatte sie vermutlich selbst schon zurückgelegt und es dann vergessen.

Bent wanderte im Besprechungsraum auf und ab. Er erinnerte Frank an den berühmten Tiger im Käfig, nur dass Bent mehr aussah wie ein Bär. Während er noch überlegte, ob das Wort tigern wohl daher kam, spürte er Ninas spitzen Finger in seiner Seite und setzte sich. Zerstreut blickte Bent sie beide an, bevor er sich gegenüber am Pult neben dem Flipchart niederließ. Der Chef verschränkte die Arme vor der breiten Brust. Kux schob seinen mageren Körper durch die Tür und glitt auf den nächsten Stuhl.

»Wo ist Web... Ottfried?«, fragte Bent.

»Grippaler Infekt.« Wie zur Bestätigung nieste Kux explosionsartig.

Frank rückte ein Stück ab.

»Ja ... was haben wir also?«, begann Bent. »Ach ja, vorab: Am Freitag war Annas Vater hier. Er hat einiges über seine Tochter erzählt, über ihre politischen Aktivitäten, über ihren ausgeprägten Gerechtigkeitssinn. Er selbst ist bei den Grünen und so weiter. Anna war sein einziges Kind. Sie haben sich nicht so häufig gesehen, aber über E-Mails und telefonisch Kontakt gehalten. Er ... seine Lebensgefährtin begleitete ihn, und das war auch gut so.« Bent senkte den Blick, zupfte sich am Kinn, das von aschblonden Stoppeln bedeckt war. »Leider hat er nichts erzählt, was uns einen Hinweis geben könnte.«

Na und?, dachte Frank müde. Wir haben Sandler. Wo ist der Sekt? Ein Gläschen Mumm auf den Erfolg und dann rechtzeitig zur Sportschau nach Hause.

Nina räusperte sich, doch Frank war schneller. »Ich würde sagen, wir haben heute einen Mörder vernommen. Einen Mann, der uns keinerlei schlüssige Erklärung geliefert hat, was dieser blutbeschmierte Hammer in seinem feinen Theater zwischen all den hübschen Kostümen zu suchen hat. Robin Domeyer hat ausgesagt, dass Sandler Anna Borgstedt unbedingt noch mal treffen wollte. Und Sandler hat nicht abgestritten, dass er das vorhatte, sondern uns sogar das Motiv dafür geliefert: Er wollte ihr klarmachen, dass seine Frau auf keinen Fall etwas über die Liaison erfahren dürfe, auch wenn sie schon vorbei sei. Und er hat sie offenbar Sonntagabend getroffen, wenn man dieser anonymen Anruferin glauben kann. Sie hat sich möglicherweise uneinsichtig gezeigt, ihn vielleicht sogar erpresst. Und da hat er zugeschlagen. Mit einem Werkzeug, das man braucht, um Bühnenbilder zusammenzuhämmern oder so.«

»Möglich«, sagte Bent. »Sandler war einverstanden mit einer DNA-Probe. Ich habe mit der Gerichtsmedizin telefoniert und mir bestätigen lassen, dass es der Art und Form der Verletzung nach ein Fäustel sein könnte. Jetzt warten wir noch auf das Ergebnis der Blutanalyse. Und darauf, was Bella Schnathorst in Sandlers Auto entdeckt. Die Staatsanwältin ist einverstanden, dass er spätestens morgen am frühen Nachmittag dem Haftrichter vorgeführt wird.«

Frank schwante Böses. »Heißt das, wir werden ihn heute weiter vernehmen?«

Bent lutschte am Bügel seiner Lesebrille, nahm sie aus dem Mund und sagte: »Ich glaube, das bringt nicht viel. Zumal … wie gesagt, warten wir die Analysen ab.«

»Ich habe da so eine Ahnung, was die Analysen ergeben könnten«, sagte Frank.

Bent faltete die Hände und stützte sein Kinn darauf. »Es gibt noch Ungereimtheiten.«

»Allerdings!« Nina warf den Kugelschreiber, mit dem sie gespielt hatte, auf den Tisch. »Bella hat uns bestätigt, dass der Täter oder die Täterin die Abdrücke abgewischt hat. Das Blut hingegen nicht!«

»Vielleicht hat er das Ding ja erst mal da versteckt und wollte es später loswerden«, warf Frank ein.

Nina stöhnte. »Was würdest du tun, wenn du eine Mordwaffe loswerden wolltest? Sie nur teilweise abwischen und dann in der Requisite, einem halböffentlichen Raum, unterbringen?« »Vielleicht wollte er ja gefasst werden. Ach Verzeihung: Oder sie.«

»Sicher, Frank. Der hat noch zehn Leichen im Keller und möchte, dass das Morden endlich aufhört. Von wegen, *ich* schaue zu viele Telenovelas …«

»Tele…?« Bent zog seinen Brillenbügel mit einem leisen Schmatzlaut aus dem Mund. Sein Blick wanderte von Nina zu Frank und wieder zurück. »Ich muss Nina recht geben. Das Bild ist zurzeit noch widersprüchlich.«

»Was ist eigentlich mit dieser Vera Klinge?«, fragte Nina.

»Ottfried hat von Klinges Nachbarin erfahren, dass die ganze Familie am Freitagnachmittag zum Bodensee gefahren ist«, erklärte Bent. »Über ihr Handy ist Klinge nicht zu erreichen, aber die Nachbarin hat ihm die Nummer des Hotels gegeben, und ich habe dort um einen Rückruf gebeten.«

»Selbst wenn sie für ihn aussagt, Leute, sie ist sein Betthäschen!«, rief Frank.

»Betthäschen?« Nina starrte ihn empört an.

»Ist doch wahr«, sagte er halblaut.

Bent runzelte die Stirn. »Gibt es noch einen qualifizierten Kommentar zum Stand der Dinge? Sonst würde ich nämlich …«

»Ja!« Nina richtete sich kerzengerade auf. »Ich finde, es sieht ganz danach aus, als ob ihm die Tatwaffe untergeschoben worden wäre.«

Ihre Lieblingstheorie, dachte Frank. Auch sie war diesem Sandler verfallen. Was hatte der bloß an sich? Frank scharrte mit den Füßen. Die Sportschau hatte gerade angefangen, stellte er mit einem Blick auf seine Uhr fest. Resigniert rutschte er ein Stück tiefer in seinen Stuhl und verschränkte die Arme über seinem Bauch.

»Falls es sich bei dem Fäustel tatsächlich um die Tatwaffe handelt.« Bent lehnte sich vor. »Und weiter, Nina?«

»Nun.« Nina wuchs förmlich unter seiner Aufmerksamkeit. »Jemand möchte sich an ihm rächen. Das Motiv könnte gekränkte Eitelkeit sein oder … die Rache der Verlassenen und da denke ich an Sandra Hildebrandt.«

»Die Rache der Verlassenen, ich glaub es nicht …«, murmelte Frank. War das der Titel des Julia-Romans, den sie gerade las?

Bent warf einen Blick auf den Flipchart mit den Namen.

»Eine der jungen Frauen, die in seinem Theater aktiv sind«, erklärte Nina überflüssigerweise. »Wie wir von Kordula Sandler wissen, hatte die auch einmal eine Affäre mit Sandler – bis Anna Borgstedt sozusagen die Bühne betrat und ihre Rolle übernahm. Wir sollten nicht vergessen, dass es eine Frau war, die den anonymen Anruf gemacht hat, der letztlich zu dem Fund führte.«

»Also gut, aber dann«, Frank sah sie freudestrahlend an, »könnte es Kordula Sandler gewesen sein. Sie erschlägt Anna Borgstedt, weil sie ihren Göttergatten und seine Affären satt hat, und schiebt ihm die Tatwaffe unter. Uns erzählt sie, was jede gute Ehefrau sagt: Hach, mein Mann ist doch kein Mörder. Ihr Motiv erscheint mir stärker.«

»Der springende Punkt ist der, dass die Person, die Sandler die Tatwaffe unterschob, falls es denn so war, entweder wusste, dass er zum Kreis der Verdächtigen gehört«, warf Bent ein, »oder zumindest wusste, dass Sandler mehr mit Anna zu tun hatte, also verdächtig werden *könnte*.«

»Sandra Hildebrandt hat vielleicht mitbekommen, dass Sandler zur Vernehmung gebeten wurde«, meinte Nina.

»Seine Affäre mit Anna könnte einigen aus dieser Theaterszene bekannt sein. Doch nur Sandra wurde von Anna entthront und hätte folglich ein Motiv.«

»Woher willst du das wissen? Der scheint ja die halbe Damenriege seines Theaters beglückt zu haben.« Lächelnd faltete Frank die Hände über seinem Bauch. »Kordula Sandler wusste mit Bestimmtheit, dass er verdächtigt wird!«

»Wir werden weiterhin in verschiedene Richtungen ermitteln, Frank.« Bent fixierte Kux. Seid ihr schon weitergekommen mit der Befragung der Theaterleute?«

»Nicht sehr.« Kux wand sich auf seinem Stuhl.

»Sandra Hildebrandt scheint dort die Einzige mit einem Motiv zu sein«, erlöste Nina den Kollegen. »Wir haben die jungen Leute aus der festen Gruppe befragt, außerdem eine Theaterpädagogin namens Barbara Exner, die viele Kurse mit Sandler zusammen leitet. Anna war beliebt. Die Meisten wirkten erschüttert über ihren Tod. Frau Exner hat mir versichert, dass Anna recht begabt war und wegen ihrer lockeren Art ankam, von einigen sogar bewundert wurde.« Nina band ihr Halstuch neu. Heute trug sie ein feuerrotes Tuch, ihre Angriffsfarbe. Als Bent nickte, schaute sie Frank an. Er las Triumph aus ihrem Blick.

»Wir müssen in Erfahrung bringen, ob diese Sandra Hildebrandt am letzten Sommerworkshop ›Improvisationstheater‹ teilgenommen hat«, sagte Bent. »Zu der Zeit hat das Mobbing gegen Anna nach Aussage ihrer Mutter angefangen.« Der Chef betrachtete das Soziogramm auf dem Flipchart und schabte sich mit dem Daumen über das stoppelige Kinn. »Wir machen Schluss für heute. Besprechung ist morgen um neun. Dann haben wir hoffentlich die Ergebnisse der DNA-Tests.«

* * *

Die Fensterscheibe auf dem Flur warf sein Spiegelbild zurück. Einen müden Bent, der vorsichtig am Kaffee nippte. Das Gebräu war ein aromafreier, bitterer Sud, an dem er sich die Zunge verbrannte. Was an sich nicht anders zu erwarten gewesen war. Vielleicht hatte er einfach irgendetwas treten müssen und wenn es nur der Kaffeeautomat war. Zur Strafe trank er ein paar Schlückchen.

Sein Blick fiel auf einen Abfalleimer, doch er konnte den halb gefüllten Pappbecher nicht einfach dort entsorgen. Das grelle Licht in diesem Flur erinnerte ihn an das Licht in der Gerichtsmedizin. Plötzlich blickte ihn Marga Borgstedt aus der Fensterscheibe an. Verlaufene Wimpertusche, die sich in den Falten unter ihren traurigen Augen gesammelt hatte. Oh Mann, ab nach Hause. Ausruhen zwischen den Umzugskartons.

Ein Geriesel von Harfenklängen ließ ihn zusammenzucken. Schon wieder eine SMS von Andy. Anzurufen traute er sich wohl nicht. Dachte Andy wirklich, er würde ein weiteres Mal zurückkommen? *Löschen?* fragte sein Handy. Er strich mit dem Daumen über *O.K.* Er wollte die Nachrichten nicht lesen, aber einfach löschen?

Stattdessen rief er Henning an.

»Bent, wie schön …«

»Du, mit morgen, das klappt nicht. Wir stecken mitten in dieser Ermittlung, heiße Phase.«

»Du lässt dir mein eigens zusammengestelltes Sightseeing-Progamm entgehen?« Am anderen Ende herrschte einen Moment lang Stille. »Hast du heute Abend schon was vor?«, fragte Henning.

Eine Falle! »Ich … äh …«

»Super. Dann kommst du mit nach Hannover! Wir wollen allerdings bald los. Wir treffen Freunde und später schwingen wir das Tanzbein. Wirf dich in Schale und komm. Oder weißt du was? Wir holen dich gleich ab. In etwa …«

»Henning, ich muss morgen fit sein.«

»Es ist Samstagabend! Du musst auch mal abschalten.«

»Andy hat sich bei mir gemeldet.« Wieso band er Henning das auf die Nase?

»Nicht zu fassen! Und was wollte der?«

»Er schickt seit Tagen SMS. Ich hab sie nicht gelesen.«

»Sofort löschen! Der Typ spinnt. Das ist doch wohl dreist, oder? Bent, du lässt dich doch nicht wieder darauf ein?«

Bent trank aus Versehen vom Kaffee, verzog das Gesicht und stellte den Becher aufs Fensterbrett. »Wo denkst du hin.«

Er hörte Henning tief Luft holen. »Du hast ihn immer noch nicht vergessen.«

»Weil ich ständig SMS von ihm kriege.«

»Du musst raus! Gehört zum ABC des Entliebens. Andy-Austreibung sozusagen. Fifty ways to leave your lover.« Henning lachte. »So drastisch muss es ja nicht werden. Aber den Samstagabend vorm Fernseher abhängen geht gar nicht. Bent, halt aus – wir kommen und entführen dich in die schillernde Nachtwelt Hannovers.«

»Klingt echt verheißungsvoll.«

»Gott, ich hatte schon ganz vergessen, was für ein knochendröges Licht aus dem öden Norden du bist.«

Bent grinste. »Aber hier in Ostwestfalen geht die Post ab.«

»Auf so was gehe ich gar nicht ein. Mein Süßer hat sich gerade zu Ende gestylt. Wir brechen gleich auf zu dir.«

»Henning, ich … Henning?« Henning hatte aufgelegt. Bent seufzte. Er drückte noch mal Hennings Nummer. Das Besetztzeichen ertönte. Er verspürte nicht die geringste Lust, in Hannover »das Tanzbein zu schwingen«. Aber was erwartete ihn schon zu Hause, außer einem leeren Kühlschrank, vollen Umzugskisten und Andys SMS?

9. Kapitel

Sonntag, 23. Dezember

Bent wälzte sich herum. •Die Leuchtziffern des Weckers zeigten 7.45 Uhr an. Es dauerte einen Moment, bis er begriff, wo er war. Er hatte von Andy geträumt. Und von Dominik Domeyer. Irgendwie waren sie ein und dieselbe Person geworden in diesem Traum. Wirres Zeug. Er griff sich in die Haare. Feucht. Auch sein Schlafanzug klebte. Er hatte vergessen, die Heizung herunterzudrehen, als er um drei Uhr ins Bett gefallen war. Eigentlich schlief er am liebsten bei offenem Fenster, doch zurzeit war es einfach zu kalt draußen. Trübes Winterlicht fiel durch die Ritzen der nachlässig heruntergelassenen Rollläden. Sein Mund war trocken, und ein dumpfer Schmerz pochte hinter seiner Stirn.

Die Quittung für Hannover. Die Cocktailbar. Der Darkroom. Jost oder Jobst oder wie er geheißen hatte. Mal ein paar Stunden nicht an Andy denken. Er hatte schon gewusst, dass das ein Fehler gewesen war, als Henning bei der Rückfahrt voller Anerkennung auf der Darkroomgeschichte herumritt. Während sie auf der A 2 durch die Nacht sausten, fühlte er sich einsamer als je zuvor.

Ächzend stand er auf, zog die Rollläden hoch und öffnete das Fenster. Eisige Luft wehte ihm entgegen. Raureif überzog das Geländer seines kleinen Balkons. Die kahlen Äste eines dürren Baums schwankten im Wind. An der Wand des Nachbarhauses kletterte ein Deko-Nikolaus hoch. In Bielefeld schienen diese Dinger noch in Mode zu sein. Als er durch den Flur ging, sah er, dass auf dem Anrufbeantworter ein

Licht blinkte. Er wollte reflexhaft auf die Taste drücken, besann sich aber und ging ins Bad. Er duschte und frühstückte, wanderte an dem Blinken vorbei, bis es nichts mehr zu tun gab. Das rote Licht hatte etwas Grelles, geradezu Aufdringliches, wenn er es länger betrachtete. Sein Finger schwebte unschlüssig über der Taste. Mehrmals zog er seine Hand zurück. Er sollte den AB einfach wieder abbauen. In seinem alten Telefon gab es noch keinen integrierten AB. Am besten, er besorgte sich eine Geheimnummer und auch eine neue Handynummer. Bent brach der Schweiß aus. Er musste sich das nicht anhören, einfach löschen, hatte Henning gesagt … Er drückte die Taste.

»Hallo, mein Schatz, ich weiß ja, du hast viel Arbeit, aber dein Vater und ich …«

Er stieß einen Laut aus, etwas zwischen Lachen und Schluchzen.

»… ob du nicht über Weihnachten nach Glücksburg kommen kannst. Natürlich gern für länger. Je länger, je lieber.« Gelächter. »Deine Schwester ist ja jetzt in Goma … oder Gomera? Na, egal, sie hat von dort angerufen und erzählt, Bielefeld gäbe es gar nicht, ob wir das denn nicht wüssten? Ihr großer Bruder habe sich ins Nichts verabschiedet. So ein Quatsch! Also manchmal … Maike redet manchmal reichlich seltsam daher. Aber von dir hören wir gar nichts mehr. Wie ist es denn mit dem Umzug gelaufen? Und deine neuen Kollegen … Ruf doch mal an, ja? Es lohnt kaum noch, einen Tannenbaum aufzustellen, jetzt wo nur noch dein Vater und ich … *Piep.*«

Die Straßen waren menschenleer an diesem kalten Sonntagmorgen. *Ins Nichts verabschiedet* … Seine Flensburger Kollegen hatten ihn bereits beim Abschied mit der Netz-Satire über die »Bielefeldverschwörung« aufgezogen, über eine Verschwörung, die die Menschheit vom Dasein einer Stadt namens Bielefeld überzeugen soll. Schwesterchen Maike lag jedenfalls im warmen Goa am Strand, während er durch eine Stadt fuhr, die nicht existierte. Zumindest nicht außerhalb des Streifens seiner Windschutzscheibe, den das Gebläse freigemacht hatte.

Im Präsidium stellte er fest, dass Bella Schnathorst ihm eine Nachricht hinterlassen hatte, ebenso ein Heinz Klinge, der vom Bodensee aus angerufen und ihm seine Handynummer übermittelt hatte. Seine Tochter Vera habe das Ladegerät für ihr Handy vergessen und der Akku sei leer. Bent rief zurück, erwischte jedoch nur die Mobilbox.

Bei dem externen Institut, das das LKA mit den DNA-Analysen beauftragt hatte, war er erfolgreicher. Nach dem Telefonat lehnte er sich zurück und lutschte geistesabwesend am Bügel seiner Lesebrille. Er würde Weihnachten wohl in Glücksburg verbringen. Wie immer: Schwesterchen Totalausfall und er der brave Bruder. Hoffentlich fing seine Mutter nicht wieder mit Enkelkindern an.

Zehn Minuten später trudelten erst Nina und dann Frank im Besprechungsraum ein. Kux hatte sich krankgemeldet.

Bent kam gleich zur Sache. »Das Blut an dem Hammer stammt zweifelsfrei von Anna Borgstedt.« Er hob abwehrend die Hände, als er Franks befriedigte Miene bemerkte. »Das beweist nur, dass dies die Tatwaffe sein muss.«

»Ich habe Sandra Hildebrandt bisher leider nicht treffen können«, sagte Nina. »Sie ist in den Harz ge…«

»Wie schön«, unterbrach Frank. »Aber Sandler wird doch dem Haftrichter vorgeführt?!«

»Ich muss diese Vera Klinge erreichen wegen seines Alibis. Bis dahin versuche ich, den Termin beim Richter rauszuschieben. Das Haar und die Hautschuppen, die in der Nähe des Fundortes sichergestellt wurden, stammen nämlich weder von Sandler noch von Robin Domeyer. Dass Sandler beim Fundort keinerlei Spuren hinterlassen hat … Sicher, an einem Tatort würde man mehr Spuren erwarten, aber trotzdem ist das merkwürdig. Auch in seinem Wagen haben Bella und ihre Leute bisher keine Blutspuren entdecken können.«

»Der Kerl ist vielleicht CSI–Fan«, sagte Frank. »Weiß, dass man ein Auto nie richtig sauber kriegt und hat ein anderes Auto genommen.«

»Ein CSI-Fan, der die blutbeschmierte Tatwaffe in seiner Requisite versteckt?« Nina verdrehte die Augen.

»Wir werden auch den Wagen von Frau Sandler untersuchen lassen«, sagte Bent. »Und es bleibt die Frage, welche Dame den anonymen Anruf gemacht hat und angeblich sah, wie Anna am Sonntagabend in die Theaterwerkstatt ging. Bleib also dran, Nina.«

»Ich habe mit Frau Hildebrandt telefoniert. Wenn Frank mich nicht dauernd unterbrechen würde …«

»Dann spuck's doch endlich aus!«, rief Frank.

Die beiden waren wie ein altes Ehepaar, dachte Bent.

Nina ließ die Schultern fallen. »Sie tat überrascht. Was für ein Anruf und so weiter. Zu ihrem Verhältnis zu Sandler wollte sie sich nicht äußern. Und in der Nacht vom 16. auf den 17. Dezember sei sie den ganzen Abend und die Nacht bei ihren Eltern gewesen, die das bezeugen könnten. Als ich ihre Eltern aufsuchte …«

»Gaben die dem Töchterlein ein Alibi.« Frank grinste.

»Es war ein Fehler«, gab Nina zu. »Ich hätte warten sollen, bis ich Sandra direkt vor mir habe.« Sie richtete ihr Halstuch und sah Bent fragend an. »Ich kümmere mich dann um die Teilnehmerliste von diesem Sommerworkshop.«

Bent nickte ihr zu und beendete die Besprechung. Er widmete sich seinem Papierstapel und erreichte am Mittag Heinz Klinge auf dessen Handy.

»Moment, ich gebe sie Ihnen, wir sitzen hier gerade im Wintergarten beim Kaffee.«

Kurz darauf meldete sich ein hohes Stimmchen. Er erklärte Vera Klinge die Sachlage.

»Das ist ja furchtbar.« Ihre Stimme war schleppend, monoton. Leises Klirren. Löffel gegen Kaffeetasse? »Ich habe mich natürlich schon gefragt ... was die Polizei von mir will«, leierte sie weiter. »Aber das ...«

Er wartete. Schweigen.

»Frau Klinge, Sie verstehen jetzt, warum es wichtig ist, meine Fragen möglichst genau zu beantworten. Wann haben Sie Herrn Sandler das letzte Mal getroffen?«

»Markus?« Sie atmete laut.

Es dauerte. Bent ertappte sich dabei, dass er mit den Fingern auf seinen Schreibtisch trommelte.

»Ich hab Markus ein paar Tage vor der Abreise gesehen. In der Theaterwerkstatt. Warum?«

»Wann genau haben Sie ihn besucht?«

»Ich weiß nicht mehr ...« Ihre Stimme hatte sich noch höher geschraubt. Alarmiert.

»Versuchen Sie bitte, sich daran zu erinnern.«

»Also, letzten Samstag war ich auf der Geburtstagsparty einer Freundin ... und dann am Sonntag ... na ja, es ging mir nicht so gut, und ich wollte lieber früh ins Bett«, sagte sie. »Ja ... ich glaube schon ... Wir haben uns Sonntagabend gesehen.« Es klang, als lese sie ihren Text von einem Blatt ab.

»Sie sagten doch, Sie hätten früh ins Bett gewollt.«

»Genau. Deswegen ... war ich ja auch nicht so lange dort.«

»Aha.« Er trommelte wieder, nahm seinen Füllfederhalter und malte Häuschen auf die papierne Schreibtischunterlage.

»Das heißt … eigentlich … bin ich länger dageblieben … als ich ursprünglich vorhatte.«

»Von wann bis wann sind Sie in der Theaterwerkstatt gewesen?«

»Ach … hm … von acht bis halb elf?«

»Das müssen Sie mich nicht fragen.«

»Oder elf? Ja … ich glaube eher … gegen elf bin ich gegangen.«

»Sind Sie sicher?«

»Ja also … es könnte … auch halb zwölf gewesen sein.«

»Nicht später?«

»Wohl nicht. Ich war ziemlich müde … und etwas erkältet.«

»Also nicht später als halb zwölf?« Die Häuschen bekamen alle einen ordentlichen Gartenzaun.

»Ähm … nein.«

»Haben Sie Anna Borgstedt an jenem Abend in oder vor der Theaterwerkstatt gesehen?« Schornsteine wurden hinzugefügt.

»Ich habe sie … nicht gesehen. Warum?«

»Wäre es möglich, dass jemand Sie mit Anna verwechselt hat? Sehen Sie sich ähnlich?« Er legte eine Dorfstraße an.

»Eigentlich nicht«, leierte sie. »Meine Haare sind viel heller … und ich bin kleiner als die … war kleiner, ich meine, ich … ist Anna wirklich tot?«

»Sonst würde ich Sie nicht befragen.« Bent holte tief Luft und bedankte sich bei ihr.

Er spielte mit seinem Brieföffner, drehte ihn in der Hand. Hübsches Teil: Reich gemasertes Holz mit einer Intarsie aus einer blau-grün schillernden Muschelschale. Andy hatte ihn aus Neuseeland mitgebracht, wo er irgendeinen Kerl namens Tim oder Tom besucht hatte. Ganz besonderes Holz und ganz besondere Muschel, Kaui und Paui oder so ähnlich. Er warf den Brieföffner in den Papierkorb und fischte einen Dominostein aus der Keksdose.

Laut Kordula Sandler war ihr Mann gegen halb zwei nach Hause gekommen. Also fehlten etwa zwei Stunden! Möglicherweise hatte die anonyme Anruferin Anna in die Theaterwerkstatt gehen sehen, nachdem Vera Klinge sie verlassen hatte? Leider hatte sie keine Zeit genannt, und der Begriff Abend war schwammig. Womöglich beobachtete Anna, wie Vera die Werkstatt in der Nacht verließ und stellte Sandler daraufhin zur Rede. Ein Eifersuchtsdrama, in dessen Verlauf er ihr eine tödliche Wunde zufügte. In seinem Verschleiß an Liebespartnern schien Sandler Andy nicht unähnlich zu sein. Ein gut aussehender Mann, der das reichlich ausnutzte!

Bent rief sich zur Ordnung. Er sollte Sandler gegenüber unvoreingenommen sein. Er setzte sich auf seinen Besucherstuhl, der alte Trick, um eine andere Perspektive zu bekommen. Nach einer Weile drückte die Rückenlehne. Außerdem knarrte der Stuhl bei jeder Regung. Ihm wollte nichts einfallen, auch wenn die Merkwürdigkeiten in diesem Fall ihn störten wie Steine im Schuh. Insgesamt sah es aber nicht gut aus für Sandler. Er würde also noch vor Weihnachten den Täter präsentieren und danach zu seinen Eltern fahren.

Beim Gedanken an die Heimreise musste Bent die restlichen sechs Dominosteine aus der Keksdose essen. Glücksburg war gefährlich nah an Flensburg und in Flensburg … Was wollte dieser Mann denn noch von ihm? Er vergrub den Kopf in den Händen. Vielleicht half es, sich vorzustellen, es gäbe ihn gar nicht. Er, Bent, existierte nicht, seine Gefühle waren weder wichtig noch wirklich. So wie Bielefeld nicht existierte.

Ob das zu schaffen war?

***

Der heiße Dampf stach in Dominiks Nase. Er hielt es nicht mehr länger aus und warf das Handtuch ab. Dabei landete ein Zipfel in der Wasserschüssel. Lissa zog ihn schnell raus und wrang den Zipfel über der Schüssel aus. Dominik begann zu husten. Auffordernd hielt sie ihm das Handtuch über den Kopf. Der glockenförmige Ärmelaufsatz aus schwarzer Spitze fiel zurück und entblößte ihr bleiches Handgelenk, um das ein Armband aus schwarzem Leder mit einem silbernen, eigentümlich geformten Kreuz geschlungen war.

»Lass mal, Lissa, ich glaube, das bringt nicht viel. Ich nehme lieber eine Tablette. Wo ist eigentlich Robin?«

»Wollte der nicht bei Freunden übernachten?«

Auch Betty, die er draußen vor der Garage entdeckte, bestätigte, dass Robin das gesagt habe. Sie war gerade dabei, den zusammengebundenen Weihnachtsbaum hinter sich herzuschleifen.

»Betty, nun warte doch mal! Wir können ihn doch zusammen tragen!«

Sie blieb stehen und stemmte die Hände in die Hüften. »Du hast ja nicht mal Handschuhe an.«

»In der Garage sind noch welche, oder?«

»Du wärst besser im Bett geblieben. Aber deine Arbeit ist ja so unglaublich wichtig, dass du dafür einen Rückfall in Kauf nimmst und dann Weihnachten krank im Bett liegst! Und ich darf alles alleine machen!« Sie wischte sich durchs Gesicht, eine Tannennadel blieb an ihrer feuchten Wange hängen.

»Ich bin ja jetzt hier, um dir zu helfen!«

Sein Handy klingelte. Er zog es aus der Tasche.

»Morgen Dodo-Schatz.« Ihre tiefe Stimme war so laut, dass er das Handy unwillkürlich ein Stück weiter weghielt. »Hier spricht deine Bella, die extra deinetwegen ihren Beauty-Sonntag …« Er hob die Hand, um Betty zu bedeuten, dass sie warten solle.

Betty schüttelte den Kopf.

»Ich hole nur grad die Handschuhe«, sagte er zu ihr und lief in die Garage.

»Dodo, bist du noch dran?«

»Bella, habe ich dir schon mal gesagt, wie sehr ich Weihnachten hasse?«

»Wieso flüsterst du denn so?« Bellas Lachen dröhnte aus dem Hörer. »Ich liebe Weihnachten, da kann man so schön dekorieren. Sag an, Dodo, was ist jetzt mit dem Baum?«

»Der muss noch aufgestellt werden.«

»Schätzeken, willst du mich auf den Arm nehmen?«

»Entschuldige … *der* Baum … können wir das später machen?«

»Aber nicht später als zwölf, ich will auch mal freihaben. Ich muss dann auch noch ins Labor.«

Er sagte zu, auch wenn ihm schwante, wie Betty das finden würde. Als er aus der Garage kam, waren weder Betty noch der Tannenbaum zu sehen. Er entdeckte sie im Wohnzimmer, wo sie versuchte, die Tanne gerade in den Ständer zu schrauben. Der Baum schwankte gefährlich und verteilte seine Nadeln im Umkreis.

»Lass mich mal«, sagte er und schraubte die Tanne mit zwei Handgriffen fest. Er betrachtete sie von allen Seiten. Kein Zweifel, es gab nichts mehr zu verbessern. Als er Bettys Gesicht sah, wusste er, dass das ein Fehler gewesen war.

»Du wolltest doch meine Hilfe«, sagte er.

Betty antwortete nicht. Schweigend schmückten sie die Tanne, während er überlegte, ob sie Bellas »Dodo-Schatz« gehört und falsch aufgefasst haben könnte.

»Hör mal, Betty, das eben war der Erkennungsdienst. Ich muss leider noch mal los. Mein aktueller Fall.«

Betty grinste verächtlich und hängte eine orangefarbene Kugel in den Baum.

Er räusperte sich. »Das ist rein beruflich, Betty, du denkst doch nicht etwa …«

»Du und Bella Schnathorst?« Sie lachte spöttisch auf. »Die Diva, die aussieht wie ein Transvestit? Sicher nicht.«

Sein Gesicht spiegelte sich verzerrt in einer schaukelnden Kugel, die Nase riesengroß. Er kam sich vor wie ein Idiot.

Sie hörte auf zu grinsen. »Hat Nils dir die Nummer von dem Ferienhaus der Mertens gegeben?«

»Nein, ich dachte, er wollte sie dir geben.«

»Dann hat er das wohl vergessen.« Sie ließ den rot glitzernden Vogel mit dem Feder-Schwanz sinken. »Würdest du Sofies Mutter nachher deswegen anrufen? Ich muss noch so viel vorbereiten. Wenn die erst ins Reden kommt …«

Er fasste das als Friedensangebot auf, auch wenn er nicht begeistert war, sich von Margot Mertens zutexten zu lassen. »Mach ich. Kein Problem.« Er griff nach einem Herzanhänger. »Ist Robin noch bei seinen Freunden?«

»Er müsste längst wieder da sein. Ich mache mir Sorgen um ihn. Nils war wirklich nicht nett zu ihm.«

Er warf ihr durch die Zweige einen prüfenden Blick zu. Normalerweise ergriff Betty Partei für Nils.

»Ich kann Nils' Ärger verstehen«, sagte er. »Er spart auf diese Sachen. Und dann tauchen sie in einer staubigen Ecke von Robins Zimmer auf, der nicht einmal fragt, wenn er sich was ausleiht.«

»Gut, aber diese Bemerkung über die Arschgeweih-Tusse …« Sie hielt ihm eine Schachtel mit einem goldenen Stern hin. »Das ist die Spitze. Kannst du die mal draufsetzen?«

»Arschgeweih-Tusse?« Vorsichtig nahm er die Spitze aus dem Karton. »Was soll das sein?«

»Kennst du nicht diese Tattoos? Kurz überm Hintern und verzweigtes Muster. War wohl mal in Mode.«

»Über wen hat er die Bemerkung gemacht?«

»Nils und Robin haben sich so laut im Flur gestritten, dass ich es in der Küche hören konnte. Robin brüllt Nils an, dass er in seiner Abwesenheit in sein Zimmer ginge und seine Sachen durchwühle. Nils schreit Robin an, dass das kein Wunder sei, wenn ständig was von ihm fehle. Robin sei nicht der Einzige, dem es mal schlecht geht und er könne auch nicht alles damit entschuldigen. Ich mache die Tür auf, als Robin zurückschreit, Nils sei sowieso für ihn gestorben, seitdem Lissa ihm das mit der Arschgeweih-Tusse gesagt hätte.«

Die Spitze rutschte aus seiner Hand, er versuchte, sie zu halten, jonglierte mit ihr, bis sie aufs Parkett fiel und zerbrach. »Ach Mist! Haben wir noch so eine?«

Betty hob die größte Scherbe auf und legte sie auf den Couchtisch. »Ich habe Nils gefragt. Er hat Anna wohl Lissa gegenüber als Arschgeweih-Tusse bezeichnet. Und Lissa hat das brühwarm Robin erzählt. Nils hat sich später bei Robin entschuldigt, aber Robin ist … er ist momentan sehr labil. Ich höre ihn manchmal weinen und dann wieder reagiert er völlig gereizt, als ob er kurz vorm Explodieren wäre.« Sie sammelte die restlichen Scherben auf. »Er lässt niemanden an sich ran, schon gar nicht mich.«

»Mich auch nicht.« Dominik hielt ihr eine Plastiktüte auf.

»Ich hoffe, dass Robin wenigstens mit einem Freund darüber sprechen kann.« Sie warf die Überreste des Sterns hinein. »Und Nils hätte sich sensibler verhalten können.«

»Vielleicht überschätzen wir Nils«, sagte Dominik. »Weil er immer alles locker wegzustecken scheint. Der Druck ist groß.

Er tritt bald ins Berufsleben ein, gleichzeitig fängt sein Studium an. Er will Sofie einen Heiratsantrag …«

»Ich weiß.« Betty ließ sich mit leisem Stöhnen aufs Sofa fallen. »Er hat Angst, dass sie ihm einen Korb gibt.«

»Ich schaue mal nach, ob Robin schon zurück ist.«

»Falls ja, sag ihm, er soll runterkommen und mir helfen. Ich versuche noch mal, mit ihm zu reden.«

»Mach ich. Und … Betty?«

»Ja?«

»Ich bleibe heute nicht lange im Präsidium, versprochen.«

»Versprich nichts, was du doch nicht hältst.«

Robins Zimmer roch leicht nach Rauch, als wäre er gerade noch hier gewesen. Jeans, Pullover und einzelne Socken lagen über das Bett verstreut. Von seinem Schreibtisch ragten schiefe Papiertürme auf, die umzustürzen drohten. Dominik wäre fast auf einen Reader getreten, der auf dem Teppich lag. Er hob ihn auf. *Der kommende Aufstand*. Nicht mehr als ein Bündel gehefteter Ausdrucke aus Robins Drucker, am Streifenmuster erkennbar. Hatte Robin das aus dem Internet? Ein Schauer feiner Tröpfchen traf das Papier, als er niesen musste. Er wischte mit seinem Ärmel darüber und schlug den Reader auf. Robin hatte mit Rotstift etliche Stellen markiert. *Aus welcher Sicht man sie auch betrachtet, die Gegenwart ist ohne Ausweg*. Die Buchstaben wurden für einen Moment unscharf, und er musste sich aufs Bett setzen. *Denjenigen, die unbedingt hoffen möchten, raubt sie jeden Halt. Diejenigen, die vorgeben, Lösungen zu haben, werden sofort entkräftet*. Eine wahrhaft aufbauende Lektüre. Kopfschüttelnd blätterte Dominik in dem Pamphlet, las hier und da eine Zeile, überflog einen Abschnitt, las sich fest. Als er das nächste Mal auf seine Uhr sah, stellte er fest, dass es schon elf war. Und er musste noch mit der Straßenbahn zum Präsidium fahren und seinen Polo abholen, bevor er Bella treffen würde.

Er legte das Pamphlet auf einen der Papierstapel, als ihm ein Flyer in knalligem Orange ins Auge fiel. Es wurde ein Infonachmittag in Sandlers Theaterwerkstatt beworben. Auf der Rückseite gab es ein Gruppen-Foto der Aktiven, darunter Anna, sehr jung und ernsthaft, ein leichtes Lächeln auf den Lippen. *Arschgeweih-Tusse*. Was hatte Nils sich bloß dabei gedacht?

Betty war noch immer im Wohnzimmer mit einem Haufen Schachteln beschäftigt.

»Dein Sohn, der Radikale, ist noch nicht da«, rief Dominik ihr zu. »Ich fahre jetzt.«

Er war halb aus der Tür, als sie ihm etwas hinterher rief. Es klang wie »Es ist auch dein Sohn.«

Eine Stunde später stand er tief in seine Daunenjacke geduckt im Wind und sah Bella zu, wie sie die Baumrinde der einsamen Eiche, die dem sportlichen Cabrio-Fahrer ein leichtes Ziel geboten hatte, nach Lacksplittern absuchte. Auf ihrem Kopf thronte ein pinkfarbener Turban. Ihr Geschmack war ebenso exzentrisch wie der von Lissa, aber was verstand er schon davon?

Danach fuhr er Bella ins Präsidium und beschloss, die Zeit, die sie im Labor brauchte, in seinem Büro zu verbringen. Er sah in seiner Schreibtischschublade nach, um sich zu vergewissern, dass Frank seine Dienstwaffe eingeschlossen hatte. Keine Walther mehr dort. Wie durch ein Wunder hatte Frank daran gedacht. Allerdings hatte er dafür seinen Schal vergessen und die Kaffeemaschine angelassen. Hatte Frank etwa am heiligen Sonntagmorgen gearbeitet? Der Rest pechschwarzer Brühe in der Kanne auf der Warmhalteplatte sprach dafür. Dominik brach ein neues Päckchen Papiertaschentücher an und wählte die Nummer von Sofies Mutter.

Margot Mertens meldete sich erst nach dem zehnten Klingeln.

»Ach, Dominik, entschuldige, ich habe gerade die Plätzchen in den Ofen geschoben. Eigentlich wollte ich das schon gestern erledigt haben, aber dann habe ich die Schlüssel von Sofies neuem Auto nicht gefunden, sie hat doch meins genommen für Sylt, den Mercedes, ist auch praktischer, zum Beispiel ist da der Kofferraum …«

»Du, ich wollte …«

»Sag mal, du klingst aber nicht gut. Bist du erkältet? Also, was wollte ich sagen? Ach ja, ich bin erst ganz spät zum Einkaufen gekommen, denn der Monteur oder Reparateur, wie heißt das, Mechaniker hat das Auto und die Schlüssel vor ein paar Tagen vorbeigebracht, als ich nicht da war. Der kam extra aus Osnabrück, mit einem saftigen Aufpreis, versteht sich. Aber Sofie wollte ja unbedingt noch ihre Freundin besuchen, die in Osnabrück studiert. Ich habe ihr noch gesagt, lass das Auto doch stehen, fahr doch mit dem Zug, aber nein, das wollte sie nicht. Sie hat das Auto dann dort machen lassen. Na jedenfalls hat Elsbeth, unsere Haushaltshilfe … du kennst doch Elsbeth?«

»Ja, ich …«

»Also, Elsbeth hat die Schlüssel entgegengenommen und sie eben nicht da hingelegt, wo sie immer liegen, sodass ich sie erst suchen musste, weil ich wiederum Elsbeth nicht erreichen konnte. Sie hatte sich wieder pünktlich in ihren Feierabend verabschiedet. Und dann hatte ich auch keine Lust mehr noch zu backen.« Sie stöhnte. »Und weil Elsbeth auf ihrem freien Sonntag bestanden hat, musste ich heute ran. Ausgerechnet jetzt, sie hat zwei Sonntage frei im Monat. Ich finde, sie hätte nicht unbedingt den Sonntag vor Heiligabend nehmen müssen. Ja, das wäre wegen ihrer Enkelkinder und so weiter. Das Thema hängt mir schon zum Hals raus. Aber weißt du: Weihnachten ohne selbst gebackene Plätzchen – da fehlt einfach was. Betty bäckt doch sicher auch, oder?«

»Sofies Auto ...«

»Der Wagen sieht wieder gut aus, aber die arme Sofie war ganz fertig, das kannst du dir ja denken ...«

»Hatte sie einen Unfall?« Er begann, die erstarrten Wachsnasen von Ninas Weihnachtsgesteck zu prokeln.

»Ihr ist doch ein Reh vors Auto gelaufen. Hat Nils denn gar nichts erzählt?«

»Nein, eigentlich ...«

»Nicht? Sie hatte gerade erst zwei Wochen den neuen Wagen, und da läuft ihr ein Reh davor. Direkt vorne rein auf der Fahrerseite. Wenigstens war es gleich tot. Aber es hat sie mitgenommen. Letzten Sonntag war sie zu gar nichts mehr zu gebrauchen. Ich habe ihr gesagt: Das kann jedem passieren, aber ...«

»Wann ist das passiert?«

»Nach dieser Feier am Samstagabend im Tennisclubhaus. Sofie meinte, sie hätte etwas Wein getrunken, aber so furchtbar viel schien das nun auch wieder nicht zu sein, und wenn so ein Tier plötzlich aus dem Unterholz schießt ...«

»Was hat sie denn für ein neues Auto?«

»Oh, ein schickes, Dominik.« Margot Mertens lachte. »Das haben wir ihr zum bestandenen Abitur geschenkt. Du weißt schon, die stolzen Eltern. Ein BMW-Cabrio.«

»Toller Wagen, in der Tat.« Seine Stimme klang heiser. »Welche Farbe hat es denn?«

»So ein Feuerrot. Nicht gerade dezent, aber das ist Sofies Lieblingsfarbe ...«

Das trockene Tannengrün des Gestecks zerbröselte unter seinen Fingern. Er konnte sich für einige Momente nicht mehr auf Margots Gerede konzentrieren.

»Hat sie das mit dem Reh der Polizei gemeldet?«, durchbrach er ihren Redestrom.

»Was?« Margot schien etwas irritiert, sie war wohl bereits an einer anderen Stelle. »Das war doch tot, warum soll sie das melden?«

»Damit der zuständige Revierförster benachrichtigt wird.«

»Der Förster?«

»Nicht so wichtig. Wo ist das passiert?«

»Auf dem Weg zu uns. Dornberger Straße. Mehr hat sie nicht gesagt. Warum? Hätte sie das melden müssen?«

»Mach dir keine Gedanken, Margot, ich rufe eigentlich nur an, um nach der Telefonnummer von eurem Ferienhaus zu fragen.«

Sie gab ihm die Nummer und gleich auch die Adresse, ließ sich über die Vorzüge des Hauses aus, darüber, dass Betty und er es ja auch mal nutzen könnten, sie seien froh, wenn es etwas belebter wäre, wegen der Einbrecher und überhaupt … Als der Summer für ihre Plätzchen ertönte, wünschte sie ein Frohes Fest und verabschiedete sich.

Er starrte auf die Reste des Weihnachtsgestecks und den Haufen gebrauchter Taschentücher auf seinem Schreibtisch. Ein Reh auf der Dornberger Straße. Vielleicht war ja eins aus dem Tierpark Olderdissen entwichen, ein Loch im Zaun um das Gehege, das konnte vorkommen. Er kochte sich einen Kaffee, legte die Hände um den warmen Becher. Er fror mit einem Mal, obwohl ihm gerade noch heiß gewesen war. Als das Telefon schrillte, fuhr er so zusammen, dass ihm der Kaffee aus dem Becher schwappte.

»Bella, endlich«, sagte Dominik.

»Putz dir erst mal die Nase, bevor du mit einer Dame sprichst. Um es kurz zu machen: Das Cabrio von diesem Herrn hat eindeutig den Baum geküsst.«

»Danke, Bella. Und Frohes«, er musste husten, »Fest.«

»Dir auch, Dodo. Und gute Besserung.«

Sein Schreibtisch drehte sich mit einem Mal wie der Weihnachtsbaum in der Drehtür des Krankenhauses. Er hielt sich daran fest, um nicht aus der Kurve geschleudert zu werden. Als alles wieder stillstand, krümmte ein bellender Husten seinen Körper. Es tat so weh wie vor einer Woche. Er stopfte sich rasch ein Zitronenbonbon in den Mund, das er vor lauter Husten beinahe verschluckte. Als der Hustenreiz nachließ, rief er Frank an. Der klang verschlafen.

»Habe ich dich geweckt?«

»Bin gerade auf dem Sofa eingepennt. Ich war heute schon in aller Herrgottsfrühe im Präsidium. Mann, bin ich k.o.! Aber Sandler sitzt jetzt in U-Haft.«

»Dann ist der Fall abgeschlossen?«

»Ich würde sagen, ja, auch wenn Nina nicht von ihrer Zickenkriegtheorie abzubringen ist.« Frank lachte kurz.

»Gut. Ich muss den Vermissten-Fall an euch abtreten. Ihr könnt den Bericht weiterleiten zum Verkehrskommissariat. Nach Weihnachten reicht. Meine Schwiegertochter in spe ist ohnehin im Urlaub und der Wagen schon repariert worden.«

»Ich verstehe kein Wort.«

»Beim Fall Kowalski geht es offenbar um Fahrerflucht. Kowalski wurde von einem Cabrio angefahren. Sofie hatte in derselben Nacht einen Zusammenstoß mit einem Reh. Die Beschreibung eines Zeugen passt auf ihren Wagen. Ebenso, dass eine Frau mit Pferdeschwanz im Auto saß.«

»Taucht das in deinem Bericht auf?«

»Sicher. Ich kann mir zwar nicht vorstellen, dass Sofie etwas mit Kowalskis Unfall zu tun hat, aber einfach verschweigen? Nein, einer vom Verkehr muss sie vernehmen. Und wenn es nur ist, um der Form Genüge zu tun. Gib das bitte an Big Bent weiter. Ich fühle mich lausig.«

»Man hört's. Schick Bent doch eine Mail. Sonst kann ich's ihm auch nach Weihnachten sagen. Falls ich dann noch dran denke. Schreib mir lieber einen Zettel.«

»Schon gut, ich schreibe ihm eine Mail.«

»Ab nach Hause, Dodo, sonst kackst du uns wieder ab.«

»Wenn du es sagst. Tja dann, Frohe Weihnachten, Frank.«

»Du mich auch.«

Dominik lachte, was einen weiteren Hustenanfall auslöste.

»Komm doch Heiligabend später mit auf ein Bierchen ins *Extra*«, fuhr Frank fort, »wenn deine Blagen in der Disko sind. Betty könnte ja auch ...«

»Ich melde mich, okay?«

Dominik drückte das Gespräch weg. Er umklammerte die Stuhllehnen, weil die Welt wieder in Bewegung geriet. Nachdem der Schwächeanfall vorüber war, fuhr er den Rechner hoch, schrieb eine Mail an Andersen, in der er den Stand seiner Ermittlungen zusammenfasste. Den Herrn Voss aus der Lipperreihe erwähnte er nicht, wohl aber Sofie Mertens' Unfall. Ihre Eltern würden nicht erbaut sein, dass er das weitergab. Ebenso wenig Betty und Nils. Würden sie es verstehen? Er hatte jetzt keine Kraft, darüber nachdenken. Sollte er Sofie auf Sylt anrufen? Nein, es war besser, sie über die Feiertage nicht in Unruhe zu versetzen.

Sein Blick schweifte über Franks Trümmerhaufen auf dem angrenzenden Schreibtisch. Hatte der Ober-Messi seine Dienstwaffe wirklich ordnungsgemäß weggeschlossen? Andersen hasste ihn schon seit ihrer ersten Begegnung am Kaffeeautomat. Er würde sich keine Gelegenheit entgehen lassen, ihm Fehler nachzuweisen. Es ließ ihm keine Ruhe, und so ging er zum Tresorraum und schaute im Stahlschrank nach.

Sekundenlang starrte er die Stelle an, wo die Walther sich hätte befinden sollen. Er eilte zurück ins Büro, und erreichte Frank noch vor dem zweiten Nickerchen.

»Was soll das heißen, die Schublade war leer?«

»Schrei mir nicht so ins Ohr«, gab Frank zurück. »Die Pistole war nicht drin, und da dachte ich, du hast sie wohl schon weggeschlossen und es dann vergessen.«

»Denken, Frank Tillmann Herbst, ist nicht dein Spezialgebiet!«

»Mensch, Dodo!« Frank stöhnte. »Ist das etwa meine Schuld, wenn du deine Pistole verkramst?«

»Wann genau hast du in der Schublade nachgesehen?«

»Kurz, nachdem du am Samstagnachmittag angerufen hast.« Dominik ließ das Telefon sinken, rammte es dann auf die Ladestation. Er verlegte die Pistole nie. Sie befand sich immer an denselben zwei Orten: in der Schublade oder im Schrank. Oder an seinem Körper. Er wühlte beide Schreibtische und sämtliche Schubladen durch. Nichts! Er rekapitulierte, was am vergangenen Samstag passiert war. Der Gang in die Kantine, danach Robin mit der Suppe in seinem Büro. War die Suppe nur ein Vorwand gewesen?

In seinem Kopf summte ein Satz aus *Der kommende Aufstand: Es ist bekannt, dass alles nur noch schlimmer werden kann.*

Verbarg sich das hinter dieser mürrischen Miene? Musste er das wirklich ernst nehmen? Robins Sprüche, bei denen er gar nicht mehr richtig hinhörte, die aus den Sechzigern und Siebzigern zu stammen schienen?

Es war an der Zeit, dass das ›Fick die Polizei‹ das ›Jawohl, Herr Polizist‹ ersetzte.

War Anna Robins erste große Liebe? In dem Alter hatte Dominik alles als absolut empfunden, sich nicht vorstellen können, dass Gefühle sich mit der Zeit veränderten, selbst Trauer verblasste.

Betty meldete sich atemlos nach dem ersten Klingeln.

Sie klang besorgt. »Nein, er ist noch nicht zurück, aber ich habe diese WG angerufen. Er hat dort übernachtet, sagte mir Tobias Kortenbreede. Und er hat sich nach dem Frühstück am Bahnhof absetzen lassen.«

»Am Bahnhof?«

»Vielleicht wollte er Tabak kaufen. Tobias wusste das auch nicht. Ich habe mehrmals versucht, Robin über sein Handy zu erreichen, habe aber nur auf die Mobilbox sprechen können. Du glaubst doch nicht, dass er jetzt noch mal Steine bei den Sandlers ins Fenster wirft?«

»Markus Sandler ist in U-Haft.« Vielleicht war das sein Glück, dachte er plötzlich.

»Was geht hier vor sich?«, fragte Betty.

»Das versuche ich herauszufinden. Ruf mich bitte an, falls Robin wiederkommt oder sich meldet, ja?«

Müde starrte er den Bildschirmschoner an, die Formen, die sich umeinander drehten, sich auflösten und neu formierten, was ihm mit einem Mal wie eine Metapher erschien für … ihm fiel der richtige Begriff nicht ein, für alles eben. Er musste zu den Sandlers fahren. Er hoffte, dass Robin nicht dort war, aber er sollte Kordula Sandler für alle Fälle warnen. Während er sich seine Jacke anzog, schrillte das Telefon.

»Betty?«

»Spreche ich da mit der Polizei?«

»Ja … sicher, Kripo Bielefeld, Domeyer … mit wem …?«

»Mario Nierhaus. Sie wollten doch, dass ich zurückrufe.«

In Dominiks Kopf herrschte vollkommene Leere. Ein Schweißtropfen fiel von seiner Stirn auf seine Schreibtischunterlage. »Mario Nierhaus …«, wiederholte er, um Zeit zu gewinnen.

»Es geht um diesen Mann, der auf der Straße lag. Da vor der Eckkneipe. Bin ich nicht richtig bei Ihnen?«

»Doch, doch. Sie waren ... Sie sind der ... Gast gewesen, der Erste Hilfe geleistet hat?«

»Bingo.« Mario Nierhaus lachte.

»Hier ist grad viel los und da ...«

»Kein Problem. Was wollen Sie wissen, Herr Domeyer?«

»Diese Frau, die da ... also die die Leute in der Eckkneipe alarmiert hat und dann mit Ihnen rausgelaufen ist ... können Sie die beschreiben?«

»Klar kann ich das. Kann ich gerne machen.«

Dann mach endlich, dachte Dominik, der vor seinem inneren Auge Robin mit der Knarre im Gebüsch vor Sandlers Haus umherstrolchen sah.

»Na, die war ziemlich hübsch«, lachte Nierhaus.

Dominik sank auf seinen Stuhl, unterdrückte einen Seufzer und fixierte das Spinnennetz in der Zimmerecke, während Nierhaus die körperlichen Vorzüge der jungen Dame aufzählte, angefangen von ihren schönen Augen, über die vollen, langen Haare bis hin zu der ansprechenden Figur. Er ertappte sich dabei, dass seine Aufmerksamkeit abschweifte.

»Was haben Sie gesagt?«, blaffte er Nierhaus an.

»Sie trug einen Army-Rucksack ...«

»Wieso denn das?«, entfuhr es Dominik.

Schweigen.

Nierhaus musste ihn für eine Schwachbirne halten. »Ich meine: Sah sie aus, als wäre sie bei der Bundeswehr?«

»Nein. Ich glaube, manche Leute haben so was eben, einen Rucksack aus Armeebeständen. Ist sicher praktisch.«

»Aha. Hatte sie einen Pferdeschwanz?«

Nierhaus lachte. »Ein Pferdeschwanz, hm ... Ja, sie trug die Haare zusammengebunden, aber nicht so straff, sondern etwas nachlässiger. Ihre Haare fielen weich, wie soll ich ...«

»Reicht schon. War da … war da ein Auto, ich meine, ein Cabrio, in das sie stieg? Sie verschwand doch, Sie wissen schon.« Er schlug sich gegen die heiße Stirn. Was stotterte er sich da eigentlich zusammen?

»Stimmt! Plötzlich war sie weg. Ich war mit diesem Mann beschäftigt und dachte, sie hilft mir dabei. Zuerst glaubte ich, sie wäre wieder in die Eckkneipe gelaufen, aber da war sie später auch nicht.« Es klang nach ehrlichem Bedauern.

»Haben Sie gesehen, in welche Richtung sie ging? Oder ob sie mit einem Auto wegfuhr?«

»Keine Ahnung. Ich habe schon überlegt, ob ich es in *Kleiner Feigling* im Ultimo probieren sollte.«

»Kleiner …?«

»Na, diese Rubrik in der Stadtzeitung: sah dich dann und dann da und da, du sahst so und so aus. Unsere Blicke begegneten sich …«

»Ah so.« Das war ja ein zweiter Frank T. Herbst. »Gut, Herr Nierhaus, wenn Ihnen noch etwas einfällt, dann melden Sie sich bitte. Wir suchen diese Person als mögliche Zeugin.«

»Zeugin? Das baue ich ein in die Anzeige! Klingt dringender, oder?« Er lachte. »Sie bringen mich da direkt auf Ideen.«

Dominik, der lieber auf Mario Nierhaus' Ideen verzichtete, bedankte sich für den Anruf. Womöglich hatte Nierhaus ja mehr Erfolg bei der Dame als die Polizei, denn bisher war der Aufruf in den Tageszeitungen ergebnislos geblieben.

Er starrte eine Weile auf Ninas zerstörtes Weihnachtsgesteck. Praktischer Armeerucksack. Sollte ihm das etwas sagen? Er wiederholte das Wort *Armeerucksack* ein paar Mal, ohne dass es dadurch sein Geheimnis verriet. Dösend hing er im Stuhl. Sein Kopf schien mit einer sirupartigen Flüssigkeit gefüllt zu sein, in der Gedankenfetzen langsam dahintrieben, sich ohne Sinn aneinanderreihten. *Arschgeweih–Tusse … Das Cabrio von diesem Herrn hat eindeutig den Baum geküsst … Die Gegenwart ist ohne Ausweg …*

Er begann, trotz der Jacke zu bibbern, und fasste prüfend an die Heizung, die seltsamerweise heiß war. Auch schien ihn jemand am Stuhl festgeschmiedet zu haben, während er telefonierte. Dabei musste er doch los, um Robin zu suchen. In einer der Schreibtischschubladen tastete er nach der Schachtel, in der sich Lissas abgelaufene Medizin befand, die er zur Not als Aufputschmittel nutzte. Er hievte sich aus dem Stuhl, holte eine Flasche Apfelschorle aus dem Schrank und schluckte zwei Tabletten. Dann zog er den Reißverschluss seiner Daunenjacke zu, öffnete das Fenster und stapfte im Büro umher, um wacher zu werden.

Ihm fiel ein, dass er Kordula Sandler warnen sollte. Bei ihrem Festnetzanschluss meldete sich nur der AB. Er erreichte sie unter ihrer Handynummer.

»Alles in Ordnung bei Ihnen?«

»Sie haben eine sonderbare Form von Humor, Herr Domeyer!«

»Wo sind Sie jetzt?«

»Bei meiner Schwester. Ich kann jetzt nicht allein sein.«

»Dann bleiben Sie bei Ihrer Schwester.«

»Was zum Teufel …«

»Hören Sie, Frau Sandler, mein Sohn Robin ist … Ich glaube, er kann nicht mehr klar denken momentan. Ich weiß nicht, wo er ist und …«

»Warum erzählen Sie *mir* das?«

»Robin weiß nicht, dass Ihr Mann in U-Haft ist. Ich kann nicht ausschließen, dass er auf dem Weg zu Ihrem Haus ist. Er hat möglicherweise meine Dienstwaffe entwendet.«

»Ja, ab…«

»Bleiben Sie, wo Sie sind. Ich melde mich, sobald ich Entwarnung geben kann. Haben Sie verstanden?«

»Wie Sie meinen.«

»Und falls Sie Betty anrufen: Ich habe ihr von meinem Verdacht mit der Dienstwaffe nichts gesagt. Sie würde sich nur aufregen.«

Auf seinem PC bewegte sich immer noch der Bildschirmschoner. Ausmachen und Robin suchen, dachte er träge. Dienstwaffe finden. Er drückte die Leertaste, der Schoner verschwand. Der Rucksack und das Cabrio, ja. Er massierte sich ausgiebig die Nasenwurzel, nahm kaum war, dass der Schoner wieder sein Werk tat. Leute, die mit Cabrios fuhren, trugen in der Regel keine Armeerucksäcke. Zu klischeehaft? Und wenn die Frau mit dem Rucksack nur eine zufällige Zeugin war, wieso war sie dann so spurlos verschwunden? Hatte sie es eilig gehabt? Oder wollte sie in nichts verwickelt werden, nichts mit der Polizei zu tun haben? Viele Leute waren so.

In einer weiteren Mail an Andersen schilderte er Nierhaus' Anruf, zählte die Merkmale auf, die Nierhaus ihm für die Zeugin geliefert hatte, nicht ohne hinzuzufügen, dass ihm der Mann nicht objektiv erschienen war. Er wollte den Rechner herunterfahren, als sein Blick am Ordner *Fall A. Borgstedt* hängen blieb. Er klickte sich durch die Obduktions-Fotos. Eines der Fotos zeigte Anna Borgstedt in Bauchlage auf dem Obduktionstisch. Er beugte sich nach vorn, vergrößerte das Bild. Der Begriff Arschgeweih war erstaunlich treffend. Die Formen des Bildschirmschoners wanderten über den Schirm, wurden vor seinen Augen unscharf. Woher wusste Nils das mit dem Tattoo? Hielt er Anna für den Typ Frau, die solche Tattoos trug? Und zufällig trug sie tatsächlich eins. Wichtiger war: Was glaubte Robin? War er wirklich so verrückt, so außer sich? Das konnte nicht sein, oder?

Fick die Polizei.

Er rief Betty an und erfuhr, dass es in Sachen Robin nichts Neues gab.

»Ich suche ihn«, sagte er. »Ich komme nicht eher wieder, bis ich ihn habe, das schwöre ich dir!« Plötzlich schüttelte ihn ein Hustenanfall. Er hielt das Handy weit weg von sich. »Entschuldigung, ich …« Er presste sich die Faust vor den Mund und versuchte, die Eruptionen zu unterdrücken. Seine Augen tränten.

»Robin wird doch nicht mehr verdächtigt, oder? Dominik, ist alles in …«

»Bis dann.«

Er hustete, bis der Reiz nachließ. Sein Handy klingelte. Auf dem Display sah er, dass Betty ihn noch mal sprechen wollte. Aber wenn seine Befürchtungen zutrafen, dann musste er sich beeilen! Vom Büroanschluss aus versuchte er, Nils und Sofie zu erreichen, aber niemand ging in dem Ferienhaus ans Telefon. An der Tür fiel ihm noch etwas ein. Er stolperte zurück zu seinem Schreibtisch, holte die Schachtel Tabletten aus der Schublade und steckte sie ein.

* * *

Tüdelüt Tüdelüt. Als Bent hochfuhr, rutschte das *Geo*-Heft zu Boden und die Lesebrille gleich hinterher. Sein Herz pochte heftig. Während er sich schlaftrunken einen Weg zwischen seinen Kartons hindurch suchte, verstummte es. Auf dem Display stand *Domeyer*. Ihm fiel ein, dass er gerade von Dominik geträumt hatte. Schon wieder. Aber war das verwunderlich? Sie waren Kollegen, leider wohl auch Nachbarn. Vor ein paar Tagen hatte er ihn aus einer Bäckerei in der Nähe der Stiftskirche kommen sehen und im ersten Augenblick geglaubt, Andy wäre ihm bis nach Bielefeld gefolgt. Er wurde allmählich paranoid.

Er ließ sich wieder auf das Sofa fallen, legte das Telefon auf den Tisch. Dominik würde ihn wohl kaum zu Hause anrufen, wenn es nicht wichtig wäre. Ging es wieder um den Sohn?

Er gähnte herzhaft und linste missmutig auf die vielen, leeren Schokoladen-Papierchen auf dem Couchtisch. Nett von Henning, ihm das vor die Tür zu legen *mit den allerwärmsten Grüßen zum vierten Advent*, aber zurzeit fand er es schwierig, Maß zu halten. Dieses Zeug war Gift für seine Haut. Unter der TV-Zeitschrift entdeckte er noch eine einsame Praline. Er wickelte sie aus, zerbiss die Schokoladenkruste, drang zur alkoholgetränkten Kirsche vor und hasste sich. Wieder klingelte das Telefon. Bevor Dominik aufgab, schnappte er es sich. Er räusperte sich, um die klebrige Schicht an seinem Gaumen loszuwerden. »Andersen.«

»Hi, Bent.«

Oh nein. Dieses spezielle, zu lang gezogene und rauchige »Hi« klang noch immer wie ein Versprechen, obwohl nur heiße Luft dahinter war.

Bent wischte sich Schokolade vom Kinn. »Was willst du?«

»Wie wär's mit: Hallo Andy, schön von dir zu hören?«

»Du weißt, dass ich Abstand will!«

»Ich hätte nicht angerufen, wenn du auf meine SMS geantwortet hättest. Ich habe lange gezögert, weil … Ich weiß, ich habe kein Recht, mich so einfach bei dir zu melden, als ob nichts gewesen wäre.«

»Stimmt! Ist …« Bent setzte sich auf. »Ist etwas passiert?«

Andy lachte leise sein dunkles Lachen. »Kann man so sagen, Bent.«

Er sah Andy vor sich, erahnte das Lächeln, die lang bewimperten Augen, die so dunkel waren, dass man die Pupille kaum ausmachen konnte. Das Erbe von Gianna, Andys italienischer Mutter. Bent stöhnte leise. Einfach tot stellen. Was sollte schon sein? Andy würde nicht durchs Telefon gekrochen kommen. Er kratzte sich unter dem Ärmel, entdeckte den roten Neurodermitis-Fleck in seiner Armbeuge. Na prima! Das hatte er jetzt von den vielen Süßigkeiten.

»Bist du noch da?«, fragte Andy.

»Verdammt, sag doch endlich, was los ist!«

»Ich verstehe sehr gut, dass du sauer auf mich bist. Nach allem, was ... also ...« Andy atmete schwer. »Bent, ich habe nachgedacht. Ich habe ziemlich viel über uns nachgedacht.«

»Welches *uns*?« Bent lockerte den Griff um das Telefon, weil seine Hand sich verkrampft hatte. »Welches *uns* meinst du bitte? Hat es denn je ein *uns* gegeben?«, brüllte er.

Schweigen. Andys Atem. Sollte er einfach auflegen?

»Bent, du weißt, dass es das gegeben hat.«

Das war nicht fair. Er rutschte zur Kante seines Sofas. »Ach wirklich? Das ist so lange her, ich kann mich kaum erinnern. Willst du olle Kamellen aufwärmen oder was?«

»Mir ist klar, dass ich dich sehr verletzt habe ...«

»Warum rufst du dann an?« Er hatte Lust, das Telefon aus dem Fenster zu werfen. »Lass mich in Ruhe, Andy! Das ist alles, was ich von dir verlange!«

»Weil ich zur Besinnung gekommen bin, weil ich ...« Andy holte tief Luft. »Weil mir klar geworden ist, dass du der Einzige bist, der mir wirklich etwas bedeutet.«

Bent lehnte sich in seine Sofakissen zurück. »Ja, sicher ...«, sagte er leise. »Wie oft habe ich das schon gehört.« Er kratzte sich am Arm, merkte es und hörte auf.

»Begriffen habe ich das erst, nachdem du weggezogen bist. Ich vermisse dich! Bent, ich ...« Andy schluckte hörbar. »Ich fühle mich einfach so beschissen einsam ohne dich.«

»Da gibt es bestimmt ein paar, die dich gerne trösten würden. Wie hieß er noch? René?«

»Ich treffe niemanden mehr. Die gesamte furchtbare Vorweihnachtszeit lang habe ich die Abende zu Hause verbracht und mit mir gerungen, ob ich mich bei dir melden soll oder nicht. Schließlich habe ich gedacht: Wenn auch nur die geringste Chance besteht …«

»Bitte, Andy, lass es gut sein, ja? Schluss damit.«

»Ich will nur mit dir reden, deine Stimme hören.«

»Ich begreife dich nicht.«

Andy lachte trocken auf. »Ich habe mich selbst lange nicht verstanden. Und jetzt bin ich aufgewacht und stehe vor einem Scherbenhaufen. Für den ich die Verantwortung trage. Im Ernst, Bent, ich möchte verstehen, was schiefgelaufen ist. Ich … bist du Weihnachten in Glücksburg?«

Bent ertappte sich bei dem Gedanken, dass ihn Andy dann mit Neurodermitis sehen würde, die sich unweigerlich auf seinem Gesicht ausgebreitet haben würde. Falls er vorher nicht die Cortisonsalbe fand, die in einem Karton im Bad sein musste.

* * *

»Neeeeein«, brüllte Kai, während Nina versuchte, ihm den Teller mit dem Stück Philadelphia-Torte aus den Händen zu winden.

»Die ist für Weihnachten! Kann ich dich denn keine Sekunde aus den Augen lassen?« Mit einem Ruck riss sie ihrem Bruder den Teller aus der Hand, und die Torte fiel auf seinen Pullover, von wo aus er sie aufklaubte und hastig weiteraß. Ein Teil rutschte hinab auf den Teppich. Einen Augenblick lang war er hin und her gerissen zwischen der Torte auf seinem Pullover und der Torte auf dem Teppich, aber dann entschied er sich für seinen Pullover.

»Ganz klasse! Die war für Tante Annika. Das weißt du doch, Kai! Weil sie sie so gerne mag!«

Kai leckte die Sahne von seinen kurzen, breiten Fingern und blinzelte sie an.

»Du hast die Torte angebrochen. Zerstört!«

Er schielte zu dem Stückchen Torte auf dem Teppich.

»Tante Annika wird ganz traurig sein.«

Er senkte den Kopf und rührte sich nicht.

»Soll ich ihr sagen, wer die Torte gegessen hat?«

Kai schaute nicht hoch. Er schob die Unterlippe nach vorn.

»Ich sage ihr: Kai hat die Torte gegessen.«

»Nein!«, heulte Kai auf. »Da ist die Torte!«

Mit seinen klebrigen Händen deutete er auf das zerklüftete Etwas, das vor ihrem Gang zum Briefkasten noch eine makellose Torte gewesen war.

»So kann Tante Annika die Torte nicht mehr essen. Großartig! Jetzt kann ich alles noch mal machen!«

Kai presste die Lippen zusammen. Sein Kinn fing an zu zittern. Erschöpft warf sie sich auf einen Küchenstuhl. Sie musste eigentlich nur noch putzen, waschen, Geschenke einpacken, und einkaufen. Tiefkühltorte zum Beispiel. Das Telefon klingelte.

»Telefon!«, schrie Kai.

»Wasch dir die Hände und zieh dir einen neuen Pullover an!«, befahl Nina und stand auf.

Es klingelte noch einmal.

»Telefon!«, schrie Kai.

»Ja ja«, brüllte Nina und rannte in den Flur. »Tschöke.«

»Hier ist Betty Domeyer«, ertönte eine verzagte Stimme, die gar nicht nach Betty klang.

»Ach, hallo Betty.« Nina spähte vom Flur aus durch die halb geöffnete Küchentür, konnte aber nicht erkennen, was Kai trieb. »Augenblick mal. Kai, zieh dich um!«

»Ich wollte nicht stören …«

»Du störst nicht. Kai hat nur eben die Torte zermanscht und vermutlich macht er sich gerade über die Reste her!«

»Ich versuche die ganze Zeit, Dominik zu erreichen. Ich dachte, du wüsstest vielleicht …« Betty verstummte.

»Leider nein. Aber Bent Andersen weiß mög…«

»Beim dem habe ich's schon probiert. Erst ging keiner ran und jetzt ist besetzt.«

»Versuch es doch mal bei Frank. Die beiden sind doch befreundet. Viel Glück, Betty!«

Als Nina in die Küche kam, fand sie Kai über die Torte gebeugt. Er trat einen Schritt zur Seite, um ihr sein Werk zu präsentieren. Aus dem Grand Canyon war die Nordsee bei schwerem Wellengang geworden. Er hatte mit den Fingern versucht, die Creme wieder zu glätten.

»Fertig!«, sagte Kai und strahlte.

* * *

Frank saß mit seinem Laptop am Küchentisch. Er hatte nicht geahnt, dass es so schwer sein würde, den Steckbrief für den »Single der Woche« beim Dating-Portal der *Neuen Westfälischen* auszufüllen. Schon beim Nickname blieb er stecken. Er setzte kurzerhand seinen zweiten Vornamen ein, aber statt Tillmann konnte er genauso gut auch »Blödmann« eintragen. Er löschte Tillmann wieder. Nachdem er ergebnislos über diese Frage gegrübelt hatte, ging er weiter zu den »Hobbys«. Wie drückte man das aus, wenn man gern einen heben ging? Kneipenkultur … Szenedings … ein schönes Weizenbier …?

Schließlich tippte er: *Freunde treffen*. Das klang immer gut. »Sport« klang auch gut, aber das konnte er schlecht schreiben, da er sich noch nicht mal im Fitnessstudio angemeldet hatte. Andererseits hatte er es fest vor. Aber was, wenn sich nachher ausgemergelte Marathonläuferinnen bei ihm meldeten? »Fernsehen gucken« war zwar ehrlich, ging allerdings gar nicht. Er raufte sich die flusigen Haare und schaute in der Beilage der Tageszeitung beim letzten Single der Woche nach. *Tanzen* hatte der angegeben. Das war doch glatt gelogen. Welcher Kerl tanzte denn gern? Er las weiter: *Singen im Chor*. Was war denn das für einer? Er schaute sich das Foto näher an. Was für ein Schleimer! Er tippte *Musik* und fügte ein *hören* hinzu. Einmal die Woche ging er mit den Jungs ins Kino. Es waren nicht direkt Arthouse-Filme, aber immerhin. Er tippte *Kultur*.

Er widerstand der Versuchung, unter seinem Liebeshoroskop nachzusehen, nur kurz. *Du greifst tief in die Trickkiste, um jemanden für dich zu begeistern. Hoffentlich wirkt das nicht zu aufgesetzt.*

Er ersetzte *Kultur* durch *Kino* und bei »Ich in drei Worten« das *einfühlsam* durch *ehrlich*. Zwei Worte fehlten noch. Frank kratzte sich den Dreitagebart und tippte *intelligent* und *gut aussehend*. Er holte sich ein Herforder aus dem Kühlschrank, als das Telefon klingelte.

Er machte sich sein Bier auf. »Wann kommst du Weihnachten nach Lage?«, imitierte er die Tonlage seiner Mutter, nahm einen Schluck und schlenderte zum Telefonbord in den Flur.

»Hallo Mutti, ich wollte dich gerade anru…«

»Frank?«

»Betty?«

»Hat Dominik sich bei dir gemeldet? Weißt du vielleicht, wo er ist?« Ihre Stimme zitterte.

»Nein. Keine Ahnung. Wieso? Seit wann ist er denn weg?«

»Seit heute Mittag. Er will Robin suchen. Robin ist nämlich auch weg. Aber Dominik geht nicht mehr an sein Handy. Und er hustet wieder so schrecklich. Frank … ich … Er klang so komisch, als ich das letzte Mal mit ihm gesprochen habe. Dann habe ich versucht, Bent Andersen zu erreichen, und Nina wusste auch nichts, und da dachte ich …« Zu seiner Bestürzung fing sie an, zu weinen.

»Aber Betty, wenn er erst seit heute Mittag …«

»Ich bin ganz allein hier im Haus. Lissa wird vor zehn nicht vom Weihnachtsmarkt zurück sein. Weißt du, Robin ist so anders geworden seit dem Tod von dieser Anna.« Sie brach wieder in Schluchzen aus.

»Betty, das wird schon wieder.« Frank hörte sie in ein Taschentuch schnäuzen. »Robin braucht eben noch Zeit, um das Ganze zu verdauen. Und Dominik …«

»Dominik macht wie immer alles mit sich ab. Das ist schon lange so, aber ich halte das einfach nicht mehr aus! Selbst Nils …« Sie weinte wieder. »Du hältst mich bestimmt für eine hysterische Kuh, aber ich habe so ein ungutes Gefühl.«

»Bestimmt nicht. Dabei kenne ich genug hysterische Kühe.«

»Ich habe lange geglaubt, dass ich Dominik ändern könnte. Mit viel Geduld und Liebe. Das war eine Illusion!«

Er nahm einen Schluck aus seiner Flasche. »Klar, du kannst ihn nicht ändern …«

»Frank, ich bin mit einem gottverdammten Kühlschrank verheiratet, mit *Rain Man*! Er spricht nie über seine Gefühle. Hat er denn überhaupt welche?« Ihr Schluchzen brandete wieder auf. »Manchmal macht er so lauwarme Versuche … Aber das macht alles nur noch schlimmer, weil ich genau weiß …« Der Rest ging in lautem Schluchzen unter.

Er wartete, bis sie sich wieder gefasst hatte, und räusperte sich. »Du, Betty, sag mal … möchtest du nicht zu mir kommen? Wenn du dich da allein nicht wohlfühlst?«

»Wirklich? Soll ich kommen? Wird dir das nicht zu viel?«

»Quark … ich meine, im Gegenteil, ich würde mich freuen. Ich hab nur nichts mehr im … ja, im Kühlschrank eben.«

»Nicht schlimm. Ich bringe was mit.«

***

»… *auf der A 7 Richtung Hamburg zwischen Garlstorf und Horster Dreieck an einer Unfallstelle sieben Kilometer Stau … weiter: A 45 in Richtung …*«

Verdammt! Dominik schlug aufs Lenkrad. Er war so gut durchgekommen bisher. Wieso hatte er keinen Dienstwagen genommen? Zur Not hätte er dann den Standstreifen benutzen können. Der letzte Zug des Sylt-Shuttles fuhr um 21.35 Uhr. Er bog an der Raststätte Brunautal ab, parkte und nickte ein.

Als ein SUV neben ihm parkte, schreckte er wieder hoch und stieg aus. In der Raststätte bestellte er sich ein Kännchen Kaffee, das er in Rekordzeit hinunterkippte, und schluckte eine weitere Tablette. Kurz vor Hannover hatte es noch geschneit, doch allmählich war der Schnee in Regen übergegangen. Er saß allein an seinem Tisch, über sich den Lichtkegel der Hängeleuchte, vor sich sein Kaffeegedeck, um das er die Arme gelegt hatte. Draußen war es dunkel, die Fensterscheibe warf sein Spiegelbild zurück. Er wirkte wie eine der Figuren aus dem *Nighthawks*-Bild von Edward Hopper, die nächtens in einer Bar einzeln und verloren am Tresen hocken. Erst ein Jahr war es her, dass er die Ausstellung mit der Familie zusammen besucht hatte. Damals, als noch alles in Ordnung gewesen war. Jedenfalls kam es ihm so vor.

Er fror und spürte gleichzeitig, dass ihm das Hemd schweißnass am Rücken klebte. Am liebsten hätte er sich irgendwo ein Hotelzimmer gesucht, sich ins Bett gelegt und die Decke über den Kopf gezogen. Das würde vergehen, wenn die Tablette erst wirkte. Doch als er wieder zu sich kam, stellte er fest, dass er fast eine Dreiviertelstunde gedöst hatte. Er würde auch ohne Dienstwagen den Standstreifen benutzen müssen.

Er überprüfte seine SMS-Nachrichten: Seit der Letzten, die vor einer Stunde von Betty eingegangen war, war nichts mehr hinzugekommen. Bei Robin landete er zum x-ten Male auf der Mobilbox, ebenso bei Nils. Auch im Ferienhaus ging niemand ans Telefon. Zu Hause sprang zu seiner Erleichterung nur der AB an. Wenn Betty dran gewesen wäre, hätte sie ihn gelöchert. Er sagte ihr nur, dass er noch unterwegs sei und sie sich keine Sorgen machen solle.

Als er wieder ins Auto stieg, startete er mit dem Motor auch das Radio. »*… stellenweise Glättegefahr. Bitte fahren Sie vorsichtig!*«

Danach kam ein Lied, das jedes Jahr zu Weihnachten gespielt wurde. *Last christmas, I gave you my heart …* Sein Versuch, mitzusingen, endete in einem Hustenanfall. Das war sowieso total kitschig. Er machte das Radio aus. Die Scheibenwischer arbeiteten hektisch gegen den Schneeregen an.

Jeder kann die Dosen von Traurigkeit bezeugen, die sich Jahr für Jahr an Familienfesten kristallisieren, dieses Gefühl, dass da ein Kadaver liegt, auf dem Tisch, und alle tun so, als ob nichts wäre.

War es wirklich erst heute Morgen gewesen, dass er den Satz in *Der kommende Aufstand* gelesen hatte? *Da liegt ein Kadaver auf dem Tisch.* Eine Zeit lang konnte er an nichts mehr denken als an diesen blödsinnigen Satz. Um sich abzulenken, stellte er das Radio wieder an. Gerade als die Meldung kam, dass der Stau am Horster Dreieck sich aufgelöst habe, passierte er die Stelle und fädelte sich an der Ausfahrt 37 in Richtung Flensburg/Kiel/Hamburg (West)/Bremen ein. Kam Andersen nicht aus Flensburg?

Nachdem er die A 7 bei Flensburg verlassen hatte, ging es weiter auf der B 199 Richtung Niebüll. Schon von Weitem waren die Lichter von Krankenwagen und Streifen zu erkennen. Während er langsam an der Unfallstelle vorbeifuhr, sah er zwei Wagen im Straßengraben. Einer lag auf dem Dach. Sinatras *White Christmas* sickerte aus den Boxen. Dominik fuhr an einer verwaisten Bushaltestelle rechts ran und legte den Kopf kurz auf das Lenkrad, bis der Husten ihn hochriss. Dann suchte er nach der Tabletten-Schachtel und fand sie im Fußraum des Beifahrersitzes. Unter dem Sitz lag eine ungeöffnete Dose mit einem Energy-Drink. Das Haltbarkeitsdatum war noch lange nicht abgelaufen. Nils hatte am Montag den Polo in die Waschanlage gebracht und die Dose wohl übersehen. Aber eigentlich trank niemand aus der Familie Energy-Drinks. Egal, das Zeug kam wie gerufen.

Er spülte zwei Aufputsch-Tabletten mit dem künstlich schmeckenden Getränk runter. Steifbeinig stieg er aus und stapfte um die Bushalte herum. Dahinter lag ein Feld. Das verharschte Laub knirschte unter seinen Schuhen, während er die Böschung hinunterstieg. Seine Hände zitterten so stark, dass er Mühe hatte, den Reißverschluss seiner Hose zu öffnen.

Als er wieder im Auto saß, stellte er fest, dass er noch genau 25 Minuten bis zur Abfahrt des letzten Sylt-Shuttles hatte. Er ignorierte die angekündigte »überfrierende Nässe«, jagte über die Landstraßen und schaffte es, das Autoterminal in Niebüll drei Minuten vor Abfahrt des Zuges zu erreichen. Er fuhr an einen der Bezahlautomaten und griff nach der

Geldbörse in seiner Jackentasche. Dort, wo seine EC-Karte stecken sollte, war sie nicht.

»Herrgottnochmal!«, schrie Dominik und suchte hektisch auf den Sitzen, im Handschuhfach, in seiner Jackentasche, in seiner Hosentasche, unter den Sitzen, bis er sie halb unter der Fußmatte verborgen entdeckte. Offenbar war so einiges aus seiner Jackentasche gefallen, ohne dass er es bemerkt hatte. Die Karte flutschte ihm fast aus den klammen Fingern, bevor er sie in den Automaten stecken konnte.

Schließlich stand er auf dem Stellplatz, und der Zug fuhr an. Dominik lehnte den Kopf gegen die Kopfstütze und schloss kurz die Augen. Während der Shuttlezug ihn durch die Nacht trug, überkam ihn ein Gefühl von Unwirklichkeit. Es war, als würde er sich selbst dabei zuschauen, wie er durch die Dunkelheit trieb. So als schwebte er über dem Zug, sähe sich selbst aus der Vogelperspektive über die schmale Landbrücke fahren, die Sylt mit dem Festland verband. Auf dem Beifahrersitz saß eine klapperdürre, schwarze Gestalt, der Tod. Mit einem Ruck kam er wieder zu sich. Er fuhr sich über das schweißnasse Gesicht. Sollte er noch mal zu Hause anrufen? Aber Betty hätte längst zurückgerufen. Sie war außerdem ein Handymuffel. Ob sie ihr Handy wegen Robin ausnahmsweise eingeschaltet hatte?

Er ließ es lange klingeln. Gerade, als er aufgeben wollte, meldete sie sich.

»Ja?« Das klang so entspannt, dass er einen Moment lang glaubte, er hätte die falsche Nummer gedrückt.

»Betty?«

»Dominik?« Nun klang sie schon weniger entspannt. »Moment mal.« Pause. »So jetzt bin ich wieder dran.« Sie räusperte sich. »Hast du Robin gefunden?«

»Noch nicht. Wo bist du denn?«

»Ich … Bei einer Freundin.«

»Okay. Mach dir keine Sorgen, ich werde ihn schon finden.«

»Hast du denn eine Idee, wo er sein könnte, Dominik?«

»Diese WG hat mir einen Hinweis gegeben.«

»Gut. Ruf mich an, wenn es etwas Neues gibt. Bis dann.«

Manchmal wurde er nicht schlau aus Betty.

Vom Bahnhof Westerland aus führte ihn sein Navi Richtung List. Nach zwanzig Minuten erreichte er den Ort an der Nordspitze der Insel. Eine eisige Bö wehte ihm den Schal ins Gesicht, als er ausstieg. Es roch nach Meer. Der Oststrand konnte nicht weit sein, das hatte er auf der Karte gesehen. Der Wind peitschte Regen in schrägen Lagen über die Straße. Hier und da kämpften die flackernden Flammen von Windlichtern hinter Dünenrosenhecken ums Überleben. Eine Gartentür war nicht richtig geschlossen worden, knallte auf und zu. Seine Zähne schlugen aufeinander, während er mit eingezogenem Kopf die menschenleeren Sträßchen entlang stapfte.

Das Ferienhaus der Mertens unterschied sich nicht von den anderen Häusern aus rotem Backstein, die sich vereinzelt in den Dünen duckten, so tief, dass zuweilen nur die Reetdächer zu sehen waren. Die mit Lichterketten geschmückten Scheinzypressen, die in Kübeln den Eingang flankierten, schienen sich im Wind eifrig vor ihm zu verbeugen. Hinter zwei der Sprossen-Fenster schimmerte schwaches Licht von der Art, die Einbrecher abschrecken sollte. Nils und Sofie waren vielleicht essen gegangen. Und wenn sie wiederkamen, würden sie ihn hier finden. Er würde sich aufwärmen, heißen Tee trinken und ihnen erzählen, warum er hier war. Und gemeinsam würden sie über seine Hirngespinste lachen.

* * *

Als Nina in das Zimmer ihres Bruders schaute, lag er auf dem Rücken und schnarchte leise. Ein Arm hing aus dem Bett, und die Decke war halb auf den Boden gerutscht. Im matten Licht der »Mond und Sterne«-Lampe glänzte Silberpapier auf dem Bettvorleger. Sie hob es auf. Nur noch ein paar Krümel waren übrig von dem Schoko-Nikolaus, den Kai bei der Weihnachtsfeier der Behindertenwerkstatt bekommen hatte. Sie hatte den Nikolaus im Küchenschrank versteckt. Wenn das so weiterging, würde sie sich einen abschließbaren Schrank anschaffen müssen.

Nachdem sie Kai zugedeckt und leise die Tür geschlossen hatte, ließ sie sich in ihren Oma-Sessel fallen, fuhr das Fußteil hoch, und schlug *Die Glücksformel* auf, nur um das Buch nach kurzer Zeit wieder wegzulegen. Kakao wäre jetzt gut. Sie aktivierte die automatische Aufstehhilfe und ging in die Küche. Ihre Freunde hatten gelacht, als sie sich den Sessel angeschafft hatte. Eine Investition in die Zukunft, hatte sie geantwortet und verschwiegen, dass sie manchmal so fertig war, dass eine Aufstehhilfe gerade recht kam.

Während sie neben dem Herd darauf wartete, dass die Milch heiß wurde, fiel ihr Blick auf die Teilnehmerlisten, die ausgebreitet auf dem Küchentisch lagen. Sie hatte sich nach der morgendlichen Besprechung mit Markus Sandlers Kollegin Barbara Exner in der Theaterwerkstatt getroffen und sich die Listen aushändigen lassen. Doch das Ergebnis war enttäuschend. Sandra Hildebrandt hatte nicht an dem Workshop im Sommer teilgenommen. Natürlich konnte sie als festes Mitglied auch bei der Durchführung geholfen haben. Nina schlürfte ihren Kakao im Stehen. Wer war die geheimnisvolle Frau, die Anna Borgstedt an jenem Abend in das

Theater hatte gehen sehen – oder es behauptet hatte, um Sandler zu belasten? Kordula Sandler, die den untreuen Ehemann bestrafen wollte, oder Sandra Hildebrandt, die sich damit am abtrünnigen Liebhaber gerächt hatte?

Der Zettel mit Sandras Handynummer war mit einem Magneten am Kühlschrank befestigt, als wäre sie eine Freundin von ihr. Nina pflückte ihn ab.

»Oh, da hab ich aber Glück gehabt!«, meldete sich Sandra Hildebrandt.

»Ach ja?« Nina war irritiert. »Wollten Sie mir etwas mitteilen?«

»Ich habe Glück, dass erst jetzt ein Anruf kommt. Weil ich vergessen hatte, mein Handy auszuschalten. Wir haben das Weihnachtsoratorium von Bach gehört. In der Marienkirche.«

»Ich wollte nicht stören, Frau Hildebrandt, ich würde nur gerne noch einmal mit Ihnen sprechen.«

Wie sich herausstellte, war sie mit ihren Eltern ins Konzert gegangen, die danach gleich nach Hause wollten. Als Nina anbot, sie nach Hause zu fahren, war sie bereit, sich mit ihr zu treffen. Es klang fast so, als wäre sie froh darüber. Die Kneipe in der Nähe des Landgerichts, auf die sie sich einigten, lag zu Ninas Erleichterung nicht in der Altstadt, wo sich halb Bielefeld auf dem Weihnachtsmarkt vergnügte. Bevor sie ging, warf sie einen Blick in das Zimmer ihres Bruders, der wie aufgebahrt schlief, die Decke bis unter das Kinn gezogen.

Als Nina die Kneipe betrat, war Sandra dabei, ihren pelzbesetzten Mantel an der Garderobe unterzubringen. Sie trug ein Kleines Schwarzes, das ihre zierliche Figur umschmeichelte, und Perlen-Ohrhänger, die ihren schmalen Nacken betonten. Sie sah genauso aus wie die höhere Tochter, die Nina ihr selbst im Schlabberpulli in Sandlers Theater angemerkt hatte. Etliche Blicke folgten Sandra, während sie auf den einzigen freien Tisch zusteuerte.

Nina setzte sich zu ihr. »Schön, dass Sie Zeit haben. Es wird nicht lange dauern.«

»Ich habe sowieso nichts vor.« Sie betastete den Haarknoten an ihrem Hinterkopf. Kleine Perlen schimmerten darin.

Nina lächelte. »Haben Leute in Ihrem Alter nicht immer was vor?«

Sie zuckte mit den knochigen Schultern. »Ich muss meine alten Kontakte erst wieder auffrischen.«

Die Bedienung kam, und Sandra bestellte zu Ninas Überraschung Sekt.

»Alte Kontakte … was ist mit Ihren neuen?«, fragte Nina.

»Auf die lege ich keinen Wert mehr! Als ich in der Theaterwerkstatt anfing, wollte ich etwas Neues erleben, etwas anderes als Ballett und Geigenunterricht und … Sie wissen schon. Das war eine interessante Zeit, aber … im Nachhinein finde ich, dass Markus uns ausgenutzt hat. Ich habe da jahrelang so viel reingesteckt – und wofür das alles? Für ein bisschen Aufmerksamkeit vom großen Meister!«

»Er hat was von einem Guru?«

»Kann man wohl sagen. Aber ich falle nicht mehr darauf rein! Dieser Infonachmittag war das Letzte, was ich für ihn vorbereitet habe. Mir reicht es! Ich bin ausgestiegen. Darauf stoße ich mit Ihnen an!« Sie hob ihr Glas.

Nina blickte auf ihren Pfefferminztee. »Tja …«

»Soll ich Ihnen einen Sekt bestellen? Ich lade Sie ein. Oder sind Sie im Dienst?«

»Danke, Tee ist in Ordnung.« Sie stieß ihren Becher gegen Sandras Glas. »Haben Sie Markus Sandler noch mal gesehen?«

»Am Infonachmittag das letzte Mal. Er wirkte fahrig, nicht bei der Sache. Obwohl es ja darum ging, neue Teilnehmer für seine Kurse zu gewinnen. Ich wollte danach mit ihm darüber reden, dass ich aussteigen will. Er hat nicht mal richtig zugehört! Ich meine, nachdem ich zwei Jahre lang …« Sie biss sich auf die Lippen, drehte am Stiel ihres Sektglases. »Ich habe noch überlegt, ob er Anna hinterhertrauert und deshalb so abwesend ist. Aber Melanie hat mir erzählt, dass das mit Anna schon vorbei war. Angeblich hat er jetzt was mit Vera.« Ein verräterischer Glanz trat in ihre Augen. Vorsichtig, um ihren Kajalstrich nicht zu zerstören, wischte sie sich eine Träne fort. »Und das Schlimme ist, ich kann mit niemandem darüber reden. Die anderen finden ihn immer noch ganz toll. Dabei benutzt er doch alle nur.«

»Scheint so. Und Sie können sich keinen anderen Grund denken, warum er so geistesabwesend war?«

Sandra trank den Sekt wie ein Glas Wasser aus. »Ehrlich gesagt, ich könnte noch einen gebrauchen. Und Sie?«

Würde das etwa ein Liebeskummer-Besäufnis werden? Nina seufzte innerlich. »Na gut.«

Sandra winkte der Bedienung und bestellte den Sekt.

»Sandler wirkte also abwesend …«, begann Nina erneut.

Sandra legte den Kopf schräg und begutachtete ihre gepflegten Fingernägel. Dann warf sie Nina einen Blick zu. »Wegen seiner Ehe vielleicht? Seine Frau könnte durch die Polizei von seiner Affäre mit Anna erfahren haben.«

Die Kellnerin brachte den Sekt. Sie stießen wieder an.

Sandra lächelte maliziös. »Obwohl die sich doch denken kann, dass er Affären hat. So vertrocknet, wie die ist.«

Nina verschluckte sich an ihrem Sekt.

»Aber *sie* hat das Geld, oder?«, fügte Sandra hinzu.

Nina erwiderte ihr Lächeln. »Allerdings.« Sie entschied sich, direkt zu werden. »Wussten Sie, dass Markus Sandler unter Verdacht steht?«

Sandras Augen wurden groß. »Sie verdächtigen ihn?« Ihr Blick irrte in dem Lokal umher. »Aber wieso sollte er ... etwa, damit der Weg frei wird für Vera? Mich hat er einfach abserviert ...« Sie beugte sich vor. »Und wenn seine Frau das mit seiner Affäre mit Anna schon vorher rausgefunden hat, und dann ...« Sie fuhr sich mit ihrer Hand über die Kehle. Ihre Augen glitzerten. »Wie ist es denn passiert?«

Nina hob abwehrend die Hand. »Darüber darf ich keine Auskunft geben.« Sie klickte mit dem Fingernagel gegen ihr Glas. »Ich hätte da noch eine Frage, Frau Hildebrandt ...«

»Sandra.«

»Sandra. Im letzten Sommer fand ein Workshop statt. Zweite und dritte Sommerferienwoche ...«

»Improvisation, ich weiß ...«

»Waren Sie dort?«

»Nein. Ich habe den im Jahr davor mitgemacht.«

»Waren Sie zu der Zeit im Theater? Etwa, um zu helfen?«

»Ich bin gleich zu Beginn der Ferien mit meinen Eltern und einer Freundin für drei Wochen nach Norwegen gefahren. Wir waren wandern im Jotunheimen-Nationalpark. Ich hätte gerne noch Oslo gesehen, aber ...«

»Ist Ihnen eigentlich noch etwas an diesem Infonachmittag aufgefallen?«

Sandra fuhr den Stiel der Sektflöte einmal hoch und runter. »Hm ... Es war nicht so voll dieses Mal.« Sie strich mit ihrem Finger über den Rand des Glases. »Im Herbst ist der Infonachmittag besser besucht, wegen der Sommerpause. Dann haben sich die Leute wohl genug am Meer gelangweilt.« Sie trank einen Schluck.

»Sind Ihnen Leute aufgefallen, die nicht ins Bild passten? Oder sich auffällig benommen haben?«

»Es gibt immer welche, die nicht ins Bild passen. So wie ich. Ich habe lange versucht, da reinzupassen. Bis ich gemerkt habe, was dahintersteckt. Die meisten Leute, die dahin gehen, machen auf locker, was sowieso nur Fassade ist. Haben einen bestimmten Stil, sich zu kleiden. Ich habe das nicht mehr nötig, verstehen Sie?«

Nina nickte und unterdrückte ein Gähnen.

Sandra tastete wieder nach ihrem perlenbesetzten Haarknoten. »Da waren so zwei oder drei Leute, die anders aussahen. Faltenrock statt Jeans, so etwas in der Art.«

Nina notierte die nichtssagenden Beschreibungen dieser Leute, bei denen es sich um zwei junge Frauen und einen jungen Mann handelte. Sandra redete noch eine Weile über ihren »Ausstieg aus dem Ausstieg«. Nina lehnte die Einladung zu einem weiteren Getränk ab. Sie ließ ihren behinderten Bruder, der zwar erwachsen, aber in vielerlei Hinsicht kindlich war, nicht gerne längere Zeit allein.

Als sie gegen halb elf wieder zu Hause war, stellte sie überrascht fest, dass ihr Chef auf den AB gesprochen hatte. Sie rief zurück.

Bent meldete sich sofort. »Ich frage mich, ob wir auf dem richtigen Dampfer sind mit Markus Sandler.«

»Lässt dich der Fall auch nicht los?« Sie lehnte sich in ihrem Sessel zurück und erzählte ihm von ihrem Abend mit Sandra Hildebrandt. Zwischendurch hörte sie eine Tür klappen. Kai schlurfte ins Badezimmer.

»Du meinst also, jemand könnte diesen Infonachmittag genutzt haben, um die Tatwaffe im Requisitenraum zu verstecken? Wer kann von dem Nachmittag gewusst haben?«

»Im Prinzip jeder. Die Flyer lagen an öffentlichen Orten aus. Wie wäre es damit: Zuerst wird die Tatwaffe in der Requisite platziert und dann sorgt eine anonyme Anruferin dafür, dass die Polizei sich drum kümmert.«

»Und Sandra Hildebrandt ist nach wie vor deine Kandidatin?«

Nina seufzte. »Ich bin mir nicht sicher. Als das Mobbing von Anna begann, war sie im Urlaub, was leicht zu überprüfen ist. Und sie wirkte ziemlich überrascht, als ich sie darauf ansprach, dass Sandler unter Verdacht steht.«

»Die Person, die Anna mobbte, hat wahrscheinlich sowohl an diesem Sommer-Workshop teilgenommen, als auch an dem Clownerie-Kurs im Herbst.«

»Ich habe die Listen nach Überschneidungen überprüft, Bent. Es gibt keine.« Nina hörte die Toilettenspülung. Kai schlurfte zurück in sein Zimmer. Das Bett quietschte leise. Er hatte wieder die Tür offenstehen lassen, obwohl sie seit Längerem versuchte, ihm das abzugewöhnen.

»Es könnten auch mehrere Personen an dem Mobbing beteiligt gewesen sein«, unterbrach Bent ihre Gedanken. »Oder jemand, der Zugang zu den Räumlichkeiten hat. Jemand, der weiß, dass Sandler kein hinreichendes Alibi hat. Bleibt uns Kordula Sandler, wie Frank schon richtig erkannte.«

»Warum sollte Frau Sandler ihrem Mann zuerst ein falsches Alibi geben und ihm dann die Tatwaffe unterschieben?«

»Um ihn dann umso mehr als Lügner dastehen zu lassen? Und sich selbst gleich mit?«

Nina kicherte. »Als Lügnerin aus Liebe. Das kann doch jeder nachvollziehen. Dann schließlich schlägt ihr Gewissen Alarm, und sie kann einfach nicht mehr schweigen und macht diesen anonymen Anruf. Raffiniert.«

»Und dann dieser scheinheilige Auftritt, als ihr Mann zur Vernehmung geladen wird. Welch teuflischer Plan!« Bent lachte kurz auf. »Halten wir uns lieber an die Tatsachen. Ich werde wohl über die Feiertage nach Hause fahren.«

War das ein Stöhnen am anderen Ende der Leitung? Nina grinste. Bent schien genauso ein Weihnachtshasser zu sein wie Frank. »Wenn du einen Grund brauchst, nicht zu fahren, ich hätte da noch ein paar Berichte übrig …«

»Nicht doch, das kann ich nicht annehmen. Aber mir fällt gerade etwas ganz anderes ein. Ich werde mir Sandlers Kollegin Frau Exner noch mal vornehmen. Man kann ja nie wissen.«

* * *

Nachdem er ein paar Mal vergeblich geklingelt hatte, ging er zu der Garage, die neben dem Haus stand und ebenfalls ein kleines Reetdach besaß. Das Tor war abgeschlossen. Mit seiner Taschenlampe leuchtete er durch das schmale, halbhohe Fenster und entdeckte den Mercedes. Machten die beiden einen Strandspaziergang? Unwahrscheinlich bei dem Wetter. Wie ein Einbrecher schlich Dominik zu einem der Fenster. Der Vorhang war fast ganz zugezogen, deshalb drang so wenig Licht nach draußen. Er versuchte, etwas durch den Spalt zu erkennen, und entdeckte ein behostes Bein. Er klingelte noch einmal und wartete. »Nils? Sofie?«

Schließlich klingelte er Sturm, konnte das Ding-Dong-Ding-Dong durchs Haus dröhnen hören. Ratlos strich er sich die regennassen Haare aus der Stirn und stiefelte wieder zum Fenster. Da war wieder das Bein, reglos. Er klopfte ans Fenster. »Nils? Sofie? Hallo?«

Der Husten beendete sein Rufen. Schnaufend lehnte er für einen Moment an der Mauer, bevor er gegen das Fenster hämmerte. Hatte sich das Bein bewegt? »Nils? *Nils?*« Irgendetwas stimmte ganz und gar nicht!

Im Auto lag ein Pick-Set, mit dessen Hilfe er das Haustürschloss öffnen konnte, doch seine Finger waren in den nassen Handschuhen steif gefroren, und er hielt sich nur noch mit Mühe auf den Beinen. Allein schon, um wieder wärmer zu werden, ging er ums Haus. Zum Garten hin entdeckte er eine große Glas-Terrassentür. Auch hier waren die Vorhänge zugezogen, aber vielleicht konnte er durch einen Spalt etwas mehr erkennen. Während er sich gegen die Tür lehnte, um einen Winkel zu erwischen, der ihm Einblick gewähren würde, gab diese nach und ging ein Stück auf. Vorsichtig schob er sich durch. Der Vorhang bauschte sich, und Dominik wühlte sich durch die Falten, bis er im Zimmer stand.

Nils und Sofie saßen stocksteif auf einem Sofa und starrten jemanden an, der ihnen in einem Sessel gegenübersaß, mit dem Rücken zu Dominik, der nur einen Ellenbogen sah, der auf der Seitenlehne ruhte. Sofie entdeckte ihn als Erste. Lautlos fiel ihr das Kinn herunter. Dann schaute Nils hoch. Es war, als hätten alle ein Schweigegelübde abgelegt. Die Person im Sessel sprang auf und Dominik blickte in die Mündung einer Pistole.

Robin sah aus wie ein verwirrtes Kind, wäre da nicht der fiebrige Glanz in seinen Augen gewesen. Er hielt die Walther mit beiden Händen umfasst, trat einen Schritt zurück, richtete die Mündung wieder auf Sofie und Nils.

Dominik holte tief Luft. »Willst du jemanden erschießen?«

»Ich … ich will nur die Wahrheit wissen!«, rief Robin.

»Darf ich mich setzen?«

Robin nickte und Dominik sank in den Sessel. Er war am Ziel. Er konnte nicht mehr. Ihm war so kalt, dass er sich beherrschen musste, um nicht mit den Zähnen zu klappern.

»Der ist verrückt!«, presste Nils hervor.

»Du hältst die Klappe!« Robin hielt die Pistole auf Nils gerichtet, sah aber Dominik an. »Was ist mit dir, Papa?«

»Gibst du mir meine Dienstwaffe zurück?«

Robins Hände begannen zu zittern. »Nachdem Nils erzählt, was er getan hat!«

»Papa, der spinnt! Wir durften dir nicht öffnen. Der hält uns hier seit zwei Stunden auf dem Sofa fest!«

»Robin, das hat doch keinen Sinn«, begann Dominik.

»Er … er …« Robin blinzelte ein paar Mal. »Erst soll er dir erzählen, was er getan hat. Sag es!«, schrie er Nils an.

Sofie wimmerte.

»Robin!« Dominik rann Wasser aus den Haaren über die Stirn.

Robins Augen wurden schmal. »Wieso bist du überhaupt hier, Papa?«

»Du warst in meinem Büro, das erste Mal seit Jahren.« Er wischte sich den Tropfen aus dem Auge. »Dann war die Walther weg. Die Fotos von Annas Leiche, dieses Tattoo, Nils' Bemerkung über die Arschgeweih-Tusse und …«

»Genau!«, rief Robin. »Er konnte nicht wissen, dass sie so ein Tattoo hat!«

»Wir sind ihr im Flur begegnet, nachdem sie bei Robin war«, sagte Nils. »Sie kam die Treppe runter und ist fast über ihren losen Schnürsenkel gestolpert. Ich habe ihr Sofie vorgestellt. Sie hat sich gebückt, um ihren Schuh zuzubinden und ihr Pullover ist hochgerutscht. Da haben wir ein Stück von dem Tattoo gesehen. Nicht wahr, Sofie?«

Sofie nickte und knetete ihre Finger.

»Und ihre Jacke?« Robin stieß ein irres Lachen aus. »Die war so lang, dass sie ihr bis zu den Oberschenkeln reichte. Er behauptet, die hätte sie über dem Arm getragen. Das ist doch von vorne bis hinten gelogen!«

»Was hast du jetzt vor, Robin?«, fragte Dominik so ruhig, wie er es vermochte.

»Das weiß er selbst nicht«, sagte Nils.

»Willst du deinen Bruder töten?«, fragte Dominik. »Oder mich? Oder Sofie?«

»Wieso hat Anna Nils am Sonntag vor ihrem Tod angerufen? Sag endlich die Wahrheit, Nils! Das ist alles, was ich will. Dann gebe ich Papa die Waffe zurück.«

»Anna hat Nils angerufen?« Dominik hob die Brauen. Er war bisher davon ausgegangen, dass Annas kurzer Anruf am Sonntagnachmittag Robin gegolten hatte.

»Lissa hat mir das erzählt: ›Schade, dass ich Anna nie kennen gelernt habe, sie klang nett am Telefon, aber ich habe gar nicht gewusst, dass sie deine Freundin war, weil sie Nils sprechen wollte‹«, stieß Robin hervor.

»Sie wollte Sofie erreichen«, sagte Nils.

»Das war nicht Anna. Das habe ich ihm schon gesagt.« Sofies Stimme klang piepsig. »Das war Anne, meine Freundin aus Osnabrück. Lissa hat ihren Namen falsch verstanden.« Sie räusperte sich. »Ich wollte Anne besuchen. Sie hat versucht, mich bei Nils zu erreichen«, fügte sie in ihrer normalen Tonlage hinzu.

Dominik erinnerte sich, dass Sofie mal eine Freundin namens Anne erwähnt hatte. Aber Annas Anruf auf die Domeyersche Festnetznummer war durch ihre Handy-Verbindungsdaten dokumentiert! »Wann am Sonntag war das?«

»Mittags. Ich stand im Stau und hatte mein Handy ausgeschaltet. Sie wollte wissen, wann ich komme.«

»Verstehe.« Dominik ließ sich nichts anmerken. »Robin, warum überlässt du es nicht der Polizei, das aufzuklären?«

Robin schob die Unterlippe vor und schwieg.

»Fick die Polizei, hm?« Dominik lächelte matt.

»Du hast das Manifest gelesen?« Robin schüttelte kurz den Kopf, als wollte er etwas abschütteln, das ihm in die Haare geflogen war. »Das ist jetzt egal.«

»Ich dürfte es dir nicht sagen, aber Markus Sandler sitzt in Untersuchungshaft, weil er dringend tatverdächtig ist.« Nils und Sofie tauschten einen hoffnungsvollen Blick.

Robin schwankte ein wenig. »Die haben mich auch schon verdächtigt.« Schweiß lief ihm die Schläfe hinab. »Anna ist in einem alten Bauernhaus gefunden worden, so stand es in der Zeitung. Und am Montagnachmittag hat Nils gleich den Polo in die Waschanlage gefahren.«

»Weil ich auch mal bei was helfe! Ich schippe Schnee, ich hole den Tannenbaum, ich mache das Auto sauber, weil ich es ja auch benutze! So was würde dir nie einfallen, das ist schon klar!«, rief Nils. »Und wieso hätte ich deine Anna umbringen sollen? Vielleicht, weil mir ihr Tattoo nicht gefiel? Das ist doch absurd!«

»Das ist absurd, Robin, bitte!«, flehte Sofie mit dünner Stimme. »Wir wissen, was du gerade durchmachst, aber …«

»Klappe!« Robin stand da, breitbeinig wie John Wayne, aber die Pistole in seiner Hand zitterte.

»Das Motiv, Robin«, sagte Dominik sanft. »Es gibt keins. Gib mir die Waffe. Bitte.«

»Lissa hat mir auch gesagt, dass Nils und Max mein Zimmer durchwühlt haben.« Robin starrte Nils finster an.

»Das habe ich schon versucht, ihm zu erklären!« Nils wandte sich an Dominik. »Max kam Donnerstagabend vorbei. Ich habe erwähnt, dass Robin sich immer meine Sachen nimmt, und die dann in seinem Zimmer verschwinden. Max war in so einer … in einer Stimmung, wie soll ich das sagen? Wenn man ihn kennt, dann weiß man … Er meinte jedenfalls, dann lass uns doch mal aufräumen bei Robin, tja und dann …

Wir sind in Robins Zimmer gegangen und ja, wir haben …« Nils senkte den Blick. »Ich war wütend auf Robin. Ich vermisste immer noch Pullover. Wir haben uns hochgeschaukelt und … okay, es stimmt, wir haben Robins Zimmer durchsucht.«

Robin wischte sich durchs Gesicht und zog die Nase hoch. »Das sind ganz schön viele komische Sachen, die da in letzter Zeit passiert sind!«

»Robin, die Tatwaffe wurde in Sandlers Theater gefunden! Glaubst du wirklich, dass dein Bruder ein Mörder ist?«, fragte Dominik.

Robins Blick irrte zwischen Dominik und den beiden auf dem Sofa hin und her. Langsam ließ er die Pistole sinken.

»Gib sie mir, Rob, ja?«, bat Dominik.

Robin legte die Pistole behutsam auf einen Beistelltisch neben dem Sessel. Sofie atmete hörbar aus. Dominik legte seine Hand auf die Waffe, als plötzlich die blecherne Klingelton-Melodie seines Handys die Stille durchbrach. Sicher Betty. Hektisch grub er in seiner Jackentasche.

»Domeyer.«

»Hier Bent Andersen. Tut mir leid, dass ich so spät erst zurückrufe, aber es kam heute noch ein Anruf aus Flensburg und …« Er räusperte sich. »Da habe ich dich völlig vergessen.«

»Äh … wieso vergessen?« Dominik behielt Robin im Auge, der sich auf dem Teppich niedergelassen hatte und sich mit beiden Händen durch sein wirres Haar fuhr. »Ich habe dir zwei Mails über den Vermissten-Fall geschrieben.«

Bent schwieg.

»Der wohl ein Fahrerflucht-Fall ist«, fügte er hinzu.

Nils drückte Sofies Hand. Robins Hände ruhten in seinem Schoß. Seine Gesichtszüge waren erschlafft.

»Ich habe die Mails gelesen. Aber hast du nicht heute bei mir angerufen?«

»Hab ich nicht. Bent, es ist gerade nicht so günstig. Können wir …«

»Auf meinem Display stand Domeyer. Oder war das dein Sohn?«

»Mein Sohn?«, wiederholte Dominik. »Robin, hast du Bent Andersen heute angerufen?«

Robins Blick kehrte langsam aus irgendeiner Ferne zu ihm zurück. Dominik stellte die Frage noch einmal, und Robin schüttelte den Kopf.

»Vielleicht der andere? Wegen der Freundin mit dem Cabrio?«

Was hatte er eigentlich alles in den Mails geschrieben? Dominik fuhr sich über die Stirn, und wischte sich die nasse Hand an der Hose ab. »Augenblick. Nils, hast du meinen Chef angerufen?«

Sofie riss die Augen auf.

»Was? Wie käme ich denn *dazu*?«, sagte Nils.

»Weil …« Dominik zögerte. »Erkläre ich dir später.«

Nils fixierte eine Stelle auf dem Teppich. Er hielt Sofies Hand und drückte sie, pumpte wie ein Maikäfer.

»Hallo? Dominik?«, kam es von fern aus dem Hörer.

»Ich kann dir nicht sagen, wer bei dir angerufen hat.«

»Na, dann will ich nicht länger stören. Frohe Weihnachten, Dominik.«

»Gleichfalls.« Dominik spürte den aufkommenden Hustenreiz, drückte das Gespräch weg und sich selbst ein Papiertaschentuch vor den Mund. Das Husten tat so weh, dass ihm die Tränen in die Augen stiegen.

Aus dem Augenwinkel nahm er eine Bewegung wahr.

»Nein!«, schrie Nils. Auf seiner Stirn war eine Ader angeschwollen.

Robin hatte die Pistole von dem Tischchen gerissen. Er kniete auf dem Teppich und lachte freudlos. »Ich dachte, ich nehme die besser noch mal an mich.«

Von irgendwo draußen ertönte Hundegebell.

»Das war dein Chef?«, fragte Robin und wog die Waffe in seinen Händen.

Dominik nickte und warf einen verstohlenen Blick in sein Taschentuch. Rötlich brauner Auswurf. Tuberkulose?

»Neuigkeiten?«, fragte Robin und fuhr mit dem Finger über den Lauf der Pistole. »Jemand aus unserer Familie hat bei ihm angerufen?«

»Vielleicht deine Mutter«, sagte Dominik dumpf. »Robin, das reicht allmäh…«

»Das war Lissa, nicht wahr?« rief Robin. »Wegen des Telefonats! Wegen Anna, die Nils sprechen wollte!«

»Gott, Robin! Das ist kein Spielzeug!«, stöhnte Dominik.

»Ihr wollt mich wohl für dumm verkaufen!« Robin lächelte verkniffen.

»Gib mir die Waffe, dann erzähle ich dir, was ich weiß«, sagte Dominik. »Alles! Versprochen!«

»Siehst du nicht, dass Papa wieder Bronchitis hat?«, fuhr Nils ihn an.

»Rob, bitte!« Bei jedem Atemzug schmerzten Dominiks Rippen. Langsam streckte er die Hand aus.

Robin starrte seine Hand an. Er atmete schwer und übergab ihm schließlich die Walther.

Sofie schniefte und presste ihr Taschentuch vor den Mund. Nils legte einen Arm um ihre Schulter. Dominik entnahm der Waffe das Magazin und legte alles neben sich in den Sessel. Als er wieder hochsah, waren alle Augen auf ihn gerichtet.

»Was wolltest du Nils später erklären?«, fragte Robin.

»Es geht um einen Fall von Fahrerflucht«, sagte Dominik. »Andersen dachte, dass Nils ihn deswegen hat sprechen wollen.«

»Klärt ihr nicht Morde auf?« Robin zog die Nase hoch. »Und wieso überhaupt Nils?«

»Ich habe einen Vermissten schwer verletzt im Krankenhaus entdeckt. Wie ich herausfand, ist er Opfer eines Unfalls mit Fahrerflucht geworden. Und zufällig habe ich ... Sofie, ich muss dir sagen, dass ich die Geschichte mit dem Reh ans Verkehrskommissariat weitergeben musste, weil dein Wagentyp auf die Beschreibung des Unfallautos passt. Und auch, an welcher Stelle der Wagen beschädigt wurde. Tut mir leid, aber das ist nun mal der korrekte Weg. Die Kollegen vom Verkehr werden auf dich zukommen und dann klärt sich das.«

»Ein Reh? Was denn für ein Reh?« Robin furchte die Stirn. Ein Schweißtropfen rollte ihm ins Auge und er begann zu reiben.

»Du hast ein Reh angefahren, nicht wahr, Sofie?«, fragte Dominik.

»Ja.« Sie wickelte eine Strähne ihres Pferdeschwanzes um ihren Finger und rollte sie wieder ab. Auf und ab.

»Aber es geht doch bei Fahrerflucht nicht um ein Reh!« Robin stand auf.

»Nein«, sagte Dominik benommen. »Der Mann ist angefahren worden. Von einem roten Cabrio, in dem eine Frau mit Pferdeschwanz ...« Kleine Punkte tanzten vor seinen Augen.

»Und wieso sollte Nils deswegen bei Andersen anrufen? Das ist doch Quatsch! Das war Lissa! Lissa hat bei ihm angerufen, wetten! Wegen Anna!«, schrie Robin.

Das war wirklich Quatsch. Nils hätte sich an ihn gewandt, nicht an seinen Chef, wenn er etwas auf dem Herzen gehabt hätte. Dominik konnte nicht mehr denken. Wollte nicht mehr denken. Dann wurde es dunkel um ihn.

Ein dumpfer Knall ließ ihn hochschrecken. Robin hatte das Tischchen umgetreten. Dominik tastete nach der teilzerlegten Pistole. Sie lag noch immer neben ihm.

»Ich will wissen, was passiert ist!«, brüllte Robin.

»Fang an, Sofie!« Dominik wurde mit einem Mal ganz ruhig. Es war, als ob da jemand hinter ihm stünde, ihm über die Schulter blickte und die Regie übernahm. »Erzähl es uns.«

»Ich … ich wollte …«, begann Sofie.

»Lauter«, befahl Robin.

Dominik hustete in sein Taschentuch und wünschte sich auf den *Zauberberg*, das Paradies für Schwindsüchtige.

Sofie nahm sich zusammen. »Das rannte direkt vor mein Auto, ich konnte nichts dafür, er … wir haben versucht, zu bremsen, aber da war nur so ein dumpfer Schlag und …« Sie blinzelte. »Das Reh rührte sich nicht mehr.« Sie nahm ihr Haarband aus den Haaren und begann, damit zu spielen.

»Wo ist das passiert?«, fragte Dominik sanft.

»Es war … genau, es war auf der Dornberger.«

Sie suchte Nils' Blick, der darauf nicht reagierte, sondern starr vor sich auf den Boden blickte. Dann senkte auch sie den Kopf, wickelte das Band um ihre Finger wie vorher die Haarsträhnen.

Eingehüllt in eine Decke und vom Balkon ins Tal schauen.

»Ihr habt also nachgesehen, und es war tot?«

Sie nickte. »Es war … ja. Dachten wir.«

»Dieser Abend … war das nicht der Abend von eurer Tennisclubhaus-Party?« Aus den Augenwinkeln sah Dominik, dass Robin sich wieder auf den Teppich setzte.

»Ja genau«, sagte Sofie.

»Und dann hast du dein Cabrio in Osnabrück reparieren lassen. Wieso gerade dort?«, fragte Dominik.

»Weil ich … ich wollte am Sonntag Anne besuchen, wie gesagt, und ja, ich dachte, warum den Wagen nicht gleich dort reparieren lassen?« Sie dehnte das Haarband, drehte es.

»Am Sonntag sind doch keine Werkstätten geöffnet.«

»Anne hat angeboten, das Auto am Montag in die Werkstatt zu bringen.« Sofie band ihre Haare wieder zusammen.

»Viel Aufwand«, bemerkte Dominik. »Du musstest mit dem Zug zurückfahren. Dann die Kosten für die Überführung …«

»Das war mit im Service. Anne hat mir die Werkstatt empfohlen und …« Sie senkte den Blick, überprüfte den Sitz ihres Ohrsteckers, schaute wieder auf und lächelte ihn an. »Warum um den heißen Brei herumreden, Dominik, es ging natürlich um meinen Vater. Das Cabrio ist superneu, und er predigt mir immer, ich soll ja vorsichtig fahren. Er war ein paar Tage weg, als das mit dem Reh geschah. Ich dachte, ich lasse es lieber woanders reparieren, sonst kommt er dahinter. Mutter hat versprochen, dass sie dichthält.«

Eine Weile herrschte Schweigen.

»Kennt dein Vater denn alle Werkstattleiter aus Bielefeld?«, fragte Dominik.

»Natürlich nicht. Aber in solchen Situationen denkt man nicht rational, was?« Sie schüttelte lächelnd den Kopf. Wie über sich selbst. »Und da ich sowieso zu Anne wollte …«

Dominik nickte. Er wusste nicht, was er von der Geschichte halten sollte. Robin, der im Schneidersitz auf dem Teppich saß und kurz aufgeschaut hatte, während Sofie sprach, ließ den Kopf wieder hängen.

»Lügt Lissa etwa?«, sagte Robin zum Teppich. Plötzlich rannen Tränen über seine Wangen. »Warum sagt der so was?«

»Was?« Dominik hielt sich die schmerzende Brust.

»Arschgeweih-Tusse. So was darf er nicht sagen.« Robin schlug die Hände vors Gesicht. Seine Schultern zuckten. Er brach in wildes Schluchzen aus.

Dominik stemmte sich aus dem Sessel, machte einen Schritt, dann stürzte der Boden auf ihn zu.

10. Kapitel

Montag, 24. Dezember

Als er wieder zu sich kam, lag er nur mit Unterhose und einem hinten offenen Hemdchen bekleidet in einem Bett. Durch einen Tropf lief eine klare Flüssigkeit in seinen Arm. Neben ihm schlief ein älterer Herr mit einer Nasensonde.

Kurz darauf kam eine Krankenschwester herein. »Na, da sind wir ja wieder.«

Das war unangemessen vertraulich, aber ihm war alles recht. Wie sich herausstellte, hatte ihn die gute Fee nicht auf den Zauberberg entführt, sondern in die Nordseeklinik. Das Krankenhaus-Ambiente wurde von einem stark farbigen Bild aufgelockert, das er zunächst für abstrakt hielt, bis er darauf einen Ozean erkannte, über dem sich dräuend ein rot-gelb-blau-violetter Himmel türmte. Ein Nolde-Bild? Wenn er die Augen halb zukniff, wurde aus dem Sonnenuntergang eine rote Seeschlange, die den Kopf aus dem Meer reckte. Wenn er sie wieder öffnete, kam der Sonnenuntergang zurück.

Er musste weiter nichts tun, als Kamillentee zu trinken und Wasser ohne Kohlensäure. Er hasste beides, aber es gab Schlimmeres. Unterbrochen von Essenspausen dämmerte er immer wieder weg. Der Tag schien kaum begonnen zu haben, als es draußen bereits wieder dunkel wurde.

Es war der seltsamste Heiligabend, an den er sich erinnern konnte. Nils und Sofie saßen um sein Bett und lächelten. Sogar Robin lächelte, wenn auch unsicher. Er lehnte am Fenster. Mit gewaschenen Haaren und frisch rasiert. Seine dunklen Augen hatten nicht mehr diesen irren Glanz, wirkten eher stumpf wie Kohlestücke in dem blassen Gesicht. Er trug einen sauberen Pullover, der eindeutig von Nils stammte. Taten sie seinetwegen, als wäre nichts gewesen?

»Es ist nur Bronchopneumonie und nicht die Schwindsucht«, sagte Dominik.

»Schwindsucht? Meinst du Tuberkulose?«, fragte Nils. »Du hast eine Lungenentzündung, sagt die Ärztin.«

»Wie geht es Betty?«, fragte Dominik.

»Gut!«, riefen Nils und Robin wie aus einem Mund.

»Wir haben ihr nicht ...« Robin starrte auf seine Schuhe. »Sie weiß nichts davon, dass ich deine Dienstwaffe geklaut habe.« Er schob sich die Brille höher und tastete sich ein Stück an Dominiks Bett heran, hielt sich dabei an allem fest, was ihm unterwegs begegnete, an der Bettlehne des alten Herrn, am Besucherstuhl, am Tisch, als wäre er gehbehindert. »Papa ...« Robins Stimme zitterte. »Ich möchte mich bei dir entschuldigen.«

»Erwartest du, dass ich ›schon gut‹ sage?«

Robin schüttelte den Kopf. Er zog die Nase hoch. Warum hatte der Junge eigentlich nie Taschentücher bei sich?

»Nils und Sofie haben meine Entschuldigung angenommen.« Das Ende des Satzes sprach Robin immer leiser.

»Und was habe ich damit zu tun?«, fragte Dominik kühl.

Robin biss auf seiner Unterlippe herum. »Nur so.« Er zuckte mit den Achseln und rammte die Hände in die Jeanstaschen. *Nur so.* In diesem Augenblick hasste er Robins Unbeholfenheit. Begriff dieses Riesenbaby eigentlich, was es getan hatte?

»Wo ist meine Dienstwaffe?«

»Im Ferienhaus«, sagte Nils. »Im Tresor.«

»Wir dachten, im Krankenhaus brauchst du sie nicht«, sagte Sofie. »Oder ist der Service so mies?« Sie kicherte.

Dominik starrte sie an. Ihr Grinsen verschwand.

»Wir haben Mama nicht erzählt, dass du so krank bist«, sagte Nils. »Damit sie sich nicht so viele Gedanken macht. Wir haben ihr nur gesagt, dass Robin sauer auf mich war und uns deshalb nachgereist ist. Und du ihm nachgereist bist. Stimmt ja auch.«

»Das habt ihr richtig gemacht.«

Nils legte ihm ein Päckchen aufs Bett. »Nicht besonders originell, aber praktisch. Sofie hat ihn ausgesucht.«

Sie zwinkerte ihm verschwörerisch zu. Es wirkte aufgesetzt. Führten sie diese Friede–Freude-Eierkuchen-Komödie für ihn auf? Oder wussten sie nicht, wie sie mit der Situation umgehen sollten, und taten deshalb, als wenn nichts gewesen wäre?

Er wickelte einen marineblauen Schlafanzug aus dem Papier. Robin schob ihm mit verlegenem Grinsen ein weiteres Paket zu. Obenauf lag seine Lieblingsschokolade. Socken und Unterhosen kamen zum Vorschein und eine Kulturtasche mit Rasierzeug, Duschgel und Ähnlichem.

»Ach ja und …« Nils lächelte, als er Dominik ein schweres, rechteckiges Geschenk überreichte.

»Vielen Dank«, sagte Dominik und schlug die *Geheimnisse des Universums* auf.

»Ich habe schon in der Buchhandlung drin geschmökert«, sagte Nils. »Ganz interessant, da geht es zum Beispiel darum, wie sich das Ganze in der Zukunft entwickeln wird und so. Big Freeze, Big Rip, Big Crunch …«

»Big Rip – klingt wie eine Spare–Rips–Variante von McDonald's.« Robin grinste schief, nahm die Finger aus den Taschen und hielt sich an der Bettlehne fest.

»Dann ist Big Freeze wohl die Super-Eisbombe.« Sofie lachte gekünstelt.

»So ähnlich, Sofie«, erklärte Dominik. »Das Universum dehnt sich aus, das ist bekannt. Das Big-Freeze-Modell geht davon aus, dass es das mit gleichbleibender Geschwindigkeit tut, wobei im Laufe der Zeit jegliche Wärme verloren geht bis nahe an den absoluten Nullpunkt. Beim Big-Rip-Modell kommt es zu einer Art Endknall; alles explodiert in den Raum oder war es der Raum, der sich explosionsartig ausdehnt? Jedenfalls werden die bestehenden Strukturen auseinandergerissen in die kleinstmöglichen Teilchen, die keinen Kontakt mehr zu anderen Teilchen bekommen können.«

»Totale Auflösung also«, murmelte Robin.

»Genau.«

* * *

In Hennings Wohnküche waren die Scheiben von Essensdämpfen beschlagen. Henning öffnete die Tür zum kleinen, aber reich illuminierten Garten: Rhythmisch blinkende Eiszapfen-Lichterketten leuchteten mit bunten Lichtschläuchen um die Wette. Es gab kaum einen Strauch, der nicht geschmückt war. Sein Freund Ralf holte das Tiramisu aus dem Kühlschrank und verteilte es auf Schälchen.

»Für mich nicht, bitte!« Bent wedelte abwehrend mit den Händen.

»Ich bin stolz auf dich.« Henning schloss die Terrassentür.

»Wenn du wüsstest, wie viel Süßkram ich in der letzten Woche in mich hineingestopft habe …«

»Ich meine wegen Andy. Und deiner Familie, die sich mal daran gewöhnen muss, dass du nicht immer zur Stelle bist.« Henning nahm sein Schälchen in Empfang und grinste. »Arbeit über Arbeit. Tja, was soll man da machen?«

»Meine letzte SMS an Andy vor der neuen SIM-Karte.«

»Und dein Festnetzanschluss? Hat das geklappt mit der Geheimnummer?«, fragte Ralf.

»Hat es. Bald bin ich nur noch für Eingeweihte erreichbar.«

»Er wird's verkraften.« Henning tauchte seinen Löffel andächtig ins Tiramisu. »Lecker. Da verpasst du was, Bent.«

»Fährt deine Schwester Weihnachten nie nach Hause?«, erkundigte sich Ralf.

»Sie lehnt es aus Prinzip ab. Sie versteht sich nicht als Christin, blablabla. Zurzeit ist sie in Goa. Und *ich* fühle mich schuldig, weil ich nicht nach Glücksburg fahre.«

»Egal, du bist rückfallgefährdet«, sagte Henning. »Andy, die zarteste Versuchung, seit es Idioten gibt.«

Bent lächelte gequält. »Ich glaube, ich nehme doch Nachtisch.«

»Gerne.« Ralf reichte ihm ein Schälchen.

Henning leckte genüsslich seinen Löffel ab. »Morgen Abend steigt die Kult-Schlager-Party. Und du kommst mit! Gehört zum ABC des Entliebens.«

»Eine Art Rosskur?« Bent stöhnte. »Ich hasse Schlager!«

»Na und?« Henning und Ralf grinsten sich an. Henning schaufelte sich Tiramisu in sein Schälchen. »Gehört zu deiner Abteilung auch Dominik Domeyer? Betty hat vom Kommissariat für Tötungsdelikte gesprochen.«

Ralf nickte.

»Woher kennst du den denn?«, fragte Bent.

»Henning kennt alle hübschen Kerle Bielefelds«, sagte Ralf.

»So viele gibt's ja nicht«, warf Henning ein.

»Ich habe ihn auch mal getroffen«, sagte Ralf. »Bei der Praxiseinweihungsfeier seiner Frau. Ihre Heilpraktiker–Praxis liegt nämlich über Hennings Physio-Räumen. Ich finde, der sieht aus wie … oh shit!«

»Wie: Na, du weißt schon wer …«, spottete Henning. »Der, dessen Name nicht genannt werden darf.«

»Und woher weißt du, wie Andy aussieht?«, fragte Bent.

»Henning hat mir ein Foto gezeigt.«

»Ralf wollte wissen, wer dieser Typ ist, von dem du seit Jahren versuchst loszukommen.« Henning zeigte mit dem Löffel auf Bent. »Betty schleppte heute Morgen die Pseudo-Kunstwerke der letzten Ausstellung die Treppe runter.«

»Achtung, jetzt kommt ein Vortrag.« Ralf grinste.

»Dann gibt es bald wieder eine Vernissage mit Erzeugnissen von unausgelasteten Hausfrauen, die man käuflich erwerben kann, obwohl sie nicht die Leinwand wert sind, auf …«

»Worauf willst du hinaus?«, unterbrach Bent.

»Tratsch?«, schlug Ralf vor. »Üble Nachrede?«

»Na, wenn ich so einen schicken Gatten hätte, würde *ich* sicher nicht aus fremden Töpfen naschen.« Henning schob sich einen Löffel Tiramisu in den Mund.

»Was heißt hier *hätte*?«, sagte Ralf.

»Schon gar nicht mit einem Typen mit halblangen, blonden Fusseln, Bierbauch und einem Nashorn-Hemd«, sagte Henning. »Jemand hätte ihm verraten sollen, dass lange Koteletten aus der Mode sind, wenn er sie auf diese Weise ausrasiert.«

Bent schwante etwas.

»Nashorn-Hemden? Ist das eine neue Marke?«, fragte Ralf.

»Na gut, die sind seit Ewigkeiten verheiratet. Irgendwann wird wohl auch der schönste Mann langweilig. Dazu haben sie auch noch zig Kinder. Meine Theorie ist …«

»Der nächste Vortrag!« Ralf zog ihm den Nachtisch weg. »Erzähl lieber, wie du sie entdeckt hast!«

»Ich wollte erkunden, was Betty an neuen Zumutungen aufhängt. Also gehe ich die Treppe rauf und sehe die beiden knutschen. Sofort fahren sie auseinander, beide so schön rot im Gesicht, da musste ich mich natürlich nach Dominiks

Befinden erkunden. Tja, wenn man bei den Heten mal hinter die Fassade blickt …« Henning schnalzte mit der Zunge, griff nach seinem Tiramisu-Schälchen, doch Ralf brachte es außer Reichweite.

Ralf zwinkerte Bent zu. »Da kommt noch was. Wetten?«

»Laut Betty vergnügt sich der Gatte gerade auf Sylt«, fuhr Henning fort. »Und jetzt her mit dem Tiramisu!«

11. Kapitel

Donnerstag, 27. Dezember

Als Dominik das Fenster schräg stellte, pfiff ihm der Wind ins Gesicht, bauschte die Vorhänge und wehte die TV-Zeitung des älteren Herrn vom Nachttisch. Er drückte das Fenster zu, und das Pfeifen verstummte. Draußen rannte eine halb von ihrem Regenschirm verborgene Frau zu ihrem Auto. Während sie noch dabei war aufzuschließen, klappte ihr Schirm um und die Haare wirbelten ihr um den Kopf. »Schietwetter«, hatte die Schwester gesagt, als sie das Frühstück brachte. Der Zugwind war das Einzige, was er seit drei Tagen im Krankenhaus vom Wetter spürte. Die Ruhe war nur unterbrochen worden von Besuch einmal am Tag, ansonsten hatte er geschlafen oder sich seinem neuen Buch gewidmet.

Er hob die Zeitung auf, nickte dem alten Mann zu, der nur kurz blinzelte, um gleich darauf wieder die Augen zu schließen. Ob der Sylt-Shuttlezug wohl auch bei Schauerböen und Windstärke sieben fuhr? Ein zaghaftes Klopfen ertönte, dann wurde die Tür einen Spaltbreit geöffnet.

»Komm rein, Robin. Ihr seid zu früh, ich frühstücke …«

»Ich bin allein, die anderen räumen das Ferienhaus auf.«

Sie setzten sich an den kleinen Tisch, auf dem Dominiks angebrochenes Frühstück stand.

»Und – wie geht's dir?«, fragte Robin.

»Transportfähig jedenfalls. Aber ob ich es noch mal mit einem Revolverhelden aufnehmen kann …«

»Papa!« Robin verzog das Gesicht. »Ich weiß, dass ich Mist gebaut habe.«

»Wenn das Mist war, dann aber ein ganzer Augiasstall voll!«

Robin knabberte an seiner Unterlippe und schwieg.

»Holst du mir Kaffee? Die Schwester hat schon wieder Kamillentee gebracht.« Er biss in das blasse, weiche Brot.

Robin sprang so eilfertig auf, dass er sich das Knie am Tischbein stieß.

Nach zehn Minuten kam er wieder und präsentierte triumphierend eine Thermoskanne. »War nicht einfach. Ich hab gesagt, dass du das brauchst.«

»Danke.«

Robin setzte sich wieder, massierte seine Finger und sah Dominik beim Frühstücken zu. »Du, wir haben gestern Fotos gemacht. Am Strand. Schau mal!« Er rückte seinen Stuhl näher zu Dominik und hielt ihm eine Kamera unter die Nase. »Gestern war es zwar saukalt, aber immerhin hat die Sonne geschienen.« Robin klickte sich durch die Fotos.

Nils und Robin, lächelnd, mit von der Kälte roten Gesichtern und verwehten Haaren, im Hintergrund das Meer. Dann eine Aufnahme von unten: Nils und Sofie und Robin, auf einem ausgeblichenen Baumstamm, die Köpfe zueinander geneigt. »Das war mit Selbstauslöser.«

»Und Nils und du seid jetzt also ein Herz und eine Seele?«

Robin blinzelte. »Wir haben uns ausgesprochen, über die letzte Zeit und so ... Nils ist auch nicht so gut drauf. Das war mir nicht klar ... Schau dir das an!« Es folgten Bilder von einer Art Kunstwerk, das jemand am Strand aufgebaut hatte aus Stöcken und Plastikbehältern, alten Schuhen, einem Netz und anderem Strandgut. »Krass, oder?«

»Und was ist das?«, fragte Dominik. »Geh mal zurück.«

Robin klickte vom Sonnenuntergang zurück zu dem Bild mit dem angefressenen, dunklen Körper.

»Eine Robbe?«, fragte Dominik.

»Sofie meinte, das wäre ein toter Schweinswal.« Robin machte die Kamera aus, und warf dem schlafenden, alten Herrn einen Blick zu, als könnte der ihn aus seiner misslichen Lage befreien. »Ich habe dein Vertrauen missbraucht«, murmelte er nach einer Weile.

Dominik sah von seinem Joghurt auf. »Das stimmt.«

»Ich hatte nächtelang kaum gepennt, war durch den Wind und … Ich dachte, das bin ich Anna schuldig. Ich wollte ihnen nur Angst machen, wissen, was Sache ist.«

»Das Ganze hätte böse enden können!«

»Ja«, sagte Robin leise.

»Ich frage dich noch mal: Wieso überlässt du das nicht denen, deren Job das ist?«

»Du hast gesagt, dass du nicht mehr mit dem Fall beschäftigt bist.«

»Danke Robin, ich bin tatsächlich der Einzige bei der Polizei, der vertrauenswürdig ist. Ich wollte es eigentlich nicht verraten, aber meine Kollegen sind alle Handlanger eines durch und durch korrupten Systems.«

Robin grinste, dann wurde er wieder ernst. »Findest du denn alles so dumm, was in *Der kommende Aufstand* steht?«

»Nein. Aber Anarchie? ›Fick die Polizei‹, also das …«

Robin lachte. »Das musst du nicht wörtlich nehmen.«

Dominik musste wider Willen auch lachen. Seine Brust schmerzte dabei, wenn auch nicht mehr so schlimm wie vor drei Tagen. Der alte Herr wachte mit einem leisen Schnarcher auf und linste zu ihnen herüber.

»Hast du nicht immer gewettert gegen die lockeren Waffengesetze in den USA? Im Kernland des Kapitalismus?«

Robin schob seine Brille höher.

»Jeder verteidigt mit der Waffe das, was er für sein …« Dominik deutete mit den Fingern Anführungszeichen an,

»›Recht‹ hält. Und wenn man erst eine Waffe in der Hand hält, gebraucht man sie häufig auch.« Seine Augen wurden schmal. »Ich habe mehr von dir erwartet, Robin!«

Robin senkte den Kopf und nickte.

»Und das tue ich noch«, fuhr Dominik fort.

Robin schaute vorsichtig auf.

»Mag sein, dass ich Ärger kriege«, machte er weiter, »falls aufgefallen ist, dass meine Dienstwaffe tagelang nicht im Schrank lag. Der neue Chef ist so ein Hyperkorrekter.«

»Oh!« Robin setzte sich aufrechter hin. »Ich … ich werde denen das erklären. Was ich getan habe und so.«

»Warten wir es erst mal ab. Kann ich mich darauf verlassen, dass du so was nie wieder tust?«

»Kannst du.« Robin nickte, hielt Dominiks Blick stand.

Dominik schüttete Kaffee nach und schob ihm die Tasse zu.

Robin umfasste die Tasse mit beiden Händen und nahm einen Schluck. »Du, Papa …« Er beugte sich ein Stück nach vorne. »Ich kann mir nicht mehr vorstellen, dass Nils was mit Annas Tod zu tun hat, aber …« Er räusperte sich, sein Blick glitt kurz zu dem alten Herrn und wieder zurück. Er senkte die Stimme. »Aber dass Sofie das Reh angefahren hat … Ich weiß noch, dass Nils an dem Sonntagmorgen nach der Tennisclubhaus-Party schon am Frühstückstisch saß, als ich runterkam. Ich dachte noch, Mann, sieht der fertig aus.«

»Nach so einer Party ist das kein Wunder.«

»Okay, aber wenn er mit Sofie über die Dornberger zu ihren Eltern nach Hoberge gefahren ist, wie kann er dann morgens bei uns zum Frühstück sein? Entweder die hatten den Unfall gar nicht auf der Dornberger, sondern woanders, oder …«

»Oder Sofie hat ihn morgens nach Schildesche gebracht.«

»Nach so einer Party will man doch ausschlafen.«

»Sofie wollte vielleicht frühzeitig nach Osnabrück.«

»Ich hätte keinen Bock auf so einen Stress! Aber Sofie ist sowieso komisch.« Robin strich mit den Daumen über den Henkel der Kaffeetasse. Er senkte die Stimme. »Okay, sie sieht gut aus und so, aber sie ist total launisch. Momentan ist sie zuckersüß. Aber die Monate vorher war sie nicht wirklich nett zu ihm. Ob er das nicht merkt oder was ...«

Ein energisches Klopfen unterbrach sein Geflüster. Die Krankenschwester trat ein, ohne die Antwort abzuwarten. Hinter ihr erschien Nils, der die Autoschlüssel hochhielt.

»Ah, endlich mal was gegessen!« Die strenge Gebieterin über die Oase der Ruhe nahm das Tablett. »Prima, Herr Domeyer!«

Er strahlte sie an, und sie errötete.

Schnell wandte sie sich dem alten Herrn zu. »Herr Müller! Sie müssen noch was trinken!« Sie beugte sich über ihn. Der alte Herr versuchte, ihr etwas zu sagen.

»Was für ein schönes Krankenhaus«, sagte Dominik, als sie unten im Auto saßen. Nils und Robin schauten ihn groß an.

Die Scheibenwischer schafften es kaum gegen die Wassermassen, während der Polo durch den Regen zum Shuttle-Bahnhof pflügte.

»Sofie sitzt mit dem Mercedes im selben Zug wie wir. Sie ist früher losgefahren und lässt dich grüßen«, sagte Nils.

»Wolltet ihr nicht Silvester hier verbringen?«, fragte Dominik. »Du könntest doch zurückkommen nach Sylt.«

»Sofie wollte nicht hierbleiben«, sagte Nils.

Dominik wartete auf eine weitere Erklärung, aber Nils schien sich nicht darüber auslassen zu wollen. Am Terminal konnte Dominik Sofie nicht entdecken. Sie parkten am Ende des Zuges und warteten schweigend. Die Minuten wurden

Dominik lang, doch schließlich setzte sich der Autozug in Bewegung. Auch während der Überfahrt sprach niemand ein Wort. Die See unter dem bleiernen Himmel war von Gischtkronen bedeckt. In Niebüll stellte Dominik überrascht fest, dass sie nur eine gute halbe Stunde gebraucht hatten.

Robin packte auf dem Beifahrersitz ein Brötchen aus und lächelte Dominik zu, der es sich auf der Rückbank mit Decke und Kissen bequem gemacht hatte. Dominik begegnete immer wieder Nils' Blick im Rückspiegel.

Kurz nachdem sie bei Flensburg/Harrislee auf die A 7 gefahren waren, fragte Nils: »Hast du alles, was du brauchst?«

Dominik platzierte das aufblasbare Nackenhörnchen neu. »Alles gut hier hinten.«

»Na dann …« Nils lächelte dünn. »Sofies Vater hat angerufen. Die Polizei will sie vernehmen.«

»Das war zu erwarten.«

»Die Mertens haben dem Familienanwalt Bescheid gesagt.« Nils leitete ein Überholmanöver ein. »Oh Mann, Max hat recht. Der braucht ewig zum Beschleunigen.«

»Womit hat Max recht?«, fragte Dominik.

»Der Polo zieht schlecht. Ist dir das nie aufgefallen?«

Hinter ihnen betätigte jemand die Lichthupe.

»Ja ja!« Nils scherte auf die rechte Spur ein, wo sie zwischen zwei Lastern hingen. Von hinten sausten schwere Wagen heran, es fand sich keine Lücke auf der Überholspur. Zu allem Übel wurde eine Baustelle angekündigt. Nils musste abbremsen. »Sofie muss gar nichts sagen, oder?«, fragte er plötzlich, und fixierte Dominik so lange im Rückspiegel, dass er Angst bekam, sein Sohn könnte einen Unfall bauen.

»Nein, aber warum sollte sie schweigen? Und an ihrer Stelle würde ich nicht gleich mit dem Anwalt aufkreuzen.«

»Sie macht sich verdächtig, wenn sie nichts sagt?«

»Das würde ich so sehen. Sie ist ja keine Beschuldigte.«

Der Brummi hinter ihm setzte zum Überholen an.

»Wäre ja noch schöner.« Nils trat aufs Gaspedal und scherte aus. »Leg dir mal einen schnelleren Wagen zu.«

»Genau und ich kriege dann diesen hier.« Robin grinste.

»Ein echter Öko fährt doch Rad«, stichelte Nils. »Was ich noch fragen wollte, Papa: Sind die Ermittlungen zu Annas Tod denn jetzt abgeschlossen?«

»Schätze, ja. Ich habe nichts mehr damit zu tun. Mir reicht es auch. Ich werde mich erst mal zu Hause auskurieren. Eure Mutter hat mich in letzter Zeit selten zu Gesicht bekommen. Sie ist nicht gerade gut auf mich zu sprechen.«

Nils lächelte. »Das wird schon wieder.«

»Übrigens: Hast du Sofie schon gefragt?«

Nils Lächeln verschwand.

Robin hörte auf, zu kauen. Sein fragender Blick ging zwischen Bruder und Vater hin und her.

»Iss du dein Brötchen«, sagte Nils. »Nein, habe ich nicht.«

Dominik zwinkerte Robin zu. »Dein Bruder ist eine Bangebüx. Weißt du was, Nils, ich glaube, den falschen Moment gibt es gar nicht. Denn wenn es vom Moment abhängen würde …«

»Das habe ich inzwischen auch begriffen!«, knurrte Nils. »Sorry, aber …« Er seufzte.

»Oh.« Robin, bei dem der Groschen offenbar gefallen war, kaute weiter.

Das Motorgeräusch machte Dominik schläfrig. Er wachte davon auf, dass sein Kopf leicht gegen die Scheibe schlug. Er holte sich die Wasserflasche zurück, die im Fußraum hin und her rollte. Als er sie aufmachte, sprudelte ihm das Wasser entgegen. Er trank einen langen Schluck, während sie die Abfahrt Soltau-Süd passierten. Er erinnerte sich vage, dass er von Herbert Kowalski geträumt hatte, dem Heimkind, dem geborenen Verlierer. Auf der Umschlagseite eines Krimis von Deon Meyer, einem Lieblingsautor von Betty, hatte er gelesen: *Man hat zwei Möglichkeiten im Leben. Man kann ein Opfer sein. Oder nicht.* Aber stimmte das? War man wirklich frei, das selbst zu entscheiden? Während er noch darüber nachgrübelte, nickte er wieder ein.

***

Barbara Exner hatte über Weihnachten ihre Familie in Köln besucht, und Kordula Sandler hatte die Feiertage mit Skifahren im Allgäu verbracht. Die Verschnaufpause war Bent durchaus recht gewesen. Er holte Schlaf nach, räumte endlich seine Küche ein und kochte Cannelloni–Auflauf für Henning und Ralf.

Gelegentlich blitzten Erinnerungen auf an das letzte Weihnachtsfest, das er größtenteils mit Andy verbracht hatte und das durch Anrufe eines Unbekannten gestört worden war, der immer schnell auflegte, wenn Bent seinen Namen sagte. Später hatte er herausgefunden, dass es ein schwer verliebter Lover von Andy gewesen war. Jedes Mal, wenn er daran dachte, nutzte er die Wut für einen weiteren Umzugskarton, dem er den Garaus machte, als könnte er Andy gerade damit ein Schnippchen schlagen und sich mit jeder ausgepackten Kiste besser in Bielefeld verankern. Ob er sich in dieser Stadt jemals zu Hause fühlen würde, wusste er nicht. Immerhin wurde die Wohnung behaglicher, während sich die leeren Kartons im Keller stapelten.

Er traf Barbara Exner mittags in der Theaterwerkstatt. Sie bat ihn in die Küche, in der es nach Kaffee duftete. Die übrigen Räume waren dunkel, sie schienen verwaist zu sein.

»Ist hier zwischen Weihnachten und Neujahr geschlossen?«

Sie nickte, während sie Kaffee in zwei Becher füllte. »In dieser Zeit passiert nicht viel. Manchmal wird das Theater trotzdem genutzt. Die festen Mitglieder haben Schlüssel. Aber dieses Jahr …« Sie zuckte mit den Schultern. »Annas Tod hat wohl allen einen Schrecken versetzt. Ich weiß auch noch nicht, wie es weitergehen soll ohne Markus.« Die Heizung pfiff und gluckerte. Frau Exner rieb sich die Hände. »Gleich wird es wärmer.«

Die Frau musterte ihn mit lebhaften, braunen Augen, bevor sie den Kaffee vor ihm abstellte. Sie schob sich die Ärmel ihres weiten Wollpullovers hoch, dessen Rotton gut zu ihrer bräunlichen Haut passte, und setzte sich zu ihm an den Tisch. Bent überlegte, wie die stämmige, bäuerlich wirkende Frau in den Dreißigern wohl zu Markus Sandler stand, den Frank nicht ohne Neid einen Frauenflüsterer genannt hatte.

Sie legte ihre Hände um ihren Becher. »Wir hier im Theater warten darauf, dass sich der Irrtum aufklärt.«

»Und wenn es kein Irrtum ist?«

»Sind Sie sich denn sicher?« Sie forschte in seiner Miene.

Bent trank etwas Kaffee, goss sich Milch aus der Tüte nach.

»Nein, sind Sie nicht.« Sie lächelte. »Natürlich nicht. Warum sollte er so was tun? Er mochte Anna.«

»Vielleicht hat sie gedroht, seiner Frau etwas zu erzählen, als er die Affäre beenden wollte.«

Sie schnaubte verächtlich. »Als ob Kordula nicht wüsste, was gespielt wird!«

»Von seiner Affäre mit Anna hat sie erst durch die Polizei erfahren, soweit mir bekannt ist.«

»Ach was.« Sie fuhr sich durch die kurzen, braunen Haare, die aussahen, als hätte sie selbst zur Schere gegriffen.

»Dann mal raus mit der Sprache, Frau Exner.«

Sie strich über den angeschlagenen Rand ihres Kaffeepotts. »Markus hatte doch schon immer Affären. Meist nur ein paar Monate lang. Mit Sandra …« Sie runzelte die Stirn. »Mit der ging das länger. Bis Anna kam. Und so weiter. Mir kann niemand erzählen, dass Kordula nichts geahnt hätte.« Sie fegte mit der Hand ein paar Zuckerkrümel auf der Tischdecke zusammen. »Kordula kam oft vorbei. Zum Beispiel, um Markus abzuholen, oder Kuchen vorbeizubringen und … na ja, wohl auch, um sich ein Bild zu machen, was er so treibt. Einmal platzte sie in eine Einzelstunde, die er Anna gab. Ich habe das Ganze vom Flur aus beobachtet. Kordula machte die Tür auf und blieb stocksteif stehen. Markus umfasste gerade Annas Taille. Die beiden sahen sich tief in die Augen. Das kommt vor, das ist Theaterarbeit. Aber es wirkte sehr innig. Die beiden merkten nicht mal, dass Kordula zusah. Sie schloss dann ohne ein Wort wieder die Tür. Ich habe ihr Gesicht gesehen … Die war bedient, keine Frage.«

»Arme Frau Sandler«, entfuhr es Bent.

»Finden Sie? Sie hätte ihn doch verlassen können.«

»Wenn das immer so einfach wäre …« Er ließ den Rest Kaffee im Becher kreisen. »Und Sie und Markus Sandler haben ein gutes Verhältnis?«

»Ob ich was mit ihm hatte? Nö.« Barbara Exner grinste ihn breit an. »Ich mag lieber handfeste Kerle.«

War er damit gemeint? Er wich ihrem Blick aus und betrachtete die Fotos von Theaterszenen, die an der Wand hingen. Sandler, wie er einer elfenhaften, jungen Frau mit einer galanten Geste die Hand bot. *Theaterarbeit*.

Sie war seinem Blick gefolgt. »So eine wie Sandra passt zu ihm. Obwohl ich persönlich Anna vorgezogen habe. Anna hatte Ausstrahlung. Wer weiß, was aus ihr noch geworden wäre, wenn sie nicht …« Sie schüttelte den Kopf. »Ich hoffe, Sie kriegen das Schwein!«

»Sie haben keine Idee? Es gab sicher Eifersüchteleien …«

»So was bleibt nicht aus. Aber Mord? Ich bitte Sie!«

»Und Mobbing? Anna sind eine Reihe seltsamer Dinge passiert, hat ihre Mutter mir berichtet.«

»So?« Zwischen Barbara Exners Augen bildete sich eine steile Falte. »Was für Dinge?«

»Farbe auf dem T-Shirt, zerstochene Fahrradreifen …«

»Denken Sie etwa, dass einer der Kursteilnehmer …?«

»Wissen Sie, ob Sandra Hildebrandt während des letzten Sommerworkshops in der Theaterwerkstatt war?«

»Sie hat nicht teilgenommen. Aber sie hat einen Schlüssel wie die anderen festen Mitglieder auch, und es ist weitläufig hier. Warum?«

»Weitläufig … verstehe. Würden Sie mir kurz die Umkleideräume zeigen?«

Die Umkleiden lagen neben einem vollgestopften Büro, dessen Tür offenstand. Sie waren durch einen langen Flur so weit von den Proberäumen entfernt, dass sich dort jemand unbemerkt an Annas Sachen zu schaffen gemacht haben konnte.

»Bei der Gelegenheit kopiere ich Ihnen auch gleich die Nachrücker-Liste«, sagte Frau Exner.

»Was für eine Nachrücker-Liste?«

»Beim Sommerworkshop hatten sich mehr Leute angemeldet, als Plätze da waren. Zwei Leute haben kurzfristig abgesagt, also ist jemand nachgerückt. Ich hatte vergessen, es Ihrer Kollegin zu sagen.«

»Aha?« Er folgte ihr in das Büro, wo sie einen Ordner aus dem Regal fischte, ein Papier herausnahm und es mit einem Drucker kopierte. Er blickte ihr über die Schulter. »Darf ich?« Am liebsten hätte er es ihr aus der Hand gerissen.

»Bitte.« Sie legte die Kopie auf die Abdeckung des Druckers. Es war eine Liste mit fünf Namen und Adressen, zwei der Namen waren mit einem Häkchen versehen.

Er nahm das Blatt. Einen der beiden Namen kannte er. »Zwei Leute sind also nachgerückt?«

»Genau, die mit dem Häkchen.«

»Hat Vera Klinge zufällig auch an dem Clownerie-Kurs im Herbst teilgenommen?«

»Moment.« Barbara Exner wühlte in einem Stapel auf dem Schreibtisch, und zog ein Blatt hervor. Ihr Zeigefinger glitt über eine Namensliste und stoppte. »Klinge! Hier steht's.« Sie blickte auf. »Und? Was bedeutet das jetzt?«

Er stemmte die Hände in die Hüften. »Das bedeutet, dass Sie mir jetzt erzählen, was für einen Eindruck Sie von Vera Klinge haben. Bezogen auf Anna Borgstedt und Markus Sandler. Dieses Dreieck gewissermaßen.«

»Ach du je.« Sie ließ sich auf den Schreibtischstuhl fallen. »Vera«, sagte sie und dann kam eine Weile nichts.

Bent setzte sich auf einen alten Holzstuhl.

»Vera«, wiederholte sie und spielte mit einem Radiergummi. »Sie hat mit großen Augen alles bestaunt, was Markus so von sich gab. Das Evangelium sozusagen.«

»Seit wann besucht sie Kurse in der Werkstatt?«

»Erst seit dem Sommerworkshop. Okay, das war alles neu für sie. Aber …« Sie verzog den Mund. »Vera ist so ein hübsches Püppchen. Sie orientiert sich an dem, was gerade angesagt ist. Von ihr selbst kommt nicht viel. Und bezogen auf Anna … tut mir leid, da kann ich Ihnen nicht weiterhelfen.«

»Wussten Sie, dass Vera Klinge eine Affäre mit Sandler hat?« Als er sich anlehnte, gab die Rückenlehne mit einem Knarren nach. Schnell richtete er sich wieder auf.

»Nein. Aber das erstaunt mich nicht.«

Bent stand von dem wackeligen Stuhl auf, bedankte sich bei Frau Exner, und stieg die knarrenden Stufen der Holztreppe in dem Altbau hinunter. Wieso knarrte eigentlich alles, mit dem er in Berührung kam? Vera Klinge würde erst am nächsten Tag mit ihren Eltern vom Bodensee zurückkehren. Aber es konnte auch ein festes Mitglied mit Schlüssel gewesen sein, das Anna übel mitgespielt hatte. Oder mehrere. Die ganze Geschichte wurde immer verwirrender.

Auf dem Weg zu Kordula Sandler rekapitulierte er, was es an Fakten gab. Weder in Sandlers Auto noch in ihrem Wagen hatten die Kriminaltechniker etwas Bedeutsames entdeckt. Doch die Dame hatte ein Motiv und kein Alibi. Und sie war in den Skiurlaub gefahren wie eine lustige Witwe.

Als sie ihm zwanzig Minuten später öffnete, fielen ihm ihre eingefallenen Wangen auf. Die lange Wolljacke konnte ihre dürren Beine nicht kaschieren. Die ohnehin schlanke Frau schien in kurzer Zeit noch mehr Gewicht verloren zu haben. Ihr ungeschminktes Gesicht kam ihm blasser vor als sonst. Ein Golden Retriever wuselte schwanzwedelnd um ihn herum, während er hinter ihr in ein großes Wohn-Esszimmer ging. Mit einer Hand wies sie auf einen Designer-Sessel, während sie mit der anderen ihre Wolljacke zusammenhielt.

Er sank tief ins Wildleder ein. Frau Sandler ließ sich am Rand eines anderen Sitzelementes nieder, ohne dass eine nennenswerte Vertiefung entstand, und faltete ihre Spinnenfinger. Auf dem Tisch lag eine angebrochene Packung Pantoprazol. Er kannte den Säurehemmer gut.

»Wie war der Skiurlaub?« Eine plumpe Einleitung, aber er wusste nicht, wie er sonst anfangen sollte.

»Markus und ich hatten ihn zusammen gebucht. Statt mit ihm bin ich mit meiner Schwester gefahren, um mich abzulenken. Was nicht besonders gut geklappt hat. Na ja.« Sie lachte freudlos, und streichelte den Hund, der seinen Kopf in ihren Schoß gelegt hatte. »Hat sich das mit der Dienstwaffe von Herrn Domeyer denn nun geklärt?«

»A-Ach …?«

»Seine Frau wusste auch nichts davon. Er erzählt ihr wohl nicht viel.« Sie putzte sich die rot glänzende Nase. »Er vermisste seine Dienstwaffe und befürchtete, sein Sohn Robin könnte sie genommen haben, um sich an meinem Mann zu rächen. Deshalb rief er mich kurz vor Weihnachten an.«

»Schön, dass ich davon auch mal erfahre!«

Der Retriever hob den Kopf. Bent merkte, dass er rot wurde vor Wut. Dieser Mistkerl! Er versuchte, ein Stück aus dem tiefen Sessel hochzukommen. Der Hund trollte sich.

Frau Sandler schlang ihre Jacke enger um ihren Körper. »Ja, so sind sie, die Männer ... Anwesende natürlich ausgenommen«, fügte sie spöttisch hinzu.

»Ich kann es Ihnen nicht verdenken, Frau Sandler. In einem Winkel Ihres Herzens wussten Sie, dass Ihr Mann Sie weiter betrog, oder?«

Sie nickte langsam. »Es war eine Art doppelte Buchführung. Ich wollte ihm so gerne glauben, wenn er beteuerte, dass es nie wieder vorkommen würde und ich doch die einzige Frau in seinem Leben sei, die er wirklich liebte. Und eine Zeit lang war es dann wieder gut. Bis zum nächsten Mal.« Sie starrte vor sich hin, zerpflückte ihr Papiertaschentuch.

Etwas Feuchtes stieß gegen seine Hand. Der Hund war zurückgekommen mit einer angesabberten Schlenkerpuppe aus Plüsch und stupste ihn damit an.

»Er will nur spielen«, sagte Frau Sandler.

»Wollen sie das nicht alle? Nur spielen?«

Sie sah ihn mit hochgezogenen Brauen an, dann lächelte sie matt. »Sie wissen, wovon ich rede.«

Plüschtier und Hundeschnauze lagen jetzt auf seinem Oberschenkel. Die braunen Augen des Retrievers flehten.

»Du bist gar nicht gemeint, mein Guter.« Er nahm die Schlenkerpuppe mit spitzen Fingern hoch und warf sie auf den Teppich. Sofort holte der Hund sie zurück.

Sie knüllte das Taschentuch in ihrer Hand zusammen. »Am schlimmsten war diese wiederkehrende Demütigung, dieses ›wie kannst du nur bei ihm bleiben‹. Die Scham, den Absprung nicht zu schaffen, obwohl mir klar war, dass ich ihn längst hätte verlassen sollen. Wie ein Junkie, der seinen Schuss braucht.«

Er tätschelte dem Retriever den Kopf, schob die Hundeschnauze sanft beiseite.

»Nach Sandra Hildebrandt habe ich ihm gesagt, dass es endgültig aus sei, wenn er damit nicht aufhört«, fuhr sie fort. »Aber er hat nicht gerade viel Zeit verschwendet.«

»Und das verzeihen Sie ihm nicht.« Bent beobachtete den Hund, der die Schlenkerpuppe in seinem Maul hin und her warf, einen Pseudo-Kampf mit ihr ausfocht. »Weil er kein echtes Gegenüber ist, nicht wahr? Weil er ausweicht, keinen Angriffspunkt bietet wie diese …«

Beide blickten die Puppe an. Der Retriever schleuderte sie zu Boden, rollte sie hin und her, nahm sie mit dem Maul wieder auf und warf sie hoch.

»Wie kann man so jemanden treffen, Frau Sandler? Jemanden, der sich so aalglatt entzieht? Einfach zu gehen, ist zu wenig. Im Gegenteil: In dem Moment, in dem man das Überfällige tut, gesteht man sich ein, dass man lange Jahre seines Lebens vergeudet hat! Und dann …« Er beugte sich vor, so gut es in dem tiefen Sessel ging. »Dann wird der Hunger größer, wenigstens einmal den Menschen hinter der Fassade zu treffen, ihm eine authentische Reaktion zu entlocken! Und er soll leiden, einen schwachen Abglanz dessen erleiden, was man selbst gelitten hat! Und immer noch erleidet, weil man noch immer Gefühle für ihn hat!«

Kordula Sandlers Wangen hatten Farbe bekommen. »Ja! Genau! Aber wissen Sie, was mir klar geworden ist? Zu diesem Spiel gehören immer zwei. Und ich habe mich entschieden, dieses Spiel ein für alle Mal zu beenden. Wenn ich Anna Borgstedt getötet hätte, um Markus eins auszuwischen, hätte ich damit nur mir selbst geschadet, genau wie vorher. Anna war nur eine von vielen für ihn.« Sie lächelte fein. »Außerdem ist das heutzutage schwierig mit dem perfekten Mord. Die Polizeimethoden sind zu raffiniert geworden.«

Bent erwiderte das Lächeln. »Danke für das Kompliment.«

»Außerdem bringe ich schon aus Prinzip keine Leute um die Ecke. Und wütend bin ich vor allem auf mich selbst.«

Er nickte. »Sich selbst zu verzeihen ist das Schwerste.«

»Und was haben Sie unternommen, um die Frau zu treffen, die Ihnen das angetan hat?«

»Es war keine Frau.«

Falls sie überrascht war, ließ sie sich das nicht anmerken. »Das spielt wohl keine Rolle. Also?«

»Nichts.«

»Dann ist auch Ihr Spiel vorbei?«

Sie sah besser aus als zu Beginn ihrer Unterredung, aufrechter, auch wenn sie die Hände auf den Magen gepresst hielt.

Bent hievte sich aus dem Wildleder. »Omeprazol hat mir besser geholfen«, sagte er. »Von Pantoprazol bekam ich Muskelschmerzen. Seit einigen Wochen habe ich wieder mein normales Gewicht, vielleicht …« Er lächelte schief. »Vielleicht sogar eine Winzigkeit mehr auf den Rippen.«

12. Kapitel

Freitag, 28. Dezember

Als Nina mit Vera Klinge im Schlepptau den Vernehmungsraum betrat, war Bent froh, dass er sie zusammen mit Nina befragen würde und nicht mit Frank Herbst. Klinge verzog ihr herzförmiges Mündchen zu einem zarten Lächeln, als sie ihn sah, und reichte ihm eine kleine, weiche, schlaffe Hand. Mit aufreizend langsamen Bewegungen zog sie ihre Jacke aus und ließ sich auf den Stuhl nieder, den Nina ihr zurechtrückte. Sie strich sich eine Strähne ihres langen, blonden Haars aus der Stirn, die sofort wieder zurückfiel, und linste zur Einwegscheibe. Dann kehrte ihr Blick zurück zu ihm. Nina, die neben Bent Platz genommen hatte, wurde nicht weiter von ihr beachtet.

Er erwiderte das Lächeln, das noch immer auf ihrem Gesicht klebte. »Dies hier ist keine Vernehmung, Frau Klinge, sondern eine Befragung, um weitere Informationen im Fall Anna Borgstedt einzuholen. Es sind noch Fragen offen, und wir hoffen, dass Sie uns da weiterhelfen können.«

Er tauschte einen Blick mit der ebenfalls lächelnden Nina.

Klinge bewegte sich auf ihrem Stuhl und legte die gefalteten Hände vor sich ab.

»Das tue ich … doch gern«, sagte sie schleppend.

»Schön.« Er warf einen Blick in seine Unterlagen. »Es geht darum, das Umfeld von Anna Borgstedt näher zu beleuchten und das, was da einige Monate vor ihrem Tod passierte.« Er schaute sie an. »Mochten Sie Anna?«

»Anna … war sehr nett. Alle mochten sie. Ihr Tod ist … ein großer Schock«, sagte sie in einem Tonfall, als hätte sie das vorher auswendig gelernt. Sie saugte ihre Kussmundlippen ein und stülpte sie wieder aus. Er hätte schwören können, dass es Plopp gemacht hatte.

»Wenn alle sie mochten, Frau Klinge«, begann Nina, und Vera Klinges Blick glitt widerstrebend zu ihr, »wie kommt es dann, dass jemand ihr …« Bent schob Nina seine Unterlagen zu. »Dass jemand ihr T-Shirt, das in der Umkleide lag, zerreißt und ihr Sweatshirt mit Acrylfarbe versaut, ihr eine tote Maus in den Schuh legt, Kaffee in ihre Umhängetasche kippt, Seiten aus ihrem Buch reißt, ihr die Fahrradreifen zersticht?«

Klinges Lächeln war während der Aufzählung verrutscht.

»Seltsam auch, dass diese Nettigkeiten gerade zu dem Zeitpunkt beginnen, als *Sie* das erste Mal an einem Workshop in Sandlers Theater teilnehmen«, sagte Bent.

»Von Herrn Sandler wissen wir, dass Sie eine Affäre mit ihm haben und zwar seit Anfang November«, machte Nina weiter.

»Schon komisch, dass mit dem Mobben genau zu dieser Zeit Schluss ist. Weil Sie am Ziel Ihrer Wünsche waren und Anna abgelöst haben bei Sandler?«, fragte Bent freundlich.

Vera Klinge starrte ihn an. Die Röte kroch ihren Hals hoch wie ein Ausschlag, der sich in Windeseile ausbreitete und ihre Wangen mit roten Flecken tüpfelte.

Eineinhalb Stunden später verließ Vera Klinge das Präsidium. Sie hatte schließlich zugegeben, Anna aus Eifersucht gemobbt zu haben. Bent und Nina setzten sich in der Teeküche zusammen und öffneten ihre Schachteln mit der Bestellung vom Indischen Imbiss.

Nina roch an ihrem Chicken Chili. »Mal was anderes.« Sie probierte, räusperte sich geräuschvoll und griff hastig zum Wasserglas, trank einen großen Schluck und röchelte.

»Wasser macht es nur schlimmer. Nimm Joghurt.«

»Deins ist nicht scharf?«

»Ich esse nie scharf wegen meiner Neurodermitis.« Bent, der sich Vegetable Biryani bestellt hatte, spießte ein Stück Ananas auf seine Gabel.

»Ist etwas besser geworden mit deiner Haut, oder?« Nina stocherte misstrauisch in ihrem Chili.

»Ich habe da so ein Zaubermittel.«

»Kortison?«

Er nickte. Sie aßen eine Weile schweigend. Nina versuchte mit mäßigem Erfolg, ihr Chili mit Toastbrot zu bändigen. Im Kühlschrank fand sie noch einen Erdbeerjoghurt zum Löschen.

»Die Geburt einer ganz neuen Kombination, *die* kulinarische Offenbarung.« Sie aß abwechselnd einen Löffel vom Chili und einen Löffel Erdbeerjoghurt und studierte den Aufdruck auf dem Joghurtglas. »Das besondere Geschmackserlebnis entfaltet sich allerdings nur, wenn er schon abgelaufen ist.«

Bent lachte.

»Den hat Frank hier eingelagert. Hätte ich mir ja denken können«, stöhnte sie.

»Dabei hätten wir zum Trost ein Fünf-Gänge-Menü verdient.«

»Nein, zur Belohnung. Wir waren gut, Bent. Die junge Dame ist abgründig! Klar, ihre Eltern werden ihr Alibi bestätigen. Aber davor war sie bei Sandler und womöglich ergibt sich dazwischen eine ausreichend große Zeitlücke.«

»Kannst du dir Vera Klinge vorstellen, wie sie mit einem Hammer auf Anna einschlägt und die Leiche dann in ein verlassenes Bauernhaus schleift?«

»Hm, das nicht …« Nina warf ihr Chili-Gericht in den Abfalleimer, holte sich eine Bionade aus dem Kühlschrank und setzte sich wieder. »Klinge ist wohl eher der Typ Frau, die einen Kerl mit Wimperngeklapper dazu bringt, für sie die Drecksarbeit zu erledigen.«

»Es fehlt das Motiv. Sie hört mit dem Mobbing auf, als sie hat, was sie will. Du hast es gerade vernommen.« Sein Blick wanderte über die blau-weiß gemusterte Tischdecke und das Ölbild mit dem einsamen Wanderer im Gebirge mit Bayernhut. »Wer hat eigentlich diese Küche eingerichtet?«

»Moment.« Nina starrte auf einen Punkt neben seinem Kopf. »Was, wenn Anna die Affäre mit Sandler weiterführen wollte? Sie droht, alles seiner Gattin zu stecken, wenn er sie verlässt. Dann hätten beide ein Motiv. Klinge *und* Sandler.«

»Und warum dann der anonyme Anruf und die Tatwaffe in der Requisite? Zudem war Anna mit Robin zusammen.«

»Tja.« Sie öffnete ihre Bionade. »Das passt nicht. Es sei denn, es war umgekehrt und Sandler wollte zu Anna zurückkehren. Er hatte ja vor, sie noch einmal zu treffen.«

»Und Vera tötet Anna und schiebt ihm den Hammer unter, aus verletzter Eitelkeit und um sich zu rächen?«

»Nur, weil sie wie ein Engelchen aussieht …«

»Überprüf ihr Alibi.« Bent seufzte. »Eine beantwortete Frage wirft gleich drei neue auf.« Er räumte das Geschirr in die Spülmaschine ein. »Sag mal, Nina … weißt du was über Dominiks Dienstwaffe? Im Tresor habe ich sie heute Morgen nicht entdeckt und er ist doch krankgeschrieben.«

»Keine Ahnung«. Sie sah ihn mit großen Augen an. »Hat er sie etwa aus Versehen mit nach Hause genommen?«

»Möglich.« Er sah sie forschend an. Vielleicht wusste sie ja wirklich nichts.

Nachdem Nina gegangen war, überprüfte Bent in seinem Büro noch einmal die E-Mails, die Dominik ihm geschickt hatte. Aber er hatte nichts überlesen. Es war definitiv nicht von einer verschwundenen Dienstwaffe die Rede. Er merkte, dass er die Zähne zusammenbiss und lockerte seine Kiefermuskeln.

* * *

Es war bereits dunkel, als Dominik vom Klang der Türglocke von dem Sofa hochschreckte. Kurz darauf erschien Frank in der Tür, mit ungewohnt kurzen Haaren und einem Geschenk-Karton mit Weinflaschen.

»Sieht gut aus, dein neuer Haarschnitt.« Dominik wühlte sich aus seinen Decken hervor. »Was wird denn das?« Er deutete auf die Weinflaschen.

»Ich ... nun ... du bist krank. Trockene Weine magst du doch. Grauburgunder und Pinot und ...«

»Medizin, verstehe. Ich kann sowieso keinen Salbeitee mehr sehen. Aber ... willst du nicht reinkommen?«

»Äh ja.« Frank stellte den Karton auf den Tisch.

»Nun setz dich doch endlich!«

Frank setzte sich auf die Kante eines Sessels und kratzte sich am Kinn. »Wie geht es dir denn so?«

»Besser. Ich hatte eine Lungenentzündung.«

»Was? Betty hat gesagt ...«

»Betty muss das nicht wissen.«

»Ach so.« Frank schaute betreten drein. Er kratzte sich am Hals.

»Hast du eine Allergie?«

»Nein ... ich ...« Frank nahm die Hände herunter, lächelte dünn und begutachtete die Spitzen seiner Schlangenlederstiefel.

»Raus damit«, sagte Dominik. »Es ist wegen Sofie, oder?«

»Nicht direkt ... auch ...«

»Nun erzähl schon!«

»Da gibt es nicht viel zu erzählen. Sie hat eine Aussage gemacht. Bambi ist tot und so weiter. Das hat der Kollege vom Verkehr mir gesteckt.«

»Und dieser Anwohner, der das Cabrio gesehen hat? Wie hieß er noch … Norbert Irmer. Er hat ausgesagt, dass da eine Frau mit Pferdeschwanz im Cabrio auf der Beifahrerseite gesessen hätte.«

»Tja, auch als Beifahrerin wäre sie natürlich verpflichtet, sich um ein Unfallopfer zu kümmern und einen Notruf abzusetzen. Es soll morgen eine Gegenüberstellung geben. Verschiedene Damen mit Pferdeschwanz im Profil, unter ihnen Sofie. Sie muss ziemlich verängstigt gewirkt haben.«

»Sie hat noch nie was mit der Polizei zu tun gehabt.«

»Nimmt dich mit, was? Erst die Sache mit Robin und dann die Verlobte von Nils.« Frank saß noch immer auf der Sesselkante, als wäre er auf dem Sprung. »Dodo … ich … da gibt es noch etwas, das ich dir … sagen sollte.« Er kratzte sich den Handrücken.

»Du hast die Kaffeemaschine in unserem Büro geschreddert?«

Frank brachte ein schiefes Lächeln zustande. »Das nicht …«

Die Tür ging auf und Lissa kam mit einem Stapel Teller herein. »Hi, Frank. Bleibst du auch zum Essen?« Sie begann, den Tisch zu decken.

»Nein, ich sollte gleich …«

»Bleib doch«, sagte Dominik.

»Es gibt Sauerkrautauflauf mit Schafskäse. Und den gebratenen Speck gibt es extra dazu«, sagte Lissa und zündete Kerzen an. »Für alle Nicht-Vegetarier, die das brauchen.«

»Und du bist doch ein Nicht-Vegetarier.« Dominik grinste.

»Ja, ab …« Frank brach ab und starrte Betty an, die eine Auflaufform hereintrug.

Betty blieb abrupt stehen.

»Hallo, Betty«, sagte Frank steif.

»Hallo, Frank«, gab Betty ebenso steif zurück.

Hatten sie eine Auseinandersetzung gehabt? Die Hitze des Auflaufs schien durch Bettys Küchenhandschuhe zu dringen, denn so plötzlich, wie sie stehen geblieben war, setzte sie sich in Bewegung und ließ die Form auf den Untersetzer plumpsen.

»Ich wollte gerade gehen«, sagte Frank und stand auf. »Ich habe Dominik nur über Sofies Vernehmung berichtet.«

»Dass es morgen eine Gegenüberstellung …«, begann Dominik.

»Weiß ich schon von ihr persönlich.« Betty zog sich die Küchenhandschuhe aus.

»Ich habe für Frank mitgedeckt«, sagte Lissa. »Ist genug da. Stimmt's, Mama?«

Alle schauten Betty an. »J… ja sicher«, stotterte sie.

»Frank hat Wein zum Essen mitgebracht«, sagte Dominik und schob den Widerstrebenden zum Tisch. »Komm Frank, das Essen wird kalt.«

Auch Betty sollte eigentlich wissen, dass Frank nichts dafür konnte, dass Sofie das alles durchmachen musste. Dominik fischte den Pinot aus der Kiste und entkorkte die Flasche. Kurz darauf kam Robin, und sie begannen zu essen.

»Was ist mit Nils?«, fragte Dominik.

»Er verbringt den Abend bei Sofie«, sagte Betty.

Es war sicher gut, dass Nils bei ihr ist, dachte Dominik. Sie aßen schweigend. Lissa blickte von einem zum anderen.

»Hm, der ist aber lecker, Frank«, sagte Lissa und schwenkte ihr Weinglas. »Schmeckt viel besser als der in der Alten Hechelei.«

»Wann warst du denn in der Hechelei?«, fragte Dominik.

»Ich bin doch am Ersten Weihnachtstag mit ein paar Leuten losgezogen. Auf dem Rückweg durch den Park bei der Ravensberger Spinnerei bin ich Henning begegnet, der stand rauchend vor der Hechelei.«

Dominik runzelte die Stirn. »Du gehst nachts allein durch den Raspi-Park?«

»Chiara war bei mir! Außerdem waren da noch tausend andere Leute im Park. Alles hell erleuchtet. Henning hat uns noch auf einen Wein eingeladen. Bevor uns klar war, was abgeht, waren wir schon auf dieser Kult–Schlager-Party.«

»Krass«, sagte Robin.

»Die Musik war unterirdisch, total grottig. Und dann hat Henning mich auf die Tanzfläche gezerrt. Disko Fox.«

»Disko Fox«, echote Robin. »Wie bescheuert ist das denn?«

»Das kannst du doch gar nicht«, sagte Betty.

»Aber er. Der war mit zwei Freunden da, die keine Lust auf Tanzen hatten. Ralf und Bent.«

»Mit Ralf ist Henning seit eineinhalb Jahren zusammen.« Betty wandte sich an Dominik. »Du hast die beiden kennen gelernt, als wir die neuen Praxisräume eingeweiht haben.«

Dominik erinnerte sich vage. »Der Physiotherapeut, der so schnell redet?«

»Schnell und schmutzig«, grinste Lissa.

»Und der andere hieß Bent?« Frank goss sich Wein nach. »Den Namen scheint es doch häufiger zu geben.«

»Das war so ein großer Blonder mit Narben im Gesicht, als wäre ihm jemand mit Schlittschuhen kreuz und quer drübergefahren. Der stand nur gelangweilt in der Gegend rum. Es waren überhaupt viele Schwuppen da«, sagte Lissa.

»Bent Andersen ist keine Schwuppe, sondern unser *Chef*«, erklärte Frank mit hochgereckter Gabel, an der Sauerkraut hing.

»Was sich nicht ausschließt«, bemerkte Betty.

»Du kennst ihn nicht. Bent Andersen ist einer der letzten, echten Männer«, gab Frank zurück.

Betty grinste spöttisch. »Ihr solltet vielleicht ein Reservat aufmachen. Für die letzten, echten Männer.«

Lissa kicherte. »Deshalb guckte der so angeödet.«

»So guckt der immer«, sagte Dominik, zwinkerte Lissa zu und genehmigte sich einen Nachschlag.

13. Kapitel

Samstag, 29. Dezember

Bent wusste schon vorher, dass er sich nur wieder ärgern würde und konnte es doch nicht lassen. Es war wie ein Jucken: Man kratzt und kratzt, obwohl man weiß, dass es dadurch nicht besser wird, sondern es irgendwann anfängt zu bluten. Er rammte die Tür des Tresorschranks wieder zu. Entweder, Dominik hatte seine Dienstwaffe immer noch nicht wiedergefunden, was bedenklich war, oder er war zu schwach, um sie herzubringen. Dominiks Krankmeldung lief noch eine Woche. Von welcher Krankheit war der eigentlich befallen?

Ein Türklappen lenkte ihn ab. Nina war gekommen, um vor Silvester noch Berichte fertigzustellen. Wenigstens war er heute Morgen nicht allein auf der Etage.

Er hatte seine Jacke noch nicht ganz ausgezogen, als das Telefon klingelte.

»Andersen.« Er wickelte sich den Schal vom Hals.

»Bin ich da richtig? Bei … ähm … Kommissar Domeyer?«

»Wer ist da bitte?«

»Jessica Turk.«

Der Name kam ihm bekannt vor. »Herr Domeyer ist krank. Worum geht es denn?«

»Um diese Zeugin, die den Unfall bei uns in der Eckkneipe gemeldet hat. Ist das nicht mehr wichtig?«

»Äh … doch, ja.« Er hatte ihren Namen noch gestern in einer der Mails von Dominik gelesen. Beim letzten Telefonat mit dem Kollegen vom Verkehr hatte er gehört, dass die verschwundene Zeugin sich auf den Aufruf der Polizei hin noch immer nicht gemeldet hatte. »Ich bin ganz Ohr.«

»Eine Freundin von mir hat sich einen Nasenstecker machen lassen und da ist es mir eingefallen. Die hatte auch so ein Piercing. Also diese Zeugin.«

»Gut, also ein Nasenpiercing. Ist das alles?«

Sie zögerte. »Na ja, ich weiß nicht, ob das wichtig ist.«

»Das stellt sich oft erst später erst raus.«

»Okay, dann ... bei uns, also in der Gaststube von der Kneipe, lag ein Handschuh auf der Fensterbank. Ich habe die Weihnachtsdeko abgebaut und ihn entdeckt. Die Putzfrau sagte, sie hätte ihn vor zwei Wochen oder so vor der Theke gefunden und auf die Fensterbank gelegt. Ich habe gedacht, den könnte die Frau vielleicht verloren haben.«

»Hm.« Das erschien ihm nicht sehr hilfreich. »Wie sieht er denn aus?«

»Es ist einer, bei dem die Finger abgeschnitten sind.«

»Ah.« Bent setzte sich auf den Rand seines Schreibtischs. Große Schneeflocken trudelten am Fenster vorbei. »Abgeschnittene Finger«, wiederholte er. Die Flocken hatten etwas Meditatives. Der Wind trieb sie hierhin und dorthin, sie schienen sich gegenseitig zu jagen. Es war nur ein Gefühl, aber ... es knackte. Der blöde Schreibtisch. Er erhob sich vorsichtig, wobei der Tisch noch lauter knackte.

»Hallo?«, kam es aus dem Hörer.

»Schön«, sagte Bent. »Wir würden uns den Handschuh gerne mal ansehen.«

»Der ist in der Kneipe. So ab drei ist jemand dort.«

»Vielen Dank für den Anruf, Frau Turk.« Er ging ans Fenster und betrachtete das Spiel der Flocken, versuchte, wieder zu erhaschen, was ihn vorhin angeweht hatte. Der Schnee fiel jetzt dichter. Er schüttelte den Kopf, setzte sich an seinen PC und öffnete die beiden alten Mails von Dominik. Die Beschreibung der Zeugin, die den Unfall gemeldet hatte, war durchsetzt mit Flüchtigkeitsfehlern, als hätte der Kollege es eilig gehabt. Er erstellte eine neue Datei mit einer Liste der Merkmale, fügte *Nasenpiercing* hinzu und schickte sie als Mailanhang zum Verkehrskommissariat. Viele Leute hatten mittlerweile ein Piercing. Schwesterchen Maike trug auch einen Stecker in der Nase. Sie konnte keine Mode auslassen. Wie würde sie erst aussehen, wenn sie aus Indien zurückkam?

Er gähnte laut. Nachdem er einige Nächte lang gut geschlafen hatte, war er an diesem Morgen wieder früher aufgewacht mit einem idiotischen Kinderlied aus der Sesamstraße im Kopf. *Eins von diesen Dingen passt nicht zu den anderen.*

Er fand Nina über einen Ordner gebeugt, neben sich eine dampfende Tasse Tee.

»Abgeschnittene Finger, Nina.«

Sie riss die Augen auf. »Ein neuer Fall?«

»Handschuhe mit abgeschnittenen Fingern. Wieso muss ich darüber nachdenken?«

Nina nippte am Tee und lächelte wie die Sphinx. »Das Foto der Vermissten-Meldung von Anna *Borgstedt*.«

»Nina!«

»Darauf trägt sie Handschuhe mit abgeschnittenen Fingern.«

»Und Anna hatte ein Nasenpiercing!«

»Und Anna hatte ein Nasenpiercing.«

»Nina, das ist … komm mal mit in mein Büro.«

Er überließ ihr seinen Chefsessel, und sie las in der neu erstellten Datei.

»So und jetzt …« Er wedelte mit seinem Finger vor ihrer Nase herum, deutete auf den Ordner Borgstedt.

Sie klickte sich durch, bis sie das Foto gefunden hatte.

»Könnte passen, oder?«, fragte Bent. »Natürlich könnte auch ein anderer Gast die Handschuhe verloren haben.«

»Aber das Piercing«, sagte Nina. »Und der Rest der Beschreibung passt auch. Nur … die Verbindung …?«

Beide starrten auf den Monitor.

»Sie könnte Zeugin von etwas geworden sein, was sie nicht sehen sollte«, sagte Bent. »Nämlich Fahrerflucht.«

»Und bevor sie damit zur Polizei gehen konnte, wurde sie umgebracht. Moment mal!« Nina starrte ihn an. »Hat Frank nicht erzählt, dass es heute im Verkehrskommissariat eine Gegenüberstellung mit einem anderen Zeugen geben wird, der den Unfall von diesem Kowalski durch ein Fenster beobachtet hat?«

»Ja. Und?«

»Die Verlobte von Dominiks Ältestem wird verdächtigt, im Unfallauto mitgefahren zu sein!«

»Die Verbindung ist die Familie Domeyer?« Bent sank auf seinen Besucherstuhl, so langsam, dass es nicht knarrte.

Nina schüttelte den Kopf, als könnte sie nicht glauben, was sich da abzeichnete. Dann reichte sie ihm das Telefon. Er rief beim Verkehrskommissariat an und erfuhr, dass die Gegenüberstellung auf den frühen Nachmittag verschoben worden sei.

»Wann war der Unfall? Warte mal …« Er stand auf, beugte sich über den PC und öffnete Dominiks Mails. »Samstagnacht, einen Tag vor dem Mord an Anna, ist Kowalski in die Notaufnahme eingeliefert worden.«

»Jemand wusste, dass Anna den Unfall gesehen hat.«

»Jemand, der ein Interesse daran hatte, dass sie nichts dazu aussagen kann. In der Nacht darauf wird sie ermordet. Sie hätte genug Zeit gehabt, um zur Polizei zu gehen.« Bent kaute auf dem Bügel seiner Lesebrille.

»Warum tut sie es dann nicht? Etwa weil … sie die Person kannte, die im Wagen gesessen hat? Zuerst mit ihr sprechen wollte, bevor sie sich an die Polizei wendet?«

»Die Person … jemand aus der Familie ihres Freundes Robin?« Bent lehnte sich an seinen Schreibtisch. »Womöglich hat Dominik zu Hause etwas über den Fall Borgstedt verlauten lassen. Etwa, dass Sandler unter Verdacht steht. Wenn wir davon ausgehen, dass die Tatwaffe Sandler untergeschoben wurde, liegt es nahe, dass das jemand aus der Familie Domeyer war.«

»Dominik spricht nicht über laufende Ermittlungen!«

Das kam prompt und entschieden. Er sah sie prüfend an.

»Das würde er nicht tun, Bent. Robin hat bei seiner ersten Vernehmung kein Geheimnis daraus gemacht, dass er Sandler verdächtigt. Bestimmt hat er auch zu Hause darüber gesprochen.«

»Vielleicht vergaloppieren wir uns gerade.«

»Das lässt sich leicht überprüfen.« Sie linste über den Rand ihrer Brille zu ihm hoch und lächelte. »Immer in einem stickigen Büro zu sitzen, ist auch nicht gesund.«

Zwei Stunden später belebte sich die Büroetage des Kriminalkommissariats. Ottfried »Funky« Weber war der Letzte, der dem Ruf gefolgt war. Er schnaufte eilig den Flur entlang. Als er merkte, dass Bent ihn beobachtete, nahm er rasch die Kopfhörer aus den Ohren und stopfte sie mitsamt Kabeln unter seinen Lodenmantel. Bent hielt ihm die Tür des Besprechungsraums auf. Weber nickte ihm zu und wuchtete seine Körperfülle auf den nächsten Stuhl. Wieso knarrte der Stuhl nicht bei Weber?

»Schön, dann sind wir ja vollzählig.« Bent schloss die Tür und stellte sich neben den Flipchart. »Gesund und munter, wie ich sehe.«

Kux schnäuzte sich geräuschvoll die Nase und stierte ihn mit blutunterlaufenen Augen an. Nina musterte den grinsenden Frank Herbst von oben bis unten, und hob den Daumen. Daraufhin sah auch Bent näher hin: Tatsächlich schien Frank seine freien Tage für eine modische Rundumerneuerung genutzt zu haben: Neues Jackett, dezentes Hemd und ein Kurzhaarschnitt, der ihm besser stand als die wirren, halblangen Haare zuvor. Hatte das etwas mit Franks Affäre mit Dominiks Frau zu tun? Als Bent sich damals in Andy verliebt hatte … Er riss sich von dem Gedanken los und räusperte sich. »Wir dachten, wir hätten nur noch Berichte zu schreiben«, begann er wieder. »Aber es haben sich neue Informationen im Fall Anna Borgstedt ergeben, und zwar ein möglicher Zusammenhang mit dem Fahrerfluchtfall Herbert Kowalski.« Er berichtete kurz über den Fall Kowalski und nickte dann Nina zu.

»Wir haben Jessica Turk und Mario Nierhaus ein Foto von Anna Borgstedt vorgelegt. Beide erkannten Anna als die junge Frau, die den Unfall in der Kneipe gemeldet hat. Als Nierhaus das Foto sah, hat er mich um Annas Telefonnummer gebeten.« Ein trauriges Lächeln zog über Ninas Gesicht. »Zumindest ist jetzt das Rätsel um die Zeugin gelöst.«

Franks Grinsen war verschwunden.

Bent machte weiter: »Die Kollegen vom Verkehr haben vor zwanzig Minuten angerufen: Bei einer Gegenüberstellung ist Sofie Mertens von einem Augenzeugen, der das Ganze vom Fenster aus beobachtet hat, als die Person identifiziert worden, die in dem Unfallauto gesessen hat. Es handelt sich offenbar um ihr Cabrio.« Er schlug das Papier des Flipcharts um, sodass eine leere Seite erschien. »Bei der Rekonstruktion des Unfallhergangs wurde deutlich, dass der Zeuge Frau Mertens als Beifahrerin gesehen hat.«

Frank seufzte vernehmlich.

»Schön.« Bent nahm die Kappe des Filzschreibers ab. Sofort roch es nach Lösungsmitteln. »Sofie Mertens ist die Verlobte von Nils Domeyer. Anna war die Freundin von Robin Domeyer.« Er schrieb alle Namen auf und umkringelte Nils und Robin. »Vermutlich haben sie sich gekannt.«

»Nicht einmal Dominik kannte Anna«, wandte Frank ein.

»Bevor wir hier wild spekulieren, würde ich vorschlagen, wir sollten weiter ermitteln, und zwar auf Hochtouren. Sandler sitzt in U-Haft, womöglich zu Unrecht. Ich habe mich bereits mit dem Verkehrskommissariat verständigt, dass wir wieder übernehmen. Also: Nina besorgt sich ein Foto von Sofie Mertens und findet heraus, ob jemand von Sandlers Theater sie dort gesehen hat. Ihr erinnert euch an den Verdacht der untergeschobenen Tatwaffe. Danach vernehmen wir die junge Dame.«

Wieder ein Stöhnen von Frank. »Wies…«

»Schön. Walter …«, Bent nickte Kux zu, der gerade den Inhalt seines Tempotaschentuchs begutachtete, »und Ottfried fahren zu Frau Borgstedt und durchsuchen Haus und Auto ein weiteres Mal nach Annas Handy. Und Frank … ja … Frank überprüft das Alibi von Vera Klinge.«

»Ja, ab…«, begann Frank.

»Befrag ihre Eltern. Angeblich hat ihre Tochter den zweiten Teil der Nacht bei ihnen verbracht. Gutes Gelingen.«

Bent legte seine Papiere zusammen, die dieses Mal nur aus den ausgedruckten Mails von Dominik bestanden. Er wollte gerade die Kappe des Filzstifts wieder aufsetzen, als ihm etwas einfiel.

»Halt!«, rief er, und das Füßescharren und Stühlerücken hörte abrupt auf. »Weiß jemand, warum Dominiks Dienstwaffe seit Tagen nicht im Schrank ist?«

Kux und Weber sahen sich an, als wäre gerade die Nachricht vom Supergau eingetroffen. Frank betrachtete angelegentlich seine Schlangenlederstiefel, Nina zuckte mit den Achseln und warf das Ende ihres Schals über die Schulter.

»Na? Keine Idee?«

Von Kux kam ein erstickter Laut, was entweder an dem Taschentuch lag, das er sich vor den Mund presste, oder an Webers bösem Blick.

»Ja? Walter?«

Kux schüttelte den Kopf.

»Ist das normal bei ihm? Oder muss ich mir Sorgen machen?«

Keine Reaktion. Ein Standbild der Mordkommission. Frank fixierte seine Stiefel, die anderen Bent.

»Dodo ist manchmal so ein Schussel«, sagte Frank und knöpfte vorsichtig den untersten Knopf seines Mantels zu.

»Ein Schussel, ja?«

Alle standen wieder wie erstarrt.

»Wollt ihr hier Wurzeln schlagen?«, knurrte Bent.

Die Mitglieder der Mordkommission trollten sich. Er öffnete seine Faust, deren Innenseite dunkelblau war, fluchte und schmetterte den dicken Filzschreiber auf den Tisch, wo er einmal hochsprang und einen blauen Fleck hinterließ.

14. Kapitel

Sonntag, 30. Dezember

Mit klopfendem Herzen schaute Dominik auf die Uhr, die 3.15 Uhr zeigte. Zum Glück hatte er nur geträumt. In dem Traum war sein Haus abgerissen worden. Bevor es zusammenfiel, war er aus dem Dachfenster in die Tiefe gesprungen, um sich zu retten – und aufgewacht. In letzter Zeit hatte er öfter Albträume gehabt. Er lauschte Bettys regelmäßigen Atemzügen und wälzte sich von einer Seite auf die andere. Um 4.07 Uhr gab er auf. Lag es daran, dass er tagsüber geschlafen hatte oder an der Nachricht, dass Sofie von Irmer als Beifahrerin identifiziert worden war, wie ihm Nina am Abend mitgeteilt hatte? Daran, dass ihn die Frage nicht losließ, wer dann in jener Nacht der Fahrer des Cabrios gewesen war?

Er schlich aus dem Schlafzimmer und tappte nach unten in die Küche. Die einzigen Geräusche waren das Summen des Kühlschranks und das Ticken der Uhr. Er setzte Teewasser auf. Der rote Zettel, auf dem er Sandlers Adresse nach seinem Telefonat mit Frank notiert hatte, hing immer noch an der Magnettafel. Er nahm ihn ab, dabei fiel auch ein Urlaubsfoto von Nils und Sofie zu Boden. Sie lehnten an einer Trockenmauer, im Hintergrund eine felsige Bucht und ein Stück Mittelmeer. Nils hatte seinen Arm um Sofie gelegt und sah sie an. Mit einem Gesichtsausdruck … »hingerissen« war wohl das richtige Wort. Sofie lächelte, ihre Augen waren hinter der Sonnenbrille nicht zu erkennen. Er klemmte das Foto wieder an die Magnetwand und steckte den Zettel geistesabwesend in die Tasche seines Morgenmantels.

Der Wasserkocher rauschte und brodelte laut wie eine Höllenmaschine. Langsam schlürfte er seinen Tee. Die Küchenuhr sprang auf 4.18 Uhr. Er hatte mal gelesen, dass rein statistisch zwischen drei und vier Uhr nachts die meisten Todesfälle auftraten. Der Körper befand sich dann an seinem physiologischen Tiefpunkt. Doch er war hellwach. Mit einem Mal hatte er den Geruch von Lissas Haarspray in der Nase, als wäre sie in die Küche gekommen.

Anna oder Anne ... also Papa, ich meine schon, dass sie sich mit Anna gemeldet hat. Jedenfalls wollte sie Nils sprechen. Das mit der Arschgeweih-Tusse hat Nils am Montag gesagt ...

Im Keller war es kühl. Er wickelte sich den Mantel enger um den Körper und schaute sich um. Alte Matratzen, ein angebrochenes Fußbänkchen, das bei einer Geburtstagsfeier als Sitzgelegenheit missbraucht worden war, eine defekte Kompakt–Hifi-Anlage und anderes Gerümpel ließen ihm nur noch eine schmale Gasse zu dem alten Küchenschrank, der als Werkzeugschrank diente. Um an die Werkzeugkisten im Gelsenkirchener-Barock-Küchenschrank zu kommen, musste er erst Lissas Fahrrad wegräumen.

Gerade, als er die Tür des Schranks öffnen wollte, hörte er ein leises Rumpeln und erstarrte. Was, wenn ihn jetzt jemand hier entdeckte? Im Geiste hörte er Bettys Stimme: Was in aller Welt machst du da, Dominik?

Ja, was eigentlich?

Er lauschte, doch da kam nichts mehr. Das Geräusch war wohl vom Fahrrad gekommen, das er an mit Leinwand bespannte Rahmen gelehnt hatte und das ein Stück nach unten gerutscht war.

Nachdem er die Box mit den Glühbirnen und Kabeln aus dem Schrank geholt hatte, stieß er auf Kiste Nummer eins. Sobald er sie aufmachte, wusste er, dass es die falsche war, die mit den Schrauben und Schraubenziehern. Befand sich Werkzeugkiste Nummer zwei mit den größeren Werkzeugen noch im Kofferraum des Polos? Ein paar Wochen lang war Dominik damit herumgefahren, weil er sie gebraucht hatte, um in Bettys Praxis Laminat zu verlegen. Nils hatte ihm erzählt, er wolle im Zuge der Wagenreinigung am Montag vor Weihnachten auch den Kofferraum aufräumen. Vielleicht war er nicht dazu gekommen.

Doch schließlich entdeckte er die Kiste im unteren Teil des Schranks, gleich neben den Köfferchen mit dem Akku-Schrauber. Er öffnete sie, räumte ein paar Sägen beiseite und fand, was er gesucht hatte. Er hielt den Fäustel ins Licht der Kellerlampe. Er sah genau aus wie immer, das Fabrikat, die Größe, nur … Er strich über den Stiel. Hatte sein Fäustel nicht oben am Stiel eine Schramme gehabt? Eine längliche Stelle, wo der Lack abgeplatzt war?

Er drehte den Hammer im Licht hin und her. Der Lack glänzte makellos, der Metallkopf zeigte keinerlei Gebrauchsspuren. Er legte ihn zurück, räumte alles wieder ein. Stellte Lissas altes Fahrrad wieder vor den Schrank und verließ den Keller. Er setzte sich ins Wohnzimmer. Der Mann von Bettys Praxis-Kollegin hatte beim Verlegen geholfen und eigenes Werkzeug mitgebracht. Waren die Fäustel dabei vertauscht worden?

Während er noch versuchte, sich an Einzelheiten zu erinnern, nickte er ein und schreckte zwei Stunden später wieder hoch. Dann rief er seinen alten Chef an.

»Ich hab dich doch nicht geweckt?«

Karl lachte leise. »Ich stehe immer früher auf.«

»Ich wollte dich schon längst mal besucht haben mit einem Weinchen, falls du das trinken darfst.«

»Ich darf nicht, aber ich tue es trotzdem dann und wann. Aber deshalb rufst du nicht an um diese Zeit.«

»Nein. Ich ... Karl, ich wollte dich fragen, war das eigentlich die richtige Entscheidung damals, als du dich für den Beruf entschieden hast, obwohl deine Frau sich deshalb von dir getrennt hat? So aus dem Abstand heraus betrachtet?«

»Richtig oder falsch ... ich konnte damals nicht anders. Und ich würde heute wohl genauso entscheiden. Ich bin eben der, der ich bin, und mir bleibt nichts übrig, als es mit mir auszuhalten. Ist nicht immer leicht.« Karl lachte wieder.

»Siehst du deine Kinder noch?«

»Ich sehe sie wieder. Lange Zeit habe ich sie kaum gesehen.«

Dominik schwieg. Er hörte Karl atmen, hörte, wie ein Feuerzeug klickte, konnte förmlich sehen, wie er unverbesserlich Rauch in die Küche seines Fachwerkhauses blies. Das war das Schöne an Karl, dass man mit ihm schweigen konnte, darauf warten, dass etwas auftauchte, die Gedanken reiften, sich ordneten, neu zusammensetzten. Auf diese Weise hatten sie manchen Fall gelöst.

»Ich glaube, der Neue will gar nicht bei uns sein«, sagte Dominik. »Vielleicht musste er weg von dort, wo er herkommt.«

»Wer?«

»Der neue MK-Leiter.«

Sie schwiegen noch eine Weile.

»Du konntest nicht anders«, sagte Dominik. »Es hat dich gepiesackt und verfolgt. Ein Dilemma.«

»Aber was nützt die Grübelei? Das Meiste begreift man erst im Nachhinein. Und was ist dein Dilemma?«

»Stell dir vor, du zweifelst an jemandem, den du liebst. Natürlich ist es nur ein Verdacht, aber er ...«

»Welche Art von Verdacht?«, unterbrach Karl.

»Die Art von Verdacht, die ein Ermittler ...«

»Einer wie du. Wenn ich an unser altes Team denke, dann waren das du und Nina, ihr beide in erster Linie.«

»Danke, aber … Karl, ich weiß nicht, was ich tun soll!«

»Es wird dir keine Ruhe lassen, du bist ein Ermittler.«

Dominik holte tief Luft. »Komm zurück«, sagte er.

Karl lachte.

Um Viertel vor sieben beschloss Dominik, dass es spät genug war, Bella anzurufen.

Sogar verschlafen klang Bellas Stimme laut. »Wer ist denn da?«, nuschelte sie. »Was? Wer? Dodo?«

»Ja!« Dominik senkte die Stimme. »Warte!« Dann stieg er die Kellertreppe hinunter. »So, jetzt können wir reden.«

Bella ächzte. »Das gibt's doch nicht!«

»Bist du nicht Frühaufsteherin?«

»Schätzeken, bei aller Liebe … heute ist Sonntag! Außerdem habe ich bis halb zwei eine DVD-Staffel geguckt.«

»Sorry, Bella.«

»Über einen braven Chemielehrer, der ins gar nicht brave Meth–Amphetamin-Geschäft einsteigt. Vielleicht sollte ich auch mal den Job wechseln. Andauernd werde ich von Kollegen belästigt. Nicht, dass ich nicht gern von dir belästigt würde …« Ihr Lachen dröhnte aus dem Hörer, schien durch den Waschkeller zu hallen.

Dominik wusste, dass niemand sie hören konnte. Trotzdem zog er die Tür zum Waschkeller hinter sich zu.

»Aber noch vor sieben am Sonntagmorgen?«, machte Bella weiter. »Dodo, wie willst du das jemals wiedergutmachen?«

Er schob einen Wäschekorb beiseite und setzte sich auf den kleinen Tisch neben dem Trockner.

»Ich brauche deine Hilfe.« Dominik hatte jetzt keinen Sinn für Geplänkel. »Nur noch dieses eine Mal!«

Das Garagentor der Nachbarn quietschte und hallte. Frau Horstkötter hatte wohl Frühschicht in ihrem Altenheim.

»Das klingt jetzt aber schwer nach Drama-Queen, Dodo.« Sie seufzte. »Lass hören.«

»Könntest du … gewissermaßen inoffiziell … ein Auto unter die Lupe nehmen?«

Ein Motor sprang an.

»Schätzeken, sprich lauter, ich verstehe dich sonst nicht.«

»Ob du mein Auto spurentechnisch untersuchen könntest? Und zwar *inoffiziell.*«

Das Garagentor klappte zu. Die Nachbarin fuhr davon.

»Bella?« Er spürte sein Herz gegen die Rippen wummern.

»Ich will jetzt mal gar nicht fragen, wieso du das von mir willst, aber was wäre denn, wenn ich was finde?«

»Du … du wirst nichts finden.« Seine Hand krampfte sich um das Handy. Es war ein Fehler gewesen.

»Wasch mir den Pelz, aber mach mich nicht nass. Die Quadratur …«

»Schon gut, vergiss es.«

»Weißt du, in was für eine Lage du mich da bringst?«

»Vergiss es, Bella. Ich habe dich gar nicht angerufen.«

»Ich sollte deinen Polo ja unter die Lupe nehmen. Als wir den Fäustel in Sandlers Theater fanden, sagte Bent, dass das nicht mehr nötig sei. Du hättest dein Auto in der Zwischenzeit in die Luft sprengen können.«

»Sehr witzig.«

»Ich verstehe nicht. Robin habe ein Alibi, hieß es.«

»Wie gesagt, vergiss es und entschuldige, dass …«

»Wonach soll ich denn suchen?«, unterbrach Bella. »Nach Faserspuren oder Haaren? Die gibt es immer zuhauf. Und was hast du davon, wenn ich dir mitteile, dass die Fasern am

Fahrersitz mit Robins Jacke übereinstimmen? Dass er sich unerlaubt dein Auto ausgeliehen hat?«

»Das war eine Schnapsidee. Ich schätze, dass ich um sieben Uhr morgens einfach noch nicht denken kann.«

»Sag mir, wonach ich suchen soll, und ich tue es.«

»Nach … Blutspuren zum Beispiel.« Dominik zögerte. »Es geht um Anna Borgstedt.«

»Doch sobald ich etwas finde, wäre es nicht mehr inoffiziell. Könntest du damit leben?«

Sein Blick wanderte über die Staubflocken in den Ecken, über das Schuhregal, in dem Bettys knallgrüne Gartenschuhe, seine schlammverkrusteten Laufschuhe, Lissas Blumenmuster-Gummistiefel und Nils' neue Wanderstiefel standen. Sie würde nichts finden. Aber er käme zur Ruhe.

»Also gut, Bella. Ich bringe das Auto heute vorbei.«

»Um neun. Ich kann sowieso nicht mehr einschlafen.«

Dominik hatte Pech. Als er sich um zwanzig vor neun aus dem Haus stehlen wollte, kam Betty die Treppe herunter.

»Ich bin mit Frank zum Frühstück verabredet«, beantwortete er die unausgesprochene Frage. »Ähm … im *Casino*. Die haben ein leckeres Frühstücksbuffet. Und …«

»So früh? Und wieso riecht es nach Kaffee?«

»Der erste Kaffee, um überhaupt in die Gänge zu kommen.«

»Wolltest du nicht auf diese Beerdigung gehen?«

»Danach. Deswegen treffen wir uns ja früh. Bis dann.« Er winkte ihr lächelnd zu und verließ eilig das Haus.

Nachdem er das Auto zum Präsidium gebracht hatte, fuhr er mit der Straßenbahn zum Jahnplatz, schlenderte durch die verwaiste Fußgängerzone in der Altstadt und wanderte hoch zur Sparrenburg. Er brauchte lange für die Anhöhe, auch wenn er nicht mehr so kurzatmig war wie vor zwei Tagen. Er lehnte sich an die Burgmauer, schaute über die winterlich grauweiße Stadt. Morgen würden sich hier wieder die Leute die Beine in den Bauch stehen, um sich das Silvesterfeuerwerk anzusehen.

Während er seinen Blick über das Panorama schweifen ließ, schien alles stillzustehen: Der Rauch, der aus den Schornsteinen quoll, die Wolken am Himmel, selbst die Vögel … *Wird unser Polo untersucht?*, hörte er plötzlich Nils' Stimme. *Ich meine, wegen Robin …* Nils hatte gewusst, dass der Polo untersucht werden sollte. Aber woher? Oder war es nur eine Vermutung von ihm gewesen? Beim Frühstück am Freitagmorgen hatten sie sich darüber unterhalten, und am Samstag war der Fäustel in Sandlers Theater gefunden worden … Dominik stützte sich schwer auf die Mauer. Eine Krähe hüpfte zögernd näher. Als er den Arm hob, um auf seine Uhr zu schauen, flatterte sie auf. Er würde es nicht mehr pünktlich zum Trauergottesdienst schaffen. Nach einem Spaziergang auf der Promenade machte er sich auf den Weg zum alten Friedhof in der Stadtmitte.

Als er ankam, tröpfelten die Trauergäste bereits aus der Kapelle und sammelten sich an einer Urnenwand. Sein Atem beschleunigte sich, während er ihnen folgte. Die alte Beklemmung stellte sich ein. Er wusste, dass die Angst, die ihn würgte, sobald er einen Friedhof betrat, nicht normal war, und konnte doch nichts dagegen tun. Aber heute ging es um Robin. Zum Glück war es von der Urnenwand nicht weit bis zu einer belebten Straße.

Er entdeckte seinen Sohn ein Stück hinter sich. Robin kam näher, starrte ins Leere, und zuckte zusammen, als er ihm die Hand auf die Schulter legte. Unter seinen geröteten Augen lagen Schatten, als hätte er in dieser Nacht auch nicht viel

Schlaf gehabt. Dominik drückte seine Schulter, und Robin lächelte flüchtig.

Es waren nicht viele Leute gekommen. Annas Mutter, eine zierliche Person, presste sich ein Taschentuch vor den Mund. Der große Mann, der hinter ihr stand und mit seinem Rauschebart aussah wie ein Alt-68er, musste Annas Vater sein. Regentropfen bildeten kleine Perlen in Haar und Bart, fügten sich zu großen Tropfen und rollten seine Stirn hinunter. Er schien es nicht zu bemerken, selbst als der Schneeregen stärker wurde, stand er reglos, ragte aus dem Wald aus Schirmen. Das Wetter war trübe, die Farben wie ausgewaschen. Nur ein bunter Regenbogenschirm, unter dem sich drei junge Frauen drängten, stach hervor wie auf einer Schwarz-Weiß-Postkarte, bei der ein Detail koloriert worden war.

All diese Gräber mit ihren Steinen und steinernen Figuren … Die Kehle wurde ihm enger, er fing an zu schnaufen, öffnete den obersten Jackenknopf, lockerte seinen Kragen und versuchte, ruhig und tief zu atmen. Noch während kondoliert wurde, setzte ein Hagelschauer ein und trieb die Trauergäste auseinander. Mit schuldbewusster Erleichterung verabschiedete er sich von Robin, der noch an der Feier in einem nahe gelegenen Café teilnehmen wollte.

Zurück im Präsidium öffnete er leise die Glastür zum Flur ihrer Büroetage. Aus dem Besprechungsraum drangen gedämpfte Geräusche. Jemand schrappte mit seinem Stuhl über den Boden, und Dominik konnte gerade noch in den Tresorraum entwischen, bevor er hörte, dass sich die Tür öffnete. Schnell legte er die Dienstwaffe an ihren Platz zurück. Er hätte Frank damit beauftragen können, doch er hatte es schlicht vergessen. Er wartete, bis es still wurde auf dem Flur, und verließ den Tresorraum.

Durch die halb offene Tür zu seinem Büro hörte er Franks Stimme. »Betty, das hängt von dir ab.«

Ihm fiel seine angebliche Verabredung ein. Oh nein!

»Du musst eine Entscheidung treffen. Du weißt, wie ich dazu stehe«, sprach Frank weiter.

Dominik klopfte.

Frank wirbelte herum und starrte ihn mit aufgerissenen Augen an. »Muss Schluss machen.« Er drückte das Gespräch weg und lächelte gepresst. »Dodo. Was machst du denn hier?«

»War das Betty?«

»Ja ... das ... ja. Sie macht sich Sorgen wegen Sofie.«

»Hat sie ... hat sie nach dem Frühstück im *Casino* gefragt?«

»Sie hat. Was für einen Quatsch erzählst du ihr denn da? Wo warst du denn?«

»Ich ... war spazieren. Ich musste mal allein sein.«

»Ach wirklich? Und da klöppelst du so eine Story zusammen?«

»Weil ich ... weil ... ich musste noch mal hierher wegen meiner Dienstwaffe. Nina hat mich gestern unter anderem deswegen angerufen. Betty hasst es, wenn ich außer der Reihe hier bin, das weißt du doch.«

»Dann warst du also gar nicht spazieren?«

»Frank, was soll das?«

Franks Blick irrte durch den Raum.

»Wieso ruft Nina mich an und nicht du?«, machte Dominik weiter. »Wie war das noch: Dodo, ich halte dich auf dem Laufenden. Hast du Geheimnisse oder was?« Er ließ sich an seinem Schreibtisch nieder.

»Meinst du nicht, dass du dich schonen solltest?«, fragte Frank. »Mal abschalten und ...« Er zuckte mit den Achseln und knipste seinen Kugelschreiber runter und hoch, runter und hoch.

»Dieses Geknipse macht mich wahnsinnig.«

»Wieso bist du denn jetzt so aggressiv?«

»Du bist doch derjenige, der …« *La Bamba* erklang aus Franks Handy. Er ließ den Kugelschreiber fallen. »Ja?« Er räusperte sich. »Nein … es ist immer noch schlecht. Ja, weil …« Er warf Dominik einen Blick zu. »Du hast es erraten. Wie? Ich soll ihn dir … wirklich?« Frank runzelte die Stirn, reichte Dominik das Handy. »Betty.«

»Na, wie war das Frühstück?«, lautete Bettys Eröffnung.

»Ich bin nur hier, weil ich meine Dienstwa…«

»Mit einer *Lungenentzündung*?«

»Woher …«

»Robin hat sich heute Morgen verplappert. Tja, da staunst du. Du machst einfach weiter wie bisher, nicht? Erzählst mir immer nur die halbe Wahrheit, wenn überhaupt.«

»Ich musste noch kurz ins Präsidium, was erledigen.«

»Kurz ins Präsidium, soso. Und mir sagst du, du gehst frühstücken! Nicht mal deine Kollegen kapieren, wieso du dich krank zur Arbeit schleppst! Von wegen, ›Betty, jetzt bist du mal dran‹«, höhnte sie.

»Dir ist klar, dass das hier eine Ausnahmesituation ist?«

»Das ist nicht mehr dein Fall, Dominik. Denkst du, du bist dort unentbehrlich?« Sie stieß ein bitteres Lachen aus.

Er begegnete Franks Blick. Der schaute schnell weg, stand auf und machte sich an der Kaffeemaschine zu schaffen.

»Ausnahme!« Sie schnaubte. »Eine Ausnahme wäre, wenn du da wärst, wo du gebraucht wirst!«

»Betty …« Er wusste nicht, was er sagen sollte.

Frank hielt den Milchtopf unter die Düse und begann, lautstark zu schäumen.

Er presste das Handy an sein Ohr. Es hörte sich an, als ob sie weinte. Frank schäumte, dass es nur so gegen die Tapete spritzte.

»Ich bin bald wieder da. Betty, hörst du? Es ist für uns alle nicht leicht … Frank, könntest du bitte mal …«

Der hob fragend die Brauen.

»Ich bin nicht wichtig für dich«, schluchzte sie. »Ich war es nie, und ich werde es nie sein.«

»Die Düse, Frank!«

»Die Düse?« Frank veränderte den Winkel des Topfes und Milch spritzte in alle Richtungen.

»Du hast mir nie gesagt, dass du mich liebst«, sagte sie. »In all den Jahren nicht.«

»Also weißt du, ich glaube, es ist jetzt nicht der richtige Zeitpunkt …«

»Es ist nie …« den Rest verstand er nicht.

»Hör endlich auf, die blöde Milch zu schäumen, Frank!«

Frank nahm die Hände hoch, als hätte er sich verbrannt. »Entschuldigung. Wird nicht wieder vorkommen.«

»Betty? Hallo?«

»Ich weiß jetzt auch, warum«, sagte sie.

Warum was? Er ahnte, dass diese Frage nicht gut ankommen würde, aber er hatte den Faden verloren. »Wir machen uns alle Sorgen wegen Nils und Sofie, aber wir dürfen jetzt nicht den Kopf verlieren.« Dominik merkte, dass er klang wie ein Pastor am Sonntagmorgen.

»Ich habe mit Frank geschlafen«, sagte Betty.

Dominik ließ das Handy sinken. Frank, der dabei war, Kekse auf die Untertassen zu verteilen, erstarrte mit der Hand in der Keksdose, als er seinen Blick bemerkte.

Ihre Stimme ertönte leise aus dem Handy. Er hielt es ans Ohr.

»Dominik? Du sagst gar nichts?«

»Was soll ich dazu sagen?«

Betty atmete schwer. Frank glotzte, als hätte er gerade einen Einlauf erhalten.

»Das war das Beste, was ich seit langer Zeit erlebt habe«, ließ sie sich schließlich vernehmen.

»Schön für dich, Betty.«

»Das ist alles?«

»Soll ich dich beglückwünschen?«

»Nicht einmal jetzt … du bist so ein gottverdammter Eisberg!« Sie schniefte. »Also … also … vielleicht sollten wir uns wirklich trennen.«

»Ja. Einverstanden. Tun wir das!«, gab er zurück.

Er hörte sie nach Luft schnappen, dann schaltete er das Handy aus.

Er stand auf und ging auf Frank zu. Der nahm die Hand aus der Dose, an seinen Fingern klebte geschmolzene Schokolade. Er wich ein Stück zurück, doch Dominik griff nicht nach ihm, sondern nach dem künstlichen Tannenbaum neben der Kaffeemaschine und riss ihn mit einem Ruck aus der Steckdose. Eines der bunten Lämpchen fiel zu Boden. Er drückte Frank das Ding vor die Brust.

»Das hat mich schon die ganze Zeit genervt!«

»Dodo, können wir nicht … hat sie … was hat sie gesagt?«

»Ach ja und diese wundervollen Beamtenlilien …« Mit einer Bewegung fegte er einen Topf von der Fensterbank.

»Spinnst du?«

»Ich brauche Luft, hier stinkt es nach Rauch. Riechst du das gar nicht mehr?« Er riss das Fenster sperrangelweit auf, wobei ein weiterer Blumentopf zu Bruch ging.

»Wir müssen reden, Dodo. Ernsthaft jetzt.«

Er kickte einen der zerbrochenen Töpfe in Franks Richtung. »Nimm alles mit. Deine hässlichen Pflanzen und das hier auch …« Dominik begann, Franks Aktenordner aus dem Regal zu räumen und sie auf seinen Schreibtisch zu werfen.

Frank klappte den Mund auf und wieder zu wie ein Fisch auf dem Trockenen. »Bist du plemplem oder wie?«

»Das hier ist nicht mehr dein Büro!«

Frank stieß ein ungläubiges Lachen aus. »Das hast ja wohl kaum *du* zu entscheiden!«

Dominik ging auf ihn zu. Frank versuchte, ihn mit Hilfe des Weihnachtsbaums auf Abstand zu halten. »Komm mir nicht …«

»Hol Kisten und pack deinen Krempel! Wenn ich in einer Stunde wiederkomme, ist das alles hier verschwunden!« Er fasste Frank bei den Schultern und stieß ihn zurück. »Raus jetzt! Adieu! Leb wohl!«

Frank wich rückwärts zurück und stolperte samt künstlichem Tannengrün aus der Tür. Das Steckerkabel schleifte hinter ihm her wie ein Schwanz.

Dominik trat auf das Ende. »Ach ja und damit das klar ist: Die Kaffeemaschine bleibt hier!«

Er zertrümmerte noch den Topf mit Franks mickriger Zitronengeranie, fand, dass Rot fehlte und schmiss den halb vertrockneten Weihnachtsstern hinterher. Schwer atmend starrte er auf den Scherbenhaufen. Aufräumen würde er später. Er wollte weg sein, bevor Frank zurückkam, um seine Sachen fortzuschaffen.

Früher waren die Kriminaltechniker am Kesselbrink gewesen, doch inzwischen befand sich Bellas Reich nur ein paar Flure und Treppen weiter im Präsidium. Dort kam ihm Bellas Schatten Theo Hagedorn mit einem säuerlichen Lächeln entgegen. Die Augen hinter den dicken Brillengläsern wirkten riesengroß. Hagedorn sieht alles, hatte sie einmal gesagt.

»Sie ist in ihrem Büro«, murmelte Hagedorn und entschwand schnellen Schrittes, um nicht unnötig in eine Unterhaltung verwickelt zu werden.

Die Tür stand offen, und Bella winkte ihn herein. Der Raum war erfüllt vom Duft ihres schweren Parfüms.

»Setz dich, Dodo.« Bella schraubte die Kappe ihres Füllfederhalters zu, und legte ihn auf einen Stapel Formulare. »Ich hätte dich gleich angerufen, aber es ist gut, dass du vorbeigekommen bist.«

Dominik wartete auf einen ihrer üblichen Scherze. Sie faltete die Hände. Auf ihren grau-violett lackierten Fingernägeln funkelten Strasssteinchen.

»Um es kurz zu machen«, fuhr sie fort. »Wir haben Blutspuren im Kofferraum deines Polos gefunden.«

»Blut im Kofferraum«, wiederholte Dominik tonlos.

»Jemand hat versucht, das Blut zu beseitigen. Daran herumgeschruppt mit Teppichschaum und Allzweckreiniger. Aber du weißt ja, wie das ist.«

***

Als Nina von der Vernehmung mit Sofie Mertens kam, erwischte sie Frank dabei, den Inhalt eines riesigen Kartons in ihrem Büro auszuladen.

»Willst du dich hier häuslich einrichten?«

»Ist nur vorübergehend. Kleine Meinungsverschiedenheit zwischen Dodo und mir. Wie war die Vernehmung?«

»Ziemlich nervös, die Gute. Alles, was wir herausgekriegt haben, ist, dass sie in der Nacht, als dieser Unfall passierte, von einer Party ihres Tennisclubs gekommen ist. Kaum hatte sie dieses Bröckchen ausgespuckt, intervenierte auch schon ihr Anwalt, und sie verweigerte die Aussage. Kux und Weber werden die Gäste befragen. Vielleicht erfahren wir dabei, wann sie von der Party weggefahren ist und mit wem. Frank, warte! Du holst doch nicht noch eine Kiste?«

Sie versuchte, sich auf ihren Bericht zu konzentrieren, während Frank weiteres Gerümpel in ihrem Büro stapelte. Entnervt fuhr sie schließlich ihren Rechner herunter. Der künstliche Tannenbaum verdeckte den Paula-Modersohn-Becker-Leinwanddruck, den sie vor ein paar Jahren aufwendig gerahmt und aufgehängt hatte, um ihrem Büro eine persönliche Note zu geben. Neben ihren gepflegten Bonsai-Bäumchen stand jetzt ein halb vertrockneter Kaktus, der dringend umgetopft werden musste.

»Dieses scheußliche Teil nimmst du aber wieder mit.« Sie zeigte auf den Tannenbaum und stand auf. »Ich muss raus hier! Ich kann nicht länger mit ansehen, wie du mein Büro verschandelst.«

»Mensch, Nina, das ist nur, bis sich die Lage beruhigt hat!«

»Wehe, du rauchst!«

»Ich schwöre!« Er hob die Hände. »Nicht *eine* Zigarette!«

»Hast du das Foto? Sandra Hildebrandt kommt gleich.«

Frank wühlte unter dem Papierhaufen, den er auf ihrem Schreibtisch abgeladen hatte und zog ein Kuvert hervor.

Nina schaute sich das Foto an.

»Vielleicht solltest du mich rausschneiden«, schlug Frank vor.

»Das geht auch so.« Sie schob das Foto ins Kuvert zurück und steckte es ein. Dann sammelte sie die Stifte wieder zurück in den Becher, der umgekippt war, als Frank seine Schredder-Maschine auf den Schreibtisch gepackt hatte. »Ich fühle mich schrecklich, Frank. So, als würden wir Dodo hintergehen. Am Anfang der Ermittlung nicht, aber jetzt …«

»Ich weiß, was du meinst.« Frank versuchte, eine weitere traurige Pflanze abzustellen, die Nina als »fette Henne« kannte. Eine fette Henne auf Diät sozusagen. Doch es gab keinen freien Platz mehr.

»Wieso habt ihr euch gestritten?«, fragte sie.

Frank setzte sich mit dem Topf in den Armen auf ihren Besucherstuhl und starrte auf das Chaos, das er angerichtet hatte. »Frag lieber nicht.«

Nina verdrehte die Augen. »Sag Bescheid, sobald eure ›kleine Meinungsverschiedenheit‹ beseitigt ist, ja?«

Sie verließ ihr Büro und bereitete sich in der Teeküche eine Instant–Spargelcreme-Suppe zu. Dazu aß sie Ciabatta-Brot mit extra viel Knoblauchbutter. Obwohl wenig Hoffnung bestand, dass Frank sich davon abschrecken ließ und ihr Büro räumte. Als sie die Spülmaschine einschaltete, hörte sie das schnelle Klackern von Absätzen auf dem Flur.

»Frau Hildebrandt?«, rief sie halblaut.

Die junge Frau drehte sich um, ihr Gesicht hellte sich auf. Sie schien sich von ihrem Sandler-Liebesleid erholt zu haben.

»Wir gehen besser nicht in mein Büro«, sagte Nina und fasste sie am Ellenbogen.

»Kommen Sie.« Sie bugsierte ihre Besucherin in den Besprechungsraum, drehte den Flipchart zur Wand und bot ihr einen Platz an. »Frau Hildebrandt …«

»Sandra.«

»Sandra, erinnern Sie sich an den Abend, als wir zusammen Sekt getrunken haben und ich Sie gefragt habe, ob Ihnen bei diesem Infonachmittag in der Theaterwerkstatt irgendjemand besonders aufgefallen sei?«

Sandra legte ihre schmalen Hände auf den Tisch. »Wir feierten meinen Abgang von Markus und seinem Theater. Ich habe nun ein neues Kapitel meines Lebens aufgeschlagen.«

Etwas pathetisch, fand Nina, aber Sandra wirkte dabei ganz munter. »Genau. Sie sagten, dass Ihnen ein paar junge Leute aufgefallen seien, die anders gekleidet waren als der Rest, eine andere Ausstrahlung hatten …«

Sandra nickte.

Nina holte das Foto heraus. Es war zu Dominiks achtundvierzigstem Geburtstag aufgenommen worden, hatte Frank erzählt. Am linken Rand grinste Frank in die Kamera, die Kuchengabel im Anschlag, vor sich ein monumentales Stück Sachertorte. Rechts saßen Nils und Sofie. Nils lächelte, sein Arm lag auf Sofies Stuhllehne. Sofie spielte mit einer Strähne ihres Pferdeschwanzes. Sie wirkte gelangweilt. »War das vielleicht eine von den Personen, die auf diesem Foto sind?«

Sandra nahm das Foto in Augenschein und nickte dann. »Die hier.« Sie tippte mit dem Finger auf Sofie.

Nina starrte sie einen Moment lang mit offenem Mund an, bevor sie ihre Sprache wiederfand. »Und … sonst noch jemand, der auf dem Foto ist?«

Sandra schürzte die Lippen. »Nein, nur die Frau.«

»Sind Sie sicher?«

»Das bin ich. Ich weiß noch, dass ich dachte …«, sie verzog abschätzig den Mund, »das ist die Nächste, die Markus angräbt. Was ist mit ihr?«

»Hat diese Frau irgendetwas getan, was Ihnen ungewöhnlich vorkam?«

»Nein, ich fand nur, dass sie … ich glaube, sie trug einen Rollkragenpullover und einen Karo-Wollrock, dazu schicke Stiefelchen … sie sah nicht nach Theaterszene aus.«

»Hat sie den Raum, in dem die Info-Veranstaltung stattfand, zwischendurch verlassen oder ist sie früher gegangen?«

»Darauf habe ich nicht geachtet. Da sind jede Menge Leute gewesen und zwischendurch rein und raus gegangen. Zum Klo oder um sich Kaffee und Kuchen zu holen.«

»Dann nehme ich Ihre Aussage jetzt zu Protokoll und lege es Ihnen zur Unterschrift vor, in Ordnung?«

»Wenn das wichtig ist … natürlich.«

Nachdem die Formalitäten erledigt waren und Nina wieder allein war, schaltete sie die grelle Deckenbeleuchtung aus. Es war düster im Raum. Über den grauen Himmel trieben Wolkenfetzen. Auf dem Tisch neben dem Flipchart stand immer noch das einsame Weihnachtsgesteck. Sie sollte sich gut fühlen. Doch sie bereute fast, dass sie die Idee mit dem Infonachmittag weiterverfolgt hatte. Sie nahm das Foto und hielt es näher ans Fenster ins schwindende Licht. Sofie sah auf dem Foto aus wie ein Model, das aus Versehen in eine biedere Kaffeegesellschaft geraten ist und sich überlegt, wie sie sich unauffällig verdrücken kann, ohne vorher etwas von der ekelhaft fetten Cremetorte essen zu müssen. Wem außer sich selbst hatte sie geholfen mit dieser falschen Spur?

Nils wirkte in seinem hellblauen Poloshirt seriöser als der gut zwanzig Jahre ältere Frank mit seinen halblangen Haaren, den langen Koteletten und dem frechen Grinsen im Gesicht. Und alles, was Dodo im Laufe der Zeit über ihn erzählt hatte, klang nach idealem Sohn: Zielstrebig, fleißig, höflich, hilfsbereit, gut aussehend und sportlich, mit guten Zeugnissen, einer Freundin aus guter Familie, wie man so sagte. War das nicht zu schön, um wahr zu sein? Besaß er eine dunkle Seite, eine Seite, die gut verborgen war, weil sie nicht in dieses perfekte Bild passte?

Sie legte das Foto umgedreht auf den Tisch, gab sich einen Ruck, stand auf und klopfte beim Chef an, dessen Büro an den Besprechungsraum angrenzte.

Bent saß hinter seinem Schreibtisch und starrte mit zusammengezogenen Brauen auf einen Brieföffner aus auffällig gemasertem Holz mit einer Intarsie aus einer blau schillernden Muschel.

»Hübsch. Ein Weihnachtsgeschenk?«, fragte Nina.

»Nein, ich habe ihn weggeworfen, aber die Putzfrau hat ihn wieder aus dem Papierkorb gefischt und mir auf den

Tisch gelegt. Das Ding verfolgt mich.« Er legte den Brieföffner zur Seite.

»Ich habe Frau Hildebrandt das Foto vorgelegt.«

»Und?« Er nahm die Lesebrille ab. Die Haut um seine Augen war rot und schuppig, die Lider geschwollen.

»Sie hat Sofie Mertens auf dem Foto als eine der Personen erkannt, die an diesem Infonachmittag in Sandlers Theater teilgenommen haben. Nicht mehr, aber auch nicht weniger!«

»Interessant!« Bent blinzelte. »Dazu passt, dass Bella im Kofferraum des Polos von Domeyer Blutspuren gefunden hat.«

»Wie das? Ich dachte ...«

»Dominik hat das selbst veranlasst.« Bent drückte Salbe aus einer Tube und rieb sie sich auf die Augenlider.

»Dodo? Ach herrje. Der Arme!«

»Solange wir noch nicht wissen, zu wem das Blut gehört, sind das allerdings Speku...«

Es klopfte energisch. Bent rutschte die Tube aus der Hand. »Spekulationen. Ja?«

»Tach«, sagte Ottfried Weber und stapfte herein. Hinter ihm tauchte Walter Kux auf.

»Bitte, setzt euch. Habt ihr was gefunden?«, fragte Bent.

»Wir waren noch einmal überall«, begann Weber, holte ein Bonbon aus seiner Manteltasche und wickelte es bedächtig aus. »Also besser gesagt: Fast.«

Bent warf Nina einen Blick zu.

»Etwas später allerdings«, machte Weber weiter und bot Kux ein Bonbon an. »Spät am Nachmittag. Zuerst war keine Zeit, aber dann. Wir haben sogar in den Spülkasten geschaut.«

»Spülkasten?« Bent runzelte die Stirn.

»Sogar da hinein«, sagte Weber. »Dann in die Ausstellung.«

Kux nickte.

»Ausstellung«, wiederholte Bent. Es klang resigniert.

»Scheußlich. Wirklich. Schon der Katalog im Foyer. Da gab es ein Handy. Hatte es gegeben, genauer gesagt. Dann ist es abgeholt worden. Irgendeins eben.«

Plötzlich hellte sich Bents Miene auf. »Ah! Frau Borgstedt war mit ihrer Tochter am Sonntagnachmittag vor der Mordnacht in der Kunsthalle! Marga Borgstedt mutmaßte, dass ihre Tochter das Handy dort verloren haben könnte. Und … ähm … in der Kunsthalle ist ein Handy gefunden worden?«

Weber lutschte schmatzend. »Abgeholt.«

Kux nickte.

»Von wem?«, fragte Bent.

»Jemandem«, sagte Weber.

Bents fragender Blick wanderte zu Nina.

»Ihr habt diesen jemand also bereits überprüft?«, fragte sie, obwohl sie die Antwort schon kannte.

»Sicher«, sagte Weber.

Kux nickte.

»Irgendjemand eben«, sagte Weber.

»Also besteht keine Verbindung zwischen dem, der das Handy abholte, und Anna Borgstedt«, erläuterte Nina.

»Sage ich doch.« Weber raschelte mit der Tüte. »Auch eins?«

»Dann ist Annas Handy noch nicht aufgetaucht?«, fragte Bent, ohne auf die Tüte vor seiner Nase zu achten.

Weber schwenkte die Tüte zu Nina, und sie nahm sich eins. Weber war in diesen Dingen leicht zu beleidigen.

»Ist noch nicht aufgetaucht«, sagte Kux, als Weber nicht antwortete. »Aber wir machen weiter, stimmt's, Ottfried?«

»Sicher«, sagte Weber.

»Frank lässt ausrichten, dass Klinges Eltern ihr Alibi bestätigt haben«, sagte Kux. »Es gäbe … äh … keine Lücke.«

»Danke.« Bent räusperte sich. »Ihr wart überall, aber …«

»Fast«, sagte Weber kühl.

»Schöner Brieföffner«, sagte Kux anerkennend.

Als die beiden gegangen waren, schraubte Bent langsam seine Tube zu. »Nina, diese Überprüfung …«

»Keine Sorge, die beiden sind gründlich.«

»Na schön«, sagte er. »Ich werde Nils Domeyer für morgen zur Befragung bitten. Er steht auf der Gästeliste, die die Veranstalter dieser Clubhausparty uns haben zukommen lassen. Es ist leider nicht unwahrscheinlich, dass er der Fahrer des Cabrios war. Sofie Mertens werden wir ebenfalls weiter vernehmen und sie um eine DNA-Probe bitten. Ach und Nina …«

»Ja?«

»Check noch mal die Verbindungsdaten, die uns der Provider für Annas Handy zur Verfügung gestellt hat und ebenso die für Borgstedts Festnetzanschluss. Vielleicht ergibt sich ja noch etwas Interessantes im Lichte der neuen Erkenntnisse.«

»Also morgen den ganzen Tag?« Nina schürzte die Lippen.

»Ab halb neun, ja. Vermutlich werden wir Sandler bald aus der U-Haft entlassen. U-Haft ist nicht lustig, noch weniger, wenn man unschuldig sitzt, nehme ich an.«

Es würde auch nicht lustig werden, Kai zu erklären, dass der versprochene Besuch im Tierpark Olderdissen ausfallen musste. Ob die Studentin, die ihren Bruder einmal wöchentlich betreute, Zeit hatte? Aber morgen war Silvester. Vermutlich würde die junge Dame ihre Party vorbereiten.

»Hast du eigentlich Kinder?«, fragte Nina plötzlich.

Bent hob die Brauen.

»Entschuldige, ich war gerade mit den Gedanken woanders«, sagte Nina. Also war er kinderlos und würde es nicht verstehen, wenn sie von ihrem behinderten Bruder anfing.

»Übrigens …«, begann Bent. »Kannst du mir sagen, was Frank da treibt? Schleppt Pflanzen und Akten über den Flur?«

»Wir ja … wir haben entschieden, uns ein Büro zu teilen, weil wir … wir arbeiten ja auch am selben Fall. Da kann man sich intensiver austauschen. Du kennst das.«

»Ach.« Bent sah nicht aus, als ob er das kennen würde.

15. Kapitel

Montag, 31. Dezember

Ein demonstratives Räuspern weckte ihn. Ein Blick durch die ungewohnt kahlen Fenster offenbarte, dass es bereits taghell war, was man zu dieser Jahreszeit hell nennen konnte. Wieder dieses alberne Räuspern. Er wühlte sich aus dem Schlafsack hervor. Und war sofort hellwach.

»Hau ab, Tillmann, aber pronto!«, brüllte Dominik.

»Wohnst du jetzt hier?«, giftete Frank.

Er richtete sich auf und massierte sich den schmerzenden Nacken. Die Campingliege war billig gewesen. Er warf mit dem Kissen nach Frank.

»Das nächste Mal kommt was anderes geflogen!« Er zog das Weihnachtsgesteck vom Schreibtisch.

»Du wirst Probleme … bitte, ich wollte ja nur … ich will doch nur mit dir reden!«

»Ich rede nicht mit dir! Ich zähle bis drei. Eins … zwei …«

»Okay, ich geh schon. Ich geh ja schon!«

Dominik ließ das zerrupfte Gesteck wieder sinken. Er hatte lange nicht einschlafen können, sich gewälzt und auf das Rauschen einer Lüftungsanlage gelauscht, das er tagsüber gar nicht wahrnahm. Auf irgendein unrhythmisches Knacken, dessen Quelle er nicht ausmachen konnte.

Er steckte den Kopf durch die Tür. Die Luft war rein. Im Toiletten-Vorraum packte er seine Kulturtasche aus, putzte sich die Zähne und begann, sich zu rasieren. Plötzlich wurde die Tür aufgerissen und er schnitt sich.

Sein Chef stand wie angewurzelt da. Ausgerechnet!

Dominik fischte ein Tempotaschentuch aus seiner Hosentasche und drückte es sich gegen das Kinn. »Mo… Morgen.«

Andersen verschränkte die Arme und betrachtete ihn von oben bis unten.

Mit einer Hand versuchte Dominik, sein Hemd zuzuknöpfen, die andere brauchte er, um das Tuch gegen den Schnitt zu drücken. Es blutete durch. Schweigen als Zermürbungstaktik?

»Es geht hier recht familiär zu«, ließ Andersen sich endlich vernehmen.

»Was willst du damit sagen?« Dominik rupfte ein Papierhandtuch aus dem übervollen Spender, und mit dem Ruck löste sich ein ganzer Packen und landete im Waschbecken.

»Die Kollegen decken dich.« Andersens Gesicht rötete sich.

»Und wobei?«

»Deine Dienstwaffe war bis gestern nicht im Tresorschrank. Deine Kollegen behaupten allesamt, nichts darüber zu wissen. Zumindest Frank nehme ich das nicht ab.«

Dominik blickte auf die mit roten Tropfen bedeckten Papiere im Waschbecken. »Die letzte Zeit war anstrengend für mich. Ich war zerstreut. Sehr … zerstreut.«

»Zerstreut, soso. Von Frau Sandler weiß ich, dass du sie angerufen hast, um sie zu warnen, dass dein Sohn Robin mit deiner Dienstwaffe bei ihr auftauchen könnte. Vor lauter Zerstreutheit, Dominik? Hast du euer Büro heute Nacht aus Zerstreutheit mit deinem Schlafzimmer verwechselt?«

»Das war nur … ist nur … ich …«

»Wer ist Tillmann?«

»Frank T. Herbst. Also das T …«

»Dann hast du Frank aus eurem Büro geworfen?«

»Hat er sich beschwert?«

»Ich hörte dich über den Flur brüllen. Nina behauptet, dass Frank und sie ein Büro teilen wollten wegen der besseren

Zusammenarbeit. Glaubt ihr, ihr könnt mich für blöd verkaufen! Vor allem du, Dominik! Hast du ein Problem mit Autoritäten?«

Dominiks Blick fiel auf sein bestürztes Gesicht im Spiegel. Der Rasierschaum hatte sich rosa verfärbt. Blutschaum.

»Du hättest zu mir kommen sollen, wenn du ein Problem mit deinem Kollegen hast. Erst recht die Geschichte mit der Dienstwaffe! Und dann hast du Bella Schnathorst beauftragt, euer Auto untersuchen zu lassen. Dummerweise hat sie etwas gefunden. Sonst hätte ich das nie erfahren!«

Der Schnitt blutete, als gäbe es kein Morgen. »Wolltet ihr das Auto nicht schon mal untersu…«

»Tust du nur so dämlich oder kapierst du das jetzt wirklich nicht?« Andersens Gesicht glühte. Auf seiner Stirn hob sich eine dicke Ader ab. »Das hier ist eine Behörde und nicht dein verdammtes Wohnzimmer!«

Ein Tropfen kitzelte Dominik unter dem Kinn. Er rührte sich nicht. Es tropfte weiter ins Waschbecken.

Andersen atmete schwer. Er hielt einen spitzen Brieföffner in seiner großen Faust. »Haben wir uns verstanden?«, sagte er ganz leise und beherrscht.

»Ja«, sagte Dominik mit belegter Stimme und räusperte sich.

»Gut«, knurrte Andersen. »Dann kannst du mir sicher auch sagen, woher Sofie Mertens gewusst haben könnte, dass Markus Sandler im Mordfall Borgstedt verdächtigt wird.«

»Sofie?« Dominik wurde übel. Die blutigen Papierhandtücher, das Blut auf seinem Hemd …

»Ich höre«, machte der Chef weiter.

»Ich habe nicht darüber gesprochen, falls du das meinst«, gab er zurück. »Für wen hältst du mich?«

»Für jemanden, der macht, was er will. Und andere manipuliert, damit er genau das tun kann.«

Manipuliert? Dominik stützte sich aufs Waschbecken. Wann hörte sein Kinn endlich auf, zu bluten?

»›Es war falsch, das zu tun. Es wird nicht wieder vorkommen‹«, flötete Andersen. »Wirklich filmreif. Das hast du von dir gegeben, als ich dich zur Rede stellte, nachdem du Kordula Sandler wegen ihres Alibis befragt hast, obwohl du schon längst raus warst aus dem Fall! Und die anderen manipulierst du auch!«

»Es tut mir leid, ich bin …«

»Scheiß drauf! Also wirklich, Dominik. ›Es tut mir leid.‹ Ich könnte *kotzen*!«

»Himmel, was soll ich denn tun? Vor dir auf den Knien rumrutschen und um Vergebung flehen?«, schrie Dominik.

Andersens starrte ihn mit geblähten Nasenflügeln an.

»Es geht um meine Kinder!« Dominik schluckte. »Ich will nicht behaupten, dass alles richtig war, was ich getan habe, aber …« Er rang um Fassung. »Warst du noch nie hin und her gerissen bei dem, was du tust? Und dann impulsiv, weil du verstrickt bist in …« Er brach ab.

Andersens Ausdruck hatte sich verändert. So als wäre ihm gerade etwas eingefallen. Er pfefferte den Brieföffner in den Abfallkorb neben dem Waschbecken, wandte sich wortlos um und stapfte davon.

Dominiks Knie zitterten. Er setzte sich auf einen Toilettendeckel, bis es ihm besser ging. Sein Hemd war hinüber, aber die Schnittwunde blutete nicht mehr. Als er die Papiertücher in den vollen Abfallkorb stauchte, stieß er auf etwas Hartes. Der Brieföffner war viel zu schade zum Wegwerfen. Er steckte ihn ein.

In der Teeküche saßen Frank und Nina und kauten an ihrer Pizza. Frank erstarrte, als er in die Küche kam. Nina sah mit entsetzter Miene an ihm hoch.

Es dauerte einen Augenblick, bis er begriff. »Ich habe mich nur beim Rasieren geschnitten.«

Nina bot ihm ein Stück von ihrer Pizza Funghi an. »Ist sowieso immer zu viel.« Sie schaute Frank auffordernd an.

»Stimmt«, sagte der und hielt seine Schachtel hoch. »Frag ihn, ob er ein Stück Spinat-Pizza haben möchte.«

»Möchtest du ein Stück Spinat-Pizza haben?«, fragte Nina.

Besser Pizza zum Frühstück als gar nichts.

Nina goss ihm Kaffee ein und holte Orangensaft aus dem Kühlschrank. »Wegen der Vitamine. Du bist schließlich noch angeschlagen.« Sie reichte ihm das Glas.

»Danke.« Dominik war gerührt.

Frank verkroch sich in seinen Pizzakarton.

»Andersen hasst mich«, sagte Dominik.

Nina nickte. »Man hat euch über den ganzen Flur gehört. Bent ist ausgerastet. Sonst ist er doch immer so sachlich.«

Frank tauchte kurz aus seiner Schachtel auf. »Dodo auch.«

»Du hast es nicht leicht«, sagte Nina, »der da«, sie deutete mit dem Kinn auf Frank, »hat mir alles gebeichtet. Er möchte mit dir reden.«

»Das stimmt«, ertönte es hinter der Schachtel.

»Es klingt sicher komisch für dich, aber Betty ist momentan mein geringstes Problem.«

Nina schob ihm noch ein Stück Pizza auf den Teller.

Frank bearbeitete seine Zähne mit einem Zahnstocher. »Wegen Bent?«

»Ach, Unsinn! Zur Not lasse ich mich versetzen.«

Frank und Nina tauschten einen Blick.

»Nichts wird so heiß gegessen …«, begann Frank.

»Verschon mich mit deinen Plattitüden!«

Frank kroch zurück in die fettige Schachtel.

»Es geht um das, was ich ausgelöst habe!«

»Du?« Frank vergaß, beleidigt zu sein.

»Ich habe Bella auf unseren Wagen angesetzt.«

»Du hattest wohl einen Grund«, sagte Nina leise.

Von der Straße drang der Lärm der Autos zu ihnen hoch. Frank versenkte einen Spinatfaden in seiner Serviette.

»Nils hat übrigens die Aussage verweigert«, brach Nina das Schweigen.

»Hatte … hatte er einen Anwalt dabei?«, fragte Dominik.

»Er wollte keinen. Er wirkte paralysiert, hörte sich unsere Fragen an und schwieg. Ich glaube, er war überfordert mit der Situation. Kux macht gerade einen Wangenabstrich.«

Dominik nickte kaum merklich. »Ist noch Kaffee da?«

Nina lächelte matt, goss ihm einen Becher ein und schob ihm eine Milchtüte über den Tisch. »Und da ist noch etwas, Dodo. Wir haben die Verbindungsdaten von Annas Handy noch einmal überprüft. Anna hat Sofie Mertens an jenem Sonntag auf ihrem Handy angerufen, kurz nach dem Anruf bei euch. Sie haben etwa drei Minuten miteinander telefoniert.«

Dominik vergrub kurz den Kopf in den Händen, dann riss er die Milchtüte an der perforierten Sollbruchstelle auf. Ob es im Leben auch Sollbruchstellen gab? Früh festgelegte Punkte, an denen man unweigerlich scheitern würde? Einen Punkt, an dem Nils gescheitert war?

Er erinnerte sich an einen Jungen, der lieber mit den Erwachsenen am Tisch blieb, statt mit den anderen Kindern zu spielen, und für seine altklugen Bemerkungen von Betty Beachtung bekam, an einen Jungen, der weinte, wenn er eine Zwei auf dem Zeugnis nach Hause brachte statt einer Eins. Er hatte manchmal gedacht, dass Nils etwas weniger Ehrgeiz gut tun würde. War Kowalski die Sollbruchstelle in seinem Leben geworden? Jemand, der wohl in Nils' Augen, und in den Augen der meisten Leute wie ein kompletter Versager aussah? Jemand, für den es sich nicht lohnte, seine Zukunft aufs Spiel zu setzen? Dachte sein Sohn so? Oder hieß die Sollbruchstelle Sofie? Anna hatte Sofie angerufen, die Frau, bei der Nils' Selbstbewusstsein und vielleicht auch sein Urteilsvermögen ihn verließen. Und dann die Geschichte mit Sandler und der untergeschobenen Tatwaffe. Hatte Robin Nils gegenüber erwähnt, dass Sandler verdächtig war?

Er spürte eine Hand auf seiner Schulter.

»Was willst du tun?«, fragte Nina sanft. »Du kannst nicht noch eine Nacht im Büro verbringen.«

Dominik goss sich Milch in den Kaffee. »Ich komme bei Volker unter, einem Bekannten aus meiner Laufgruppe. Seitdem seine Freundin ausgezogen ist, nimmt er Freunde auf, die gerade Beziehungsprobleme haben. Sehr praktisch. Noch dazu ist er Sozialarbeiter.« Dominik grinste schief.

»Falls du irgendetwas brauchst …«, Nina brach ab und sah auf.

Andersen stand im Türrahmen. Niemand hatte ihn kommen hören. »Ich möchte mit dir reden, Dominik. In meinem Büro.«

Büßerstuhl, dachte Dominik. Ohne Polster und mit senkrechter Rückenlehne war Andersens Besucherstuhl ziemlich unbequem. Andersen versenkte seine Nase in die flach gegeneinander gepressten Hände, wanderte zum Fenster und wieder zurück. Dann ließ er sich hinter seinem breiten Schreibtisch nieder. Er nahm einen Füllfederhalter und schraubte die Kappe auf und zu und wieder auf. Wenigstens war es kein Kugelschreiber zum Knipsen.

»Mir ist bewusst, dass die Situation für dich schwierig ist«, begann er endlich. »Ich denke aber, die Vorwürfe, die ich gegen dich erhoben habe, sind gerechtfertigt. Du gehst lax mit den Vorschriften um, begehst Eigenmächtigkeiten, mischst dich ein in eine Ermittlung, mit der du nicht betraut bist.« Er hob den Füller wie einen Zeigefinger. »Gerade weil du verstrickt bist, hättest du dich raushalten müssen.«

Dominik wartete.

Die Spitze des Füllers beschrieb Kreise in der Luft. »Ihr arbeitet lange zusammen, habt bestimmte Umgangsformen.« Die Füllerspitze blieb stehen. »Da, wo ich herkomme, wird auf die Vorschriften Wert gelegt, auf Professionalität.« Der Füller stach in seine Richtung. »Ich will dich hier nicht mehr sehen, Dominik.«

Dominik hielt den Atem an.

»Solange du krankgeschrieben bist, bleibst du gefälligst zu Hause oder …«, die Füllerspitze schwankte unentschlossen in die eine und die andere Richtung, »na … eben nicht hier.«

Die Spitze des Brieföffners bohrte sich durch den Stoff der Hosentasche in Dominiks Schenkel.

»Ich war ärgerlich«, fuhr der MK-Leiter fort und betrachtete eingehend seinen Füller. »Wenn ich … falls … ich habe wohl überreagiert. Ich hätte das sachlicher vermitteln sollen.« Er warf Dominik einen vorsichtigen Blick zu, um sofort wieder sein faszinierendes Schreibgerät in Augenschein zu nehmen. War das eine Art Entschuldigung? Andersen beschäftigte sich mit dem Füller, bis er Tintenflecke an den Fingern hatte. Dann sah er auf. »Hast du etwas dazu zu sagen?«

Nichts, was du hören möchtest, dachte Dominik, dem das Wort Korinthenkacker auf der Zunge lag. »Nicht, dass das wieder manipulativ aufgefasst wird.«

Andersens Augenbrauen zuckten kurz nach oben. »Bitte, raus mit der Sprache, was immer es auch ist.«

»Da ist nichts.«

»Na schön. Ich erwarte in Zukunft korrektes Verhalten von dir, also keine privaten Ermittlungen mehr!«

»Ja, Bent. Hier ist übrigens ...« Er grub den Brieföffner aus seiner Tasche. »Ich schätze, den hast du aus Versehen weggeworfen.« Er legte ihn auf Andersens Schreibtisch.

Dessen Miene verfinsterte sich. Er schnappte sich das Ding, zerbrach es und warf die Stücke in seinen Papierkorb.

»So!« Andersen lächelte plötzlich.

Bettys Gesicht wirkte verheult, als sie Dominik die Tür öffnete. Er erklärte ihr, dass er jetzt packen wolle. Am Tag davor hatte er sie nicht angetroffen und sich ohne Diskussionen mit der Reisetasche und der Campingliege aus dem Staub machen können. Doch entgegen seinen Befürchtungen nickte sie nur und verschwand in die Küche. Also keins dieser Beziehungsgespräche, gegen das er sich innerlich schon gewappnet hatte.

Im Haus war es still. Nur manchmal hörte er Topfgeklapper aus der Küche. Nachdem er seinen Koffer gepackt hatte, ging er noch einmal durch die Zimmer. Robin war nicht da. In dem üblichen Durcheinander fiel Dominik ein Bild von Anna und Robin auf dem Schreibtisch ins Auge. Die beiden standen rauchend vor der Bürgerwache und grinsten in die Kamera. Er trat einen Schritt zurück und stolperte über den randvollen Papierkorb, der umkippte und seinen Inhalt auf den Teppich verstreute. Er stopfte alles zurück in den Korb: Den Theater–Flyer, leere Tabakpäckchen, Bananenschalen und eine leere Energy-Drink-Dose, dieselbe Sorte, die er auf dem Weg nach Sylt in seinem Auto gefunden hatte. Trank Robin neuerdings so etwas? Er hatte widersprüchliche Vorlieben: Obwohl er rauchte, kaufte er seine Snacks beim Biobäcker, zog Rharbarbersaft einem Softdrink vor.

Auch Lissa war nicht in ihrem Zimmer. Die Tür zum Bad stand halb offen. Ihre schwarz gekleidete, schmale Gestalt hob sich wie ein Scherenschnitt gegen die weißen Kacheln ab. Sie saß auf dem Badewannenrand und lackierte sich die Fingernägel. Schwarz natürlich.

Als er leise gegen die Tür klopfte, fuhr der Lack-Pinsel quer über ihre Finger. »Ach, du bist es.«

»Habe ich dich erschreckt?«

Lissa verzog die Lippen. »Es ist nur … alle schleichen so hier rum … wie soll ich sagen …?«

»Schon klar.«

»Nils ist noch nicht da. Wie lange dauert so ein Verhör?« Er setzte sich neben sie auf den Badewannenrand, legte den Arm um ihre Schultern. »Das ist kein Verhör, mein Schatz, sondern eine Befragung oder Vernehmung. Ich weiß nur, dass sie eine Mittagspause gemacht haben.«

»Robin hat mir über den Unfall mit Sofies Cabrio erzählt. Und dass Nils anscheinend dabei war.« Sie schaute hoch zu ihm. Die schwarze Schminke unter einem Auge war etwas zerlaufen. »Denkst du, Sofie hat ihn überredet, diesen Mann da einfach liegen zu lassen?«

»Du hast da was …« Er wischte ihr den Fleck weg. »Die Ermittlungen dauern noch an. Wir müssen abwarten.«

»Und dann der Tod von Robins Freundin … dass Anna hier angerufen hat.« Ihre großen Augen wirkten mit einem Mal kindlich. »Ich weiß manchmal nicht, was Nils wirklich denkt, er wirkt ja immer so vernünftig und gut drauf.«

Er schaute weg und begegnete ihrem fragenden Blick prompt im Badezimmerspiegel.

»Aber der kann auch sauer werden«, fuhr sie fort. »Sogar auf Max. Zum Beispiel bei der Abi-Party: Es war spät, Sofie war schon gegangen, aber einige von den Jungs haben weiter gebechert, und Nils hat wohl verlauten lassen, dass es ihm ernst sei mit Sofie und da ging's dann darum, ob Nils sich jetzt wirklich von Sofie hätte einfangen lassen. Max soll so was gesagt haben wie: Nils wäre ja auch blöd, wenn er sie gehen lassen würde, Sofie wäre doch sein Karriere-Ticket. Das hat mir die Schwester von ...«

»Hör mal, Lissa.« Er drückte ihre Schultern. »Zurzeit sitzt jemand wegen des Mordes an Anna in U-Haft und ...«

»Sofie hat viel Macht über ihn. Mal ist sie nett zu ihm, mal wieder nicht, und dann tut er alles, damit sie wieder nett zu ihm ist.«

»Ich weiß. Lissa ... Ich wollte dir mitteilen, deine Mutter und ich ... es gab eine Auseinandersetzung. Wir brauchen Zeit zum Nachdenken. Ich ziehe erst mal zu einem Bekannten. Volker kennst du doch auch? Der mit mir läuft. Beim Böckstiegel-Lauf hast du ihn, glaube ich ...«

»Wegen eines Streits bist du doch noch nie ausgezogen!«

»Nur für eine Weile, bis ich mir ... bis wir beide klarer sehen. Ich gebe dir seine Nummer. Aber ich habe natürlich auch mein Handy ... was ist?«

»Ist das wegen Nils?«

»Nicht wegen ihm. Schau mich nicht so an. Wirklich nicht!«

Lissa schüttete Nagellackentferner auf einen Wattebausch und rieb damit den schwarzen Streifen von ihrer Hand.

»Deine Mutter ist der Ansicht, dass ich zu viel Zeit mit beruflichen Dingen verbringe«, fügte er hinzu.

»Das ist nichts Neues. Deshalb musst du nicht ausziehen. Dann bist du noch mehr weg. Dann bist du doch ganz weg!«

»Lissa ...«

»Robin ist auch fast nur noch weg. Der hängt dauernd mit diesen Typen rum. Ich glaube fast, er ...« Sie zögerte.

»Was denn?«

»Ich glaube, der will Nils nicht begegnen.« Sie betrachtete ihre frisch lackierten Fingernägel. »Und Mama geht beim kleinsten Anlass hoch. Jetzt dreht sich alles nur noch um Nils und den Anwalt, den wir bezahlen müssen, und Nils' Zukunft, die in Gefahr ist, und so …«

»Hör mal, ich werde nicht aus der Welt sein. Nur in Gadderbaum. Und du kannst mich jederzeit anrufen.« Er bemühte sich um ein Lächeln. »Machst du was Schönes an Silvester?«

»Ich gehe zu einer Party von 'ner Freundin.«

»Dann hole ich dich ab.«

»Mama holt mich schon ab. Dabei bin ich sechzehn!«

»Eben!«

Sie stöhnte. »Habt ihr nicht die Piepenbrinks zum Essen eingeladen?«

Wie sich herausstellte, hatte Betty den Piepenbrinks bereits abgesagt. Sie sah kaum von ihren Töpfen auf, als er in die Küche ging, um sich von ihr zu verabschieden.

»Hat Nils jetzt einen Anwalt?«, fragte er.

»Ist alles geklärt. Es ist jemand aus derselben Kanzlei wie der von Sofie.«

Sie holte das Glas mit den Herbes de Provence vom Gewürzregal, würzte den Eintopf damit und schmeckte ab. Es roch gut. Er knibbelte an dem Aufkleber auf seinem Rollkoffer, der vom letzten Urlaub übrig geblieben war, und überlegte, was er sagen sollte.

»Ich gehe dann also«, sagte er schließlich.

Betty nickte in ihren Topf.

Sein Rollkoffer klapperte über die Steine. Ein eiskalter Wind fegte über den Bahnsteig der Stadtbahn, während er auf die Eins wartete. Sollte er auf dem Weg sein Auto abholen, das die Kriminaltechniker inzwischen freigegeben hatten? Doch er war einfach zu müde, fühlte sich immer noch geschwächt, auch wenn die Lungenentzündung überstanden war.

* * *

Auf der Suche nach einer sauberen Tasse stieß Bent im Schrank der Teeküche nur noch auf Paulaner-Bierhumpen. Seufzend schlug er die mit Bauernmalerei verzierte Tür zu.

»Nimm den.« Nina reichte ihm einen Becher Kaffee. »Machen wir weiter mit der Mertens?«

Bent hatte noch immer Sofies schrille Stimme im Ohr. *Ich habe den Wagen in Osnabrück reparieren lassen, weil ich da eine Freundin besucht habe. Wieso fragen Sie sie nicht? Ich bin nur aus Interesse zu diesem Infonachmittag gegangen. Ist es verboten, sich für Theater zu interessieren?*

Nina fuhr fort: »Ich wüsste zu gern, ob sie den anonymen Anruf getätigt hat. Außerdem war es herrlich, das Gesicht von ihrem Anwalt zu beobachten, wie es röter und röter wurde, als er versuchte, sie von der Aussage abzuhalten. Vernehmen wir sie noch ein paar Stunden und …«

»Das bringt nichts«, unterbrach Frank, der am Tisch saß und seine Bratwurst in Senf tunkte. »Warten wir auf die DNA-Analysen.«

Die Küche roch wie eine Imbissbude.

»Selbst hinter der Einwegscheibe müsstest du bemerkt haben, dass die Dame immer unruhiger wird.« Nina klaute ein Stück Weißbrot von seinem Teller.

»Unruhig? Sie war eher wie eine Platte mit Sprung!« Frank schraubte seine Stimme eine Oktave höher. »›Ich habe nur ganz kurz einen Schatten gesehen, und Nils sagte, das war ein Tier, und ich fahre jetzt weiter.‹ Spult das Ganze wortwörtlich ab bis Ultimo!«

»Besser gesagt, bis zu dem Punkt, als wir sie mit ihrem Telefonat mit Anna konfrontiert haben«, sagte Bent. »Machen wir eine Pause mit ihr und befragen Nils Domeyer. Ich schätze, der Anwalt wird ihr bald empfehlen zu reden.« Sein Handy klingelte. »Ja?«

»Hier Ottfried Weber. Um es kurz zu machen – Walter brachte Folgendes in Erfahrung: Frau Mertens und Herr Domeyer, also nicht Dodo natürlich, sondern Nils, verließen in der Nacht, in der das angebliche Reh angefahren wurde, gemeinsam die sogenannte Clubhausparty, so wird nämlich die Party des Tennisclubs …«

»Ah … ähm …«

»… genannt, auf der sowohl Nils Domeyer als auch Sofie Mertens als auch die Dame Hüllinghorst, die diese Aussage zu Protokoll …«

»Hüll…«

»… gab, waren. Außerdem: Neun Uhr *Siekerfelde*. Keller und Dachkammer, noch einmal hinter den Wohnzimmerregalen, und dann unterm …«

»Moment mal!« Bent zog eine Grimasse und reichte Frank sein Handy. »Finde heraus, was Weber sagen will, okay? Wir fangen jetzt mit Nils Domeyer an.«

Vielleicht lag es am Neonlicht, dass Nils Domeyers Gesicht aschfahl wirkte, die hellen Haare farblos. Er saß vorgebeugt, stützte das Kinn auf die Fäuste und fixierte einen Punkt auf dem Tisch, auf dem sich nur ein Glas Wasser befand. Auf seiner Stirn standen Schweißperlen.

»Ich will nicht lange um den heißen Brei herumreden«, begann Bent. »Frau Mertens hat ausgesagt, dass Sie am Steuer ihres Cabrios gesessen hätten, als der Unfall passierte, und darauf bestanden hätten, weiterzufahren.«

Nils Domeyer hob langsam den Blick. Die großen, braunen Augen erinnerten Bent an Dominik. Das konnte er jetzt nicht gebrauchen.

»Herr Domeyer? Haben Sie gehört, was ich gesagt habe?«

Der junge Mann starrte ihn an, dann durch ihn hindurch.

Bent konfrontierte ihn mit ihren Erkenntnissen, fragte weiter, sprach ihn immer wieder mit Namen an, doch Nils Domeyer zeigte mit keiner Regung, dass ihn das überhaupt erreichte. Nach einer Stunde tauschte Bent einen Blick mit dem Anwalt, einem kleinen Mann mit Stirnglatze.

»Ich fasse mal zusammen«, sagte Bent. »Sie verweigern de facto die Aussage. Wir wissen von Frau Mertens, dass Sie Herrn Kowalski angefahren haben und dann weitergefahren sind. Zeugin des Geschehens war Anna Borgstedt. Am Tag nach dem Unfall hat sie zunächst beim Festnetzanschluss Ihrer Eltern und später bei Sofie Mertens angerufen. Danach hatte Anna keine zwölf Stunden mehr zu leben. Im Kofferraum des Polos Ihres Vaters hat die Spurensicherung Blutspuren entdeckt, die gerade analysiert werden. Sie leihen sich das Auto Ihres Vaters öfter aus. In der Nacht, als Anna getötet wurde, hat Ihr Vater das Auto nicht gefahren. Falls es sich bei dem Blut im Kofferraum des Polos um Annas Blut handeln sollte, werden wir Sie dem Haftrichter vorführen und U-Haft beantragen. Da Sie uns nichts sagen wollen, müssen wir davon ausgehen, dass Sie kein Alibi haben für diese Nacht.«

Domeyer rührte sich nicht. Er blinzelte nicht einmal. Der dickliche Anwalt schnaufte.

»Herr Domeyer«, sagte Nina sanft, »haben Sie uns nicht doch etwas zu sagen?«

Nils Domeyers Blick irrte über den marmorierten Fußboden. Er fuhr sich mit beiden Händen durch die blonden Haare. »In welcher Nacht soll ich mir den Polo geliehen haben?«, fragte er und hob abwehrend die Hand, als sein Anwalt den Mund öffnete.

»In der Nacht vom Sonntag, den 16., auf Montag, den 17. Dezember«, sagte Nina. »Das war die Nacht, in der Ihre Eltern mit dem Wagen Ihrer Mutter zum Stadttheater gefahren sind, um sich ein Stück anzusehen.«

»Die Nacht nach der Party … natürlich …« Domeyer schüttelte langsam den Kopf. »Das war die Nacht, in der Anna ermordet wurde?« Er runzelte die Stirn und sah auf.

»In der Tat. Davon ist seit geraumer Zeit die Rede. Noch einmal: Wo waren Sie an diesem Abend?«, fragte Bent.

»Zu Hause«, antwortete er tonlos und senkte den Blick. »Ich bin früh schlafen gegangen, denn die Party am Abend davor … das hat mir gereicht.« Er begann mit seinem Ring zu spielen, drehte ihn hin und her.

»Kann das jemand bestätigen?«, fragte Nina.

»Nein. Robin war unterwegs, Lissa und meine Eltern auch … Sofie kam gegen acht Uhr abends vorbei, um sich den Polo auszuleihen, weil sie das Cabrio in Osnabrück gelassen hatte und noch mal weg wollte.«

»Sofie Mertens?«, fragte Nina überflüssigerweise.

Nils nickte, ohne sie anzusehen.

»Sie sind an jenem Sonntagabend nicht mitgefahren?«

»Ich bin schlafen gegangen, nachdem Sofie gefahren ist.«

»Wann war das?«, fragte Bent.

»Gegen halb neun.«

»Reichlich früh.«

»Ich war noch ziemlich durch von der Nacht davor. Ich hatte bei der Party zu viel getrunken.«

»Immerhin haben Sie noch bremsen können, nicht wahr? Es gibt nämlich einen weiteren Zeugen, einen Anwohner, der das Quietschen von Bremsen hörte. Weswegen haben Sie gebremst? Haben Sie den Mann auf der Straße gesehen?«, fragte Bent.

»Ich würde meinen Mandanten gerne unter vier Augen sprechen«, schaltete der Anwalt sich ein.

»Ich kann mich nicht erinnern, jemanden angefahren zu haben«, sagte Nils, ohne aufzusehen.

»Hören Sie«, begann der Anwalt.

»Sie haben die Party gemeinsam mit Sofie Mertens verlassen. Das wissen wir von einer Frau namens … Hüllinghorst.« Bent war stolz, dass ihm der Name rechtzeitig eingefallen war.

»Von Merle? Wenn Sie es sagen.« Nils zuckte mit den Achseln.

»Wo waren Sie nach der Party so gegen 2.20 Uhr?«

»Zu Hause«, antwortete Nils leise. »Glaube ich wenigstens. Ich hatte einen Filmriss und bin erst am nächsten Morgen wieder …«

»Herr Domeyer!«, fuhr der Anwalt dazwischen. »Es wäre besser, wenn Sie …«

»Gibt es Zeugen dafür?«, fragte Nina.

»Ich weiß nicht. Aber ich hätte nicht mehr fahren können, auf keinen Fall«, murmelte Nils.

»Tatsächlich? Aber so genau wissen Sie es nicht mehr, oder?« Bent holte die durchsichtige Tüte mit dem Fäustel aus seiner Aktentasche und packte das Ding auf den Tisch. »Kommt Ihnen der hier bekannt vor?«

»Das reicht!«, sagte der Anwalt, stand auf und legte Nils Domeyer die Hand auf den Arm. »Ich würde sagen, wir beide gehen jetzt in einen anderen Raum und unterhalten uns.«

Nils machte keine Anstalten aufzustehen. Wie hypnotisiert starrte er den Hammer an.

»Herr Domeyer!« Der Anwalt rüttelte an seiner Schulter. Nils griff nach dem Fäustel, drehte ihn und betrachtete ihn von allen Seiten. Unter seinen Achseln hatten sich auf dem Hemd große Schweißflecke ausgebreitet.

»In Ihrem eigenen Interesse …«, begann der Anwalt.

»Natürlich! Das ist perfekt.« Nils begann zu schnaufen. »Wirklich perfekt! Auf diese Weise …« Er verstummte. Ein Schweißtropfen rollte seine Stirn herunter.

»Was meinen Sie damit?«, fragte Nina. »Was ist perfekt?«

»Kommen Sie!« Der Anwalt zog an seinem Arm, und er stand langsam auf, ohne die Augen von dem Fäustel zu wenden.

»Perfekt.« Nils hielt sich am Tisch fest und wankte. Der Anwalt zerrte ihn förmlich aus dem Vernehmungsraum.

»Ich hasse Anwälte.« Nina schaltete das Aufnahmegerät aus.

»Er war kurz vorm Zusammenbruch.« Bent packte den Fäustel wieder in seine Tasche.

»Übrigens ist heute Silvester«, sagte Nina, während sie über den Flur gingen.

Bent stopfte sich einen Hemdzipfel in die Hose. »Stimmt, ja, Silvester, verstehe. Aber wir müssen möglichst bald Klarheit in die Sache bringen.« Ächzend bog er die Schultern nach hinten. »Ich finde das alles auch unschön. Nicht weil ich unbedingt Silvester feiern müsste, aber …«

»Wegen Dominik?«

»Schau dir das an!« Er besah sich den Kaffeefleck neben der Knopfleiste. »Das war mein letztes sauberes Hemd. Ich komme nicht mal mehr zum Waschen, geschweige denn zum Bügeln.«

Nina lachte. »Die Colombo-Strategie?«

Eine halbe Stunde später verließ Nils Domeyer in Begleitung seines Anwalts das Präsidium.

»Das LKA hat mich wegen der Ergebnisse der Blutanalyse auf morgen vertröstet. Ein kleiner Aufschub für Domeyer.« Bent beobachtete vom Fenster des Besprechungsraumes aus, wie der junge Mann von dem Anwalt am Ellenbogen über die Straße geführt wurde, als hätte er die Orientierung verloren. Dann stiegen beide in einen dunklen BMW und verschwanden in den Nebel. Auch der Teutoburger Wald wurde allmählich von Nebelschwaden verschluckt. Ein weiterer kurzer Wintertag neigte sich dem Ende zu.

»Habt ihr euch nie gefragt, wieso Dodo den Polo hat untersuchen lassen?« Nina trat hinter ihn.

Bent wandte sich um. »Ihr nennt ihn alle Dodo?«

»Wir nennen ihn schon immer so«, sagte Frank, der an einem der hufeisenförmig aufgebauten Tische saß und gähnte.

Ein langjähriger, kollegialer Familienfilz, zu dem offenbar auch Bella Schnathorst gehörte, dachte Bent. Die Tiere auf Franks Hemd waren kaum noch zu erkennen. Als hätte der seine Gedanken gelesen, stand er auf und schaltete die Deckenbeleuchtung ein.

»Rufen wir Dodo doch an.« Nina setzte sich auf einen Tisch und ließ die Beine baumeln wie ein Kind. »Dieser Fäustel – vielleicht erkennt er ihn wieder.«

Mittlerweile war der Nebel über die Straße gekrochen.

»Wir könnten Dodo zum Essen einladen«, schlug sie vor. »Habt ihr nicht auch Hunger?«

»Dem bleibt das Essen im Halse stecken«, knurrte Frank. »Spätestens wenn du ihm den Fäustel unter die Nase hältst!«

Bent lutschte am Bügel seiner Lesebrille. »Ich möchte Dominik da raushalten. Er wird ohnehin nicht gegen seinen Sohn aussagen wollen. Was hat Weber denn nun erzählt, Frank? Was hat es mit neun Uhr Siekerdingsda auf sich?«

»*Siekerfelde*«, korrigierte Frank. »Eine Kneipe. Auf Annas Handy war für die Tatnacht ein Termin um 21.00 Uhr *Siekerfelde* eingetragen. Kux und Weber sind bei Frau Borgstedt noch mal unter Sofas und hinter Schränke gekrochen. Ottfried hat jetzt Rücken.«

»Zum Punkt!«, mahnte Bent.

»Jedenfalls sei Frau Borgstedt auf einmal damit um die Ecke gekommen, dass sie nach dem Kunsthallen-Ausflug noch Kuchen gekauft hätten«, berichtete Frank. »Anna habe den Kuchen besorgt, während ihre Mutter im Auto wartete. Und in der Tat fanden Kux und Weber Annas Handy in diesem Café. Die Verkäuferin hatte es zurückgelegt und konnte sich daran erinnern, wie eine junge Frau es dort vergessen habe: Auf der Suche nach ihrer Geldbörse habe sie ...«

»Schön«, unterbrach Bent. »Dann also auf zu dieser Kneipe!«

»Kux tummelt sich bereits dort«, erklärte Frank. »Vielleicht feiert er auch gleich Silvester da. Ist sicher spannender als bei seiner Al... na, lassen wir das. Er ruft dich an, sobald er was herausgekriegt hat.«

»Die Sache nimmt Fahrt auf.« Bent lächelte. »Ich schlage vor, wir bestellen uns was zu essen. Ich lade euch ein.«

Kurze Zeit später studierten sie in der Teeküche Speisekarten von Restaurants mit Lieferservice. Bent schwankte zwischen Calzone und belegtem Baguette.

»Augenblick«, sagte Frank, der das Imbiss-Restaurant schon an der Strippe hatte. »Was nimmst du denn jetzt?«

»Die Baguettes sind lecker«, raunte Nina von der Seite.

Sie saßen bereits über ihren Baguettes, als Bent meinte, ein Geräusch auf dem Flur gehört zu haben. Er lauschte. Frank biss so krachend in sein Baguette Hawai, dass nichts anderes mehr zu hören war.

»Die Putzfrau ist schon da«, sagte Nina, die es wohl auch gehört hatte.

»Zeit, dass auch wir verschwinden«, sagte Frank.

Bent entfernte einen Champignon von seinem Hemd, der direkt neben dem Kaffeefleck noch einen Fettfleck hinterlassen hatte, als es zaghaft klopfte. Ein junger Mann mit Palästinensertuch und Doc Martens stand in der Tür. Robin Domeyer sah aus, als käme er direkt aus dem autonomen Block einer Demo und wäre in den Strahl des Wasserwerfers geraten.

»Du holst dir ja den Tod!« Nina stand auf.

Um Robins Stiefel bildeten sich kleine Pfützen.

»Es regnet«, sagte er.

Er nahm seine von Tropfen bedeckte Brille ab und rieb sich die Augen, als wäre er gerade erwacht. Ohne Brille ähnelte er Dominik, mehr noch als sein Bruder. Bent blickte aus dem Fenster. Im Schein der Laterne war erkennbar, dass es nur nieselte.

»Ich war länger draußen«, sagte Robin, der seinen Blick bemerkt zu haben schien.

Nina holte ein Küchenhandtuch aus dem Schrank und drückte es Robin in die Hand. Er rubbelte sich die halblangen, fast schwarzen Locken trocken.

»Vielleicht hat Frank was zum Wechseln«, sagte Nina.

»Ich schau mal nach.« Frank erhob sich.

Er kam mit einem tannengrünen Trainingsanzug mit gelben Streifen an der Naht zurück. Triumphierend hielt er die Hose in die Höhe.

»Sind das da Steigbügel oder was?«, fragte Nina. »Ein Vorkriegsmodell?

Über Robins Gesicht huschte ein schwaches Lächeln.

Frank schnalzte mit der Zunge. »Der ist praktisch wie neu.«

»Wo kann ich mich umziehen?«, fragte Robin.

»Im Büro deines Vaters«, sagte Nina.

Nachdem Robin mit dem Trainingsanzug nach nebenan verschwunden war, setzte Nina Teewasser auf. »Er will sicher Dodo treffen. Der ist von zu Hause ausgezogen.« Frank betrachtete eingehend sein halb gegessenes Baguette.

Nina warf Bent einen Blick zu. Sie dachte wohl, er wüsste nicht Bescheid über Frank und Dominiks Frau.

Robin kam wieder herein. Das Vorkriegsmodell, das wohl eher aus den Siebzigern stammte, hing traurig an ihm herunter. Nina holte einen Stuhl für ihn und stellte ihm einen dampfenden Becher vor die Nase.

»Dein Vater ist nicht hier.« Sie schob die Zwiebelringe auf ihrem Teller mit der Gabel umher. »Er wohnt bei ...«

»Dass er bei einem Freund wohnt, weiß ich.«

»Ich habe die Festnetznummer von diesem Freund, wenn du ...«

»Die habe ich auch. Ich will nicht zu ihm. Er weiß nicht, dass ich hier bin. Niemand weiß, dass ich hier bin.« Robin schloss die zitternden Hände um den Becher. »Ich will, wie sagt man – ich will eine Aussage machen. Anna hat nämlich bei uns angerufen und wollte Nils sprechen, kurz bevor sie ... bevor ...« Er biss sich auf die Lippen. »Und dann noch ... Mein Vater soll keinen Ärger kriegen wegen der Pistole.«

Frank hob die Brauen.

»Weil nämlich ich ...«, setzte Robin wieder an.

»Das ist alles schon geklärt«, sagte Bent freundlich.

»Es war nur wegen Annas Tattoo. Weil ich nicht mehr ... weil ich nicht weiß, was ich noch glauben soll. Ich denke nur ... ich möchte, dass Annas Mörder gefasst wird, egal, wer ... auch wenn ...« In seinem Gesicht zuckte es.

»Annas Tattoo? Dann erzählen Sie mal, Herr Domeyer.«

Nachdem Robin seine Aussage gemacht und das Protokoll unterschrieben hatte, brachte Nina ihn nach Hause. Frank bereitete Milchkaffee in seinem früheren Büro zu, während Bent es sich an Dominiks Schreibtisch bequem machte. Frank beugte sich über die Espressomaschine. Sein ausrasierter Nacken war ein ungewohnter Anblick.

»Wir hätten gleich zu Beginn der Ermittlung die gesamte Familie nach Annas Anruf fragen sollen!«, sagte Bent. »Sind wir etwa *alle* befangen in diesem Fall?«

Frank goss Milch in ein Kännchen und ließ sie kreisen. »Das mit Nils konnte niemand ahnen. Wir dachten, das Telefonat kann nur für Robin gewesen sein.« Er blickte über seine Schulter. »Die haben schon so viel durchgemacht …« Er verzog das Gesicht.

»Davon hätten wir uns nicht beeinflussen lassen dürfen!«

Frank drehte die Düse auf und ein Fauchen ertönte.

»Frank, du spritzt die Milch auf die Tapete …«

»Hä?«, fragte Frank und drehte die Aufschäum-Düse ab.

»Nichts. Ich sollte wohl die Staatsanwältin anrufen. Könnte ich … für mich nicht so viel Milch, danke.« Er nahm die Tasse in Empfang.

»Die macht sicher einen drauf mit ihrem Quilt–Näh-Club.«

»Ach ja, Silvester.« Bent verschränkte die Arme hinter dem Kopf. Er sehnte sich nach einem heißen Bad und einem Abend vorm Fernseher. Doch er war zum Raclette-Essen bei Henning und Ralf eingeladen. Irgendein geheimnisvoller, vierter Gast, um den sie viel Gewese machten, wurde auch erwartet. Er hatte den Verdacht, dass sie ihn verkuppeln wollten.

Frank setzte sich an seinen Schreibtisch, trank seinen Kaffee mit großen Schlucken und starrte mit stumpfen Augen aus dem Fenster, wo es nur Schwärze zu sehen gab. Und kleine, harte Flocken, die durch die Nacht aus Eis irrten. Für die Silvesternacht war ein Temperatursturz vorhergesagt worden.

»Und – machst *du* einen drauf?«, fragte Bent, um etwas zu sagen. »Heute Nacht?«

»Sehe ich so aus?«

Das Klingeln seines Handys enthob Bent einer Antwort. Es war Henning. Wo zum Teufel er denn bliebe?

Dominik holte den Schlüssel bei Volkers Nachbarn ab. Sein Freund würde erst am Abend von einem Seminar zurückkommen. Fürs Erste musste er also nicht über seine Eheprobleme reden. Auf dem Küchentisch lagen ein Zettel mit Informationen sowie eine Einkaufsliste. Das ihm zugedachte Schlafzimmer war spärlich möbliert und in Orangetönen gestrichen. Mit einer ähnlichen Farbe hatte er damals Bettys Praxisräume verschönert. Er packte ein paar Sachen aus seinem Koffer in eine Kommode, bevor er feststellte, dass er sich mit dem Einkaufen beeilen musste, da die Geschäfte an Silvester früher schlossen.

Im Parkhaus des Supermarktes kreisten entnervte Autofahrer auf der Suche nach einer Lücke. Scheinbar war jeder in Gadderbaum kurz vor Ladenschluss auf die Idee gekommen, sich hier rasch noch einzudecken. Er arbeitete Volkers Liste ab und reihte sich in eine der langen Schlangen an den Kassen ein. Nachdem er endlich durch war, fuhr er mit der Rolltreppe ein Stockwerk tiefer, um Aspirin aus der Apotheke zu besorgen, und flüchtete anschließend mit seinen Tüten über den Außenparkplatz ins Freie. Fast wäre er an Max Baumgartner vorbeimarschiert, der halb im Kofferraum eines Mercedes-Kombis verschwunden war.

»Hallo Max! Kein weißer Alfa mehr?«, fragte er.

Max stieß sich den Kopf an der Heckklappe. Eine silberne Dose fiel aus der Papiertüte, die er gerade verstaute, und rollte über den Boden. »Ach, Sie sind das …« Max lächelte matt. »Nee, der Alfa steht nicht mehr zur Verfügung.«

Die Augen in dem gebräunten Gesicht leuchteten so blau, dass Dominik sich fragte, ob er farbige Kontaktlinsen trug. Dominik hob die Dose auf. Er legte sie in die Tüte zurück, die vorne im Kofferraum neben einer Kiste Champagner und Silvesterknallern stand.

»Dieses Energy-Drink-Zeug ist schwer in Mode, was?« Dominik deutete auf die Tüte.

Max zog den Reißverschluss seiner Daunenweste zu und verschränkte die Arme. »Stimmt. Ich steh auch drauf. Ist alles für die Party.«

»Bei euch zu Hause steigt die große Silvesterparty?«

»Nicht bei uns. Meine Eltern sind bei einem Kollegen aus der Maklerfirma eingeladen.« Der Wind verwehte seine Stirnfransen. »Und ich feiere bei einem Freund.«

Makler … das war vielleicht keine schlechte Idee. Schwer zu sagen, wie es mit Betty und ihm weiterging. Er konnte ja nicht ewig bei Volker bleiben. »Bei welcher Firma sind deine Eltern denn? Falls ich mal einen Makler brauche.«

»Die sind bei Templin & Rademacher. Die bedienen allerdings in erster Linie …«, Max grinste herablassend, »gehobene Ansprüche. *Falls* Sie also jemals eine Stadtvilla im Musikerviertel suchen sollten …« Sein Grinsen wurde breiter.

Beim Musikerviertel in der Nähe der Sparrenburg, dessen Straßen nach berühmten Musikern benannt waren, handelte es sich um ein besonders teures Pflaster.

»Dann wende ich mich an Templin & Rademacher.« Dominik zwang sich zu einem Lächeln. »Danke für die Auskunft.«

Max schlug die Heckklappe zu. »Ich muss los, Herr Domeyer.«

»Schöne Party wünsche ich«, sagte Dominik.

»Werde ich haben«, sagte Max. Er grinste noch immer.

Zurück in Volkers Wohnung verstaute Dominik die Einkäufe. Dann warf er sich aufs Futon-Bett und schlug die *Geheimnisse des Universums* auf. Schon nach den ersten Sätzen unter der verheißungsvollen Überschrift *Das schwarze Herz der Galaxie* schweiften seine Gedanken ab. Wenn er katholisch wäre, könnte er das mit dem Anruf bei Bella beichten, zehn Rosenkränze beten und der Fall wäre erledigt. Das war wohl der eigentliche Reiz dieser Religion, dachte er schläfrig und legte das Buch beiseite. Nur war er nicht katholisch.

Als er wieder aufwachte, zog er den Band unter seinem Kopf hervor. Das Buch hatte ein Muster in seine Wange gedrückt, während er wie üblich wirres Zeug geträumt hatte. Irgendetwas über eine Autobahnfahrt. Eine Autojagd auf der Autobahn. Ein weißer Alfa, der ihn in seinem Polo verfolgte. Er trat das Gaspedal bis zum Anschlag durch, aber der Wagen kam nicht von der Stelle, zumal es bergauf ging. Der Alfa hing bereits an seiner Stoßstange und drohte ihn zu rammen, als plötzlich Nils am Steuer saß und er auf dem Beifahrersitz. Aber auch sein Sohn konnte nichts ausrichten. »Der zieht schlecht«, schrie Nils. »Max hat recht!« Er drehte sich um und sah den breit grinsenden Max hinter dem Steuer des Alfa Romeo.

»Der zieht schlecht«, murmelte Dominik und verschränkte die Hände hinter dem Kopf. »Woher weiß Max das eigentlich?«

Auf der Rückfahrt von Sylt hatte Nils so etwas gesagt. Hatte Max den Polo selbst mal gefahren, so wie er sich auch den

Alfa oder den Kombi lieh? War so die Energy-Drink-Dose, die er auf der Fahrt nach Sylt gefunden hatte, in sein Auto gekommen? Soweit er wusste, trank niemand aus seiner Familie Energy-Drinks. Max war sicher eine andere Wagenklasse gewohnt, schien aber kein eigenes Auto zu haben. Seltsam eigentlich, denn seine Eltern hatten offenbar keine Geldsorgen: Sie verbrachten ihre Freizeit auf dem Golfplatz, wie Nils einmal erwähnt hatte.

Er stand auf und ließ sich auf einem der Meditationskissen nieder. Sein Blick fand Halt an dem einzigen Wandschmuck, einem gerahmten Foto des Dalai Lama. Ob es an der ungewohnten Ruhe lag oder am spirituellen Ambiente: Er beschloss, seine Gefühle in puncto Betty zu ergründen. Es war etwas, das er nur höchst ungern tat, weil selten etwas Brauchbares dabei herauskam. Aber früher oder später musste er entscheiden, wie es weitergehen sollte. Der geistliche Führer mit der dicken Viereck-Brille lächelte ermutigend. Aber auch dieses Mal kam er zu keinem Ergebnis. Immer, wenn er seine Gedanken auf Betty richtete, überkam ihn große Müdigkeit. Fest stand, er war sauer auf Frank. Weil er eifersüchtig auf Frank war? War er das überhaupt?

Der Dalai Lama lächelte unverdrossen weiter, als wollte er sagen: Du weißt es. Ein bisschen wie Karl.

Doch, ja, er wusste warum. Frank bedrohte den Familienzusammenhalt und das in einer sensiblen Phase. Während er auf Sylt war, um das Schlimmste zu verhindern! Frank, der als Single nur für sich selbst verantwortlich war und keinen Gedanken daran verschwendete, dass er damit das Familien-System destabilisierte. Das System. Er klang schon wie Robin. Aber es stimmte. Betty und er waren Teil eines größeren Ganzen, das nur dann nicht auseinanderfiel, wenn jeder seinen Beitrag leistete. Wann hatte er aufgehört, Betty und sich als Paar zu betrachten und nicht nur als Eltern? Seitdem die Kinder da waren, vermutlich. Die Familie war das Wichtigste. Sollte er dann nicht um seine Frau kämpfen?

Dominik rutschte vom Meditationskissen und wich diesem Lächeln aus, das ihm folgte, als er aus dem Zimmer ging. Auch die Stille folgte ihm. Nicht einmal die Nachbarn waren zu hören oder ein Auto auf der Straße. Er begann, Volkers Wohnung zu erkunden. Dessen Schlafzimmer war ähnlich karg gehalten wie das Gästezimmer, dafür wiesen die Wände ein sattes Ziegelrot auf. Im Wohnzimmer waren an einer Wand Bücherregale bis zur Decke angebracht. Neben diversen spirituellen Werken standen etliche Bücher über Himalaya-Expeditionen. Er erspähte eine Reportage über eine K2-Expedition, von der er gehört hatte, eine der vielen am K2, die desaströs ausgegangen war. Er stellte sich auf die Zehenspitzen und angelte danach. Das Buch fiel ihm entgegen, und er konnte es gerade noch auffangen, nicht aber die anderen Bücher, die ins Rutschen gerieten und ihm haufenweise entgegenpurzelten. In dem Moment, als er glaubte, es wäre alles runtergekommen, fiel ihm noch eins auf den Kopf. Halb kniete, halb lag er inmitten eines Bücherhaufens im schwindenden Licht des Tages. Vor dem Fenster saß eine Krähe auf einem schwankenden Ast und beäugte ihn und diese ganze Sinnlosigkeit.

Er hörte, wie die Wohnungstür aufgeschlossen wurde. Volker rumorte im Flur. Am liebsten hätte er sich für immer unter diesem Haufen verkrochen.

»Volker?«, rief er halblaut.

Der steckte den Kopf durch die Tür, stutzte und begann zu lachen.

Gemeinsam räumten sie die Bücher wieder ein, derweil Volker von seiner Schuldnerberatungsfortbildung erzählte. Dominik hörte nur mit einem halben Ohr hin. Schließlich hielt er es nicht mehr aus, entschuldigte sich und rief Frank an.

»Dodo?« Frank klang ziemlich überrascht.

»Wie ist es gelaufen? Mit Nils und Sofie, meine ich.«

»Wir …« Er zögerte. »Vielleicht treffen wir uns besser. Falls … falls es dir nichts ausmacht. Oder du hast du was vor? Mit Betty … oder so. Heute ist ja Silvester.«

»Mit Betty? Soll das ein Witz sein? Idiot!«

Frank schnaufte. »Kein Witz, Dodo. Sie hat mir den Laufpass gegeben.«

»Gibt's hier was in der Nähe, wo man sich treffen kann?«, wandte sich Dominik an Volker.

»Du kannst ihn auch hier treffen. Oder ist es eine Sie?« Volker grinste.

Frank brauchte nicht länger als eine halbe Stunde. Ohne zu murren, zog er seine Schuhe aus und tappte auf Socken mit in das orangefarbene Zimmer. Ratlos schaute er vom Futon-Bett zu den Meditationskissen, ließ sich dann umständlich auf einem der Kissen nieder und warf dem Dalai Lama einen misstrauischen Blick zu.

»Der hört mit«, sagte Dominik und setzte sich auf das andere Kissen. »Kann man nichts machen.«

Frank nickte geistesabwesend. Er sah aus, als hätte er in seinen Kleidern geschlafen.

»Jetzt red endlich!«, drängte Dominik. »Habt ihr schon das Ergebnis der Blutanalyse von dem Blut in meinem Polo?«

»Bent hat ihnen Feuer unterm Hintern gemacht, aber …«

»Frank, bitte!«

»Noch nichts.« Frank behielt den Dalai Lama im Auge, als wollte der das Ganze anzweifeln. Er zupfte an seinem Socken, der am großen Zeh ein Loch hatte.

»Und die Vernehmungen?«

»Ist nicht viel bei rumgekommen. Morgen werden sie weiter vernommen«, sagte Frank und inspizierte seinen anderen Socken. »Annas Handy ist wieder aufgetaucht, sie war mit jemandem in der Mordnacht im *Siekerfelde* verabredet.« Frank ließ sich vom Kissen auf den Teppich gleiten, streckte sich aus und faltete die Hände über dem Bauch.

»Fühl dich wie zu Hause«, sagte Dominik.

Frank setzte an, etwas zu sagen, zog ein Papiertaschentuch aus der Hosentasche und putzte sich umständlich die Nase. Dann atmete er schwer.

»Kannst du mir verzeihen?«, sprach er zur Zimmerdecke.

»Nö.«

»Ich habe es nicht anders verdient. Jetzt habe ich Betty verloren und dich auch!« Frank starrte weiter mit zusammengezogenen Brauen an die Decke.

»Aber nicht die Fähigkeit, dich selbst zu bemitleiden, wie?«

»Sie will mich nicht. Sie wollte dich nur eifersüchtig machen.« Frank machte ein Gesicht, als würde er gleich in Tränen ausbrechen. »Es tut mir leid, Dodo«, hauchte er. »Ich habe das nicht … ich habe mich in …« Er schluckte. »So eine gottverdammte Scheiße!« Er presste die Lider zusammen.

Das hier war nicht Frank T. Herbst, sondern ein Alien, das sich in seinem Körper breitgemacht hatte.

»Dämlicher Idiot«, sagte Dominik matt.

Frank öffnete ein Auge und warf ihm einen hoffnungsvollen Blick zu.

»Also gut, ich verzeihe dir! Aber nur, wenn du deine Griffel in Zukunft von meiner Frau lässt!«

Dominik warf eines der schweren Meditationskissen nach ihm.

Es klopfte, Volker öffnete die Tür einen Spaltbreit und Essensdüfte zogen herein.

»Suppe ist fertig«, sang Volker. Er hob die Brauen. »Was ist denn das für eine Übung?«

»Muskelaufbau.« Frank wälzte das Kissen, das er aufgefangen hatte, zur Seite.

»Ich kann dir Hanteln zur Verfügung stellen«, erwiderte Volker. »An sich wollen wir jetzt mit der Suppe anfangen. Die anderen sind auch schon da. Wenn du noch nichts vorhast, Frank, bist du herzlich einge… was ist mit euch?«

»Nichts«, sagte Frank und setzte sich auf.

»Welche anderen?«, fragte Dominik.

»Wir feiern Silvester im kleinen, aber feinen Kreis.«

»Danke, aber …« Franks Fingernägel schabten über seinen ausrasierten Nacken. »Mir ist nicht so nach Feiern.«

»Ich habe meine Männergruppe eingeladen.«

»Er ist Sozialarbeiter«, erklärte Dominik.

Frank hörte auf, sich zu kratzen. »Deine Patienten? Kunden, wie sagt man …?«

»Ihr wisst nicht, was eine Männergruppe ist?«

»Die Auseinandersetzung mit der Männerrolle«, erklärte Dominik. »Oder so.«

»Sind das solche, die zusammen in den Wald fahren, nur mit Messer und Seil bekleidet und Insekten überm Feuer rösten?«, fragte Frank.

Volker brach in Gelächter aus.

16. Kapitel

Dienstag, 1. Januar

Im Moment seines Erwachens glaubte sich Dominik in Bettys Praxis, wegen der orangefarbenen Wände. Sein Blick wanderte über die Sitzkissen auf dem sandfarbenen Teppich, über das Messing-Tischchen und das Buch *Die fünf Tibeter*, das darauf lag. Bisher hatte er sich mit Volker beim Laufen oder beim Bier über Pulsuhren und den Winter-Cup ausgetauscht, darüber, wer wann welche Zeit bei welchem Lauf geschafft hatte, über Zerrungen und empfehlenswerte Orthopäden … Aber nie über den Dalai Lama oder Ähnliches. Wobei das Ausmaß des Ähnlichen nur in groben Umrissen zu erahnen war.

Ein Schnarchlaut aus nächster Nähe ließ ihn auffahren. Vorsichtig hob er die Decke an. Franks strubbeliger Schopf kam zum Vorschein, zerknautschtes Gesicht, offener Mund, ein Speichelfaden. Auch hatte Frank sich nicht mehr die Mühe gemacht, Hemd und Hose auszuziehen. Was auch besser war. Schnell ließ er die Decke wieder fallen. Mit einem Grunzen wälzte Frank sich auf den Bauch.

Im Gegensatz zu ihm war Frank bei der Feier nach einiger Zeit aufgetaut. Reichlich Bier und Sekt hatten die herzlichste Verbrüderung befeuert: Sei umschlungen, Männergruppe. Noch einmal lupfte er die Decke.

»Musst du nicht heute arbeiten?«

Frank rührte sich nicht.

»Frank?« Er rüttelte an seiner Schulter.

Protestierendes Genuschel war die Antwort. Frank zog sich die Decke über den Kopf.

Ein Rundgang durch Volkers Wohnung offenbarte weitere vom Alkohol gefällte Mitstreiter, die auf dem Sofa und auf Luftmatratzen vor sich hinschnarchten.

Nach einer heißen Dusche fühlte Dominik sich frischer und bereit fürs Frühstück. Graues Winterlicht beschien Kränze von Sektgläsern und eine Rotweinpfütze auf dem Küchentisch. Er lüftete, kochte Kaffee, putzte den Tisch, und räumte die leeren Flaschen in einen Korb. Im Kühlschrank fanden sich noch Reste von Kartoffelsalat. Im Brotkasten entdeckte er Fladenbrot. Während er überlegte, ob er das noch aufbacken konnte, erklangen trostlose Geräusche wie aus dem Lautsprecher eines Internierungslagers in einem Endzeit-Science-Fiction. Er nahm sich jedes Mal vor, einen anderen Klingelton einzustellen und vergaß es sofort wieder.

Es war Nina, und sie druckste herum.

»Besser, du bist informiert«, brachte sie schließlich heraus. »Weil ... na ja, alle anderen wissen schon Bescheid.«

»Über was?«, fragte er atemlos.

»Jaaa ...«, begann Nina gedehnt. »Robin war im Präsidium.«

»Robin?« Seine Stimme klang rostig. Frank hatte nichts davon gesagt.

»Er hat eine Aussage gemacht, warum er Nils nach Sylt gefolgt ist. Und er macht sich Gedanken, ob das ein Vertrauensbruch dir gegenüber wäre.«

»Ach je«, sagte er müde. »Übrigens: Frank ist ... er kann heute nicht zur Arbeit kommen. Er kränkelt ... du weißt ja, zurzeit gehen viele Infekte herum.«

Eine Krähe saß auf einem Ast vorm Fenster und lugte in die Küche. Vermutlich dieselbe, die seine gestrige Schmach beobachtet hatte.

»Ich nehme an, eine Art Silvester-Infekt. Und warum kann er uns das nicht selbst sagen?«

»Er liegt im Bett. Hier bei … Volker und mir.«

»Was soll das sein? Ein flotter Dreier?«

Dominik seufzte. »Gibst du das bitte weiter an Andersen?«

»Dass er im Bett liegt bei Volker und dir?«

Er stöhnte. »Dass er krank ist! Nina, ich habe jetzt keine Lust …« Er brach ab.

Sie schwieg.

»Meine Güte, Nina, wir haben zusammen Silvester gefeiert und er hat hier übernachtet. Zufrieden?«

»Es geht doch nichts über eine echte Männerfreundschaft«, ließ sie sich schließlich vernehmen.

Er klemmte das Telefon zwischen Schulter und Ohr fest, strich sich Tomaten-Schafskäsepaste auf das dröge Fladenbrot und biss ab. Es gab Bemerkungen, auf die man nicht antworten musste.

»Er ist nicht für die Vernehmungen vorgesehen«, fuhr sie fort. »Bent findet, er wäre zu nah dran.«

Das Brot schmeckte wie Zwieback mit Knoblauch.

»Weswegen ich noch … also …«, stotterte Nina.

»Raus damit!«

»Das Blut, das im Kofferraum von deinem Polo gefunden wurde, ist Annas Blut.«

Er betrachtete das Brot mit der schweinerosafarbenen Paste und warf es zurück auf den Teller. Nina redete weiter, doch es rauschte an ihm vorbei. Richterlicher Beschluss, Staatsanwältin, U-Haft … Er schob den Teller beiseite.

»Dodo? Hörst du noch zu?«

»Ich rufe Nils an. Ich frage ihn, ob er etwas mit Annas Tod zu tun hat. Das hätte ich schon längst tun sollen!«

»Du, er ist …«

»Nein, ich fahre hin. Es ist besser, wenn ich ihm in die Augen schaue, und dann soll er es mir sagen. Warum habe ich nicht mit ihm gesprochen? Warum zum Teufel musste ich Bella anru…«

»Nils ist hier, Dodo.«

»Hier?« Verwirrt trank er einen Schluck lauwarmen Kaffee.

»Im Präsidium. Wir werden ihn gleich vernehmen.« Sie senkte die Stimme zu einem verschwörerischen Flüstern. »Dodo, ich weiß, das ist viel verlangt, aber würdest du dir diesen Fäustel mal ansehen? Und sagen, ob du ihn wiedererkennst, und … ob er normalerweise in deinem Kofferraum liegt?«

»Ob es Totschlag war oder ob er mit Mordabsicht im Kofferraum verstaut wurde, meinst du das?«

Nina atmete schwer ins Telefon. Als ob es *ihr* Sohn wäre.

»Du musst einen Verdacht gehabt haben. Sonst hättest du Bella nicht angerufen.«

Er ging zur Spüle, kippte den Rest aus seiner Kaffeetasse hinein, dann setzte er sich wieder an den Tisch und holte tief Luft. »Du hast recht, das ist ein bisschen viel verlangt, Nina. Ich will Nils sprechen und zwar sofort!«

»Das …«

»Doch, das geht! Gib ihn mir!«

Nina seufzte. Im Hintergrund hörte er leise Stimmen und andere Geräusche, die er nicht zuordnen konnte.

»Nina? Hallo?«

»Papa?«, ertönte plötzlich Nils' Stimme.

»Nils, ich will … Ich möchte dich etwas fragen. Es bleibt unter uns, hier hört niemand mit, hast du verstanden?«

»Verstanden.«

»Hast du mit Anna telefoniert an dem Sonntag?«

»Ja.«

»Warum hast du das abgestritten auf Sylt?«

»Ich habe das nicht abgestritten. Anna wollte Sofies Nummer von mir. Ich habe sie ihr gegeben.«

»Aber es war nicht Anne, die angerufen hat!«

»Sofie hat behauptet, dass Anne angerufen hätte.«

»Du hättest das klarstellen können!«

»Und dann? Robin war kurz davor durchzudrehen!«

»Das stimmt allerdings. Was wollte Anna von Sofie?«

»Ich weiß es nicht. Etwas Wichtiges, hat sie betont, als ich ihr die Nummer nicht sofort geben wollte.«

»Kannst du dir denken, was?«

»Mittlerweile schon.«

»Hast du ein Reh gesehen, Nils? Hast du eins angefahren?«

»Ich weiß es nicht.«

»Hör mal, mein Junge, ich habe es satt, dir die Würmer aus der Nase zu ziehen!«

»Ich weiß nur, dass ich am nächsten Morgen mit einem Mordskater in meinem Bett aufgewacht bin! Verstehst du?«

»Und Anna?«

»Ich habe Anna nicht umgebracht. Der Anwalt rät mir inzwischen, ein Geständnis abzulegen«, sagte Nils tonlos.

»Moment mal! Wenn du nichts getan hast, dann solltest du auch kein …«

»Es heißt, Anna habe sich an dem Abend vor ihrem Tod mit einem Paar getroffen im *Siekerfelde*. Die Beschreibung passe auf Sofie und mich. Ein Alibi habe ich auch nicht. Der Anwalt sagt, es ginge jetzt nur noch um das Strafmaß.«

»Und die Spuren? Dieses Haar auf der Mülltüte? Du hast doch den Abstrich machen lassen.«

»Du glaubst mir auch nicht, nicht wahr? Nicht mal du.« Nils klang bitter.

»Doch! Ich versuche nur gerade herauszufinden, wie eindeutig die Spurenla…«

»Dodo?«, ertönte Ninas Stimme. »Wir müssen jetzt Schluss machen.«

»Hey, warte, nur noch *eine* Minute mit Nils! Nein, eine halbe, nicht mal!«

»Bent ist gerade hereingekommen … okay, ganz kurz.«

»Nils, bist du das?«

»Ja.«

Er hörte Nils Atem.

»Gesteh nichts, was du nicht getan hast! Die Kripo hat ausreichend Möglichkeiten, die Wahrheit …«

»Was soll ich denn tun?« Nils Stimme klang wie ein Schluchzen. »Für immer einsitzen? Der Anwalt …«

»Nils, du darfst nichts gestehen, was du …«

Es knackte in der Leitung. Das Besetztzeichen ertönte.

»Verdammter Mist!« Er warf das Handy auf den Tisch, vergrub den Kopf in den Händen, fuhr sich durch die Haare und griff wieder nach dem Handy. Bei Robin meldete sich die Mobilbox. Übers Festnetz erreichte er Betty. Sie klang verschnupft. Robin schlafe noch.

»Richte ihm aus, das war kein Vertrauensbruch. Er soll mich zurückrufen, wenn er aufgestanden ist.«

»Worum geht es denn?«, fragte sie leise.

»Er weiß schon Bescheid.«

Betty schwieg.

Er hatte das Gefühl, dass sie wartete. Auf irgendetwas. Nein, nicht auf irgendetwas. Auf den richtigen Satz, der alles geradebiegen würde. Er hatte das nie gut gekonnt.

»Frohes Neues Jahr, Betty.«

Immerhin legte sie nicht auf.

»Frohes Neues Jahr«, sagte sie nach einer Weile und legte auf.

Er lehnte sich auf seinem Stuhl zurück, streckte die Beine aus und entdeckte eine einsame Olive unter dem Tisch.

»Morgen, Dominik. Das alte Fladenbrot schmeckt nicht, was? Ich mache uns Aufbackbrötchen.«

Er hatte Volker nicht kommen hören. Der rieb sich die verquollenen Augen, hob prüfend die Thermoskanne an und goss sich einen Becher ein. »Zeit für den Brunch.« Er öffnete den Kühlschrank. »Es ist noch Suppe da und … oho: Weintrauben und Käse!« Er räumte Tupperdosen auf den Tisch. Nach einer Weile blickte er auf. »Ist was?«

»Nein«, sagte Dominik. »Ich habe nur keinen Appetit.«

»Dabei hast du noch am wenigsten von uns getrunken, falls ich mich recht entsinne, natürlich nur.« Volker grinste.

Nach und nach trafen die Überlebenden der Silvesterparty in mehr oder minder desolatem Zustand ein. Schließlich tauchte auch Frank auf und war erleichtert, als er erfuhr, dass Dominik ihn krankgemeldet hatte. Robin rief zwischendurch an und Dominik schaffte es, seinen Sohn zu beruhigen, indem er ihm mit einer Sicherheit, die er selbst nicht empfand, mitteilte, dass die Wahrheit über Annas Tod schon ans Licht komme, und von Verrat keine Rede sein könne.

Während des Brunchs entwickelte sich eine Diskussion über die verheißungsvollen Möglichkeiten der Polyamorie, an der sich Dominik nicht beteiligte. Es stellte sich heraus, dass Volker und zwei andere aus der Gruppe bekennende Polyamoriker waren. Nur Eifersucht könne ein Problem werden, man müsse eben Beziehungsarbeit leisten. Die Wogen schlugen hoch und das Ganze dehnte sich bis weit in den Nachmittag. Frank war der Letzte, der ging, inspiriert. Eine neue Frau musste her, wie immer. Und viel half anscheinend viel. Frank ahnte nicht mal, was Beziehungsarbeit war und würde vermutlich demnächst zu den Polyamorikern stoßen.

Dominik bot an, aufzuräumen. Volker nahm dankbar an und legte sich aufs Ohr. Zwischendurch wählte er Ninas Nummer, erwischte nur die Mobilbox, sprach dann doch nichts drauf. Während die Spülmaschine gurgelte, ging er ins

Schlafzimmer und ließ sich auf dem Meditationskissen nieder. Das Lächeln des Dalai Lama blieb unergründlich, veränderte sich nicht, auch nicht durch den wechselnden Einfall des Sonnenlichtes, das durchs Zimmer wanderte. Es gab keine Hinweise darauf, wie Nils' Vernehmung verlief. Er war ein paar Mal versucht, im Präsidium oder bei Betty anzurufen, ahnte aber, dass das zu früh war.

Er hatte auf dem PC Fotos von der Tatwaffe gesehen, kurz nachdem sie gefunden worden war. Zu dem Zeitpunkt war ihm in den Sinn gekommen, dass Fäustel desselben Fabrikats einander offenbar sehr glichen, vielleicht durch den Gebrauch sogar Schrammen an den gleichen Stellen aufwiesen. Bei all dem waren die Geschehnisse seltsam abstrakt gewesen: Ein Haufen Indizien, aus denen man Schlüsse ziehen konnte oder sogar musste. Es war ihm nicht möglich gewesen, den Ermittler in sich auszuschalten. Es stimmte: Er hatte Befürchtungen gehegt. Jetzt hegte er andere, hoffte inständig, dass Nils nicht aus lauter Verzweiflung ein falsches Geständnis ablegte.

Plötzlich hallte es blechern auf dem Bett. Er stemmte sich vom Meditationskissen hoch und warf sich auf sein Handy. »Ja?«, sagte er atemlos.

»Wir sind noch nicht viel weiter …«

»Nina! Das heißt, Nils hat nicht gestanden?«

»Dein Sohn mauert.« Sie seufzte leise. »Bisher zumindest.«

»Er war es nicht, Nina. Er muss völlig betrunken gewesen sein.«

»Das spricht nicht unbedingt für ihn.«

»Und Sandler ist aus dem Spiel?« Dominik sah durch das Fenster, wie das Licht einer Straßenlaterne anging.

»Sandler ist aus der U-Haft entlassen worden. Und was Annas Verabredung im *Siekerfelde* angeht, Kux hat …«

»Habt ihr denen Fotos vorgelegt?«

»Natürlich. Bei Sofie sind sie sich sicher. Bei Nils sagten sie, er könne es gewesen sein. Du weißt ja, wie schwammig manche Zeugenaussagen sind.«

»Was du nicht sagst.«

»Anna Borgstedt und das Paar hätten die Kneipe gegen elf plus minus einer halben Stunde gemeinsam verlassen. Das Paar – so haben die Zeugen sich ausgedrückt. Nils und Sofie sind doch ein Paar.«

Die Dunkelheit draußen vertiefte sich.

»Was ist mit den Spuren vom Fundort?«

»Da ist was schiefgelaufen. Die Speichelproben sind vertauscht worden.«

»Wie bitte?«

»Die haben eine Speichelprobe analysiert, die zu einem Verdächtigen bei einem anderen Fall gehört und natürlich keine Übereinstimmung gefunden.«

»Großartig! Nils schmort also noch ein wenig in der Hölle!«

»Du weißt so gut wie ich, dass eine nicht übereinstimmende Probe noch kein Beweis wäre!«

»Und du weißt so gut wie ich, dass es fast unmöglich ist, keine Spuren zu hinterlassen!«

»Entschuldige Dodo, aber man kann davon ausgehen, dass der Sohn eines Kripobeamten eine Ahnung hat, wie man Spuren vermeidet. Das ist wohl auch der Grund, warum die Leiche entkleidet wurde.«

»Oh ja, natürlich! Wir reden zu Hause praktisch über nichts anderes als über den perfekten Mord!«

»Ich rufe dich wieder an«, sagte Nina.

Er lag noch eine Weile bäuchlings auf dem zerwühlten Bett, dann tastete er sich im fahlen Licht der Laterne aus dem Zimmer. Er klopfte leise an Volkers Tür. Als keine Antwort kam, öffnete er sie einen Spaltbreit. Im Schein der Nachttischleuchte lag Volker mit geschlossenen Augen im Bett. In seinen Ohren steckten Ohrhörer. Ob er einem Hörspiel lauschte oder bereits eingeschlafen war, konnte Dominik nicht erkennen.

Er ging in die Küche, aß ein Brötchen und eine Apfelsine, blätterte in einem Buch über *tantrische Massage,* das er zwischen den Büchern *Polyamorie – die neue Bewegung* und *Das große Buch der Makrobiotik* auf dem Küchenregal gefunden hatte. Schon während des Essens merkte er, dass er die Augen kaum noch offenhalten konnte. Daran änderten auch die Abbildungen in der tantrischen Massage nichts. Besser, er ging früh ins Bett, die Nacht würde ohnehin sehr kurz werden. Bevor er sich hinlegte, drehte er das Bild des Dalai Lama um. Obwohl – vielleicht verstand der geistliche Führer ja, dass er den Vorstellungen des MK-Leiters nicht immer entsprechen konnte. Er drehte das Bild wieder auf die Vorderseite. Der Dalai Lama lächelte.

17. Kapitel

Mittwoch, 2. Januar

Es dauerte eine Weile, bis Dominik begriff, dass es sich bei dieser seltsamen Tonfolge um den Alarm der Weckfunktion seines Handys handelte. Dass es 3.16 Uhr in der Nacht war, machte die Sache nicht besser.

Um 3.49 Uhr stieg er benommen aus dem Taxi, das vor dem Eingang des Präsidiums hielt. Seine Büroetage des KK11 war nur spärlich beleuchtet. Trotzdem bewegte er sich geräuschlos, achtete darauf, ob ein Lichtschein unter einer der Türen zu sehen war, denn es kam vor, dass nachts gearbeitet wurde. Jetzt war alles dunkel. Nur das leise Rauschen der Lüftungsanlage war zu hören. War jemand auf der Toilette? Er schaute nach, aber niemand schien sich dort aufzuhalten. Dominik atmete auf. Er stahl sich in die Teeküche. Wie ein Dieb! Das verdankte er Andersen. Der Einfachheit halber braute er sich den Kaffee dort und verzichtete auf Schnickschnack wie aufgeschäumte Milch. Den ersten Becher trank er im Stehen.

Dann schloss er Ninas Büro auf, für das er einen Schlüssel besaß, weil er gelegentlich für sie Blumen goss. Die Befragungsprotokolle lagen vermutlich in Kux' und Webers Büro, aber mit etwas Glück würde er sie auch auf Ninas PC einsehen können. Bei einer Fortbildung über IT-Sicherheit hatten Nina und er sich in der Pause über ihre dümmsten Passwörter lustig gemacht.

Er gab *NinaKai123* ein, und der Rechner fuhr hoch. Tatsächlich entdeckte er die Dateien in dem Ordner *Gäste der Tennis-*

clubhaus-Party, fein säuberlich mit Datum und Namen der beteiligten Personen versehen. Die Befragungen waren nicht wie meistens von Kux und Weber gemeinsam durchgeführt worden, sondern größtenteils entweder von Kux oder von Weber. Das verhieß nichts Gutes. Als er die Dateien überflog, wurde ihm klar, warum sie zu getrennter Befragung übergegangen waren. Es waren an die vierzig Partygäste aufgesucht worden. Es würde ewig dauern, die Protokolle zu lesen. Er hätte Volker um einen Stick bitten sollen. Und wenn er die Dateien auf seinen Rechner schickte? Allerdings hatte Andersen ihn im Visier und wenn der das spitzkriegte, würde Nina den Ärger bekommen. Dominik leerte den zweiten Becher Kaffee. Also würde er anfangen zu lesen, und zur Not wiederkommen.

Zuerst las er gründlich Aussage für Aussage. Kux hatte sich auf die Hauptfragen beschränkt, Weber hatte breiter gefragt. Die Antworten fielen ähnlich aus. Die Party schien feuchtfröhlich gewesen zu sein, die jungen Leute hatten ihren Spaß gehabt, getanzt, sich am Büfett unterhalten, Cocktails getrunken und nicht sonderlich darauf geachtet, wer wann und mit wem und in welchem Zustand die Party verlassen hatte. Wenige waren schon früh gegangen, etliche hatten sich gegen ein Uhr Taxis bestellt, andere waren bis zwei, drei oder sogar vier Uhr geblieben. Dominik machte sich eine Aufstellung der Namen und der Zeitpunkte, an denen die Gäste beim Verlassen der Party beobachtet worden waren. Einige Namen kamen ihm vage bekannt vor, die hatte Nils wohl mal erwähnt und Max kannte er natürlich. Zwischendurch stand er auf, machte Dehnübungen und aß die halbe Tafel Schokolade, die Frank auf seinem neuen Schreibtisch hinterlassen hatte. Frank würde Nina deswegen beschuldigen. Es war sowieso fraglich, wie lange sie es mit ihm aushalten würde.

Eiskalte Luft wehte ihm entgegen, als er kurz das Fenster öffnete. Die Nacht war ruhig und sternenklar. Ein Streifenwagen fuhr vorbei. Vermutlich hatte die Schupo wieder einen Betrunkenen aufgesammelt, der zum Zellentrakt gebracht wurde. Er gähnte und machte sich daran, die letzten zwanzig Protokolle zu überfliegen.

Nach sechs weiteren Protokollen warf er einen Blick auf seine Uhr: 5.37. Die Zeit wurde langsam knapp, aber normalerweise würde hier niemand vor sieben auftauchen. Die meisten Kollegen kamen sowieso erst zwischen halb acht und acht, wenn nichts Besonderes anlag.

Das nächste Protokoll stammte von Kux. Auf die Frage, mit wem Sofie Mertens die Party verlassen habe, antwortete eine Merle Hüllinghorst:

»Ich schätze, mit Nils. Die sind so kurz vor zwei rausgekommen. Ich war zu meinem Auto gegangen, weil ich mein Handy da vergessen hatte und einer Freundin Fotos zeigen wollte. Ich dachte, okay, dann rauche ich draußen schnell noch eine. Die beiden haben mich zuerst nicht bemerkt, und als sie mich sahen, haben sie aufgehört, sich anzugiften. Ich bin dann wieder rein, damit sie sich in Ruhe weiterstreiten konnten.«

»Haben Sie sie danach noch auf der Party gesehen?«

»Nein. Keinen von beiden.«

Kux bedankte sich herzlich.

»Und – haben Sie sie zusammen wegfahren sehen, oder könnten die auch getrennt gefahren sein?! Walter, du Dämlack!« Dominik nahm sich die restlichen dreizehn Protokolle vor, von denen neun einer Befragung von Weber entstammten. Er fügte noch ein paar neue Namen zu seiner Aufstellung hinzu. Bei einem der letzten Protokolle stutzte er. Max Baumgartner wurde von einer Tabea Bürenkemper als einer von denen genannt, die nach zwei Uhr nicht mehr auf der

Party gewesen seien. Er sei rausgegangen, gerade als ihre Freundin Merle vom Parkplatz zurückgekommen sei, so gegen kurz nach zwei. Die junge Frau hatte angegeben, bis zum Ende der Party geblieben zu sein. Dominik warf einen Blick in seine Aufzeichnungen: Einige Gäste hatten die Personen genannt, die sie bis zu einem bestimmten Zeitpunkt noch auf der Party bemerkt hatten. Auf dieser Positivliste tauchte Max' Name elfmal auf, aber genau wie Nils' Name immer vor zwei Uhr. Max musste doch auch befragt worden sein … Er fand das Protokoll in der vorletzten von drei Dateien. Die beiden übrigen Protokolle durchsuchte er mit der Suchfunktion nach dem Namen Nils, der nicht gefunden wurde. Er wollte sich gerade Max' Befragung widmen, als er das Klappen der Glastür hörte. Schnell schaltete er die Schreibtischlampe aus und lauschte den sich nähernden Schritten. Die Uhr zeigte genau 6.30 Uhr. Fragte sich nur, *wen* die präsenile Bettflucht hergetrieben hatte. Direkt gegenüber wurde ein Büro aufgeschlossen. Andersen!

Der hatte vermutlich das Flurlicht angemacht und deshalb den Lichtschein unter der Tür von Ninas Büro nicht bemerkt. Sollte er die Tür von innen abschließen für den Fall, dass Andersen an Ninas Tür rüttelte, um zu sehen, ob sie schon da war? Es bestand allerdings die Gefahr, dass der Chef das Geräusch hörte. Wieder klappte eine Tür. Andersens schwere Schritte bewegten sich nach nebenan zur Teeküche. Plötzlich fiel ihm die Kaffeemaschine ein. Hatte er sie ausgemacht und den noch feuchten Filter entfernt? Er begann zu schwitzen.

Im Nebenraum rumorte sein Chef. Sollte er jetzt schnell verschwinden? Dummerweise musste er an der Teeküche vorbei, deren Tür meist offenstand. Solange Andersen sich dort aufhielt, saß er fest. Also öffnete er die Datei. Max hatte ausgesagt, er sei zwischen eins und halb zwei von der Party aufgebrochen.

»Nina?«, ertönte Andersens Stimme halblaut vom Flur.

Im nächsten Satz kamen der Name Nils und Sofie vor, mehr erfasste Dominik nicht, bevor er den Rechner ausschaltete und in die Ecke neben der Tür flüchtete.

Die Tür ging auf. Dominik presste sich an die Wand und hielt den Atem an.

»Nina? Bist du da? Komisch ...«, hörte er Andersen murmeln.

Dann wurde die Tür wieder zugeklappt. Dominik atmete aus, wartete, bis sein Herzschlag sich beruhigte, und überlegte. Es war zu riskant, den Rechner noch einmal hochzufahren. Und ganz gleich, was Max über Nils und Sofie ausgesagt hatte, es konnte auch gelogen sein – genau, wie er offenbar beim Zeitpunkt gelogen hatte, an dem er gegangen war.

Plötzlich wurde die Tür wieder aufgemacht, Nina trat ein, machte sie zu und schrie auf.

Dominik legte den Finger über die Lippen.

»Was tust du hier?«, flüsterte Nina.

Es klopfte.

Nina öffnete die Tür. Dominik versteckte sich wieder dahinter.

»Morgen, Nina. Ich habe dich schreien hören.«

»Morgen. Ich bin nur gestolpert. Ich bin in einer Minute in deinem Büro, okay, Bent?«

»Alles klar. Kaffee ist auch schon fertig. Irgendwer muss gestern Abend die Kaffeemaschine angelassen haben.«

»Oh je. Aber sie funktioniert noch?«

»Ja, Gott sei Dank. Ohne Kaffee wäre schlecht. Bis gleich.«

Nina schloss die Tür.

»Nina, Nils war es nicht!«, flüsterte Dominik.

Nina stieß einen Schwall Luft aus. »Ich verstehe das ja. Du bist sein Vater. Aber tu dir bitte selbst den Gefallen und …«

»Ich bin die Protokolle der Befragung der Partygäste durchgegangen. Dieser Max Baumgartner …«

»Wir kennen die Aussagen!«

»Dann verstehe ich nicht, wie euch das nicht auffallen konnte! Kux hat nicht einmal gefragt …«

»Du musst hier weg! Wenn Bent dich erwischt!«

»Dieser Baumgartner hat gelogen! Er ist etwa zur selben Zeit von der Party weggegangen wie Nils und Sofie. Lies dir noch mal die Protokolle von Hüllinghorst und Bürenkemper durch. Niemand hat Nils und Sofie wirklich zusammen weggefahren sehen.«

»Trotzdem können sie zusammen weggefahren sein. Das ist schwer für dich, aber …« Nina seufzte. »Ich gehe jetzt rüber zu Bent und schließe die Tür zu seinem Büro hinter mir. Dann machst du dich aus dem Staub, Dodo!«

Dominik frühstückte an einem Stehtisch in einer Bäckerei an der Stapenhorststraße. Er fühlte sich müde und aufgekratzt zugleich. Während er sein Brötchen aß, dachte er an den mitleidigen Blick, mit dem Nina ihn angesehen hatte. Was er da in der Hand hatte, war in der Tat dünn. Die widersprüchlichen Aussagen waren nicht einmal aufgefallen. Weil es nur natürlich erschien, dass niemand bei einer solchen Party genau auf die Uhr schaute. Es ging nur um die Möglichkeit, dass alles anders gewesen sein könnte, als es schien. Er würde sich lächerlich machen, vielleicht seine berufliche Position aufs Spiel setzen, wenn er das weiter verfolgte.

Er bat um die Gelben Seiten. Netterweise machte sich die Verkäuferin für ihn auf die Suche und tauchte kurz darauf mit dem Telefonbuch wieder auf. Templin & Rademacher leisteten sich eine große, fett gedruckte Anzeige. Eine angenehme Frauenstimme vom Band bedauerte, dass er außerhalb der Geschäftszeiten anrufe, aber gerne eine Nachricht hinterlassen könne. Kein Wunder: Es war erst halb acht. Dominik hinterließ seine Handynummer bei Templin & Rademacher und bat um einen Rückruf.

* * *

Die Vernehmung von Sofie Mertens hatte gerade begonnen, als Bent und Nina aus dem Vernehmungsraum gerufen wurden. Weber stand Bonbon lutschend auf dem Flur. Nina streckte einfach die Hand aus, und er gab ihr eins aus seinem unerschöpflichen Vorrat. Holte ein weiteres aus der Jackentasche und hielt es Bent hin. Der schüttelte ungeduldig den Kopf.

»Das LKA hat angerufen. Sie haben sich entschuldigt«, begann Weber und lutschte mit leisem Schmatzen. »Genau dreimal, ich habe mitgezählt. Ich habe angenommen.«

Bent blies die Backen auf.

»Gibt es eine Übereinstimmung?«, fragte Nina.

»Keine Übereinstimmung mit Nils Domeyers DNA.«

Sie tauschte einen Blick mit Bent.

Sie gingen wieder hinein. Sofie Mertens war mit ihren Händen beschäftigt, es sah aus wie eine Trockenübung im Händewaschen.

»Frau Mertens, wir benötigen eine DNA-Probe von Ihnen«, begann Bent, nachdem sie sich gesetzt hatten.

»Das ist ganz einfach. Nur ein Wangentaschenabstrich mit einem Wattestäbchen«, sagte Nina.

Sofie presste die Lider zusammen und eine Träne rollte über ihre Wange.

»Sie können sie freiwillig abgeben«, sagte Bent. »Falls nicht, dann werden wir keine Probleme haben, einen richterlichen Beschluss …«

Bent brach ab, als Nina ihm die Hand auf den Arm legte. Sie hatte das Gefühl, dass Sofie Mertens kurz davor war zu reden, wenn man sie nicht unter Druck setzte. Die junge Frau begann zu schniefen. Nina reichte ihr ein Papiertaschentuch.

Bent bewegte sich unruhig in seinem knittrigen Hemd, kratzte sich den Drei–Tage-Bart, durch den seine Narben ein wirres Muster gezogen hatten und an einer Seite seine Oberlippe teilten. War er mal durch eine Scheibe gegangen? Nina bedeutete ihm mit einer Geste zu warten.

»Frau Mertens«, begann sie, nachdem sich Sofie ausgiebig die Nase geputzt hatte. »Sie möchten sich etwas von der Seele reden?«

Sofie nickte. Bent hielt inne. Er ließ seine Hand langsam sinken.

Sofie wischte sich die Tränen aus den Augenwinkeln. »Ich musste ihm helfen.« Ihr Blick wurde glasig.

»Ich verstehe«, sagte Nina. »Sie mussten ihm helfen mit …?«

Sofie presste sich eine Hand vor den Mund.

»Womit?«, fragte Bent.

Sie sah aus, als müsste sie würgen.

»Er hat Sie unter Druck gesetzt?«, fragte Nina.

Sie nahm die Hand vom Mund und schluckte. »Er sagte, es sei alles meine Schuld.«

Sofie faltete das feuchte Taschentuch auf der Suche nach einer trockenen Stelle auseinander, und Nina bot ihr ein frisches an.

»Danke«, hauchte sie und schnäuzte sich.

»Ihre Schuld?«, fragte Nina sanft.

»Ich hätte ihn abgelenkt!«, sagte sie mit unvermittelt schriller Stimme. »Ich hätte …« Sie brach ab.

»Wobei denn?«, fragte Bent.

»Ich habe herumgealbert. Ich hatte etwas getrunken auf dieser Party und … dabei habe ich noch gesagt, sollten wir nicht nachsehen, was das war? Ich hörte so ein dumpfes Geräusch, einen Knall und ich … Er blaffte, jetzt werd nicht hysterisch, da war nichts, nur ein Tier. Das muss ein großes Tier gewesen sein, habe ich gesagt. Und wenn es nun verletzt ist? Sollten wir nicht umkehren? Da ist er noch wütender geworden …« Sofie senkte den Kopf. Sie zog eine Strähne ihres Pferdeschwanzes vor ihr Gesicht und spielte damit. »Er hat nur gestöhnt, so ein genervtes Stöhnen«, fuhr sie leise fort. »Seine Augen, die … er wird dann kalt. Ganz kalt, wie ausgewechselt. Kurze Zeit später kann das wieder vorbei sein, dann ist er wieder nett zu mir, aber das …« Ihr Blick heftete sich auf Nina. »Das kann jederzeit kommen, aus dem Nichts, und ich spüre, dass ich etwas unsagbar Dummes getan haben muss, sodass er … so als ob er mich gar nicht mehr will …«, ihr Blick wurde flehentlich, »mich nicht mehr liebt, verstehen Sie?«

»Natürlich«, beeilte sich Nina zu sagen. Aus den Augenwinkeln sah sie, dass Bent die Arme vor der Brust verschränkte. »Sie haben Angst, Sie könnten seine Liebe verlieren, wenn Sie Ihren Fehler nicht einsehen.«

»Sie wissen nicht, wie er dann ist. Von jetzt auf gleich. Er sagt dann Dinge, die …« Tränen rollten ihre Wangen herunter, sie wischte sie mit dem Ärmel ihrer Bluse ab.

»Die Sie verletzen«, sagte Nina.

Sofie presste ihre Lippen aufeinander, dann nickte sie. »Ich ertrage das nicht!«

Bents Stuhl knarrte. Er rutschte nach vorn, nahm die Arme auseinander, um sie kurz darauf wieder zu verschränken, sich wieder nach hinten zu lehnen.

»Und dann möchten Sie, dass alles schnell wieder in Ordnung kommt«, sagte Nina.

»Ja. Und das ist es ja auch für eine Zeit. Dann bemüht er sich um mich, gibt mir das Gefühl, der wichtigste Mensch zu sein für ihn, etwas ganz Besonderes, sodass ich denke, es gibt eine Zukunft für uns, und dann bin ich bereit, alles andere für ihn aufzugeben – ganz egal, was meine Eltern dazu sagen!« Ihr Gesicht hellte sich für einen Moment auf und erlosch wieder.

»Und dann haben Sie ihm geholfen?«, fragte Nina.

Das Knarren neben ihr hörte abrupt auf.

»Er wollte am nächsten Morgen, dass ich das Auto woanders reparieren lasse. Da habe ich begriffen, dass es wohl doch kein Tier gewesen ist. Aber ich wollte nicht, dass er in Schwierigkeiten gerät! Es ist ja passiert, weil ich ihn abgelenkt habe, den Rhythmus von diesem blöden Schlager auf dem Armaturenbrett getrommelt habe, und er hat für einen Moment nicht aufgepasst, nicht rechtzeitig gebremst.«

»Sie dachten, Sie sind es ihm schuldig?«, fragte Nina. »Ihm zu helfen?«

»Er hat das für uns getan. Es war ja mein Auto und ich bin dabei gewesen.« Sofies Augen hingen an ihr.

Nina wartete, zählte die Sekunden.

»Er hat das für Sie beide getan? Das mit … Anna?« fragte sie.

Für einen Moment war es ganz still im Raum. Nina wagte kaum zu atmen.

Sofie legte ihre manikürten Hände auf den Tisch.

»Ich wollte nicht, dass … das tut mir leid für Robin, wissen Sie.«

»Das glaube ich Ihnen«, log Nina. Die Einzige, die Sofie leid tat, war vermutlich sie selbst.

»Sie war aggressiv, diese … Anna. Wir wollten doch nur mit ihr reden! Und dann ist er ausgerastet. Aber es war … er wollte sie nicht töten, hat er gesagt ... das hat er nicht gewollt!«

Neben Nina knarrte es wieder.

»Sie haben also beobachtet, wie er ausgerastet ist?«, kam sie ihrem Chef zuvor.

Sofie blinzelte. Sie zwirbelte ihre Haarsträhne, steckte sie in den Mund, zog sie wieder heraus. »Wir sind Anna mit dem Auto gefolgt. Wir wollten noch einmal mit ihr reden. Sie ist dann irgendwann von ihrem Fahrrad abgestiegen und weggelaufen. Er wurde total sauer, als er sie rennen sah, hat was aus dem Kofferraum geholt und ist ihr hinterher. Als er nicht wiederkam, bin ich ausgestiegen, um nachzusehen. Da waren Spuren im Schnee, die führten zu diesem Gartenschuppen hinter diesem Haus. Und im Schuppen ... da war all das Blut. Ich soll nicht rumstehen, sondern ihm gefälligst helfen, hat er gesagt. Ich bekam Angst. Also half ich ihm ...«, Sofie holte tief Luft, »... beim Saubermachen und ... und so.« Die junge Frau trank ihr Wasserglas mit wenigen Schlucken leer und richtete mit müden Bewegungen das Samtband, das ihr Haar zusammenhielt.

»Frau Mertens«, sagte Bent. »Bevor wir weitermachen: Sie sprechen von *ihm*. Verraten Sie uns auch seinen Namen?«

Sofies Blick kehrte aus dem Nichts zu ihm zurück. »Wie?«

»Sein Name«, sagte Bent. »Der Name des Täters.«

»Oh ... ähm.« Sie räusperte sich und sah ihm starr in die Augen. »Nils.«

»Nils Domeyer?«, fragte er.

Sie nickte kurz.

»Noch einmal laut bitte: Für das Aufnahmegerät«, bat er.

Sofie Mertens runzelte die Stirn. »Nils Domeyer, ja«, sagte sie leise.

Die nächsten eineinhalb Stunden befragte Nina sie nach weiteren Einzelheiten, bis ein genaues Bild der Abläufe entstanden war. Bent schaltete sich nur hin und wieder ein. Schließlich begleitete Nina die junge Frau hinaus. Als sie wiederkam, erhob sich Bent steif von seinem Stuhl, reckte sich. Einer der Hemdknöpfe sprang ab und rollte unter den Tisch.

»Hallo, Columbo«, sagte Nina.

Er grinste schwach. »Die Kunst des Understatements gelingt mir heute ganz mühelos.«

Sie traten an das Fenster auf dem Flur. Es schneite wieder.

»Oh Mann.« Er schüttelte langsam den Kopf. »Ich war froh, dass du das Ganze in die Hand genommen hast. Ich hätte die Frau am liebsten gepackt und ordentlich durchgeschüttelt.«

»Lob vom Chef?«

»Du warst gut, Nina.«

»Die entscheidende Frage hast du gestellt. Ich bin so selbstverständlich davon ausgegangen, dass sie von Nils redet, dass ich glatt vergessen habe, zu fragen. Dabei wünschte ich, sie hätte jemand anderen gemeint.«

»Selbstverständlichkeit ist immer gefährlich.«

»Stimmt. Bei Nils Domeyers Vernehmung lasse ich dir den Vortritt.«

Bent grinste. »Aber vorher gibt es ein frisches Hemd.«

* * *

Volker war bereits zur Arbeit gefahren, als Dominik die Wohnung betrat. Er legte sich aufs Futon-Bett, gab den Versuch, Schlaf nachzuholen, nach einer Weile auf und hielt stumme Zwiesprache mit dem Dalai Lama. Dann nahm er eine heiße Dusche, um frischer zu werden. Während er im Internet forschte, wo man das Konterfei des Oberhaupts der

Tibeter mit der viereckigen Brille wohl erwerben konnte, klingelte das Telefon.

»Maklerbüro Templin & Rademacher, Sie hatten um einen Rückruf gebeten«, spulte eine wohltönende Frauenstimme ab. »Sie sprechen mit Frau Mönkemöller. Herr Domeyer, was kann ich für Sie tun?«

»Oh … ah … wunderbar!« Er klickte die Aufnahmen des Dalai Lama weg. »Ich hätte da ein paar Fragen. Wäre es möglich, mit Herrn oder Frau Baumgartner zu sprechen?«

»Tut mir leid. Frau Baumgartner arbeitet nicht hier, und Herr Baumgartner ist seit heute im Urlaub. Aber wenn *ich* Ihnen vielleicht weiterhelfen kann?«

Er überlegte. »Möglich …«

»Geht es dabei um den Kauf einer Immobilie oder möchten Sie eine Immobilie zum Verkauf anbieten, Herr Domeyer?«, säuselte die Dame.

»Ich würde das gerne in Ruhe besprechen. Hätten Sie bald einen Termin für mich?«

»Einen Augenblick bitte …« Er hörte das Klappern einer Tastatur. »Hier hat jemand abgesagt … also, wenn Sie möchten, können Sie schon heute Vormittag kommen, um zehn, wenn Ihnen das passt.«

Templin & Rademacher residierten direkt in der Altstadt in einem schönen, alten Bürgerhaus in der Nähe des Klosterplatzes. Der Eingangsbereich wurde dezent von in der Decke eingelassenen Halogenleuchten erhellt. An den weiß verputzten Wänden hingen Radierungen, die historische Stadtansichten zeigten. Am Empfang aus altem Eichenholz stand eine junge, bildschöne Eurasierin, die von einem Laptop aufsah, als er sich ihr näherte. Sie lächelte verbindlich.

»Ich habe einen Termin mit Frau Mönkemöller. Das … sind nicht Sie, oder?«

Ihr Lächeln vertiefte sich. »Herr Domeyer, richtig? Frau Mönkemöller ist gleich frei. Wenn Sie bitte einen Moment warten wollen.« Sie wies auf eine breite Sitzgruppe.

Er sank in das schwarze Leder. In der Ecke, die man vom Empfang nicht einsehen konnte, brannte ein Feuer im Kamin. Auf einem niedrigen Tisch lagen Kataloge mit Immobilienangeboten. Er begann darin zu blättern. Max hatte recht: Selbst die günstigste Eigentumswohnung lag außerhalb seiner Möglichkeiten. Er klappte den Katalog zu und spielte mit seiner Dienstmarke, als ein älterer Herr im Anzug die kleine Einganghalle durchquerte und Templin & Rademacher verließ.

»Herr Domeyer?«

Er sah auf.

»Frau Mönkemöller ist jetzt frei.« Lächelnd stöckelte die Empfangsdame hinter dem Tresen hervor, klopfte an der ersten Tür eines abgehenden Flures und öffnete sie ihm. »Bitte sehr.«

Eine kleine, blonde Frau sprang von ihrem Schreibtisch auf, ging ihm mit breitem Lächeln entgegen, so schnell ihre Beine sie trugen und der enge Rock ihres Kostüms es zuließ, und streckte ihm ihre Patschhand entgegen. Nach ihrer Telefonstimme hatte er alles erwartet, nur nicht diese rundliche Frau mit der Halbbrille. Er schüttelte ihr die Hand. Frau Mönkemöller bot ihm einen Sessel an einem Tisch an und setzte sich ihm gegenüber.

»Darf ich Ihnen etwas zu trinken anbieten?« Sie deutete auf ein silbernes Tablett mit kleinen Mineralwasserflaschen und einer Thermoskanne. »Wir hätten …«

»Nein danke.«

»Herr Domeyer.« Lächelnd faltete sie ihre Hände in ihrem Schoß. »Was kann ich denn für Sie tun?«

Er zeigte ihr seine abgegriffene Dienstmarke und den Ausweis, und ihr Lächeln gefror.

»Ich möchte Sie nicht lange belästigen. Es geht um Informationen, die wir im Zuge einer Ermittlung einholen. Reine Routine.« Er räusperte sich. »Das Maklerbüro Templin & Rademacher ist ja in verschiedenen Städten vertreten ...«

In Frau Mönkemöllers runden Augen lag stummes Entsetzen.

»In welchen eigentlich?«, fuhr er unbeirrt fort.

»Düsseldorf, Bielefeld und Hannover«, brachte sie hervor.

»Ist es üblich, dass die Angestellten von einer Niederlassung zur Nächsten wechseln?«

Sie schluckte. »Üblich?«

»Kommt das oft vor? Ich meine ...« Er schaute sie fragend an.

»Manchmal.« Sie hob die Stimme am Ende, als wäre es eine Frage, und kratzte an ihrem rosafarbenen Nagellack.

Er kannte das. Manche Leute wurden schon nervös, wenn sie nur mit der Polizei in Berührung kamen.

»Ist das so gewollt?«

»Gewollt?«

»Von der Geschäftsleitung, ich meine ...«

»Ich weiß es nicht«, sagte Frau Mönkemöller mit bekümmerter Miene.

Er räusperte sich. »Waren Sie selbst schon einmal in einer anderen Niederlassung von Templin & Rademacher?«

»Ich war in Düsseldorf.«

»Interessant.«

Ihre Augen wurden noch runder. »Ja. Wieso?« Sie malträtierte ihren Daumennagel.

»Die Baumgartners …«

Frau Mönkemöller, die stocksteif auf der Kante ihres Sessels saß, lehnte sich zurück und faltete ihre Hände in ihrem Schoß. »Sie möchten etwas über die Baumgartners wissen?«, fragte sie. »Ich kenne die Baumgartners aus Düsseldorf, falls es das ist, was Sie …«

Er nickte.

Sie schien sich etwas zu entspannen. »Ich bin vor drei Jahren zurück nach Bielefeld gezogen, weil mein Mann und ich keine Fernbeziehung mehr führen wollten. Ich komme sowieso ursprünglich von hier weg.«

Von hier weg … diese Formulierung hatte er erst in Bielefeld kennengelernt. Die Dame sprach die Wahrheit.

»Back to the roots, sozusagen.« Er lächelte.

»Genau. Und Herr Baumgartner hat dann vor etwa eineinhalb Jahren hier angefangen …«

»Und Frau Baumgartner? Ist die nicht auch Immobilienmaklerin?«

»Sie hat hier so schnell nicht unterkommen können, sie ist dann nach Hannover gegangen, das heißt, sie pendelt jeden Tag dorthin.«

»So schnell nicht? Warum haben die Baumgartners denn überhaupt die Niederlassung gewechselt?«

»Ich weiß nicht, ob …« Sie begann wieder, am Lack ihres Daumennagels zu kratzen.

»Interne Probleme bei Templin & Rademacher?«

»Oh nein!« Sie straffte sich. »Nein, wir … es lief gut, sowohl in Düsseldorf als auch hier. Also beruflich gab es keine Probleme! Es herrscht ein gutes Klima bei uns!«

»Dann also private Probleme?«

Ihr Blick huschte kurz zur Seite.

»Frau Mönkemöller?«

»Ich weiß nicht …«

»Darf ich Sie daran erinnern, dass es hier um eine Ermittlung geht!«

Sie legte einen Arm auf ihrem runden Bäuchlein ab, stützte ihren Ellenbogen auf ihre Faust und ihr Kinn in die andere und sah ihn mit gerunzelter Stirn an. »Geht es etwa wieder um Max?«

Er überquerte gerade den Klosterplatz, als Nina anrief. Sie zögerte, wolle am liebsten persönlich mit ihm sprechen und nicht am Telefon. Schließlich sprach sie von einem Durchbruch, entschuldigte sich mehrmals für die Wortwahl, bis er nach einigem Hin und Her die grundlegenden Fakten erfuhr: Sofie hatte Nils schwer belastet! Und nicht nur das: Aufgrund ihrer Angaben war der Tatort gefunden worden.

Am Rathaus stieg er in die Straßenbahn und fuhr zum Präsidium. Seltsamerweise sah alles aus wie immer, abgesehen davon, dass am Kaffeeautomat über dem Ausgabefach der Profilabdruck einer Sohle prangte, schätzungsweise Größe 48. Auch der Polo, den ihm jemand vom Erkennungsdienst übergab, sah aus wie immer. Nina und Frank kamen ihm auf dem Parkplatz entgegen. Sie boten ihm an, ihn im Dienstwagen mitzunehmen, aber er wollte lieber seinen Wagen nehmen, damit er von dort direkt nach Gadderbaum zurückfahren konnte. Als er den Motor anließ, klopfte jemand an die Scheibe.

Der Erste Kriminalhauptkommissar verdunkelte das Fenster. »Nina sagte mir gerade, du fährst auch zum Tatort. Richtig?«

Dominik nickte, holte tief Luft und wartete auf die Standpauke.

»Nimmst du mich mit?«, fragte Andersen.

Als sie am Jahnplatz im Stau standen, brach Andersen das Schweigen. »In was für einer Gegend liegt denn diese Bleichstraße?«

»Bielefelder Osten.«

Andersen blickte ihn fragend an.

»Die Straße führt von der Innenstadt bis zu den Heeper Fichten am Stadtrand«, erklärte Dominik. »Der Osten ist dicht bebaut, Wohnviertel, zum Teil Industrie, Autohändler, Möbelhäuser ... nicht viel Grün. Aber man kann durch einen langen Park bis nach Heepen spazieren gehen.«

»Heepen«, wiederholte Andersen, als wollte er sich den Namen einprägen.

Eine größere Menge Menschen überquerte die Fußgängerampel.

»Die haben die Weihnachtsmarkts-Buden noch immer nicht abgebaut«, bemerkte Andersen.

»Warst du mal auf dem Weihnachtsmarkt?«, fragte Dominik, nur um etwas zu sagen.

»Keine Zeit«, sagte Andersen. »Viel Arbeit, dieser Fall ...«

Träge schob sich der Verkehr vorwärts.

»Warum tust du dir das an?«, fragte Andersen plötzlich.

Dominik warf ihm einen Blick zu.

»Entschuldige, wenn ich zu ...« Andersen brach ab.

Alle entschuldigten sich nun bei ihm. Sogar Big Bent.

»Weil ich begreifen will, was er getan hat.«

Ein Linienbus schob sich vor sein Auto, und Dominik musste vor der nächsten roten Ampel stoppen.

»Ich rede nicht von Nils, damit das klar ist«, fügte er hinzu. »Es muss deprimierend sein, wenn die Frau, die man liebt, einen eines schweren Verbrechens beschuldigt, das man nicht begangen hat!«

»Dominik …«, sagte Andersen in ungewöhnlich sanftem Ton. Dann streifte er ihn mit einem vorsichtigen Seitenblick.

»Ja?«

Andersen holte tief Luft. »Sofie Mertens klang in ihrer Schilderung überzeugend. Zwar nicht in allen Punkten. Sie war bestrebt, sich selbst zu entlasten, aber insgesamt …«

»Überprüft ihr denn auch andere Möglichkeiten? Oder steht das Ergebnis von vorneherein fest?«

»Von vorneherein? Du weißt ganz gut, dass wir nicht erst seit heute ermitteln! Wir überprüfen gegenwärtig, was wir an Spuren am Tatort finden, und dann sehen wir weiter.«

Vor dem Mehrfamilienhaus in der Bleichstraße standen Einsatzwagen mit blinkenden Lichtern, sowie etliche Schaulustige, obwohl es dort nichts zu sehen gab. Das Gartenhaus lag am Ende des Gartens, gut zehn Meter hinter dem Haus. Sie stiegen über das Absperrband und gingen den Weg entlang, der unter all dem Schnee kaum zu erkennen war. Theo Hagedorn kam ihnen auf halbem Wege mit seinem Köfferchen entgegen, grüßte mit einem Nicken und huschte davon.

Andersen musste den Kopf einziehen, um das Häuschen zu betreten. Dominik folgte ihm. Der Raum war etwa acht Quadratmeter groß. Das einzige Fenster war verdunkelt worden. Auf dem Boden sah er ein Nest aus blauweißen Lichtern in Form von Tropfen und Schmierspuren. Bögen von blauweißen Perlen zogen sich an zwei Wänden entlang. Die beiden hatten einiges getan, um die Spuren zu beseitigen: Die Leiche entkleidet, das Blut weggewischt. Sie hatten kaum erwartet, dass dieser Ort jemals von Luminol und Natriumperoxid sprühenden Kriminaltechnikern untersucht werden würde, die Blutreste auf diese Weise sichtbar machen konnten. Allmählich nahm Dominik Gegenstände wahr, gestapelte Plastikgartenstühle, ein Regal, Sonnenschirme, Gartengeräte. Weder die Hacke noch die Schaufel, keines der Gartengeräte wies Blutspuren auf.

Bella und Andersen unterhielten sich leise, als wäre angesichts dessen, was hier zu sehen war, ein gedämpfter Ton angemessen. Er spürte eine Hand an seiner Schulter. Nina. Ihr warmer Atem streifte sein Ohr.

»Das Gartenhaus wird im Winter nicht benutzt«, sagte sie. »Es ist nie abgeschlossen, sagen die Mieter des Hauses. Die Gegenstände hier seien nicht wertvoll.«

»Wieso, Nina? Wieso bloß?«

»Mertens hat erzählt, Anna habe sie im Cabrio auf dem Beifahrersitz erkannt. Die beiden sind sich offenbar einmal bei euch zu Hause begegnet. Deshalb versuchte Anna, sie am nächsten Tag zu erreichen. Angeblich ging es um Geld. Sie würde sie anzeigen, wenn sie nicht zahlen würde. Weil sie den Mann da hätten liegen lassen. Das Treffen im *Siekerfelde* brachte keine Einigung, Anna habe auf ihrem Standpunkt beharrt. Später im Auto habe Nils vorgeschlagen, Anna zu folgen, um sie doch noch zu überzeugen, die Fahrerflucht nicht anzuzeigen.«

»War Sofie dabei, als Anna erschlagen wurde?«

»Sie sei kurz danach dazugekommen und habe ihm geholfen, hier zu putzen, die Leiche zu verstecken, Annas Kleidung zu verbrennen und den Polo sauber zu machen. Dieses Mal waren die vom LKA übrigens schneller. Wir haben einen Treffer bei der DNA: Das Haar stammt von Sofie und bei den Hautschuppen auf den Mülltüten haben wir auch ein positives Ergebnis.«

»Ich nehme an, Nils hat kein Täterwissen offenbart.«

»Nils hat uns nur ein Detail geliefert: Robin habe ihm und Sofie deutlich gemacht, dass er Markus Sandler für den Täter hält. Außerdem habe Nils zufällig den Beginn eines Telefonats zwischen dir und Frank mitbekommen und dabei gehört, dass dein Polo spurentechnisch untersucht werden sollte. Er habe es Sofie gegenüber erwähnt.«

»Und dann ist Sofie zu dem Infonachmittag gegangen, um die Tatwaffe in die Requisite zu schmuggeln?«

»… und hat den anonymen Anruf gemacht, um den Verdacht, der sich auf Sandler richtete, zu verstärken. Was ihr ja auch gelungen ist«, ergänzte Nina. »Angeblich hätte Nils sie unter Druck gesetzt. Sie hätte Angst vor ihm bekommen wegen dem, was er mit Anna gemacht hat. Das wäre alles seine Idee gewesen, er hätte so einen Flyer über diesen Nachmittag in Robins Zimmer gefunden.«

»Den Flyer habe ich auch gesehen, aber ansonsten … ich kann mir nicht vorstellen, dass es Anna um Geld ging. Selbst wenn es so gewesen wäre: Sofies Familie besitzt wahrhaftig genug davon.«

»Schutzbehauptung?« Nina schürzte die Lippen.

Dominik betrachtete die Schleuderspuren an den Wänden.

»Wirkt wie Affekt, oder?«, sagte Nina, die seinem Blick gefolgt war. »Der Fäustel stammt vermutlich aus deinem Kofferraum. Bent möchte, dass du dir gleich die Tatwaffe ansiehst. Wir haben sie aus der Asservatenkammer geholt.«

Bella streifte ihren Overall ab, verwandelte sich von einem weißen in ein lilafarbenes Ungetüm, nickte Dominik zu und ging nach draußen. Es war der gleiche mitleidige Blick, mit dem alle ihn bedachten.

Andersen trat auf ihn zu. »Du musst das nicht tun«, sagte er. Offenbar hatte er mitbekommen, worüber sie sprachen. »Aber es wäre hilfreich. Soll ich ihn herbringen?«

»Bring ihn … bring ihn ruhig her«, sagte Dominik.

»Na schön«, sagte Andersen und ging aus dem Gartenhaus.

»Nina, ich muss dir etwas sagen.« Dominik senkte die Stimme. »Dieser Max Baumgartner, von dem ich dir erzählt hatte, also der, der die Party entgegen seiner Aussage zur selben Zeit verlassen hat wie Nils und Sofie …«

»Was?«, fragte Nina und seufzte.

»Der hat mächtig Dreck am Stecken. Wegen ihm haben seine Eltern den Wohnort gewechselt. Er ist nämlich von der Schule geflogen, weil ihm Internet–Mobbing eines Mitschülers in einem schweren Fall nachgewiesen wurde. Und damit nicht genug! Im zarten Alter von vierzehn war er daran beteiligt, einen Obdachlosen krankenhausreif zu treten, er hat deswegen Sozialstunden ableisten müssen … Du weißt, ich darf eigentlich nicht ermitteln.«

»Was willst du?«

»Dass du der Spur …«, begann Dominik.

»Spur nennst du das?«

Die Tür schwang auf und Andersen erschien. »Ich schlage vor, wir gehen doch nach draußen. Hier ist es zu dunkel.« Als Dominik ins Helle trat, sah er das Muster der Blutspuren wie ein Nachbild im Schnee. Kux und Weber standen am Rande der Absperrung und sprachen mit einem älteren Paar, vermutlich Mieter des Hauses. Frank saß bei geöffneter Fahrertür mit einem Bein nach draußen im Streifenwagen und telefonierte.

Andersen präsentierte ihm eine durchsichtige Tüte wie ein Dreikönigsgeschenk.

»Darf ich?«, fragte Dominik.

Ohne die Antwort abzuwarten, nahm er Andersen die Tüte aus den Pranken. Es war der Fäustel, den er wochenlang in der Werkzeugkiste in seinem Kofferraum spazieren gefahren hatte. Er strich über die vertraute, lange Schramme, die leicht diagonal am Stiel verlief.

»Ja«, sagte er. »Das ist mein Fäustel. Wegen der Schramme.«

Andersen öffnete den Mund und sagte irgendetwas, das er nicht verstand, sah ihn forschend an und nahm ihm dann behutsam den Hammer ab. Er spürte einen Arm um seine Schultern, es war der Arm von Frank, der mit einem Mal neben ihm stand, das Gesicht rot von der Kälte. Kux und Weber gesellten sich auch zu ihnen. Alle schauten ihn an mit diesem Blick. Franks Hand lag jetzt auf seinem Rücken, und er trat einen Schritt zurück, bis er die Hand wegnahm.

»Was ist?«, fragte Dominik.

»Kann ich mit dir zurück ins Präsidium fahren?«, fragte Andersen.

»Ich … ja«, sagte Dominik, der nur allein sein wollte. Aber sämtliche Entschlusskraft schien aufgebraucht zu sein.

Andersen nickte ihm zu. Niemand verlor ein Wort über den Fäustel.

Auf Höhe der Stadtheider Straße gellte das Quietschen von Bremsen in seinem Ohr, vor Schreck trat er das Bremspedal durch und würgte dann den Motor ab. Ein Geländewagen war von rechts gekommen und hätte ihn fast erwischt. Der Fahrer stieg schimpfend aus. Andersen stieg ebenfalls aus. Dominik zupfte am grauweißen Fell der Lenkradverkleidung, die sich an einer Seite bereits auflöste. Die Männer gestikulierten, dann schien sich der Geländewagen-Fahrer zu beruhigen. Andersen öffnete von außen die Fahrertür.

»Steig aus!«, befahl Andersen.

Dominik stieg aus.

Andersen bog seinen großen Körper auf den Fahrersitz, schob den Sitz nach hinten, verstellte die Spiegel. Weitere Autos kamen von rechts und fuhren um sie herum. Der Fahrer des Geländewagens stierte Dominik an, setzte dann zurück und fuhr auch um sie herum.

»Hey?«, rief Andersen. »Willst du nicht einsteigen?«

Er stieg ein.

»Dominik, hast du nicht gemerkt, dass die Ampel rot war?«

Andersens Augen waren graublau. Unter einem Auge war die Haut ganz trocken und rot. Er hatte sich die Haare schneiden lassen. An den Seiten waren sie kurz und die Bürste war keine Bürste mehr, fiel vorne wie vom Wind verweht zur Seite.

»Dominik!«

»Ich weiß, dass alles gegen ihn spricht, aber Nils hat das nicht getan.« Dominik hörte seine eigenen Worte kaum, die von einem schrillen Pfeifen in seinen Ohren übertönt wurden. Hinter ihnen wurde gehupt, Andersen fuhr los.

Auf dem Parkplatz hinter dem Präsidium flatterte ihnen Lissa in einem signalroten Mantel entgegen. Rot, nicht Schwarz.

Andersen fuhr die Scheibe herunter.

Lissa riss die Augen auf und grinste. »Bent, oder? Kult-Schlager-Party am Ersten Weihnachtstag!«

Andersen warf ihm einen Blick zu. »Das war nur … Es ist nicht etwa so, dass ich auf Schlager stehe.«

»Papa, kommst du nach Hause?«, fragte Lissa. »Wir vermissen dich!«

Beide schauten ihn fragend an. Der Pfeifton war weg.

Zwischen Lissas Brauen bildete sich eine Falte. Fröstelnd schlang sie die Arme um den Oberkörper. »Was ist? Können wir fahren? Ganz schön kalt hier im Wind.«

»Ich … also gut … ich komme mit«, sagte Dominik. »Aber wir fahren besser nicht mit dem Auto.«

»Ich kann euch fahren«, sagte Bent. »Ich wohne auch in Schildesche. Dann kann ich wenigstens duschen und mich umziehen, bevor ich wieder ins Präsidium fahre.«

Lissa stieg ein. Andersen startete den Wagen wieder.

»Und wo wohnst du da?«, fragte Lissa.

»In der Beckhausstraße.«

»Und wo da?«

»In der Nähe ist eine Kneipe und so ein Hinterhof-Fahrradschrauber und …«

»Ah, ich weiß, wo! Da wohnen wir gleich um die Ecke!«, rief Lissa.

In diesem Stil ging es weiter. Lissa löcherte Andersen erstaunlich unbefangen über dieses und jenes. Dominik folgte dem Gespräch nicht mehr und war froh, nichts zur Unterhaltung beitragen zu müssen.

18. Kapitel

Donnerstag, 3. Januar

Er konnte sich nicht entschließen aufzustehen. Nicht als der Müllwagen unten vorfuhr und lautstark die Tonnen entleert wurden, nicht als Betty das Bett verließ, nicht als sie noch einmal den Kopf zur Tür reinsteckte, wohl um nachzusehen, was mit ihm war, nicht als es klingelte und er aufgeregte Stimmen hörte, die von unten zu ihm drangen. An der Schlaftablette, die er abends genommen hatte, konnte es nicht mehr liegen. Inzwischen war es halb zehn und unmöglich geworden, die volle Blase zu ignorieren. Das gab den Ausschlag.

Nachdem das erledigt war, warf er sich seinen Morgenmantel über. Es war still im Haus. Er stieg vorsichtig die Treppenstufen hinunter, als könnte er etwas aufrühren, wenn er nur das leiseste Geräusch machte. Betty saß am Küchentisch mit einer Tasse Tee vor sich und starrte aus dem Fenster. Sie bemerkte ihn erst, als er ihre Schulter berührte.

»Tja, ich bin noch im Pölter«, sagte Dominik.

»Ist doch egal«, sagte sie. »Soll ich dir Kaffee machen?«

Er nickte und setzte sich, sah ihr zu, wie sie den Tisch für ihn deckte. Sie hatten nicht viel geredet, sich nur umarmt, gestern, als er gekommen war. Später hatte er Nils in der U-Haft besucht. Er sah immer noch das mutlose Gesicht seines Sohnes vor sich. Sein Ältester, der sich sonst nicht so leicht geschlagen gab, war kaum wiederzuerkennen gewesen. Nicht einmal, als Dominik versichert hatte, dass er alles tun werde, um seine Unschuld zu beweisen, hatte sich Nils' Miene aufgehellt. Es ging natürlich auch um Sofie …

Am selben Abend hatte Dominik Merle Hüllinghorst auf den Anrufbeantworter gesprochen. Bei Tabea Bürenkemper meldete sich nicht mal der. Dann war er nur noch ins Bett gekrochen. Auch jetzt spürte er wenig Bedürfnis, zu reden. Ihm kam es vor, als wäre er abgetaucht und schwebte nun unter Wasser: Die Welt verschwamm, und nur das, was unmittelbar in seiner Nähe war, wurde scharf. Die Tasse Kaffee, deren Duft ihm in die Nase stieg, das Müsli, das er sich anrührte, langsam und sorgfältig, schmeckte, kaute, langsam und sorgfältig. Bloß nicht denken. Er wusste, dass dieser Zustand nicht andauern würde.

Betty setzte sich ihm gegenüber, legte die Hände rechts und links neben ihre Teetasse.

»Was war denn das vorhin?«, fragte er nach einer Weile. »Ich meine das Klingeln und dann …«

»Die Horstkötter«, sagte Betty müde. »Sie hat sich beschwert, dass Lissa so laut war, als sie gestern Nacht nach Hause kam. Dieser Radau, das sei jetzt der Gipfel. Was sie so alles hätte aushalten müssen in letzter Zeit. Lissa hätte so einen Freund mit einem lauten Auto. Hast du davon schon was gehört?«

»Sie hat einen Freund?«

»Angeblich. Und überhaupt, die Liste wäre noch länger. Du kennst das ja. Ich hatte keine Lust nachzufragen. Ich hätte ihr fast gesagt, sie soll sich zum Teufel scheren und dass es Leute gibt, die echte Probleme haben!« Sie fuhr sich durchs Haar. »Ich habe gesagt, wir reden mit Lissa und dass ich jetzt keine Zeit hätte.« Sie verdrehte die Augen.

»Die Dame hat wirklich alles im Blick, hm.« Dominik löffelte sein Müsli. »Ich muss wohl mal wieder rübergehen.«

Alle paar Monate lauschte er Frau Horstkötters Aufzählung der gesammelten Domeyerschen Verfehlungen und ließ seinen Charme spielen, um sie zu besänftigen.

Betty runzelte die Stirn. »Du musst gar nichts, Dominik! Wir haben weiß Gott andere Sorgen!«

»Hey!« Er drückte ihre Hand, die eiskalt war. Ihm war gerade etwas eingefallen. »Kein Problem, ich mache das schon.« Er schob den Teller beiseite und stand auf.

»Willst du nicht wenigstens aufessen?«, fragte sie.

»Wird Zeit, dass ich mich frisch mache. Unrasiert und im Pölter kann ich wohl kaum hingehen.«

»Für mich muss das ja auch reichen«, spottete Betty.

»Der Pölter ist nicht schick genug?« Er wackelte mit den Hüften.

Sie lächelte matt. »Ich bin froh, dass du wieder da bist. Ich weiß nicht, wie ich das alles durchstehen soll.«

Er küsste sie auf die Stirn.

»Wir schaffen das schon«, sagte er ohne innere Überzeugung.

Betty nickte. Er räumte den Tisch ab, während sie dasaß und weiter aus dem Fenster starrte.

»Möchtest du deinen Tee noch trinken?«, fragte er. Er fasste an ihre noch volle Tasse. Der Tee war kalt. Er räumte die Tasse ab. »Na, dann mache ich mich mal schick.«

Sie starrte auf die Stelle, wo gerade noch ihre Teetasse gestanden hatte.

»Betty?«

»Ich kann einfach nicht glauben, dass Sofie ihm das antut.« Sie straffte sich. »Ich fahre gleich zu ihm.«

Er streichelte ihre Schulter. »Tu das.«

Nach dem Duschen betupfte er sich ausgiebig mit Rasierwasser, wählte den dunkelbraunen Cordanzug, dazu das bordeauxrote Hemd und die braune Krawatte, die Betty ihm zu Weihnachten geschenkt hatte. Im Flur kam ihm Robin entgegen, er trug einen offenen Karton mit Papier vor dem Bauch, obenauf lag eine prall gefüllte Mülltüte. Sein Sohn schaute ihn von oben bis unten an.

»Ich gehe zu Frau Horstkötter«, sagte Dominik.

»Ach so«, sagte Robin.

»Was hast du vor?«

»Du sagst doch immer, ich soll mein Zimmer aufräumen.«

Durch die transparente Mülltüte waren der orangefarbene Theater-Flyer, Bananenschalen, alte Turnschuhe und eine silberne Energy-Drink-Getränkedose zu sehen, die wohl von Max stammte. Robin hatte sich auf Sylt darüber beschwert, dass Nils und Max sein Zimmer durchwühlt hatten.

»Sehr lobenswert.« Er musterte sich im Spiegel und zog den Krawattenknoten enger.

»Fesch, Papa!« Robin schnupperte an seinem Hals. »Und dieser Duft! Muss schlimm sein, was wir wieder ausgefressen haben.«

Als Frau Horstkötter ihm die Tür öffnete, kam ihm ein Schwall Fettdunst entgegen. Aus der Küche drang das Rauschen der Abzugshaube.

»Ach!«, rief sie und rückte ihre modisch lilafarbene Brille höher. »Herr Domeyer! Ich mache gerade Reibeplätzchen!«

Er lächelte. »Ich störe hoffentlich nicht?«

Sie komplimentierte ihn in die Küche an den Tisch und packte ihm drei Reibeplätzchen mit Apfelmus auf einen Teller. Es gab kaum etwas, auf das er in diesem Moment weniger Lust gehabt hätte als auf fetttriefende Reibeplätzchen.

»Essen Sie nur!«, zwitscherte sie. »Es ist genug da! Und *Sie* können sich das ja erlauben!« Sie gab einen Klecks Kartoffelteig in die Pfanne, der im Fett zischte.

Er teilte ein winziges Stück mit der Gabel ab, tauchte es ins Apfelmus. »Lecker. Sehr gut, wirklich! Ich komme wegen Lissa. Sie war laut gestern Abend?«

»Das war schon nach Mitternacht. Ich weiß nicht, warum die jungen Leute heutzutage immer die Autotüren so knallen müssen. Und dann haben sie noch vor dem Haus gestanden, sie und dieser junge Mann …«

»Junge Mann?«

»Ach, das wissen Sie noch gar nicht?«, sagte Frau Horstkötter scheinheilig und wischte sich die Hände an ihrer Schürze ab. »Das ist ihr Freund, nehme ich an. Im schwarzen Ledermantel und mit Punkfrisur. Ich dachte …«

»Ihre Reibeplätzchen brennen an!«

»Ach ja, ich muss sie wenden!« Sie drehte sich um, hantierte mit dem Pfannenheber.

Schnell schob er ein Plätzchen zurück auf den Stapel.

Sie hielt den Pfannenwender in die Höhe. »Aber das wäre ja nicht das erste Mal, Herr Domeyer, dass ich nachts wach werde, weil Ihre Kinder noch vorm Haus palavern müssen oder mit Fahrrädern lärmen, und was weiß ich noch alles!«

»Mit Fahrrädern lärmen?«

»Ach!« Frau Horstkötter stellte den Herd und die Abzugshaube aus und setzte sich. »Robin war das wieder und zwar vor Weihnachten, am Vierzehnten und am Einundzwanzigsten! Das weiß ich, weil ich es in meinem Kalender notiert habe. Ihr Gartentor, durch das er sein Fahrrad schiebt, quietscht ganz fürchterlich. Und wenn er dann sein Rad in den Keller trägt, stößt er wie immer damit ans Treppengeländer, dann macht es gong, gong, gong. Als ob man unter einer Glocke steht. Das ist zum Verrücktwerden!«

»Am Vierzehnten«, wiederholte Dominik. »Und am …«

»Warten Sie, ich hole meinen Kalender, nicht dass Sie mir nachher sagen, ich hätte mir das alles nur ausgedacht.«

Frau Horstkötter verließ die Küche.

Dominik überführte das zweite Plätzchen in die Schüssel, überlegte kurz, ob er sein halb gegessenes Exemplar in den Mülleimer werfen sollte, aber da würde die Dame des Hauses es entdecken. Die Küchentür wurde aufgestoßen.

»Hier!« Triumphierend hielt sie ihm ihren Kalender unter die Nase und zeigte ihm die Eintragung *Robin! Fahrrad!*

»Frau Horstkötter«, sagte er mit betroffener Miene. »Da steht sicher noch mehr in Ihrem Kalender, was? Darf ich mir den mal ansehen?«

»Aber bitte, nur zu, da habe ich alles genau notiert!«

Er studierte die Eintragungen. Ein Yogakurs, ein TÜV-Termin, Arzttermine von Oma Horstkötter und *Lissa! Autotür! Palaver!* mit Uhrzeit, Dauer und Datum.

»Sechsmal allein im Dezember! Wenn ich dann Frühschicht habe, bin ich wie gerädert!«

»Ich zähle nur …«

Sie nahm ihm den Kalender aus der Hand »Hier! Und hier!« Sie wollte umblättern. Er legte rasch den Finger auf die Seite, auf der er *Nils! 2.18 Uhr! Mülltonne!* gelesen hatte.

»Nils auch?«

»Leider ja.« Sie presste die Lippen aufeinander. »Von Nils hätte ich das allerdings nicht erwartet.«

Er starrte auf das Datum. Sonntag, der 16. Dezember. Die Nacht, in der Kowalski angefahren worden war! Er fuhr darüber, als wollte er prüfen, ob die Farbe echt war. »Was hat Nils um 2.18 Uhr mit der Mülltonne angestellt?«

»Sie halten mich womöglich für kleinlich. Aber, wenn ich aufwache, schaue ich als Erstes auf meinen Digitalwecker. Da hörte ich wieder lautes Palaver. Ich dachte zuerst, es wäre

Robin oder Lissas neuer Freund, aber dann sah ich, dass es Nils war, der lautstark mit dem Taxifahrer palaverte, bei laufendem Motor. Davon bin ich nämlich wach geworden! Kurz darauf wankte er Richtung Hauseingang, stolperte und wollte sich wohl an der Tonne festhalten. Mit der ist er dann umgestürzt. Der Junge war so betrunken, dass ich dachte, ich warte mal besser, ob der den Schlüssel noch ins Haustürschloss kriegt!«

»Sind Sie sicher, dass das am Sechzehnten war?«

»Ich habe mich so geärgert, dass ich das Datum sofort eingetragen habe! Und dann konnte ich erst recht nicht mehr schlafen!«

Dominik sprang auf. Fast hätte er dabei den Tisch umgestoßen. Die Teller wackelten, das Geschirr klapperte. »Ich danke Ihnen, Frau Horstkötter! Sie haben uns sehr geholfen«, sagte er.

»Wieso geholfen?« Frau Horstkötters Augen hinter den Brillengläsern wurden noch größer.

Er hatte ohne nachzudenken seinen Standardspruch losgelassen.

»Was ich damit meine ... ich finde das ganz wunderbar, dass Sie alles so genau aufschreiben ...«

»Wollen Sie mich veräppeln?«

»Nein!« Er fasste sie fest an den Schultern. »Das haben Sie gut gemacht, Frau Horstkötter! Wenn Sie mir für eine Weile Ihren Kalender überlassen, gehe ich damit zu meinen Kindern und rede ein Wörtchen mit Ihnen! Alles schwarz auf weiß! Sie verstehen?«

Frau Horstkötter nickte.

»Und das Gartentor öle ich natürlich sofort!«

Sie lächelte.

»Ach ja, und wären Sie bereit, die Ruhestörung und den Vorfall mit der Mülltonne bei der Polizei zu bezeugen?«

»Meinen Sie wirklich, ich soll ...?«

»Aber ja! Und wissen Sie was, ich fahre Sie persönlich dorthin und mache anschließend eine Führung für Sie durchs Präsidium! Als kleine Wiedergutmachung gewissermaßen.«

Nachdem er das Horstkötter'sche Haus verlassen hatte, stiefelte er auf direktem Weg in den Keller, holte das Maschinenöl und ölte die Torangeln. Hinter Horstkötters Küchenfenster bewegte sich die Gardine. Dieses Mal hatte er Eindruck bei ihr hinterlassen. Ob er das auch bei Andersen schaffen würde, war nicht so sicher. Er teilte Betty, die offenbar schon unterwegs zu Nils war, seine Entdeckung auf ihrer Mobilbox mit. Als er versuchte, seinen Chef telefonisch zu erreichen, wurde er zu Walter Kux weitergeleitet und erfuhr, dass Andersen sich freigenommen hatte.

»Frei? Habt ihr nicht jede Menge Arbeit?«

»Er hat heute Geburtstag. Soll ich ihm was ausrichten?«

»Nein. Sind schon Ergebnisse der DNA-Analysen gekommen?«

»Tut mir leid, nein.«

»Mir auch!«

Dominik drückte das Gespräch weg, stieg in die erste Etage und ging in Nils' Zimmer. Er setzte sich auf die faltenlose Überdecke des Bettes, und strich über Nils' Docking-Station für seinen i-Pod, die auf dem Nachttisch stand. Nirgendwo lag Staub, so als hätte Nils gerade noch geputzt. Er ließ seinen Blick über den aufgeräumten Schreibtisch schweifen, über dem sich ein helles Rechteck auf der Tapete abzeichnete. Dort hatte bis vor Kurzem ein Bild von Nils und Sofie gehangen. Immerhin konnte er jetzt beweisen, dass Sofie gelogen hatte - zumindest, was den Unfall anbetraf.

In Nils' Papierkorb entdeckte er zerrissene Fotos. Er legte einige Teile aufs Bett und schaffte es, ein paar zusammenzusetzen wie kleine Puzzles: Nils und Sofie im Skiurlaub, Max und Sofie, die sich am Rande eines Tennisplatzes lachend mit ihren Tennisschlägern duellierten, Nils, Max und Sofie und ein paar andere junge Leute unterm Sonnenschirm im Außenbereich des Restaurants ihres Tennisclubs. Ihre braun gebrannte Haut hob sich dunkel von der hellen Tenniskleidung ab. Sie strahlten in die Kamera, prosteten dem Fotografen zu. Junge Menschen mit Zukunft.

Doch die Idylle täuschte. Nils, der nie viel trank, hatte sich auf jener Party so sinnlos betrunken, dass er sich nicht einmal mehr erinnerte, über diese Mülltonne gestürzt zu sein. Was war auf der Party geschehen? Zweierlei stand fest: Erstens musste er Merle und Tabea erreichen, und zweitens würde Bent Andersen ihn kalt machen, wenn er erfuhr, dass er hinter seinem Rücken weiter Nachforschungen anstellte.

Er ertappte sich dabei, Happy Birthday zu summen. Würde Andersen eine Flasche Wein als Manipulationsversuch werten? Bei dem standen reihenweise unsichtbare Fettnäpfchen bereit, die nur darauf warteten, dass er hineinlatschte. Und es war praktisch unmöglich, sie vorherzusehen.

Als Dominik eine Viertelstunde später mit seiner nachlässig in Seidenpapier eingeschlagenen Flasche vor Andersens Haustür stand und klingelte, tat sich nichts. Er wartete eine Weile und klingelte noch einmal. Wieder passierte nichts, wenn man von der älteren Dame absah, die mit drei zitternden Rehpinschern an der Leine vorüberging. Na klar: Andersen feierte seinen Geburtstag auswärts, besuchte seine Liebste in Flensburg oder was auch immer. Plan B musste her. Wobei Plan A allerdings deutlich besser war. Er lehnte sich gegen die Tür und drückte die Klingel dieses Mal lange, hörte sie im Hausflur schrillen, bis plötzlich der Türöffner summte, er mit der auffliegenden Tür in den Hausflur stolperte, die Flasche ihm aus dem Papier rutschte und auf dem Steinboden zerschellte.

»Auch das noch«, stöhnte er.

»Hallo?«, rief Andersen von oben.

Er machte einen Schritt über die Lache und die Scherben und stieg ein paar Stufen hoch. Andersen beugte sich über das Geländer und rieb sich die Augen.

»Dominik?«

»Es tut mir leid, mir ist hier gerade eine Weinflasche auf dem Boden …«

Andersens Kopf verschwand. Da er nicht wusste, was er tun sollte, blieb er einfach stehen. Er dachte schon, sein Chef würde gar nicht mehr auftauchen, als Andersen mit einem Eimer voll Wasser, einem Kehrblech und Handfeger die Treppe herunterstiefelte. Andersen sah verschlafen aus.

»Herzlichen Glückwunsch zum Geburtstag«, sagte Dominik.

»Ja … ähm … danke.«

»Habe ich dich geweckt?«

»Lass uns erst mal sauber machen.«

Schweigend beseitigten sie das Malheur und stiegen die Treppe hoch. Neben Andersens Wohnungstür lehnten auseinandergefaltete Umzugskartons.

»Ich brauche jetzt einen Espresso. Willst du auch einen?« fragte Andersen, der ihm voran in die Küche ging.

»Ja, gerne«, log Dominik.

Der Küchentisch war gedeckt mit Käse- und Wurstplatten, Lachs, Tomatenhäppchen mit Mozzarella, Muffins und anderen Leckereien. Auf dem Herd stand ein großer Topf. Daneben lagen Baguettestangen.

»Du bekommst Besuch«, stellte Dominik fest.

»Ja.« Bent Andersen stopfte sich einen Hemdzipfel zurück in die Jeans und goss Espresso in zwei Tassen.

»Ich wollte dich nicht wecken, ich ...«

»Ist gut, dass du mich aufgeweckt hast. Die kommen gleich. Ich hatte mich noch mal aufs Sofa gelegt, nachdem ich den Brunch vorbereitet habe, und bin eingenickt. Die letzte Zeit war anstrengend.« Er reichte Dominik eine Tasse.

»Aber jetzt erscheint der Fall dir abgeschlossen?«

»So gut wie. Setz dich doch. Zucker steht auf dem Tisch.«

Dominik nahm Platz auf einem Küchenstuhl. Andersen lehnte am Herd, trank seinen Espresso, blickte ihn ausdruckslos über den Rand seines Tässchens an. Dominik räusperte sich, nippte an dem scharfen Gebräu. Er fischte Frau Horstkötters *Brigitte*-Kalender aus der Jackentasche und legte ihn auf den Tisch.

»Hübsch«, sagte Andersen.

»Der Kalender? Bent ... ich ...«

»Ich weiß, was du sagen willst, aber du traust dich nicht so recht«, sagte Andersen. »Du möchtest dich mit mir verabreden und es gleich in deinen Kalender eintragen, habe ich recht?«

Nichts in Andersens Gesicht verriet, wie das jetzt wieder gemeint war.

»Na ja ...« In seiner Verlegenheit schlug Dominik den Kalender auf.

»Wann passt es dir denn?« Ein spöttisches Lächeln kräuselte Andersens Lippen.

Dominik schaute ihn verwirrt an.

»Den Wein hättest du dir sparen können«, machte Andersen weiter und das Grinsen verschwand. »Du bist hier, weil dir unsere Ermittlungen nicht ausreichend erscheinen, oder?«

»Ja, das heißt nein ... Ich bin da auf etwas gestoßen, Bent!«

»Wusste ich es doch.«

»Ich möchte nur nichts hinter deinem Rücken tun … Ich wollte einfach …«

»Selbst ermitteln, obwohl ich dich ausdrücklich von den Ermittlungen ausgeschlossen habe!«, unterbrach Andersen.

»Aber ich bin auf etwas gestoßen! Hör mir doch …«

»Etwas eminent Wichtiges, hoffe ich. Etwas, das es rechtfertigt, mit Hilfe deiner Marke Nachforschungen über einen gewissen Max Baumgartner anzustellen!«

»Woher …?«

»Sein Vater hat sich beschwert. Er hat von einer Kollegin aus seinem Büro erfahren, dass du sie über die Vergangenheit seines Sohnes ausgefragt hast!« Andersens Gesicht rötete sich. »Er wollte wissen, was sein Sohn mit einer laufenden Ermittlung zu tun hat, und peinlicherweise konnte niemand im gesamten Kommissariat ihm diese Frage beantworten! Du willst also keinesfalls etwas hinter meinem Rücken tun, hm?«

Andersen verschränkte die Arme vor der Brust und starrte auf ihn herunter. Seine Kiefer mahlten. Das Schellen der Türglocke erlöste Dominik. Sein Chef stapfte aus der Küche. Vom Flur her drangen Stimmen und Gelächter zu ihm. Ein riesiger in Zellophan eingepackter Blumenstrauß schob sich durch die Küchentür. Dahinter tauchte ein Mann mit kurzem Bart und sympathischem Gesicht auf, den er von irgendwoher kannte. Die Augen des Mannes weiteten sich, als er ihn erblickte.

»Und du bist sicher … Andy?«, fragte er. »Oder … ach nein, du bist doch …«

»Dürfen wir auch in die Küche?« Hinter ihm drängelte Henning Wendt herein, und plötzlich fiel Dominik ein, wer das sein musste.

»Ralf, nicht wahr? Wir haben uns bei dem Praxis-Einweihungsfest getroffen.«

Nette Menschen, in deren Beisein Andersen sich zusammennehmen und – wenn er Glück hatte – ein wenig abkühlen würde.

»Bettys Mann, du Dummerchen.« Henning gab Ralf einen leichten Klaps auf den Hinterkopf. »Verzeih, Dominik, der ist noch nicht ganz wach.«

»Wie konnte ich das vergessen?« Ralf, dem eine leichte Röte in die Wangen gestiegen war, raschelte mit dem Zellophanpapier. »Ich packe das schon mal aus.«

Andersen kam mit einer Vase in die Küche und reichte sie Ralf.

»Du wolltest gerade gehen, nicht wahr, Dominik?«, sagte er.

Er hätte wissen müssen, dass das keinen Sinn hatte. »Ja, sicher … schönen Brunch noch.«

»Bis demnächst … zur nächsten Ausstellungseröffnung oder so«, sagte Henning.

Dominik hatte keine Ahnung, wovon Henning sprach. Er spürte plötzlich die Hand des Chefs auf dem Rücken, der ihn aus der Küche schob. »Tschau, ihr beiden.«

»Nehmt euch schon Kaffee«, sagte Andersen, bevor er mit Dominik die Küche verließ und ihm bedeutete, ihm in ein Zimmer zu folgen, in dem sich neben einer Sofalandschaft mit Tisch eine stattliche Menge Bücherkisten türmte.

Andersen stemmte die Fäuste in die Hüften. »Wenigstens an meinem Geburtstag wollte ich mir mal eine Pause gönnen!«

»Schon klar. Ich bin gleich verschwunden. Wenn …«

»Du traust uns also nicht zu, diesen Fall zu lösen? Schön, Dominik, ich bin an einem Punkt …«

»Nils hat Kowalski nicht angefahren, er war nicht mal dabei! Sofie lügt, und ich kann es dir beweisen!«

Andersen sah ihn schweigend an, knabberte an seiner Unterlippe.

»Zwei Minuten! Bitte, Bent!«

Andersen nahm ihn bei den Schultern und drückte ihn aufs Sofa. Dann setzte er sich neben ihn. »Der schicke Brigitte-Kalender?«

Dominik nickte.

Es war ein ungewohnter Anblick, der sich zweieinhalb Stunden später bot: Andersen parkte seinen Volvo vor ihrem Haus. Dominik hatte sich einen großen Teil der Zeit in der Küche aufgehalten, von wo aus man die Straße im Blick behalten konnte. Sie solle sich nicht wundern, wenn der MK-Leiter plötzlich vor ihrer Tür stand, hatte er Betty auf die Mailbox gesprochen. Sobald sie sie abhörte, würde sie die Nachricht erhalten, die er fast gesungen hatte: »Wir gehen einer neuen Spur nach!« Bevor der Mordkommissionsleiter klingeln konnte, öffnete er die Tür.

»Du hättest natürlich auch zum Brunch bleiben können«, sagte Andersen zur Begrüßung. Er schien auf dem Weg darüber nachgedacht zu haben. »Es war nur: Du bist ja nicht deswegen gekommen. Und ich wollte nicht vor den anderen mit dir über diese Dinge reden, deshalb …« Er machte eine unbestimmte Geste mit der Hand.

»Kein Problem. Ich bin dir dankbar, dass du mir hilfst!«

»Ich bin nicht hier, um dir zu helfen«, sagte Andersen kühl. »Es geht nicht um dich, falls dir das nicht klar sein sollte. Die Welt dreht sich auch ohne dich weiter!«

Dominik sah ihn mit offenem Mund an. »Ja … sicher.« Er räusperte sich. »Merle Hüllinghorst hat mich vorhin zurückgerufen. Sie spielt gerade mit ihrer Freundin Tabea in einem Sportzentrum in Dornberg Hallentennis. Ich wusste ja nicht, wann du kommst und …«

»Ist Dornberg weit?«

»Viertelstunde.«

»Dann los.«

Nachdem sie in den alten Volvo gestiegen waren, packte Andersen ihm einen Plastikbeutel mit belegten Brötchen und Muffins auf den Schoß. »Ist noch vom Brunch, für den Fall, dass du Hunger hast. Du kannst es unterwegs essen.«

Würde er seinen neuen Chef jemals verstehen?

»Iss nur«, fügte Andersen hinzu. »Ich wollte das Auto sowieso sauber machen.«

Im Volvo war kein Stäubchen zu entdecken.

Dominik holte ein Lachsbrötchen aus dem Beutel. »Danke, Bent. Wir sind praktisch Nachbarn, was?« Er biss hinein. »Hmm, mit Meerrettich!«

»Stimmt«, sagte Andersen düster.

»Magst du keinen Meerrettich?«, fragte Dominik.

»Doch, ganz gern. Wo muss ich jetzt lang fahren?«

»Jetzt links und dann immer geradeaus. Woher kennst du eigentlich Henning und Ralf?«, fragte er.

»Henning kommt ursprünglich aus Flensburg«, sagte Andersen. »Und Ralf habe ich über ihn kennen gelernt.«

»Die Welt ist klein«, sagte Dominik.

Andersen nickte. »Was ich noch sagen wollte: Du hältst dich bei der Befragung schön im Hintergrund! Sonst werfe ich dich raus.«

»Ich schweige wie ein Grab«, sagte Dominik mit vollem Mund.

Den Rest der Fahrtzeit in den Außenbezirk von Bielefeld widmete er sich seinem Brötchen. Als sie auf den Parkplatz des Sportzentrums fuhren, hatte er es gerade geschafft, es zu vertilgen.

»Das ging wirklich schnell«, sagte Andersen. »Sind wir hier schon auf dem Land? Es wirkte zwischendurch so ländlich.«

»Mehr oder weniger. Im Westen ist der Teuto und wenn du diese Straße zurückfährst, geht es über die Felder wieder nach Babenhausen, von da nach Niederdornberg-Deppendorf, nach Schröttinghausen ...«

»Schröttinghausen und Deppendorf?« Andersen grinste.

»Das sind Dörfer, na und?« Dominik öffnete die Wagentür.

Andersen hörte erst auf zu grinsen, als ihnen am Empfang mitgeteilt wurde, dass die beiden jungen Frauen den Platz in der Halle bereits freigemacht hätten. Sie ließen ausrichten, dass sie im Saunabereich zu finden seien.

Andersen stöhnte. »Deppendorf liegt in der Nähe, wie?«

Dominik kehrte die Handflächen nach oben. »Ich habe vor einer dreiviertel Stunde mit der Hüllinghorst telefoniert und gesagt, dass wir sie nach dem Tennis sprechen wollen!«

»Ihre Platzzeit ist seit zwanzig Minuten abgelaufen«, ließ sich der junge Mann hinter der Theke vernehmen.

»Tja und wieso Zeit verlieren, es geht ja nur um ... Egal, kann man hier große Handtücher und Badelatschen ausleihen?«

»Du willst saunieren?«, fragte Dominik.

»Natürlich nicht!«, knurrte Andersen. »Aber auch meine Zeit ist kostbar!«

In Unterhosen und mit Handtüchern umwickelt betraten sie den Saunabereich. Andersens Narben zogen sich herunter bis zu seiner muskelbepackten Brust, wo sie Linien in seinem Brusthaar bildeten.

»Hattest du mal einen Unfall?«, fragte Dominik.

»Wieso?«, knurrte Andersen und blickte sich suchend um. »Wie sehen die beiden eigentlich aus?«

Am Fußbecken saß ein Paar mittleren Alters.

»Die sind in der Sauna«, sagte Dominik. »Wetten?«

»Das sehe ich auch.« Änderen verschränkte die Arme.

»Befragen wir sie doch in der Sauna: Wir lassen sie erst raus, wenn sie uns was Brauchbares geliefert haben. Vorher heizen wir ihnen mit Aufgüssen ein. Das Problem ist nur: Wie führt man seine Marke mit sich?«

»Witzig.«

»Wir könnten ein Fußbad nehmen«, schlug Dominik vor.

»Wozu?«, sagte Andersen.

»Damit wir nicht mitten im Salon rumstehen wie bestellt und nicht abgeholt.«

Andersen seufzte. »Wie lange bleiben die denn noch da drinnen?«

»Bei unserem Glück sind sie gerade im Außenbereich«, sagte Dominik. »Während wir hier …« Er verstummte, als die Tür der Saunahütte aufging.

Zwei rotgesichtige, verschwitzte Mädels traten heraus und hielten sich bei ihrem Anblick erschrocken die Handtücher vor die Körper.

»Andersen, Kripo Bielefeld«, schnarrte Andersen finster.

Den Bullen sah man ihm auch so an, dachte Dominik.

Das Paar am Fußbecken sah neugierig von ihren Zeitschriften auf.

»Merle Hüllinghorst und Tabea Bürenkemper?«, setzte Andersen hinzu.

Die beiden nickten.

»Und das ist mein Kollege …« Andersen deutete auf Dominik und griff mit der anderen Hand rasch nach dem Handtuch, das ihm von den Hüften zu gleiten drohte.

»Wer ist denn wer?«, fragte Dominik.

Das schmale, blonde Mädel mit dem frechen Gesicht hob den Finger. »Ich bin Merle. Und Sie sind …?«

»Dominik Domeyer.«

Ihre Brauen ruckten hoch. »Etwa Nils' Vater?«

»Die Fragen stellen wir«, sagte er freundlich.

»Wir hatten gehofft, Sie woanders befragen zu können«, sagte Andersen kühl. »Ich schlage vor, wir ziehen uns alle wieder an und gehen nach oben in dieses Bistro.«

Merle grinste. Vermutlich war das ihre Idee gewesen.

»Ich glaube, der Ruheraum ist leer«, sagte Tabea, die Brünette mit der spitzen Nase. »Sonst müssten wir erst duschen. Und Haare föhnen.«

Andersen machte eine Miene, als suchte er den Haken bei der Sache. Dann zurrte er sein Handtuch fester. »Schön. Dann eben Ruheraum.«

Im Ruheraum war tatsächlich nichts los. Ein Zimmerbrunnen plätscherte vor sich hin. Sie nahmen auf zwei nebeneinanderstehenden Liegen Platz. Merle und Tabea in Bademänteln auf der einen Seite, die Beamten im Handtuch auf der anderen.

»Schön«, begann Andersen. »Frau Hüllinghorst, Sie haben ausgesagt, dass Sofie Mertens und Nils Domeyer die Party so gegen zwei gemeinsam verlassen hätten. Gemeint ist die Tennisclubhaus-Party am 15. Dezember. Sind Sie sicher, dass die beiden nach dem Verlassen der Party auch gemeinsam weggefahren sind?«

Merle schürzte die Lippen. »Nö. Aber das bin ich ja auch nicht gefragt worden.«

»Sie haben sie nicht zusammen wegfahren sehen?«

»Sag ich doch. Die sind zusammen rausgekommen. Ich stand draußen und habe geraucht. Die haben sich angebrüllt, bis sie mich sahen. Ich habe Nils noch nie so wütend erlebt. Der war hackedicht, muss man dazusagen. Ich bin dann gleich wieder reingegangen. Danach habe ich sie nicht mehr auf der Party getroffen. Also bin ich davon ausgegangen, dass die zusammen weg sind.«

»Sie haben ausgesagt, dass Mertens und Domeyer auch während der Party eine Auseinandersetzung hatten, korrekt?«

Merle beulte ihre Wange mit ihrer Zunge aus. »Allerdings.«

»Haben Sie mitbekommen, worum es dabei ging?«

Die beiden jungen Frauen tauschten einen Blick. Merle zog die Lippen ein. Tabea betrachtete ihre Füße. Sie trug Flipflops mit Plastikblumen obendrauf und wackelte mit den Zehen. Es wirkte, als hätten sie sich bereits ausgiebig über dieses Thema unterhalten. Plötzlich schauten beide Dominik an.

»Nils war stinksauer, weil ... Sofie hat sich an ... na ja, sie hat heftig mit Max geflirtet«, sagte Merle und sah wieder Tabea an.

Tabea zog die Brauen hoch und nickte. »Eng getanzt und so. Die beiden haben schon früher geflirtet, aber nie, wenn Nils dabei war.«

Merle verzog den Mund. »Zu viel Wodka zum Löffeln, fürchte ich. Kennen Sie diese Plastik-Pinneken mit Wodka-Götterspeise?«

»Sie hat mit Max Baumgartner geflirtet?«, fragte Dominik und erntete einen warnenden Blick von Andersen.

»Jep«, sagte Merle.

»Können Sie sich erinnern, wann Max die Party verlassen hat?«, fragte er weiter.

Tabea schürzte die Lippen. »Das war, als Merle vom Parkplatz zurückkam.«

»Das bedeutet also, er war ...«

»Dominik, darf ich dich kurz mal nach draußen bitten!«, unterbrach Andersen.

Es klang nicht wie eine Bitte.

Sie landeten im Saunateil für die kalten Anwendungen. Der orangefarbene Kaltwasserschlauch ringelte sich am nassen Boden wie eine exotische Giftschlange. Von der Schwalldusche tropfte es. Das Eiswasser im Becken war bewegt, als wäre gerade eben noch jemand herausgesprungen.

»Was hatten wir vereinbart?«, fragte Andersen.

Wie in der Schule. »Dass ich das Denken einstellen sollte«, sagte Dominik und verfluchte sich im nächsten Moment.

Andersens Gesicht rötete sich. Er blickte durch eines der schmalen Querformat-Fenster.

»Ich halte die Klappe«, fügte Dominik hinzu. »Ehrenwort!«

»Siehst du das Eiswasserbecken?«

War das ein Scherz?

»Frag sie, ob Max mit seinem eigenen Auto gekommen ist. Frag sie …«

»Ich weiß, was ich sie fragen muss!«, bellte Andersen.

»Ich dachte nur, falls du vergessen haben solltest, was ich dir über die Energy-Drink-Dosen …« Er verstummte und brachte etwas Distanz zwischen sich und das Eiswasserbecken. Am Rücken spürte er die kühle Feuchte der beschlagenen Kacheln. Er hörte das gedämpfte Hallen von Stimmen, Wasser gurgelte in einem Abfluss.

»Ein Wort, Dominik und ...« Andersens Augen wurden schmal.

»Schon verstanden.« Dominik nickte eifrig.

Als sie zurückkamen, brachen die beiden jungen Frauen ihr Getuschel ab.

Dominik lächelte ihnen zu und nahm wieder auf der Liege Platz. Andersen ließ sich neben ihm nieder, wobei die Liege deutlich nach unten sackte.

»Schön«, begann sein Chef wieder und warf ihm einen bösen Blick zu. »Wissen Sie, ob Max Baumgartner mit seinem eigenen Auto zur Party gekommen ist?«

»Nö.« Merle kicherte. »Der hat seinen Audi letzten September zu Schrott gefahren. Seitdem sitzt er auf dem Trockenen, weil sein Vater ihm eine Sperrfrist gesetzt hat, bis er ihm wieder eins finanzieren will. Er muss erst mal ein halbes Jahr ohne Unfall schaffen. Das ist die Bedingung.«

Andersen räusperte sich. »Ein halbes Jahr ohne Unfall ... wessen Auto fährt er denn?«

»Manchmal das von seinem Vater. Aber meistens leiht er sich eins von Freunden«, sagte Tabea und rollte mit den Augen.

»Ich glaube, es gibt niemanden, dem er damit noch nicht auf die Nerven gegangen ist.« Merle grinste. »Immer, wenn er ankommt, denke ich, Hilfe, er will wieder mein armes, kleines Auto!« Sie streckte abwehrend die Hände aus. »Er ist so ein Herrenfahrer. Ein Adrenalinjunkie.«

»Hat Sofie ...« Dominik brach ab.

Die jungen Frauen schauten ihn fragend an.

»Sofie Mertens«, sagte Andersen. »Hat die ihm auch mal ihr Auto geliehen?«

»Sofie war zum Schluss so mit die Einzige, die das noch gemacht hat«, sagte Merle. »Liebesblind wahrscheinlich.«

»Und Nils? Hat er ...«, begann Dominik.

Er hörte, wie Andersen die Luft einzog.

»Stimmt, Nils hat ihm auch noch sein Auto geliehen, zumindest, wenn er den Polo von ...« Tabea schaute Dominik an. »Max hat wohl auch mal Ihren Polo gefahren.« Ihre Augen wurden groß. »Doch nicht zu Klump, oder?«

Dominik spürte plötzlich Andersens Hand auf seinem Arm. Es schien eine unbewusste Geste zu sein, denn Andersens Blick war starr auf Tabea gerichtet.

Tabeas Augen wurden noch größer. Sie begann, mit ihren Flipflops zu spielen, indem sie ihre Zehen bewegte.

Andersen blickte auf seine Hand, die auf Dominiks Arm lag und nahm sie fort. »Ja«, sagte er in einem Ton, als wäre er gerade aus einem Traum erwacht.

»Eins noch«, sagte Dominik. »Max Baumgartner ist also von der Party weggegangen, als Ihre Freundin Merle«, er nickte Merle zu, »vom Parkplatz zurückgekommen ist. Wann …«

»Der ist mir entgegengekommen«, sagte Merle und krauste die Nase. »Das muss auch so gegen zwei gewesen sein.«

»Also könnten Nils und Sofie sich zu der Zeit noch auf dem Parkplatz aufgehalten haben?«, fragte Dominik weiter.

»Klar. Ich hatte sie ja gerade erst da getroffen.«

»Schön. Das wäre alles fürs Erste«, sagte Andersen.

»Können wir dann wieder in die Sauna?«, fragte Merle.

»Na…«, begann Dominik, stoppte sich und lächelte Andersen an.

»Ja. Sicher. Danke«, sagte der.

Nachdem die beiden den Ruheraum verlassen hatten, stemmte sich Andersen von der Liege hoch, die sich knarrend hob. Er kreiste mit den mächtigen Schultern, reckte die Arme nach hinten, seine Knochen knackten leise. Dann verschränkte er die Arme wieder vor der Brust und schaute auf Dominik herab. Offenbar seine Lieblingsposition.

Los, gib's mir, dachte Dominik und senkte den Blick auf ein vergessenes Handtuch unter der Nachbarliege. Andersen schnaufte.

Von draußen drangen gedämpft Gelächter und Gekreische herein.

»Denkst du, ich würde Zeugen beeinflussen, weil ich keinen Schimmer habe, was Suggestivfragen sind?«, sagte Dominik.

Andersen löste die Arme. »Komm mal mit.«

»Was?«

Andersen deutete mit dem Kopf zum Ausgang. Dominik folgte ihm in den Nebenraum. Der mit den Kaltwasseranwendungen. Niemand hielt sich dort auf, obwohl noch immer Wasser aus dem Schlauch auf den Boden pladderte.

Jemand hatte den Hahn nicht richtig zugedreht. Andersen ging zum Beckenrand und winkte ihm.

Dominik zögerte. »Darf ich fragen …?«

»Ich will dir was zeigen«, sagte Andersen, ohne eine Miene zu verziehen.

»Ist das deine Art von Humor, oder …?«

»Nein«, sagte Andersen ernst.

Dominik trat näher. Plötzlich spürte er Andersens kräftigen Griff und einen Stoß. Er konnte den Schrei nicht ganz unterdrücken, als ihn das eisige Wasser umfing. Andersen baute sich auf der kleinen Treppe auf, die aus dem Becken hinausführte.

Zitternd umklammerte Dominik seinen Oberkörper. »Mein Handtuch!«

Das Handtuch war auf den Boden des Beckens gesunken.

»Tauchen«, sagte Andersen.

»Dann lässt du mich raus?«

Andersen zuckte kurz mit den Achseln.

Dominik überwand sich. Als er mit dem Handtuch auftauchte, hatte Andersen die Treppe freigemacht.

Dominik stürmte aus dem Becken. Er klatschte das kalte, nasse Handtuch auf den Boden und rieb sich bibbernd die Arme. Er brachte es nicht über sich, das Handtuch um seinen Körper zu schlingen, auch wenn das bedeutete, in nassen Boxershorts zur Umkleide zu müssen.

»Du bist befangen. Das läuft viel subtiler ab, als du dir vorstellen kannst«, sagte Andersen.

»Wovon redest du? Subtil? Findest du das hier subtil? Mich in dieses eisige Wasser zu werfen!«

Andersen gestattete sich ein kleines, boshaftes Lächeln. »Das meinte ich nicht. Du hast vorhin angedeutet, dass du schon weißt, was Suggestivfragen sind.«

Dominik hob das Handtuch auf und wrang es aus. »Mir ist kalt!«

»Armer Kerl. Gehen wir.«

Andersen schlenderte in den Raum mit der Sauna und den Fußwasserbecken. Dominik folgte ihm.

»In die Sauna?«, fragte Dominik. »Da könnte ich mich aufwärmen!«

Andersen drehte sich um.

»Das halte ich für keine gute Idee«, sagte er steif.

»Heiße Dusche? Hey, ich hatte eine Lungenentzündung ...«

»Du hattest eine Lungenentzündung?« Andersen furchte die Stirn. »Okay ... dann geh besser heiß duschen.«

Auf der Rückfahrt gerieten sie in den Feierabendverkehr. Der Stau auf der Seite der Werther Straße, die stadtauswärts führte, war zwar dichter, aber auch auf ihrer Seite floss der Verkehr nur zäh. Dominik verstaute seine nassen Boxershorts in der Tüte, in der das Lachsbrötchen verpackt gewesen war.

»Fandest du das vorhin ganz besonders lustig?«, fragte er.

»Ich wusste nicht, dass du eine Lungenentzündung hattest. Aber abgesehen davon ...« Andersen schürzte die Lippen. »Ja ... doch, war schon lustig, du so als begossener Pudel. Die Memme vom Dienst.« Er nickte grinsend vor sich hin.

»Freut mich, dass es dir gefallen hat.«

»Wäre dir eine Beschwerde beim Kommissariatsleiter lieber gewesen?« Andersens Grinsen verschwand. »Wenn du nicht persönlich von diesem Verbrechen betroffen wärst, hätte ich deinen Dienstvorgesetzten längst über dein eigenmächtiges Vorgehen unterrichtet!«

Sie kamen an eine Baustelle, die offenbar der Grund für den Stau war. An der Stelle war nur eine Fahrtrichtung befahrbar. Eine Ampel regelte den Verkehr.

»Ihr hättet nicht weiter ermittelt, wenn ich mich nicht eingemischt hätte!«

Andersen stöhnte leise. »Soll ich umdrehen und dich noch mal ins Eiswasser werfen? Kommst du dann zur Vernunft?!«

»Ihr …«

Andersen schlug aufs Lenkrad. »Die Ermittlungen sind noch nicht beendet, unter anderem, weil die DNA-Analysen des Tatorts noch ausstehen!«

»Aber hättet …«

»Treib's nicht zu weit!« Auf Andersens Stirn trat eine Ader hervor.

Hinter ihm hupte jemand. Die Ampel war auf Grün gesprungen. Andersen fuhr an, aber kurz bevor er sie passierte, schaltete sie wieder auf Gelb.

Er umklammerte das Lenkrad und blickte mit grimmiger Miene in den Gegenverkehr. »Rekapitulieren wir!«

»Soll ich dir schildern, wie ich die Abläufe sehe?«

»Ist wohl kaum zu vermeiden.«

»Nicht Nils, sondern Max ist mit Sofies Cabrio gefahren, nachdem sie auf der Party waren. Vielleicht hat er Nils vorher noch ein Taxi gerufen. Mein Sohn scheint zu nicht mehr viel fähig gewesen zu sein. Max hat zwanzig Minuten später Kowalski angefahren und Anna hat Sofie als Beifahrerin in dem Auto erkannt. Sie ist Sofie einmal bei uns begegnet, hat Nils erzählt, und sie wusste auch, dass Sofie Nils' Freundin ist.«

Die Ampel sprang wieder auf Grün, und Andersen fuhr mit einem Ruck an. Ein Autoatlas rutschte aus einem offenen Ablagefach in den Fußraum, und Dominik beugte sich vor, um ihn zwischen seinen Beinen hervorzuholen.

»Weiter«, knurrte Andersen. »Der Sonntag!«

»In jener Sonntagnacht, als Anna ermordet wurde, hat Nils Sofie den Polo geliehen.«

»Du hältst nicht viel von chronologischen Abläufen.«

»Okay, also Anna hat Sofie in dem Cabrio erkannt, und rief bei uns an, um sie zu erreichen. Lissa hat den Anruf entgegengenommen und an Nils weitergereicht. Nils hat Anna Sofies Handynummer gegeben, ohne zu ahnen, warum sie sie haben wollte. Anna hat nachweislich bei Sofie angerufen, um mit ihr über das zu reden, was sie gesehen hatte. Es könnte sein, dass Anna Sofie die Wahl lassen wollte aus Rücksicht darauf, dass sie als Verlobte von Nils quasi zu Robins Familie gehörte.«

»Welche Wahl?«

»Entweder ihr stellt euch selbst, oder ich rufe die Polizei an.« Er spielte mit dem Lesezeichenband des Autoatlas' auf seinem Schoß. »Sofie bringt das Cabrio nach Osnabrück, damit der Unfallschaden ohne Aufsehen repariert wird. Sie leiht sich abends den Polo von Nils, um dann mit Max zum *Siekerfelde* zu fahren, wo sie sich mit Anna treffen. Sie kommen nicht auf einen Nenner und Anna will zur Polizei gehen. Max und Sofie fahren Anna nach dem Treffen hinterher. Zu der Zeit befand sich unsere Werkzeugkiste mit dem Fäustel im Kofferraum. Die lag schon ein paar Wochen da drin, weil ich sie brauchte, um in der Praxis meiner Frau Laminat zu verlegen. Max schaut in den Kofferraum, wo es häufig Wagenheber und Ähnliches gibt, und er sieht die Kiste. Wenn er sich den Polo gelegentlich geliehen hat, wusste er eventuell schon davon. Er nimmt sich den Fäustel und läuft hinter ihr her. Er stellt sie in dem Gartenhäuschen und tötet sie. Nachdem die beiden noch in derselben Nacht versuchen, die Spuren zu beseitigen, und die Leiche verstecken, kaufen sie morgens den gleichen Fäustel in einem Baumarkt, und ersetzen damit die Tatwaffe, bevor Sofie Nils den Wagen zurückbringt.« Er zerfaserte das rote Bändchen. »Fragt sich, warum Sofie das alles mitmacht. Fürchtet sie sich vor Max? Möglich. Ich würde sagen, sie ist verliebt in ihn. Sie hat sich wohl nur deshalb noch nicht von Nils getrennt, weil sie Angst hat, es ihren Eltern zu sagen, die fest damit rechnen, dass Nils, den sie sehr schätzen, ihr Schwiegersohn wird.«

»Weiter.« Andersen blickte starr geradeaus.

Es war schwer zu sagen, was er dachte.

»Nils bekommt mit, dass unser Polo untersucht werden soll, als ich mit Frank darüber telefonierte. Er erzählt es Sofie. Es wird also brenzlig, denn nicht nur Annas Blut, sondern auch andere Spuren könnten gefunden werden. Robin spricht darüber, dass er Sandler für den Täter hält. Der Flyer über den Infonachmittag lag lange Zeit in seinem Zimmer, das auch Max betreten hat. Die Veranstaltung kommt wie gerufen, um Sandler die Tatwaffe unterzuschieben. Ein anonymer Anruf von Sofie sorgt dafür, dass das Theater durchsucht wird. Der Plan scheint zunächst aufzugehen, bis die Verbindung zwischen den Fällen Borgstedt und Kowalski deutlich wird. Als sie keine andere Möglichkeit mehr sieht, belastet Sofie Nils, um Max zu decken.«

Andersen bog auf den Parkplatz des Präsidiums ab und parkte den Volvo.

»Klingt das total abwegig für dich?« Dominik legte das zerfaserte Bändchen zwischen die Atlasseiten.

»Das klingt, als ob dein Sohn einen schlechten Geschmack bei der Wahl seiner Freundin gehabt hätte.«

»Wärst du mit neunzehn nicht auf eine wie Sofie abgefahren?«

»Nein. Aber ich verstehe, was du damit sagen willst.«

»Trotzdem … Nils ist eigentlich … er war immer so selbstbewusst in allem. Aber wohl nicht in Liebesdingen.«

Andersen warf ihm einen Seitenblick zu. »Das Übliche.«

Sie stiegen aus. Mittlerweile war es schon wieder stockfinster.

»Schönen Abend noch.« Der Chef strebte Richtung Eingang.

»Hey, Moment.« Dominik folgte ihm. »Wir brauchen unbedingt eine DNA-Probe von Max Baumgartner.«

»Darauf wäre ich im Leben nicht gekommen.« Andersen verringerte sein Tempo nicht.

»Warte, Bent!«

Andersen blieb aufseufzend stehen.

»Der DNA–Abgleich … Ich meine Nils' Daten, das könnte doch schon da sein.«

»Aber dann haust du ab!«

Dominik hob die Hände. »Auf jeden Fall!«

Auf ihrer Büroetage brannte nur noch die Notbeleuchtung. Dominik folgte dem MK-Leiter in dessen Büro, wo der seinen Ablagekorb inspizierte und ein Fax in Augenschein nahm.

»Das ist der Abgleich«, murmelte Andersen, der das Fax mit seinem breiten Rücken verdeckte.

»Und?« Dominik zog die Luft ein.

Andersen nickte vor sich hin.

»Was?«, rief Dominik.

»Negativ. Was Nils anbetrifft zumindest, bei Sofie Mertens sieht das allerdings anders aus.«

»Das bedeutet …«

»Das musst du mir nicht erklären, Dominik!«

»Das ist immerhin der Tatort und nicht der Fundort!«

»Danke für diesen sachdienlichen Hinweis.«

»Er müsste schon einen von Bellas Overalls getragen …« »Dominik!«

»Was denn?«

»Gute Nacht!«

19. Kapitel

Sonntag, 13. Januar

Während sich Dominik in Kowalskis Krankenzimmer aufgehalten hatte, waren die Wolken aufgerissen. Als er später Bettys Twingo startete, quietschten die Scheibenwischer hektisch über die trockene Windschutzscheibe. Rasch schaltete er sie aus. An der Ampel würgte er das Auto ab. Er hätte die Kupplung sanfter kommen lassen müssen. Der Polo war ihm vertrauter, aber er fuhr ihn nicht mehr gerne. Herbert Kowalski hatte besser ausgesehen als bei seinen ersten Besuchen. Ob es an den regelmäßigen Mahlzeiten lag oder an der Entgiftung oder daran, dass er sich abgefunden hatte? Jedenfalls scherzte er mit den Schwestern und schien es fast zu bedauern, dass es bald in eine Pflegeeinrichtung ging. Dominik stellte den Ton des Autoradios lauter, in dem ein Aretha-Franklin-Stück lief, das er mochte, und pfiff die Melodie mit.

Er hatte Kowalski Kuchen gebracht und – was wichtiger war – die Täter nennen können, die Menschen, die ihm das angetan hatten: Ein alkoholisierter Fahrer, wie sich nach weiterer Zeugenbefragung herausgestellt hatte, und seine nicht weniger alkoholisierte Beifahrerin, die den Unfall verursacht hatten und geflüchtet waren. Kowalski hörte ihm sehr aufmerksam zu. Diese Information gab ihm zwar die Bewegungsfähigkeit nicht zurück, vielleicht aber ein Stück Selbstachtung, denn nicht an allem, was er erlitten hatte, war er selbst schuld!

Als Dominik kurz vor fünf nach Hause kam, dämmerte es bereits wieder. Robin und Lissa, die im Wohnzimmer saßen, schienen es nicht zu bemerken.

»Rob, du verdirbst dir die Augen«, sagte Dominik. Er machte die Stehlampe an und ließ sich in einen Sessel fallen.

Robin blinzelte in die plötzliche Helligkeit.

»Was liest du da?«, fragte Dominik weiter.

Sein Sohn hielt das Buch hoch. »Über Ökonomie. Über die Krise, wie immer man sie auch nennen mag, ob nun Finanz- oder Schulden- oder Banken- oder Überproduktions- oder Unterkonsumptionskrise, denn auch das ...«

»Schon gut. Ist das für die Schule?«

»Nicht wirklich. Da lesen wir Asterix und Obelix auf Latein, weil das so verdammt wichtig ist. Die können schließlich nicht riskieren, dass die Leute durchblicken.«

»Wo ist Nils?«

»Ich habe ihn seit Stunden nicht mehr gesehen. Vielleicht oben?«

Robin beugte sich hinüber zum Sofa, auf dem seine Schwester lag und Musik hörte. Das Spitzenleibchen, das sie über ihrer schwarzen Bluse trug, war grau-violett gemustert. Ein Anfang, fand Dominik. Ihr dunkler Lockenkopf bewegte sich im Takt, bis zu dem Moment, in dem Robin ihr den Kopfhörer wegriss.

»Hey!«, schrie Lissa und warf ihren schmalen Körper herum. »Was soll das, du Kröte!«

»Papa will wissen, wo Nils ist. Danach kannst du wieder deinen Trauerklängen lauschen.«

»Wenn man keine Ahnung hat, einfach mal die Klappe halten!« Lissa setzte sich auf und tastete auf dem Sofa nach ihren Haarnadeln. »Nils ist oben in seinem Zimmer, jedenfalls war er das vorhin noch«, sagte sie, während sie versuchte, ihre zerzauste Frisur in Form zu bringen.

»Ist er da nicht schon den ganzen Tag?«, fragte Dominik.

»Zum Essen ist er runtergekommen«, sagte Lissa.

»Papa macht sich Sorgen«, sagte Robin. »Aber das kapierst du wohl nicht.«

»Wieso denn?«, gab Lissa zurück, zog eine Haarnadel, die sie mit den Lippen festhielt, hervor und steckte sie am Hinterkopf fest. »Nils hat es doch hinter sich. Wie sagt man eigentlich: DNA oder DNS?«

»Wie du willst«, sagte Dominik. »A steht für acid und S für Säure.«

»Jedenfalls, wenn ich mir vorstelle, dass dieses *Zeug* von Max überall in dem Gartenhäuschen und sogar in unserem Auto gefunden wurde ...«

»Oh Mann«, stöhnte Robin. »Zeug – was denn für Zeug? Das ist der genetische Code, der ist auch in jedem von deinen ekligen Haaren, die ständig den Abfluss verstopfen. Desoxyribonukleinsäure.«

»Wow! Robin! Krass! Ich bin beeindruckt! Wie lange hast du wohl gebraucht, um dieses tolle Wort zu lernen?«

»Lissa ...«, mahnte Dominik.

»Ich find's einfach nur gruselig, wenn ich daran denke, dass dieser Arsch mit *unserem* Auto ... Ich darf gar nicht daran denken!« Lissa krauste die Nase. »Und dann Sofie, die sich nicht entblödet, die gleiche Story noch mal zu erzählen, nur dass es dieses Mal Max ist – ich meine, warum sagt die dumme Kuh nicht gleich, dass es Max war. Also ich denke ja, die kriegt ihr Fett ...«

»Du *denkst*? Quatschst du noch oder denkst du schon?«

»Robin ...«, mahnte Dominik.

»Nils kann doch froh sein, dass ihm die Augen geöffnet wurden!«, sagte Lissa.

»Klar, der ist sicher überglücklich!« Robin verdrehte die Augen.

»Ich kapiere nur nicht, wieso sie Nils nicht verlassen hat, wenn sie Max so toll findet«, gab Lissa zurück.

»Wer weiß, ob Max *sie* so toll findet?«, gab Robin zurück. »Außerdem stehen ihre Alten voll auf Nils.«

»Stell dir doch mal vor, Nils hätte Sofie geheiratet und erst dann mitbekommen, wie die wirklich ist!«

»Sie quatscht noch.« Robin stöhnte.

»Hört auf damit«, sagte Dominik.

»Besser ist das«, murmelte Robin.

Lissa streckte ihm die Zunge raus, dann widmete sie sich ihrem MP3-Player. Robin nahm sein Buch zur Hand und begann zu lesen.

Nach kurzer Zeit ließ er es wieder sinken. »Sag mal, Papa: Hattest du wirklich Angst, dass Nils ein falsches Geständnis ablegen könnte?«

»Zwischendurch, ja. Der Anwalt hat ihm ein Geständnis nahegelegt.«

»Das passt irgendwie«, erwiderte Robin. »Nils tut doch eigentlich immer, was von ihm erwartet wird.«

»Tut er das?«, fragte Nils.

Dominik wandte sich um.

Nils lehnte mit verschränkten Armen am Türrahmen.

Lissa, die wippend auf dem Sofa saß, den Blick auf den MP3-Player auf ihrem Schoß gerichtet, sah auf und nahm ihren Kopfhörer ab. Robin hob sein Buch halb vors Gesicht, als wollte er sich verstecken. Es war unklar, wie lange Nils ihr Gespräch schon mitverfolgt hatte.

»Was würdest du denn tun, Robin?« Nils Augen wurden schmal. »Wenn du mitten in einem beschissenen Kafka-Roman gelandet bist und dein Anwalt dir erzählt, dass du aus der Nummer nicht mehr rauskommst? Wenn dir keiner mehr richtig glaubt und du selbst auch nicht weißt, wem du noch glauben sollst! Wenn du die meiste Zeit allein vor dich hinbrütest in den paar Quadratmetern Zelle und dich ständig fragst, was zum Teufel du bloß falsch gemacht hast! Wenn du verraten wurdest von denen, die dir nahestehen, von denen du das zumindest geglaubt hast! ›Herr Domeyer, Sie müssen das realistisch sehen, jetzt geht es nur noch um das Strafmaß.‹ Herr Domeyer, Sie sind am Arsch, heißt das übersetzt! Und jetzt bist *du* dran, kleiner Bruder!«

Nils ging, ohne die Antwort abzuwarten.

»Nils!«, rief Dominik.

»Verraten?« Robin sah ihn an. »Meint er uns?«

»Hä?«, machte Lissa. »Wieso denn uns?«

Dominik stützte die Ellenbogen auf die Knie, den Kopf in die Hände und versenkte sich in das geometrische Muster des Teppichs. Nils wusste nichts von seinem Anruf bei Bella und von Robins nachgeschobener Aussage über die Sache mit dem Tattoo – das hoffte er zumindest.

»Ich glaube, ich habe Nils noch nie ›beschissen‹ sagen hören. Oder ›am Arsch‹«, sagte Lissa nach einer Weile.

Robin klappte sein Buch zu und tippte sich damit gedankenverloren gegen das Kinn.

Dominik schnupperte und richtete sich auf. »Es riecht gut!«

»Mama backt wieder Kalorienbomben«, sagte Lissa. »Damit wir alle fett werden.«

»Ich opfere mich und esse deine mit.« Robin leckte sich die Lippen. »Ist das nicht nett von mir?«

»Ich gehe mal nachschauen.« Dominik zwinkerte ihm zu.

Der süße Duft wurde im Flur intensiver. In der Küche traf er auf Nils, der gerade neuen Teig in das Waffeleisen füllte.

»Mama telefoniert. Eine Kordula. Sie ist nach oben gegangen. Scheint was Längeres zu werden«, antwortete Nils auf die unausgesprochene Frage.

»Soll ich dir helfen?«

»Die Sahne muss noch geschlagen werden.«

Dominik holte die Sahne aus dem Kühlschrank und füllte sie in eine Rührschüssel. Er wollte gerade den Mixer ansetzen, als er das Blubbern einer Kirschsoße in einem Topf auf dem Herd bemerkte. Nils stand neben dem dampfenden Waffeleisen und starrte aus dem Fenster.

»Nils!«

Der zuckte zusammen und öffnete das Waffeleisen. Eine dunkelbraune Waffel kam zum Vorschein. Dominik nahm den Topf von der heißen Platte.

»Worüber denkst du nach?«, fragte er.

Nils hebelte die Waffel aus dem Eisen. »Über alles.«

»Alles?«

»Sofie und Max zum Beispiel.«

»Die beiden wird man zur Verantwortung ziehen. Sofie wird wohl wegen Beihilfe oder sogar Mittäterschaft angeklagt und Max ...«

»Ich weiß. Ich frage mich nur die ganze Zeit, wie ich so blind sein konnte. Ich wäre immer gerne so cool wie Max gewesen. Verrückt eigentlich.« Nils schöpfte eine Kelle Teig aus der Schüssel und goss sie ins Waffeleisen. Es zischte, als er den Deckel behutsam zumachte.

Dominik schaltete den Mixer ein und nach kurzer Zeit wieder aus, um den Vanillezucker in die Sahne zu streuen.

»Hattest du mich eigentlich in Verdacht?«, fragte Nils, gerade, als Dominik wieder zu mixen begann.

Er mixte weiter, bis die Rührstäbe plötzlich stillstanden. Nils hatte den Stecker gezogen.

»Du hast Butter gemacht, Papa.«

»Ach?!« Dominik nahm die Stäbe aus der gelblichen Masse.

Nils nahm eine Waffel aus dem Gerät und legte sie auf den Waffelteller im Backofen.

»Ich konnte mir das nicht vorstellen, aber ...«

»Aber dann gab es zu viele Hinweise, die auf mich deuteten?« Nils zog die Brauen hoch.

Halbflüssige Butter tropfte von den Rührstäben. Nils nahm sie ihm aus der Hand und legte sie in die Spüle. Dann wischte er die Butter mit einem Papiertuch vom Boden.

»Hör mal, mein Junge … Ich bin bei der Kripo und … ich kann das manchmal nicht abschalten. Mir kam der Gedanke, dass Sofie dich völlig in ihrem Bann hat, verstehst du?«

»Ja.« Nils blickte in das Tuch mit der Butter, als könnte er darin lesen. »Das war ich viel zu lange. Ich habe geglaubt, es liegt an mir, wenn sie so launisch ist. Dass ich ihr zu wenig biete, dass ich nicht aufregend genug bin. Ich wollte, dass es wieder so zwischen uns wird wie am Anfang. Ich habe mir vorgemacht, dass es sich ändert, wenn ich mich ändere … und genau das war falsch. Es war eher so, dass sie das zusätzlich genervt hat, wenn ich gemacht habe, was sie wollte. Ich wusste am Ende gar nicht mehr, was ich tun soll. Ich wollte wohl einfach nicht wahrhaben, dass unsere Beziehung den Bach runterging. Für mich war Sofie die Frau, mit der ich …« Nils schluckte.

»Du bist noch jung, Nils«, sagte er sanft. »Du wirst …«

»Trotzdem: Hältst du mich wirklich für fähig, einen Mord zu begehen?«

»Jeder von uns ist fähig dazu. Wir unterscheiden uns nur darin, was uns dazu treiben kann, das zu tun. Für den einen braucht es nicht viel, für den anderen braucht es eine Extrem…« Er verstummte.

Nils sah ihn kopfschüttelnd an. »Das kann nicht dein Ernst sein!«

Er holte tief Luft. »Doch.«

»Du bist schon zu lange bei der Kripo, oder?«

»Gut möglich.« Dominik lächelte. Dann wurde er ernst.

»Ich habe dich nie für einen schlechten Menschen gehalten, nicht eine Sekunde lang. Falls dich das tröstet.«

Nils nahm ihm die Rührschüssel aus der Hand und kippte den Inhalt in den Mülleimer.

»Was hast du denn jetzt vor, Nils?«

»Neue Sahne schlagen.« Nils begann, die Schüssel abzuspülen. »Und danach ... Papa, mir ist klar geworden, ich will nicht bei Sofies Vater in der Firma anfangen. Obwohl er ... die können ja nichts dafür. Aber am liebsten würde ich mal eine Zeitlang aus allem raus sein. An einem Ort, wo mich nichts an Sofie oder Max erinnert. Vielleicht ins Ausland. Und wenn ich jobben muss – egal, einfach weg!«

»Meinen Segen hast du.«

»Wirklich? Na ja, der Studienplatz ...« Nils runzelte die Stirn.

»Ist dann auch weg, klar. Es wird einen anderen geben.«

»Danke!« Sein Sohn lächelte. »Meinst du, du könntest mal mit Mama darüber reden?«

»Mal schauen, was sich machen lässt.«

In diesem Moment betrat Betty die Küche.

»Und, wie geht es Kordula?«, fragte Dominik. »Unserer Lieblingsorthopädin?«

Betty band sich ihre Schürze ab. »Sie bereitet die Scheidung vor. Sie braucht Zeit, um über alles hinwegzukommen.«

Nils setzte den Mixer in Gang.

»Warte mal«, sagte Dominik, und er hörte wieder auf. »Wisst ihr was? Ich finde, wir sollten mal wieder was mit der ganzen Familie machen. Warum eigentlich nicht ... in die Sauna? Ja, genau, Sauna! Was haltet ihr davon?«

»Sauna? Wir waren noch nie zusammen in der Sauna«, sagte Nils.

»Eben.«

»Alles ausschwitzen?« Betty seufzte. »Schön wär's.«

Danksagung

Ich möchte an dieser Stelle allen danken, die mich beim Schreiben dieses Buches unterstützt haben. Mein Dank gilt meinen Testlesern Michael Colberg-Engemann, Heiko Höflich und Christoph Weber-Schlauss für viele hilfreiche Hinweise und Anregungen. Herzlich bedanken möchte ich mich auch bei Norbert Horst (Leitungsstab Öffentlichkeitsarbeit der Bielefelder Polizei) für die Beantwortung meiner Fragen zur Polizeiarbeit und bei meinem Lektor Volker Maria Neumann, dem ich für seine wertvolle Kritik und Ermutigung dankbar bin.

Nicht zuletzt danke ich meinem Lebenspartner Willy Koch für seine Geduld und sein Verständnis.

KBV KRIMINALROMAN

David Daniel
HERZJAGD

Taschenbuch, 276 Seiten
ISBN 978-3-95441-187-0
9,50 EURO

Eine Veterinärmedizinerin und engagierte Tierschützerin wird in einer Schlachterei ermordet und buchstäblich in zwei Teile zersägt. Trotz seiner Suspendierung soll sich Kommissar Lohmeier um die Aufklärung dieses bestialischen Verbrechens bemühen.
Als er im Umfeld der Toten ermittelt, stößt er auf eine große Auswahl an Verdächtigen: Wurde sie als Gegnerin des Vereins, der um die gesellschaftliche Anerkennung von Sex mit Tieren kämpft, ausgeschaltet? Haben Tierschützer ein Exempel statuieren wollen, weil sie in einer Schlachterei die Schlachtbedingungen im Auftrag der Fleischindustrie kontrolliert hat? Oder ist gar eine ganze Branche an ihrem Tod interessiert?
Wieder einmal ist es der Düsseldorfer Privatdetektiv Alexander Herz, der Lohmeier bei seinen Nachforschungen unterstützt und sich als verdeckter Ermittler in eine Tierschutzorganisation einschleusen lässt, die eine wichtige Rolle im Mordfall der ermordeten Tierärztin zu spielen scheint. Das Ganze entwickelt sich rasch zu einem höchst brisanten Einsatz.

»Der Daniel-Krimi überzeugt durch einen mitreißenden Plot, Figuren mit Tiefenschärfe und Spannung bis zum Schluss. So baut man Spannung auf.« (Westdeutsche Zeitung zu ›Herzrasen‹)

KBV KRIMINALROMAN

Klaus Stickelbroeck
SCHROTT

Taschenbuch, 267 Seiten
ISBN 978-3-95441-195-5
9,50 EURO

Als Gelegenheitsgauner Angie bei einem Einbruch erwischt wird und im Knast landet, ist das höchst ärgerlich, denn er hatte gerade einen Auftrag angenommen. Privatdetektiv Hartmann, sein bester Freund, soll ihm jetzt aus der Klemme helfen und fackelt nicht lange. Was soll denn schon schwierig daran sein, ein Fahrzeug umzuparken?

Er muss allerdings schon bald feststellen, dass ihn der Job unversehens in ein tödliches Fadenkreuz befördert. Seine einzige Chance, mit heiler Haut davonzukommen, besteht darin, der Sache auf den Grund zu gehen. Hartmanns Ermittlungen führen ihn in den halbseidenen Boxclub von Huren-Heinz, in die Gartensauna der Rockerbraut Silke, über die Schrottplätze Düsseldorfs und auf den Friedhof in Hassels.
Erst als er erkennt, dass ein Molotowcocktail in Oberbilk, der Untergang der Titanic und Regenrinnen-Ritas Beobachtungen im Drogenmilieu zusammengehören, dämmert ihm, in welche brandgefährlichen, bleihaltigen Auseinandersetzungen er geraten ist.

»… ein Meisterstück … Er schöpft aus dem prallen Leben und schreibt unter ständigem Augenzwinkern, ohne dem Humor die Spannung zu opfern. … Bis zum Schluss schraubt Stickelbroeck den Roman auf immer höhere Touren.«
(Focus-Online zu ›Fischfutter‹)